덕담과
성주풀이

덕담과
성주풀이

최 자 운 지음

學古房

2000년 학부를 졸업하고 석사과정에 들어갈 때만 해도 관심 분야는 문학
사상이었다. 고전문학 스터디 때 원효의 〈대승기신론소大乘起信論疏〉나 혜강
최한기의 기학氣學 관련 저작을 읽으며 지적 호기심이 채워지는 느낌을 받곤
했다. 그러나 아무리 글을 써도 일정 수준 이상의 소논문이 나오지 않았고,
차츰 공부하면서 느끼는 설렘보다 반성과 자책의 시간이 늘어 갔다.

2001년 3월말 충남 당진 기지시 줄다리기 현지조사를 가게 되었다. 기지
시리 경로당에서 민요 조사를 하던 중 우연히 박영규(1919) 어르신을 뵙게
되었는데, 어르신의 소리와 함께 살아오신 내력을 들으며 크게 감화받았다.
그 해 여름에 어르신을 몇 번 더 찾아뵙고 소리 및 노동 상황 등과 관련된
막힘없는 설명을 들으며 점차 민요 연구에 흥미를 가지게 되었다.

그 어른에 대한 조사에 기존 자료들을 보태 우리나라 가래질 소리와 관
련된 내용으로 짧은 글을 쓰게 되었고, 석사과정을 마치자마자 이후의 공부
방향에 대해 생각해볼 겨를도 없이 곧바로 석사 동기들과 함께 박사과정에
입학하였다.

민요로 석사 학위를 받다 보니 다음 단계의 주제도 동일 대상으로 써야
겠는데, 민요에 대한 기초지식이 너무 부족하여 기존에 나온 민요자료집
참조하여 2002년부터 2005년까지 여름 및 겨울방학 기간에 캠코더 및 녹음
기를 배낭에 넣고 전국의 제보자들을 찾아다녔다. 이때 만났던 철원 김응
모 어르신, 파주 조병호 어르신, 상주 김인철 어르신, 부여 조택구 어르신,
신안 강은산 어르신, 의령 이태수 어르신, 제주 고태평 할머니 등의 제보자

들이 들려준 소리들은 연구 대상으로서의 민요가 아닌, 그분들의 삶 속에서 오롯이 들려오는 울림이었다. 나는 그분들의 소리를 들으며 삶에 대한 경외감에 함께 마음이 충만해지는 경험을 하였고, 그러한 내적 울림이 너무도 컸던 덕에, 민요 공부를 소홀히 할 수 없었다.

공부 내공을 쌓고 있던 중 〈울산울주지방 민요자료집〉에 조사된 〈김해 삼정동걸립치기〉가 열쇠가 되어, 부산 경남지역 상쇠 어르신들을 한 분 두 분 조사한 결과물을 바탕으로 영남지역 성주풀이에 대한 글을 한 편 쓰게 되었다. 이 글을 발판삼아 전국의 지신밟기를 현지조사하여 2007년에 정초 지신밟기에서 불리는 농악대 고사告祀소리로 학위를 받았다. 돌이켜보면, 우연한 기회에 당진의 한 어르신과 인연이 닿아 민요 연구의 길로 들어선 이후 민요의 깊이에 매료되어 좌충우돌하며 여기까지 왔다고 해도 과언이 아니다.

주위 여러 분의 도움이 없었다면 지금과 같은 행복을 느끼지 못했을 것이다. 공부의 길로 이끌어 주시고 몸소 공부하는 방법을 보여주신 김헌선 선생님, 배우고 가르치는 즐거움을 익히게끔 해주신 지산 장재한 선생님, 지치고 힘들 때 마다 긍정의 힘을 심어주시며 어깨를 다독여주신 강상희 선생님, 그리고 공부하는 사람이 가져야 할 심지와 그에 따른 앞길을 안내해주신 김창원 선생님께 고개 숙여 감사드린다. 아울러, 공부를 못했던 아들이 공부를 직업으로 삼은 것을 언제나 대견해 하시는 부모님과 어른 됨의 의미를 몸소 보여주시는 장인어른, 장모님께 깊은 감사를 드린다. 마지막으로 나의 반쪽, 김윤희와 밝고 맑게 자라고 있는 이현·이정에게도 사랑의 마음을 전한다.

2016년
최자운 삼가 씀

농학대 고사告祀소리의
지역별 특성과 변천 양상

제
1
장

서론

1. 문제 제기

마을 농악대는 정초 마을굿이 끝난 뒤 악기를 연주하면서 마을의 각 집을 두루 방문한다. 집들을 차례차례 방문하면서 각 집에 들어가서는 지신밟기라는 의례儀禮가 이루어지는데, 이 의례는 집안 곳곳을 돌면서 지난 한 해 동안 쌓인 액을 막거나 풀고 다가오는 한 해 동안 집안이 평안하게 지내기를 기원하기 위해 이루어진다. 농악대 상쇠는 지신밟기를 하면서 집안의 각 장소에서 고사告祀소리를 구연하였다.

지금까지 농악에 대한 연구는 자료 조사에서부터 지역별 비교까지 다양하게 이루어져왔다. 그러나 농악대가 부르는 고사告祀소리는 산발적인 지적이나 이 소리의 기원과 관련된 언급만 이루어졌을 뿐 소리 자체에 대한 체계적 논의는 거의 이루어지지 않았다. 이 소리는 전국적으로 분포하면서 다양한 내용 층위를 이루고 있다는 점에서 논의의 여지를 많이 가지고 있다.

지신밟기라는 의례 속에서 구연되는 농악대 고사告祀소리는 어느 특정 지역만이 아닌, 전국적으로 분포하고 있고 지역에 따라 다양한 형태로 존재하고 있다. 이 소리는 지역에 따라 차이가 있긴 하지만 대체로 문굿에서 시작하여 샘굿, 조왕굿, 성주굿, 노적굿 등의 순서로 불린다. 이 중에서 가옥 최고신인 성주신을 위한 제차에서 불리는 성주굿 고사소리는 다른 장소의 굿에서 불리는 소리들에 비해 내용이나 구성의 면에서 풍부하고 다양하다.

성주굿 고사소리는 세습남무인 화랭이패를 비롯하여 유랑예인집단인 남사당패, 걸립을 전문으로 하는 걸립승 등에 이르기까지 여러 집단에 의해 불렸다. 이렇게 다양한 구연집단에 의해 불린 이 소리는 연행 시기나 가창 방식 등은 자료에 따라 차이가 있으나 소리의 구연 상황이나 목적, 그리고 소리의 구성 등은 크게 다르지 않다. 가창 집단의 성격 및 구연 환경이 다른 상황에서 그들이 구연한 소리들이 일정한 연관성을 갖고 있다는 것은 이 소리들에 어떠한 내적 관계가 있을 것이라는 추측을 가능하게 한다.

따라서 그 의미나 위상은 물론이고 지역별 자료 분포마저도 제대로 밝혀지지 않은 농악대 고사告祀소리에 대한 논의는 반드시 이루어져야 한다. 그러한 목적을 달성하기 위해 우선적으로 지금까지 조사된 모든 농악대 고사소리를 한 자리에 모으고 현재까지 지신밟기의 전통이 남아 있는 곳을 최대한 조사해야 한다. 이 작업을 바탕으로 이 자료 자체의 특징을 밝힘과 동시에 다른 구연 집단에 의해 불리는 고사告祀소리와의 공통점과 차이점도 동등한 위치에서 논의되어야 한다.

농악대 고사告祀소리는 지신地神, 성주신, 용왕, 마구신 등 집안에 존재하는 많은 신들과의 관계 속에서 노래된다. 특히 지신의 경우 오방지신五方地神, 지신, 성주지신이나 마구지신, 용왕지신 등 다양한 신명이 존재하고 있는데 기존 연구에서는 각각의 지신의 성격이나 관계가 제대로 규명되지 않았다. 따라서 이 소리들에 대한 논의를 통해 가신 관념의 성격이나 흐름을 유추할 수 있다.

본 연구를 발판 삼아 기존에 제대로 조명 받지 못한 연구가 이루어질 수 있다. 먼저, 우리나라에는 정월부터 그믐까지의 각각의 달을 기준으로 여러 내용이 노래되는 시가詩歌가 다양하게 존재한다. 민요 내에서도 이러한 형태의 노래들이 다양한 상황 및 목적, 구연자들에 의해 불리는데, 농악대 고사告祀소리 안에서는 액막이타령 중 달거리 노래가 이러한 형태의 소리에 해당한다. 본 연구에서의 여러 형태의 달거리 노래에 대한 논의를 바탕으로 지금까지 그 실체가 제대로 파악되지 못한 민요 내 각 달별로 노래하는 이 자료들을 보다 큰 틀 위에서 논의할 수 있다.

농악대에 의해 이루어지는 농사풀이는 판굿 혹은 마당굿 등에서 이루어지는 행위 전승 농사풀이와 지신밟기 속에서 행해지는 언어 전승 농사풀이가 있다. 이 두 가지 유형의 농사풀이 중 주로 판굿으로 불리는 현장에서 행해지는 행위 전승 농사풀이는 앞치배의 연주와 뒷치배의 행위에 의해 유희를 목적으로 이루어지고, 지신밟기에서 불리는 언어 전승 농사풀이는 주로 농악대 상쇠에 의해 풍농豐農이나 집안의 안녕, 번영 기원을 목적으로 불린다. 본고에서의 언어 전승 농사풀이에 대한 논의를 바탕으로 행위 전승 농사풀이와의 관계를 논의될 수 있다. 이러한 농사풀이는 전국의 거의 모든 농악에서 나타나므로 지역별 농악의 특징을 가늠하는 기준이 될 수 있다는 점에서도 의의가 있다.

전국적으로 불리는 성주굿 고사소리 중 영남지역을 중심으로 불리는 자료들 중에는 성주신의 근본 내력이 노래되는 자료들이 있다. 그런데 이렇게 성주굿에서 성주신의 내력 등이 노래되는 것은 이 지역뿐만 아니라, 서울·경기지역을 중심으로 만신에 의해 진행되는 가을 성주받이에서도 발견된다. 여기서는 성주신의 신체神體를 모신 뒤 일명 황제풀이가 노래되는데, 성주풀이와 황제풀이는 서로 다른 담당층과 구연 목적에서 불리면서도 신의 직능이나 이야기 속에서 다루는 문제 등은 공통점이 있다. 이 두 자료는 여러 논자들에 의해 다루어져 왔으나, 주로 서사敍事를 중심으로 논의되어 온 것이 사실이다. 따라서 본 연구에서의 영남지역 성주풀이에 대한 개별 연구를 발판 삼아 두 자료의 보다 다양한 면들을 비교 검토할 수 있다.

2. 선행연구 검토

　농악대 고사告祀소리와 관련된 선행연구를 살펴보기에 앞서 이 소리가 어떻게 분류되어왔는지에 대해 먼저 검토하고자 한다. 정재호는 민간신앙의식요民間信仰儀式謠라는 항목 안에 지신밟기요, 축귀요, 성주풀이요, 고사요, 동토잡이요, 액풀이요 등을 분류하였다.[1] 여기서의 민간신앙의식요는 민간신앙과 관련된 의식에서 불리는 소리라는 뜻이다. 민간신앙 전반의 소리가 포함된 이 용어는 고사소리의 가장 중요한 두 가지 특징이 드러났다는 점에서 의의가 있다. 그러나 그러한 장점에도 불구하고 농악대 고사告祀소리에 속하는 지신밟기요, 성주풀이요, 고사요, 액풀이요를 보면, 항목 분류의 일관성이 없다는 것을 알 수 있다. 지신밟기요謠는 말 그대로 지신밟기에서 불리는 노래를 말하는데, 그 소리들이 뒤에 나오는 성주풀이요, 고사요, 액풀이요 등이 바로 지신밟기라는 의례 속에서 불리는 소리들이다.

　유종목은 의식의 시기, 목적, 의식의 진행과정, 구성원 등이 동일한 세시의식요歲時儀式謠의 유형을 영남지역의 지신밟기노래, 중부지역의 걸립노래, 호남지역의 걸궁노래로 나누고 각 자료군을 내용별로 분석하였다. 여기서는 앞서 제안된 민간신앙의식요라는 용어에서 자료의 특징을 보다 예각화하여 세시의식요라는 용어가 제안되었다. 그의 논의는 기존에 제대로 다루어지지 않은 중부지역의 걸립노래를 다른 자료들과 동일 선상에서 다루었다는 점에서 의의가 있다.[2] 그러나 지역을 중심으로 유형 정리가 이루어지다 보니 두 지역 이상에서 나타나는 자료는 어떻게 이해할지 의문이었다. 위 분류대로 하면 걸립노래의 면과 걸궁노래의 면을, 그리고 걸궁노래의 면과 지신밟기노래의 면을 동시에 자료도 있기 때문이다.

　그는 통속민요 성주풀이의 경우 내용은 의례에서 구연되는 지신밟기노래에 비해 분량이 짧고, 집 짓는 과정에 치중한다고 하면서 이 자료들은

1　정재호, 「민요」, 『한국민속대관』 6, 고려대학교 민족문화연구소, 1982.
2　유종목, 『한국민간의식요연구』, 집문당, 1990.

지신밟기노래가 의식요로서의 기능을 상실하고 유희요로 변한 것이라 하였다. 그런데 제의 속에서 불리는 통속민요 성주풀이도 호남지역에 엄연히 존재하고 있으며, 이 자료군의 경우 유희를 목적으로 불리는 통속민요 성주풀이와는 내용과 구성 면에서 차이가 있다. 따라서 이 자료들에 대한 의미 규명도 별도로 이루어져야 한다.

박경수는 세시의식요를 의식이 이루어지는 장소와 참가자의 성격, 기원의 내용을 바탕으로 가정의식요와 부락의식요로 나누었다.[3] 가정의식요는 주로 가정에서 가정의 연장자가 가족 성원의 개인이나 전체에 관련된 소원 성취나 제액 초복을 기원하는 노래이고, 부락의식요는 부락의 일정한 장소에서 마을 사람들이 대부분 참가하여 마을 전체를 대상으로 마을의 수호와 안전, 풍농이나 풍어를 기원하는 의식에서 불리는 노래라 하였다.

그는 가정의식요에 성주풀이를 배치하면서, 의식을 치를 줄 아는 가정 연장자가 정월 보름이나 초파일, 칠석, 섣달그믐 등 혹은 집을 새로 짓고 나서 성주제를 지낼 때 이 노래를 부른다고 하였다. 그의 논의는 구연 상황이나 자료의 성격에 따라 분류 틀을 보다 세밀하게 나눈 점은 의의가 있으나, 실제 분류된 자료들을 보면 의식요와 함께 유희요로 불리는 자료가 섞여 있어서 문제가 있다. 부락의식요 안에 민가를 돌면서 걸립을 할 때 부르는 노래로 영남지역 중심의 지신밟기노래, 중부지역 중심의 고사반노래, 호남지역 중심의 걸궁노래 등을 배치하였는데, 역시 중부지역의 고사반노래 안에 영남지역의 지신밟기노래가 섞여 있다. 그리고 걸궁노래로 분류된 자료들 중에도 여성들에 의해 불리는 단순 유희요가 들어있다.

이렇게 단순 유희요가 의식요 속에 포함되어 있는 현상은 가정의식요나 부락의식요에서만 나타난 것은 아니다. 신앙의식요 안에 분류된 불교의식요에 속한 염불노래(충남 대덕, 경남 김해 자료)의 경우에도 의식과는 전혀 상관없는 창부타령 등이 포함되어 있다.

---

3 한국정신문화연구원 어문연구실,『한국구비문학대계』별책부록 III, 동화출판공사, 1990.

강등학은 기존의 세시의식요 대신에 안녕기원요安寧祈願謠라는 용어를 사용하였다.[4] 그는 이 분류안에 고사반, 성주풀이 등 기존에 세시의식요로 분류된 소리들을 모두 포함시켰는데, 노래가 불리는 상황 대신 목적을 전면에 내세웠다고 할 수 있다. 그의 분류안은 기존에 이루어진 실제 자료 상황과 동떨어진 분류체계를 지양하고 지역을 기반으로 한 분류를 불식시켰다는 장점이 있다. 그러나 일반 의식요와는 달리 특정 세시절기歲時節氣가 중요한 의미를 차지하는 고사告祀소리 자료들의 고유한 특징까지 소거한 감이 없지 않다.

문화방송에서 간행한 한국민요대전에서는 세시의식요라는 분류안 속에 액막이타령, 성주풀이, 고사반 등의 소리들을 포함시켰다.[5] 이 분류안은 기존에 사용하던 개념을 유지하되, 강등학의 분류안에서와 같이 세시의식요 안의 소분류들을 최소화하고 지역 단위의 개념을 없앴다. 그리고 이 분류안에서는 성주풀이나 고사반과 구연 목적이나 담당층이 동일한데도 다른 분류안에서는 제대로 다루어지지 않은 액막이타령이 들어간 것이 특기할 만하다. 이 자료군이 세시의식요에 포함됨으로서 세시의식요의 폭과 깊이가 넓어질 수 있었다.

지금까지 이루어져 온 고사소리에 대한 분류체계를 살핀 결과 자료의 범주를 설정하는 분류체계 역시 연구자의 시각과 목적에 따라 다양하게 이루어져 왔음을 알 수 있다. 대상의 다기한 특성을 최대한 포함하는 분류체계를 만들기 위해선 상황과 목적을 공유하는 모든 자료들에 대한 면밀한 검토와 분석이 필요하다. 그런 뒤 원칙에 따라 자료를 배열하는 것이 이루어져야 한다. 본고에서는 지금까지 이루어진 분류체계 중 한국민요대전에서 제안된 분류안에 따라 자료들을 정의하고 논의하고자 한다.

농악대 고사告祀소리에 대한 선행연구는 집안의 여러 곳에서 불리는 고

---

4 강등학, 「한국민요의 이해」, 『한국민요대관』(www.yoksa.aks.ac.kr), 2006.7.8. 현재.
5 문화방송, 「기능별 분류색인」, 『한국민요대전』 경기도민요해설집, 삼보문화사, 1996.

사소리 중 성주굿 때 불리는 소리를 중심으로 논의가 이루어져 왔다. 성주굿 고사소리는 영남지역 중심의 성주풀이 혹은 성주지신풀이로 불리는 소리와 경기, 강원지역 중심의 고사반, 고사덕담, 덕담, 고사염불로 불리는 소리가 있다.

먼저 성주풀이에 대한 연구를 보면, 최은숙은 성주굿에서 파생된 성주풀이민요의 독자성 및 전개 양상을 살피기 위해 민요民謠 성주풀이를 성주풀이 무가巫歌와 친연성이 있는 '제비원 본풀이계열'과 그렇지 않은 '에라 만수계열'로 나누어 논의하였다.[6] 그는 성주풀이가 무가에서 민요로 전이되었다고 했는데, 그 이유로 성주신이 일반인과 가까운 신격이라는 것, 성주 비손이라는 대중과 친숙한 갈래가 있었다는 것, 그리고 창우집단 등 신청神廳에 소속된 광대, 악기잽이, 연희판의 재인 등의 촉매 역할 등을 들었다.

그의 연구는 민요 성주풀이 자체만을 다룬 첫 문학연구라는데 의의가 있다. 그러나 위에서 제시한 민요 전이론의 세 가지 이유는 자료 외적인 사실이나 현상을 바탕으로 한 것이어서, 구체적 논증이 따라야 할 것으로 보인다. 그리고 민요 성주풀이 중 '제비원 본풀이계열'은 무가巫歌에는 있는 서사敍事 부분이 없어짐으로서 무가에 비해 신성성, 주술성이 현저히 떨어진다고 하였는데, 경남 및 경북지역에서 농악대 상쇠가 부르는 민요 성주풀이 중에는 무가 성주풀이와 서사 단락이 크게 다르지 않은 자료가 10여 편 존재하고 있다.

임재해는 성주풀이가 전승되는 실제 현장 및 무가, 전설, 민요 등 성주풀이와 관련된 거의 모든 영역을 다루었다.[7] 그러나 그의 연구는 폭넓은 자료들을 여러 시각에서 다루었다는 의의에도 불구하고 성주의 본향과 안동지역과의 관계를 논의의 중심에 두다보니 자료 자체에 대한 논의에 미비한 점이 없지 않았다. 특히 민요 성주풀이와 관련된 부분의 경우, 지신밟기를

---

6 최은숙, 「성주풀이 민요의 형성과 전개」, 『한국민요학』 제9집, 한국민요학회, 2001.
7 임재해, 『안동문화와 성주신앙』, 안동시, 2002.

할 때 불리는 성주풀이는 반드시 선소리 다음에 후렴이 따른다고 하였는데, 모든 자료들이 다 그런 것은 아니다.[8] 그리고 성주의 본풀이에 해당하는 서사는 무가 갈래에만 존재하고 민요 갈래에는 없기 때문에 무가 자료에서의 본향은 인격신들이 사는 초월적 세계이고, 민요 자료에서의 본향은 성주목木으로서의 소나무의 본향이라고 한 부분도 쉽게 납득이 되지 않았다. 앞서 최은숙의 논의에서도 나왔지만, 민요 성주풀이에도 성주 관련 서사叙事가 존재하기 때문이다.

서대석은 성주풀이는 서울·경기지역의 성주본가(일명 황제풀이)와 부산 동래에서 채록된 성조풀이 등 두 가지의 유형이 있다고 하면서 각 유형의 서사단락을 분석하고 그 의미를 파악하였다.[9] 그는 부산·동래의 성조풀이의 경우 부부의 갈등, 화합의 서사와 가옥 축조의 두 개의 축으로 자료를 분석하였는데, 이 자료는 동래·부산 등 일부지역에서만 전승되기 때문에 특정지역 전승유형이라 하였다. 그러나 경북 울주군에서도 동래본에 필적할만한 성주 관련 서사가 노래되는 자료가 이미 채록되어 있다.

성조풀이는 삽입 사설의 성격으로 보아 판소리보다 후대에 만들어졌을 것이라 하였는데, 이 주장은 전문 사제자인 독경무讀經巫에 의해 불린 동래본만을 대상으로 나온 결과라는 점에서 문제가 있다. 경남을 포함한 경북지역의 정초 지신밟기 속에서 농악대 상쇠에 의해 불리는 성주 관련 서사가 포함된 성주풀이 10여 편이 있는 것을 감안하면 과연 성조풀이가 판소리보다 후대에 만들어졌을까 하는 의문을 가지지 않을 수 없다.

지금까지 이루어진 성주풀이와 관련된 논의를 보면, 자료 자체에 대한 논의가 없었던 것은 아니지만, 무가巫歌와의 연관성 속에서 해석이나 명명命名 등이 이루어지다 보니 민요 자체의 의미가 제대로 밝혀지지 않았다. 뿐만 아니라 모든 논의의 출발점이 되고 있는 성주풀이가 무가에서 민요로

---

8 임재해, 앞의 책, 323쪽.
9 서대석, 『한국신화의 연구』, 집문당, 2001.

전이된 것이라는 전제 역시 자료 외적인 몇 가지의 사실에 의해 도출된 것이어서 재론의 여지가 있다.

영남지역은 전국에서 가장 많은 수의 성주풀이가 채록되었는데, 이곳에서 구연되는 민요 성주풀이 중에는 성주 관련 서사敍事가 존재하는 자료들이 있다. 이 자료들은 전문 예능인이 아닌 보통 사람이 부른다는 점에서 민요로 분류되지만, 성주의 본本을 풀이하는 이야기가 노래된다는 점에서 무가적 속성을 가진다. 그렇기 때문에 성주 관련 서사가 노래되는 자료들은 무가와의 연관성 속에서만 논의되어 온 민요 성주풀이의 성격을 그 자체로 이해하는 것뿐만 아니라 무가 성주풀이와의 관계를 재론하는데도 중요한 단서를 제공한다.

두 번째로 경기 및 강원지역에 집중적으로 분포하는 고사반, 고사덕담, 덕담 등으로 불리는 소리들에 대해 살펴보고자 한다. 이보형은 판소리 광대인 최광열, 공대일 등의 예를 들어 치국잡기로부터 산세풀이, 집치레 등을 노래하는 이 소리들이 창우집단倡優集團에 의해 만들어졌다고 하였다.[10] 그리고 다른 지역과는 달리, 호남지역에서는 신청神廳 걸립을 하던 이들이 이 집단의 소리를 많이 하였다고 하였다. 그는 창우집단의 고사告祀소리가 마을 농악대와 어떠한 연관을 갖는지에 대해서는 더 이상 말하지 않았으나 그의 논의를 통해 고사소리의 형성, 그리고 마을 농악대와의 연관성 논의에 대한 단초를 얻을 수 있다.

이보형은 농악대 고사소리의 기원뿐만 아니라 후대적 변용에 대해서도 의견을 피력하였다. 그에 따르면 절걸립패는 자신들이 만든 불교적 내용을 담은 뒷염불과 구별하기 위하여 기존의 화랭이패 고사소리를 고사 선염불이라고 하였다고 하였다.[11] 여기서 뒷염불은 축원 위주의 내용이고, 선염불은 산세풀이부터 액막이타령까지 이어지는 제의적 내용이다. 그의 이러한

---

10 이보형, 「창우집단의 광대고사소리연구」, 전통예술원 편, 『근대로의 전환기적 음악양상』, 민속원, 2004.
11 이보형, 위의 논문, 666쪽.

논의는 서로 다른 담당층에 의해 불린 고사소리의 관계를 말한 첫 논의라는 데 의의가 있으며 여러 지역을 다년간 조사한 결과를 바탕으로 나온 것이어서 앞으로의 논의 확대에 많은 시사점을 제공한다.

한만영은 경기지역의 고사소리 전문집단을 절걸립패(굿중패)와 직업적 걸립패(비나리패, 낭걸립패)로 나누고, 순수 스님으로 구성된 절걸립패가 가장 먼저 생겨서 이후의 여러 직업적 걸립패들에 영향을 주었다고 하였다.[12] 이러한 스님으로 구성된 절걸립패는 집돌이를 하기 위해 집 앞에 도착했을 때 제일 먼저 평조(일심정념은 극낙세계라 나미아미타불~로 시작되는 소리)＋부모은중경을 부른다고 하였다. 그런데 현재 채록되어 있는 어떤 경기지역의 고사소리에서도 평조와 부모은중경이 결합된 자료는 발견되지 않는다. 그리고 고사소리를 구연하는 스님들이 각 집을 방문할 때 집에서 내어놓는 쌀을 고사 꽃반이라고 부르고 있는데, 이는 도당굿에서 마을 사람들이 굿판으로 가져오는 쌀을 지칭하는 용어이다.[13]

최상일은 중부지역 농악대 고사告祀소리를 개관하는 자리에서 절의 걸립승이 민간의 농악대와 남사당패에 영향을 끼쳤다고 하였다.[14] 그는 한국민요대전 소재 자료들－강화 한춘수, 평택 이민조 구연본 등－을 위 주장의 논거로 삼았는데, 실제 한국민요대전에 기록된 가창자들은 거의 대부분 자신들이 구연하는 소리가 근처의 스님에게 배운 것이라 하고 있다. 그러나 다른 조사 자료집 및 현지조사를 보면 모든 경기지역의 고사소리들이 그런 것은 아니고 걸립승과 농악대, 그리고 남사당패의 연관성도 일괄적으로 나타나지 않음을 볼 수 있다.

손태도는 전국의 여러 집단에 의해 불리는 고사소리를 절걸립패 계통, 성주굿 계통, 광대 고사소리 계통으로 나누었는데 여기서 성주굿 계통은

---

12 한만영, 『불교음악연구』, 서울대학교출판부, 1981.
13 한만영, 위의 책, 105쪽.
　　고사 꽃반에 대해서는 창우집단 고사소리를 다루는 부분에서 재론하고자 한다.
14 최상일, 『우리의 소리를 찾아서』 2, 돌베개, 2002, 21쪽.

앞서 말한 성주풀이고, 절걸립패 계통과 광대 고사소리 계통은 고사반, 고사염불, 고사덕담 등으로 불리는 소리에 해당한다. 그는 정읍, 고창, 영광 농악 등 호남 우도농악 등에서 마을 농악대에 의해 이루어지는 집돌이는 원래 연말의 구나驅儺의식을 하던 광대집단이 경제적 목적 때문에 민간으로 내려와 정초에 집돌이를 하게 된 것이고, 이것을 두레농악을 하고 있던 마을 농악대가 흉내 내면서 생겼다고 하였다.[15] 그러면서 그는 호남지역에서 광대 고사소리가 많이 불리는 이유는 신청神廳 소속의 무부巫夫들이 농악대로 활동을 많이 한 결과라고 하였다.

그의 논의는 앞서 살핀 이보형의 논의에서 나아가 신청농악을 매개로 세습남무인 광대집단(창우집단)과 마을 농악대와의 관계를 직접적으로 천명했다는 점에서 의의가 있다. 그리고 그는 '국태민안 법륜전 시화연풍 연년히 돌아든다'로 시작되는 성주굿 고사소리는 불교집단인 절걸립패에서 나왔다고 하였다.[16] 이러한 주장의 근거로 그는 걸립乞粒을 함에 있어 고사소리가 가장 중요하게 사용되는데, 가장 풍부한 내용을 가진 자료군이 절걸립패가 구연한 자료들이기 때문이라 하였다. 그러면서 절걸립패로부터 남사당패로의 소리 전파가 이루어졌다고 하였다.

그의 논의를 정리하면 고사반, 고사덕담, 고사염불 등의 소리는 광대 고사소리계통과 절걸립패계통이 있는데, 전자는 화랭이 등 광대집단에서, 후자는 스님집단에서 나왔다는 것으로 정리할 수 있다. 마을 농악대 상쇠 중에는 근처 절의 스님에게서 소리를 배웠다는 이들이 존재하고, 남사당패 구연 고사소리와 절걸립패 구연 고사소리가 내용 및 표현 등의 면에서 크게 다르지 않은 점 등을 보면 위의 주장이 완전히 잘못된 것은 아닌 듯하다. 그런데 이 논의는 소리가 불리는 상황 전체가 아닌, 소리 자체만을 대상으로 했다는 점에서 문제가 있다. 앞서도 말했지만 고사소리는 세시의식 및

---

15 손태도, 『광대의 가창문화』, 집문당, 2004.
16 손태도, 「광대고사소리에 대하여」, 『한국음반학』 11호, 한국고음반학회, 2001.
　　손태도, 위의 책.

가신신앙과의 관계, 그리고 소리가 구연되는 구체적 상황 등이 고려되지 않으면 자료를 제대로 이해했다고 할 수 없다.

손태도는 영남지역을 중심으로 채록된 민요 성주풀이는 무가巫歌에서 나왔다고 하면서 그 근거를 세습무인 화랑이들이 별신굿 전에 동네를 다니며 골멕이굿이나 우물굿을 하거나 혹은 당산굿을 마치고 농악을 치며 집돌이를 하였다는 것에서 찾았다. 동해안지역을 중심으로 활동하고 있는 양중들에게 문의 결과 별신굿 때 농악대와 같이 집돌이를 했다는 것을 확인할 수 있다.[17] 그의 연구는 무가 성주풀이에서 민요 성주풀이로 이행했다는 주장을 함에 있어 구체적 증거를 들었다는 점에서 의의가 있다. 그러나 이 주장이 설득력을 갖기 위해서는 몇 가지의 자료 외적인 사실 외에 자료 자체에 기반하는 논거 확보가 필요하다.

농악대가 성주굿 때 부르는 소리 중 고사반, 고사덕담, 고사염불 등으로 지칭되는 소리의 기원은 화랭이패에 의해 시작되었다는 것과 절걸립패에 의해 시작되었다는 것, 그리고 화랭이패와 절걸립패에서 각기 시작되었다는 의견으로 정리할 수 있다. 주지하듯이 고사덕담, 고사염불 등으로 불리는 소리들은 절걸립패나 화랭이패뿐만 아니라 남사당패, 농악대 등에 의해 불렸다. 그런데 기존 논의에서는 이러한 구연 집단의 소리들이 전체적으로 다루어지지 못하였다.

여러 구연집단에 의해 불리는 소리들이 공통적으로 일정한 의례를 기반으로 하고 있다는 점에서 각 소리들 간의 관계 및 고사소리의 형성 등이 논의되기 위해서는 어느 한 자료라도 소홀히 다루어 질 수는 없다. 특히 고사반, 고사덕담 등으로 불리는 소리의 경우 농악대 상쇠에 의해 불린 자료군이 영남지역을 제외한 전 지역에 존재하면서 가장 많은 수가 채록되어 있다. 그런 점에서 고사소리의 흐름을 파악하는데 중요한 위치를 차지한다.

---

17 2005년 4월 23일 경북 영덕군 병곡면 백석 2리 별신굿에서 동해안지역을 중심으로 활동하고 있는 김장길 양중과의 인터뷰를 통해 조사하였다.

지금까지 이루어진 고사덕담, 고사염불, 고사반 등으로 불리는 자료군에 대한 선행연구를 보면 이 소리의 기원이나 다른 집단과의 관계에 대한 논의 가 주로 이루어져왔다. 앞서 살핀 성주풀이, 성주지신풀이 등과 마찬가지 로 이 자료군 역시 자료 자체에 대한 밀도있는 논의가 부족하였다. 따라서 본 연구에서는 그동안 제대로 다루어지지 않은 농악대 고사告祀소리를 한 자리에 모아 사설을 중심으로 분석하고, 구연 상황 및 목적을 공유하는 다 른 집단의 소리와의 관계를 다각도에서 살피고자 한다. 그리하여 앞서 논 의된 결과들을 바탕으로 이 소리가 어떤 의례적 상황에서 생성되었고 어떤 경로를 통해 변화되었는지 추론하고자 한다.

3. 연구 방법

본고에서는 기존에 조사된 지신밟기와 관련된 모든 문서 및 음반자료를 참조하되, 현지에서 채록 가능한 지신밟기와 관련된 자료는 최대한 조사하 였다. 농악대 고사告祀소리와 같이 특정한 제의祭儀에서 연행되는 자료의 경우 이러한 현장론적 방법(field-contextual study)이 면밀히 이루어져야 자료의 본질을 제대로 파악할 수 있다. 기존에 조사된 자료를 살필 때에도 자료를 포함한 구연 상황을 염두에 두고 정리하였다.

개별 자료에 대한 검토는 의미 구성단위-어휘語彙, 구句, 행行, 연聯-별로 나누어 각 단위를 분석할 것이다. 어휘의 경우 고사소리에서 공통적으로 쓰이는 어휘와 개별적으로 쓰이는 어휘를 나누고 그 쓰임새를 상황 및 목 적, 그리고 의미 별로 정리하고자 한다. 아울러 그러한 어휘들이 구문의 형태로 결합될 때 어떠한 양상을 보이는지, 그리고 이러한 구문이 하나의 각편(version)으로 완성될 때 병렬적 형태를 가지는지, 통합적 형태를 가지 는지 등에 대해서도 살폈다.

마지막으로 자료 자체에 대한 분석에서 나아가 그 자료가 불리는 상황이 나 목적, 그리고 그 소리를 구연한 가창자와 그가 속한 공동체가 소리와 어떤 연관성이 있는지 살펴야 한다. 하나의 자료는 그 자료를 만들어낸 여러 인자因子들과의 다양한 관계망 속에서 형성된다. 텍스트(Text) 자체보다는 콘텍스트(Context)까지 확대된 문학사회학(Literary-sociology)적 방법을 통해 어떻게 자료의 전통적 면과 창조적 면이 확보되고 자료 나름의 고유한 성격을 가지게 되는지 살펴볼 것이다. 이러한 시각의 배면에는 기록 전승과는 다른 구비 전승에 의해 자료가 향유된다는 점에서 월트 옹의 구술문화시대의 문화 전승에 대한 연구 시각도 고려되었다.[18]

그리하여 2장에서는 지금까지 제대로 파악되지 못한 농악대 고사告祀소리의 개념과 성격에 대해 살피고자 한다. 이 소리 중 성주굿에서 불리는 소리의 경우 전국적으로 고루 분포하면서 그 명칭도 고사덕담, 고사풀이, 고사염불, 성주풀이, 성주지신풀이 등 다양하게 불린다. 성주굿 외 샘굿이나 조왕굿, 마굿간굿, 철륭굿 등에서는 따로 불리는 명칭이 없고, 그 굿 자체가 소리를 지칭하는 수가 많다. 이러한 명칭에 대한 정리 및 개념 정리는 자료 이해의 첫걸음에 해당한다.

고사告祀소리의 전국적 분포 및 단순치 않은 성격만큼이나 이 소리에 대한 분류 역시 여러 논자들에 의해 이루어져왔다. 이 글이 나아가야할 방향을 설정하는데 지금까지 이루어진 이 소리에 대한 여러 가지의 분류들은 일정부분 지침을 제공한다. 아울러 농악대 고사소리의 분포 정리와 함께 세시의례歲時儀禮적 측면 및 가신신앙家神信仰적 면을 정리함으로써 앞으로 논의될 대상의 성격을 명확히 할 수 있다.

3장에서는 앞서 개관된 농악대 고사告祀소리의 지역별 특성을 사설 구성을 중심으로 검토하고 그 결과를 몇 가지의 유형으로 정리하고자 한다. 고사소리의 구연 상황이 되는 지신밟기는 1980년대까지만 하더라도 마을굿과 함께 그 명맥이 유지되었으나 현재는 문화재 지정이나 부녀회 농악 활동 등을 통해 존재하는 몇 곳 등을 제외하고는 거의 소멸되었고 몇몇 그 지역의

---

18 월터 J. 옹, 이기우 · 임명진 역, 『구술문화와 문자문화』, 문예출판사, 1982.

고로古老들만이 옛날의 향수를 전해줄 뿐이다. 더군다나 이 의례 행위는 한두 사람이 아닌, 여러 명의 농악대가 동시에 참여해야 하고, 지신밟기를 원하는 집들도 있어야 하기 때문에 그 소멸이 가속화될 수밖에 없었다.

따라서 여기서는 기존 조사 자료집을 참조하되, 젊어서 마을 농악대에서 상쇠로 활동한 경험이 있는 분들을 대상으로 현지 조사하였다. 그렇게 정리된 자료들은 내용에 따라 크게 성주굿 고사소리와 그 외 샘이나 부엌, 장독대 등에서 하는 굿으로 나누어 분석하고자 한다. 전자의 경우 나름의 규칙 속에서 지역적 편차가 크게 나타난다. 우물굿이나 조왕굿, 마굿간굿 등에서 불리는 소리는 내용도 상대적으로 짧으면서 지역별 편차 역시 그리 크지 않은 편이다.

지역별로 정리된 농악대 고사告祀소리는 사설 구성에 따라 몇 가지의 유형으로 정리하고자 한다. 여러 가지 구연 상황에서 소리를 해왔거나 전문가에서 소리를 배운 가창자는 상황에 따라 다양한 형태의 소리를 구연한다. 그러나 보통의 경우 단어 차원에서의 가감만 있을 뿐 정해진 틀에서 거의 벗어나지 않는다. 따라서 성주굿 고사소리는 지역별 분포나 내용 구성에 따라 세 가지의 유형으로 정리 가능하다. 성주굿 외 다른 장소에서 하는 굿에서 불리는 소리는 소리의 형태나 내용이 지역별로 큰 차이가 없는 관계로 내용에 따른 분류만 하고자 한다.

농악대 고사告祀소리 중 성주굿 고사소리는 농악대뿐만 아니라 창우집단 및 유랑예인집단 등에 의해서도 구연되었다. 뿐만 아니라 일반 사람들이 터를 다지며 부르는 지경 다지는 소리나 통속민요 성주풀이 등에도 일정 부분 영향을 끼쳤다. 4장의 전반부에서는 농악대 고사소리 중 성주굿 때 불리는 소리와 관련이 있는 여러 집단의 소리들을 분석하고 그 소리들과 농악대 고사소리와의 상호 관계나 선후 관계를 살펴보고자 한다.

4장 후반부에서는 지금까지 논의된 농악대 고사告祀소리의 자료 분포 및 지역별 특성, 그리고 다른 집단 구연본과의 관계 등을 바탕으로 이 소리의 구연 담당층 변화에 따른 의례 시기 및 성격의 변화, 소리에 나타난 액막이와 축원의 의미 등에 대해 살펴보고자 한다. 특히 농악대 고사소리는 창우집단이나 유랑예인집단 등과는 달리, 자료 자체에 지신밟기 변화의 단면을 상세히 담고 있어 다양한 신격의 결합인 가신신앙을 이해하는데도 많은 도움을 준다.

농악대 고사告祀소리의
개념과 성격

1. 명칭

'고사告祀'를 글자 그대로 풀이하면 '제사 지내 고하다'로, 고사告祀소리는 특정한 의례에서 신神에게 인간의 기원하는 바를 비는 소리로 정의할 수 있다. 이 소리는 비는 주체에 따라 예사 사람이 비는 것과 전문적 사제자 혹은 연희자가 비는 것으로 나눌 수 있다. 예사 사람이 비는 소리의 경우 특별히 정해진 양식이 없이 빌고자 하는 내용이 가장 우선시 된다. 반면 전문적 사제자나 연희자가 비는 소리의 경우 빌고자 하는 내용이 일정한 규칙을 가지고 나름의 의례 속에서 노래된다. 전승 양상에 있어서도 전자는 특별한 전승 계보를 가지지 않지만 후자의 경우 소리를 배우려면 일정 기간 수련을 거쳐야 하며 뚜렷한 전승 계보를 유지하는 수가 많다.

본고에서는 전문 사제자 혹은 연희자가 일정한 의례儀禮 속에서 부르는 소리들 중 마을굿을 마친 뒤 지신밟기를 할 때 농악대가 하는 고사소리를 중심으로 다루고자 한다. 농악대 상쇠는 지신밟기 때 대체로 마을의 당산나무에서 시작하여 공동우물을 거쳐, 집안 여러 곳-대문 앞, 우물, 장독대, 광, 마굿간, 부엌, 대청마루 등-을 돌면서 각 장소에 따른 소리를 악기 연주와 함께 구연한다.

정초 지신밟기 속에서 구연되는 농악대 고사告祀소리는 지역에 따라 다양한 명칭으로 불리고 있다. 성주굿 고사소리를 중심으로 볼 때 경기, 강원지역 등에서 채록된 소리들은 고사소리, 고사반, 고사염불, 고사염불소리, 덕담, 고사덕담, 고사풀이 등으로 불리고 영남, 충청지역을 중심으로 채록된 소리들은 성주풀이, 성주지신풀이, 지신밟기소리, 지신풀이 등으로 불렸다.

이러한 명칭을 통해 각 자료군의 성격이나 지향하고 있는 바, 그리고 다른 자료와의 교섭 관계 등을 알 수 있다. 덕담 혹은 고사덕담이라는 명칭은 이 소리가 한 해 동안 가정에 여러 가지 면에서 도움이 되기 위한 목적으로 불린다는 것을 말해주고, 고사염불이나 고사염불소리 등은 이 소리가 불교집단과 연관이 있거나 혹은 불교적 내용을 담고 있다는 것을 알려준다. 그리고 성주풀이는 가옥 최고신에 대한 내력을 푼다는 것을 의미하고 성주지신풀이는 성주신의 본本을 푸는 동시에 지신地神을 누르거나 밟고자 하는 목적이 있음을 암시한다. 이처럼 집안 곳곳에서 불리는 농악대 고사告祀소리는 그 명칭만 보아도 성격의 단순치 않음을 짐작할 수 있다. 따라서 정확한 논지 전개 및 결론 도출을 위해 자료의 명칭 및 범위를 실제 구연 상황을 기반으로 명확히 규정할 필요가 있다. 본고에서는 현지에서 쓰이는 용어 중에서 가장 광범위하게 쓰이되 그 자료의 특징을 잘 드러내었다고 판단되는 용어를 각 자료군의 대표 용어로 사용하고자 한다.

2. 전승 양상

우리나라에서는 정초에 한 해 동안 마을의 안녕과 평화를 위해 마을 사람들 전체가 참여하는 마을굿을 해왔다. 이러한 마을굿은 지역에 따라 시기나 방법 등에 따라 차이는 있으나 크게 무당에 의해 굿 형태로 진행되는 것과 제관祭官에 의해 제사祭祀 형태로 진행되는 것으로 나눌 수 있다.[19] 이 중에서 주로 제관에 의해 주재되는 마을굿 형태의 경우 마을굿이 끝난 뒤 서낭신의 은혜가 각 가정에 골고루 퍼지게 하기 위한 목적으로 농악대가 서낭기에 서낭신을 받아 그 기를 앞세우고 집돌이를 한다.

마을 농악대는 마을을 한 바퀴 돌면서 각 집을 방문하는 의미의 집돌이를 하면서 각 집에 들어가서는 지신밟기라는 의례를 구현한다. 이 지신밟기는 집 안 곳곳에 좌정하고 있는 여러 신들과 밀접한 연관을 가지고 있다. 대체로 전통사회의 한옥에는 각 공간을 담당하는 가신家神이 존재한다. 농악대는 집안의 곳곳을 돌며 그곳에 좌정하고 있는 신神을 누르거나 밟자고 하기도 하고 때로는 송축頌祝과 함께 기원祈願을 노래한다. 이러한 신에 대한 의례에서 가장 중요한 위치를 차지하는 것은 가옥 최고신인 성주신에 대한 의례이다.

그럼에도 지역에 따라 지신밟기를 할 때 가옥 최고신인 성주신을 위한 의례를 수행하지 않는 곳도 있다. 그 지역은 부여군 추양면 일대, 충북 보은군 회북면 중앙 1리, 충남 당진군 송악면 월곡리 등 충청지역과 임실군 강진면 필봉리, 담양군 용면 추성리, 진도군 지산면 소포리, 고흥군 금산면 신평리 월포마을, 전남 해남군 송지면 산정마을, 완도군 완도읍 장좌리 등 호남 내륙 및 남해안 지역이다. 지신밟기의 두 가지 기능을 액을 막거나 푸는 것과 함께 가정축원이라고 할 때 성주신에 대한 제의가 이루어지지 않는 곳은 지신밟기를 가정축원보다는 집안을 돌면서 액을 막거나 푸는 것만 하는 수가 많다.

지신밟기 속에서 성주굿의 순서는 지역에 따라 앞에 오기도 하고 제일 뒤에 오기도 한다. 지역에 따라서는 성주굿이 이루어지지 않는 곳도 있다. 그리고 동일지역 내 동일 신격에 대한 의례라 하더라도 어디에서는 그 신을 누르거나 밟자고 하고, 어디서는 잘 되게 해달라고 빈다. 이러한 사례들을 통해 가신 관념이나 농악대의 성격 등에 따라 지신밟기의 목적이 한결같지

19 마을굿과 관련해서는 아래 글들을 참조하였다.
　황루시, 「동신신앙洞神信仰연구」, 최인학 외, 『한국민속연구사』, 지식산업사, 1994.
　최인학 외, 『한국민속학 새로 읽기』, 민속원, 2002.

않음을 볼 수 있다.

　지신밟기의 변천과 관련된 사항은 집안에서 이루어지는 각 굿의 순서 및 빈도와 함께 농악대 상쇠의 다양한 면모에서도 확인된다. 상쇠는 평상시에는 평범한 사람이지만, 지신밟기를 하면서 서낭기에 서낭신을 내려 받아 집돌이를 할 때에는 사제자司祭者로서 기능한다. 그러한 면모가 외면적으로 나타나는 것으로 전남 화순 한천농악에서 공모, 경북 금릉농악에서 홍박씨 등 상쇠의 등 뒤에 두 개의 거울을 붙이는 것에서 찾을 수 있다. 여기서 등 뒤에 붙이는 거울은 무당의 명두와 같은 기능을 담당하는데, 상쇠의 사제자로서의 권능을 상징하고 강화하는 것이다.[20]

　농악대 상쇠의 사제자로서의 면모는 그 지역 농악의 성격이나 여러 가지 요인에 따라 점차 연희자의 면모로 변하게 된다. 농악대가 수행하는 여러 가지 기능 중에 가장 중요한 것 중의 하나가 마을의 공동 기금 등을 마련하기 위해 행하는 걸립이다. 걸립을 잘 하기 위해서는 잘 짜인 고사소리가 필수적이다. 성주굿 때 불리는 고사소리를 능숙하게 잘 해야 돈을 많이 모을 수 있기 때문이다. 이와 관련하여 경기 평택농악에서는 걸립을 보다 원활히 수행하기 위해 상쇠는 스님 등 여러 경로를 통해 고사소리를 다듬었고, 호남 진안농악에서는 보다 나은 고사소리를 구연하기 위해 농악대 상쇠가 고사소리를 하는 것이 아니라 고사소리를 전문으로 고사소리꾼을 따로 두었다. 진안의 경우 필요에 따라 사제자의 기능은 기존의 상쇠가 유지하고 연희자의 기능은 고사소리꾼이 담당하게 되었다.

　앞서 밝혔듯이 농악대 고사소리는 정초 마을굿이 끝난 뒤 지신밟기가 이루어지는 과정에서 불린다. 정월은 태음력을 사용하는 우리 민족에게 단순히 시간적 의미로서의 시작과 함께 주변의 모든 것이 새로이 시작되는 의미도 가진다. 따라서 이때에는 마을 단위의 세시의례인 마을굿과 가정

---

20 아래 책에서도 상쇠의 홍박씨, 공모의 부착을 사제자의 권능 표시와 맥을 같이하는 것으로 이해하였다.
　정병호, 앞의 책, 46쪽.

단위의 세시의례인 지신밟기, 안택 등을 통해 앞으로 다가올 한 해 동안의 평안과 안녕을 기원한다.

세시의례적 측면에서의 마을굿 연구는 여러 논자들에 의해 다양한 연구가 이루어져 왔으나 가신신앙 측면에서의 지신밟기 논의는 거의 이루어지지 않았다. 이렇게 된 것은 세시의례가 풍농豊農을 기원하거나 감사하기 위해 행해진다는 것, 그리고 가신신앙은 여성이 담당한다는 관념이 지배적이기 때문이다. 본 연구를 통해 기존에 제대로 논의되지 않은 남성 담당의 가신신앙이라는 측면에서의 지신밟기에 대한 논의도 이루어져야 한다.

3. 자료 분포상황

전국에 산재하는 농악대 고사告祀소리의 보다 명확한 이해를 위하여 지역별로 도식화하고자 한다.[21] 먼저 경기지역의 자료 분포 상황은 다음과 같다.

〈그림 2-1〉의 지도에 표시된 자료 상황을 표로 나타내면 다음과 같다.

〈그림 2-1〉 경기지역 자료 분포

---

21 여기서는 북한지역과 제주지역 자료들은 다루지 않았다. 북한지역의 경우 성주풀이가 4편, 고사덕담이 1편이 채록되었는데, 자료의 양상은 남한지역과 크게 다르지 않다. 제주지역은 기존 조사 보고서 및 현지조사 결과가 미비한 관계로 본고에서 다루지 않았다. 다만 제주지역의 경우 마을 농악대에 의해 이루어지는 정초 지신밟기는 크게 발달하지 않았으나 심방 등에 이루어지는 정초 가신의례家神儀禮가 풍부하게 전승되고 있어서 주목된다. 북한지역 자료는 아래 자료집을 참조하였다.
김태갑·조성일, 『민요집성』, 한국문화사, 1996.
리상각, 『조선족 구전민요집』, 한국문화사, 1996.

번호	지 역	출 전	비고
1	가평군 하면 하판리	경기민속지 VII	
2	수원지방 2편	한국민요집 II	
3	평택시 포승면 방림 3리	한국민요대전	
4	이천시 장록동	이천의 옛노래	
5	구리시 둔대동	2005.1.2 현지조사	
6	강화도 화도면 여차리	강화구비문학대관	
7	강화도 삼산면 석모 3리	강화구비문학대관	
8	인천시 북구 경서동	한국구비문학대계 1-8	
9	이천시 율면 고당리	이천의 옛노래	
10	양주시 광적면 효촌리	2003.10.9 현지조사	
11	시흥시 방산동	경기도민요	
12	이천시 백사면 내촌리	이천의 옛노래	
13	이천시 호법면 매곡리	이천의 옛노래	
14	안산시 대부도 종현동	2004.8.28 현지조사	
15	이천시 대월면 대대리	이천의 옛노래	
16	이천시 마장면 종암 1리	이천의 옛노래	
17	안산시 수월동	2003.11.7 현지조사	
18	강화도 내가면 황청리 2편	한국민요대전, 대계 1-7	
19	강화도 강화읍 남산 1리	한국민요대전	
20	용인시 외사면 백암리 2편	한국민간의식요연구	
21	안성시 고삼면 신창리	한국민요대전	
22	안성시 삼죽면 남풍리	한국구비문학대계 1-8	
23	동두천 고삿반놀이	동두천문화원	
24	포천시 가산면 방축 2리	2004.8.6 현지조사	
25	이천시 호법면 유산 3리	2003.123 현지조사	
26	남양주군 와부읍 삼봉리	한국구비문학대계 1-4	
27	안산시 단원구 풍도동	경기도의 향토민요 상	

경기지역의 경우 경기 북부지역에 비해 경기 남부지역에 상대적으로 많은 자료들이 채록되었다. 농악대 고사告祀소리는 지신밟기와 불가분의 관계에 있다. 경기지역 자료 상황을 이 지역 농악의 성격과 견주어 보면, 경기

북부지역 농악은 두레 풍장의 전통이 강한 반면, 남부지역은 연희 농악이 발달했다고 한다.[22] 즉 경기 북부지역의 경우 두레 풍물 중심으로 존재하다가 농악대를 필요로 하는 노동 공간이나 제의 공간이 사라지면서 그에 따른 고사告祀

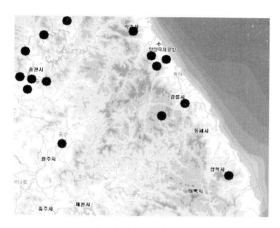

〈그림 2-2〉 강원지역 자료 분포

소리 역시 같이 소멸된 된 것으로 보인다. 그러나 경기 남부지역의 경우 북부지역과는 달리, 두레농악에서 연희농악으로 옮겨가면서 계속해서 농악이 향유될 수 있었다. 그리하여 나름의 지역적 색깔을 가진 고사소리가 여러 전승 계보를 거치며 존재할 수 있었다.

두 번째로 강원지역의 자료 상황을 살펴보고자 한다.

〈그림 2-2〉의 자료 상황을 보다 표로 나타내면 다음과 같다.

번 호	지 역	출 전	비 고
1	홍천군 내촌면	한국의 농요 Ⅲ	
2	화천군 사내면 광덕 1리	2002.11.9 현지조사	
3	양구군 동면 팔랑리	2002.11.11 현지조사	
4	횡성군 청일면 춘당리	민요	
5	횡성군 횡성읍 추동리	한국민요대전	
6	평창군 대화면 하안미 5리	강원의 민요 Ⅰ, 2003.9.28 현지조사	
7	강릉 홍제농악	농악, 2005.1.15 현지조사	
8	삼척시 원덕읍 이천 1리	삼척의 소리기행	

22 김원호 외, 『경기도의 풍물굿』, 경기문화재단, 2001.

번 호	지 역	출 전	비 고
9	춘천시 소양로 1가	한국구비문학대계 2-2	
10	춘성군 북산면 물노 2리	한국구비문학대계 2-2	
11	춘천시 서면 방동 2리	강원의 민요 Ⅰ	
12	양양군 손양면 밀양리	강원의 민요 Ⅱ	
13	양양군 현북면 어성전리	양양군의 민요자료와 분석	
14	양양군 서면 서림리	양양군의 민요자료와 분석	
15	속초시 조양동	속초의 민요	

〈그림 2-2〉의 지도에서 보듯 강원지역의 경우 백두대간을 기점으로 영동지역과 영서지역에 골고루 자료가 존재한다. 기존 강원지역 농악에 관한 연구를 보면, 영서농악은 경기농악의 영향을 많이 받았고, 영동농악은 자체의 향토적 특색이 강하다고 하였다. 농악대 고사告祀소리와 관련된 사항의 경우 영동농악에서는 영서농악에 비해 지신밟기가 성행한다고 하였는데 고사소리의 자료 수만을 놓고 보면 두 지역의 차이가 크게 나타나지 않았다.[23]

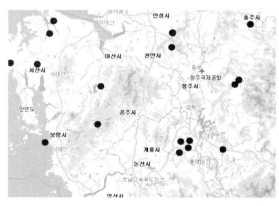

〈그림 2-3〉 충청지역 자료 분포

강원지역에서는 성주굿 고사소리의 경우 성주풀이는 한편도 없고, 모두 고사염불, 고사덕담, 고사풀이 등으로 불리는 소리들만 채록되었다.

그러면 충청지역의 자료 상황을 살펴보고자 한다.

---

23 강원농악에 관해서는 아래 책을 참조하였다.
　정병호, 앞의 책.

〈그림 2-3〉의 지도에 나타난 자료를 표로 나타내면 다음과 같다.

번호	지　　　역	출　　　전	성주굿 고사소리
1	충북 음성군 소이면 봉전리	한국민요대전	고사덕담
2	충북 영동군 영동읍 설계리	2004.1.7 현지조사	성주풀이
3	충북 중원군 신니면 마수리	한국구비문학대계 3-1	고사덕담
4	충북 보은군 보은읍 관교리	한국민요대관	고사덕담
5	충북 진천군 덕산면 신수리	한국민요대관	고사덕담
6	충북 보은군 마로면 갈정리	한국민요대관	고사덕담
7	대전 대덕구 목상동	대전민요집	고사덕담
8	대전 웃다리농악	농악	고사반
9	대전시 유성구 구즉동	대전민요집	고사소리
10	충남 당진군 송악면 월곡리	한국민요대전	고사덕담
11	충남 서산군 해미면 동암리	한국민요대전	고사덕담
12	충남 당진군 우강면 대포리	당진의 향토민요	고사덕담
13	충남 태안군 근이면 마금리	김영균 조사본	고사덕담
14	충남 부여군 부여읍 용정리	김영균 조사본	성주풀이
15	충남 예산군 덕산면 실항리	김영균 조사본	고사반
16	충남 대덕군 산내면 낭월리	한국구비문학대계 4-2	고사덕담
17	충남 보령군 주포면 보령리	한국구비문학대계 4-4	고사풀이
18	예산지방	한국민요집 IV	성주풀이

　〈그림 2-3〉의 그림을 보면 충남과 충북에 걸쳐 전체적으로 자료가 존재한 것을 볼 수 있다. 앞서 살핀 경기 및 강원지역에서는 성주굿 때 고사반, 고사덕담, 고사염불 등으로 불리는 소리들만 채록되었으나 이 지역에서는 고사염불, 고사덕담 등의 자료와 함께 성주풀이도 같이 채록되었다. 지리적 위치로 말미암아 중부지역의 고사덕담 자료, 그리고 영남지역의 성주풀이가 동시에 나타나는 것으로 보인다.
　다음으로 호남지역의 자료 상황을 살펴보고자 한다.

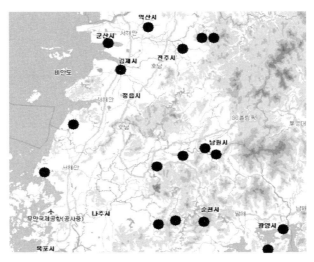

〈그림 2-4〉 호남지역 자료 분포

〈그림 2-4〉의 지도에 나타난 자료 상황을 표로 제시하면 다음과 같다.

번호	지　　　역	출　　　전	성주굿 고사소리
1	전북 고창군 고수면 두평리	전북의 민요	성주풀이
2	전북 순창군 팔덕면 월곡리	한국민요대전	고사덕담
3	전북 김제농악	한국의 농악 호남편	성주풀이
4	전북 완주군 운주면 완창리	호남 좌도풍물굿	성주풀이
5	전북 이리농악	이리농악	성주풀이
6	전북 진안농악 고재봉 구연본/ 김봉열 구연본	농악/한국민요대전	고사덕담/성주풀이
7	전북 남원농악	2005.5.5 현지조사	고사덕담
8	전북 옥구군 대야면	호남 우도풍물굿	성주풀이
9	전북 남원시 운봉면 동천리	전북의 민요	고사풀이
10	전남 여수시 남면 심포리	한국민요대관	고사덕담
11	전남 순천시 주암면 운룡리	한국민요대관	고사덕담
12	전남 화순 한천농악	한국의 농악 호남편	고사덕담

번호	지 역	출 전	성주굿 고사소리
13	전남 영광농악	2005.6.11 현지조사	고사덕담
14	전남 광양농악	광양 풍물굿 연구	고사덕담
15	광주 광산농악	한국의 농악 호남편	성주풀이
16	전남 여천 백초농악	농악	성주풀이
17	전남 여천군 삼산면 서도리	한국민요대전	고사덕담
18	전남 승주군 황전면 선변리	한국구비문학대계 6-4	고사덕담

호남지역에서는 호남 좌도와 우도, 그리고 남해안지역 등 전 지역에 걸쳐 농악대 고사소리가 풍부하게 분포한다. 이 지역에서는 앞서 살핀 충청지역과 마찬가지로 성주굿 때 고사풀이, 고사덕담 등으로 불리는 자료들과 성주풀이가 채록되었고, 앞의 두 자료군이 결합된 자료들도 있다. 호남지역은 전국에서 가장 다양한 형태의 농악대 고사소리가 존재하고 있다.

영남지역에서 채록된 농악대 고사소리의 경우 전 지역에 걸쳐 약 70여 편의 자료가 채록되었다. 지금까지 살핀 어떤 지역보다 많은 수가 채록된 셈이다. 이렇게 이 지역에 소리의 수가 많은 것은 그만큼 지신밟기에 대한 관념이 타 지역에 비해 강하다는 것을 의미한다. 이 지역의 지신밟기에 대한 관념은 지신밟기에서 가장 중요한 제차 중의 하나인 성주굿이 거의 모든 마을에서 지신밟기의 초반부에 자리하고 있는 것에서도 나타난다.

영남지역 농악대 고사소리 중 성주굿 때 불리는 일부의 소리는 노래 서두에 성주신의 내력이 노래되고 있다. 이와 같은 서사민요敍事民謠가 노동이나 유희를 목적으로 하는 상황이 아닌, 의례 속에서 사제자에 의해 불리는 것은 주목되는 사례가 아닐 수 없다. 여기서는 70여 편의 영남지역 전체 자료 중 성주굿 때 성주 관련 서사가 노래되는 자료를 중심으로 살펴보고자 한다.

<그림 2-5> 영남지역 성주풀이 중 성주 관련 서사敍事가 노래되는 자료 분포

<그림 2-5>의 지도에 표시된 지역을 표로 나타내면 다음과 같다.

번호	지 역	출 전	비고
1	경남 양산시 기장읍 대라리	양산의 민요	
2	경남 밀양시 단장면 법흥리	한국민요대전, 2006.7.29 현지조사	
3	경남 밀양시 무안면 무안리	한국민요대전	
4	경남 함안군 칠북면 화천리	함안의 구전민요, 2004.1.27 현지조사	
5	경남 함안군 산인면 송정리	영남구전민요, 2006.7.3 현지조사	
6	경남 김해시 삼정동	삼정동걸립치기, 2004.1.20 현지조사	
7	부산시 서구 아미동 아미농악	농악	
8	부산 동래	농악·풍어제·민요	
9	경북 울주군 삼남면 방기리	울산울주지방민요자료집	
10	경북 울주군 웅촌면 석천리	울산울주지방민요자료집	

성주의 부모가 그를 낳게 된 배경, 그리고 일련의 과정을 겪은 후 성주가 가옥 최고신으로 좌정하게 된 내력 등이 자료의 서두에 노래되는 자료군은

경남지역에 집중적으로 분포하고, 경북의 경우 울주지역에 2편이 존재한다. 울주지역에서 채록된 자료들의 경우 경남지역 자료들과 비교해서 성주 관련 서사에 있어 큰 차이가 나지 않는다. 따라서 농악대 상쇠에 의해 불리는 성주풀이 중 성주 관련 서사敍事가 노래되는 자료는 경남을 비롯해 경북까지 두루 분포했을 것으로 추정된다.

1. 지역별 농악대 고사告祀소리의 사설 구성

1) 경기지역

경기지역에서 정초에 농악대에 의해 이루어지는 지신밟기는 다른 지역과 마찬가지로 문굿에서 절차가 시작된다. 그러나 문굿을 치고 집안에 들어가서 행해지는 제차의 순서는 정해진 순서가 없이 마을에 따라 다양하게 나타난다. 이렇게 지신밟기의 순서가 다양한 것은 여러 요인이 있겠으나 기본적으로 각각의 가신家神들에 대한 사람들의 인식이 상이하기 때문이다. 기본적으로 고사소리는 그 장소에 좌정하고 있는 가신家神의 성격에 따라 소리의 양상이 정해진다.

경기지역에서 채록된 성주굿 고사소리 30편을 내용별로 정리하면 아래 표와 같다.

지 역	성주굿 고사소리의 구성				출 전
가평군 하면 하판리 박원식	산세풀이	살풀이	호구역살풀이		경기 민속지 Ⅶ

지 역	성주굿 고사소리의 구성				출 전
수원지방	가정축원				한국 민요집 II
이천시 장록동 장병근	가정축원				이천의 옛노래
구리시 둔대동 심상곤	가정축원				2005.1.2. 현지조사
강화군 화도면 여차리 고기순	산세풀이	가정축원	달거리		강화구비 문학대관
강화군 삼산면 석모 3리 이해성	가정축원	농사풀이	달거리		강화구비 문학대관
인천시 북구 경서동 노정봉	살풀이	호구역살풀이	달거리	가정축원	한국구비 문학대계 1-8
이천시 율면 고당리 유인준	가정축원				이천의 옛노래
양주시 광적면 효촌리 김환익	산세풀이	살풀이	호구역살풀이, 달거리	농사풀이, 가정축원	2003.10.9. 현지조사
시흥시 방산리 김인삼	산세풀이	살풀이			경기도민요
이천시 백사면 내촌리 박찬종	산세풀이	가정축원			이천의 옛노래
이천시 호법면 매곡리 정혁수	산세풀이	살풀이	가정축원	농사풀이	이천의 옛노래
안산시 대부도 종현동 김선용	산세풀이	집짓기	살풀이, 달거리	가정축원	2004.8.28. 현지조사
이천시 대월면 대대리 최규식	산세풀이	살풀이, 호구역살풀이	농사풀이	달거리	이천의 옛노래
이천시 마장면 종암 1리 이대복	산세풀이	살풀이	가정축원		경기 민속지 VII
안산시 올림픽기념관 천병회	산세풀이	호구역살풀이			2003.11.7. 현지조사
강화군 내가면 황청리 조용승	산세풀이	달거리	가정축원		한국민요대전

지 역	성주굿 고사소리의 구성				출 전
강화군 강화읍 남산 1리 한춘수	산세풀이	살풀이	달거리	가정축원	한국민요대전
강화군 길상면 선두 5리 함규석	오방지신풀이	가정축원			한국구비 문학대계 1-7
용인시 외서면 백암리 유명수	산세풀이	호구역살풀이	달거리, 살풀이	농사풀이, 가정축원	한국민간 의식요연구
용인시 외서면 백암리 곽한명	산세풀이	호구역살풀이	달거리, 살풀이	농사풀이, 성주풀이	한국민간 의식요연구
평택시 포승면 방림 3리 이민조	산세풀이	호구역살풀이	농사풀이, 살풀이, 달거리	가정축원	한국민요대전
안성시 고삼면 신창리 배경남	산세풀이	살풀이	호구역살풀이, 농사풀이	가정축원	한국민요대전
안성시 보개면 남풍리 김기복	산세풀이	살풀이	호구역살풀이	농사풀이, 뒷염불	한국구비 문학대계 1-6
동두천 고삿반놀이	산세풀이	살풀이	호구역살풀이	농사풀이, 달거리	동두천 고삿반놀이
포천시 가산면 방축 2리 이영재	가정축원	달거리	살풀이		2004.8.6. 현지조사
수원지방	가정축원				한국 민요집 II
이천시 호법면 유산 3리 이종철	성주풀이	살풀이	달거리	가정축원	2003.12.3. 현지조사
남양주군 와부읍 삼봉리 이일천	산세풀이, 직성풀이	달거리	호구역살풀이	농사풀이, 가정축원	한국구비 문학대계 1-4
안산시 단원구 풍도동 이상희	산세풀이	달거리			경기도의 향토민요 상

　　가창자에 따라 순서의 차이가 있긴 하지만 경기지역 성주굿 때 불리는 고사告祀소리의 내용 구성은 크게 산세山勢풀이, 여러 가지의 액厄막이타령, 그리고 가정축원으로 정리할 수 있다. 위 표에 나타난 내용 구성에 의거 경기지역 성주굿 고사소리의 특징을 몇 가지로 살피고자 한다.

(1) 소리의 권위 확보를 위한 산세풀이 구연

성주굿 고사소리 중 첫 번째 내용에 해당하는 산세풀이에 대해 살펴보고자 한다.

> 천개우기 하날되고 지기 좋아 땅 생기니 오륜삼강이 으뜸이요 국태민안은 범열자요 시화연풍은 돌아든다 이씨한양 등극시에 삼각산이 기봉되어 삼각산 낙맥이 뚝 떨어져(후략)(강화군 내가면 황청리 조용승, 한국민요대전)

> 국태민안이 시화년풍 연국시히 년년이 드나든다 이씨한양은 등국시 삼각산이 기봉허구 봉황이 눌러 대궐 짓고 대궐 앞에 육조로다 육조 앞에 호양론 하각산 각도 각읍 마련시에(후략)(경기도 가평군 하면 하판리 박원식, 경기민속지 Ⅶ)

> 해동은 조선의 남한국이요 국태민안이 복년이나 시하연풍에 돌아든다 이씨한양 등국 후에 삼각산이 동하하야 삼각산 뚝 떨어져서 한강수가 조수가 되고(후략)(이천시 백사면 내촌리 박찬종, 이천의 옛노래)

경기지역에서 채록된 성주굿 고사소리의 서두는 대부분 조선의 건국 때 삼각산에서 산세가 시작된다. 이처럼 이 지역 성주굿 고사소리는 언제나 시간과 공간이 하나의 세트로 노래되는데, 이 두 가지 중 보다 중요하게 인식되는 것은 삼각산이라는 장소보다 이씨 한양이라는 시간이다. 앞에 국태민안으로 시작되는 좋은 시절에 대한 내용이 노래되었고 이씨 한양이 등극한 뒤에 비로소 학이나 봉황 등을 눌러 대궐을 짓고 본격적으로 산세가 다른 지역으로 뻗쳐나가기 때문이다.

산세풀이에서 이씨 한양의 중요성은 성주굿 고사소리의 구연 상황에서도 찾을 수 있다. 성주굿은 성주신이 좌정하고 있는 상량 아래 대청마루에서 행해지는데, 이때에는 작은 소반 위에 명주실타래, 촛불, 북어포, 쌀을 가득 담아서 대주의 수저를 꽂은 그릇 등을 올려놓는다. 즉 산세풀이에서의 조종祖宗에 해당하는 이씨 한양(나라의 임금)은 곧 가정의 최고신인 성주신임과 동시에 집안 대주의 등식이 성립하게 된다. 이씨 한양, 성주신,

집안의 대주는 각각 조선, 가신家神 사회, 그리고 가정에서 가장 높은 위치에 있는 존재라는 점에서 공통점이 있다. 실제로 서울, 경기지역에서는 성주신과 대주가 연결되어 있다는 관념이 있어, 성주신이 좋지 않으면 대주가 좋지 않다고 여기기도 한다.

그런 점에서 경기지역 산세풀이에서 노래되는 삼각산은 단지 산세가 시작되는 출발점으로서의 의미만을 가지며, 이에 반해 이씨 한양의 등국은 산세가 시작되는 시간이라는 의미와 함께 현재 노래가 진행되는 곳의 권위를 확보하는 의미까지 가지고 있다. 다른 인용문들과는 다르게, 첫 번째 인용문에서 '오륜삼강이 으뜸이'라고 하는 것이 제일 앞에 나온 것 역시 집안의 질서를 부각시킴으로써 소리 자체의 권위를 확보하고자 하였다.

(2) 다양한 형태의 달거리 존재

이 지역에서는 산세풀이가 불린 뒤 뒤이어 호구액살풀이나 직성풀이, 삼재풀이, 달거리 등 다양한 액막이타령이 노래된다. 호구액살풀이를 제외하고 대부분의 액막이타령은 하나하나의 살이나 액이 나열되는 식으로 노래된다. 따라서 가창자에 따라 많은 액막이타령을 아는 이들은 장편의 소리를 부르고, 그렇지 않은 이들은 액막이타령을 부르지 않을 때도 있다. 이러한 구성 방식으로 인해 이 지역 고사소리들은 간단한 축원만 있는 자료에서부터 여러 가지의 살풀이와 축원 등으로 확대된 자료들까지 다양하게 나타날 수 있었다.

걸립을 자주 다니는 농악대의 경우 그들의 수입과 직결되는 고사소리에 무게를 두지 않을 수 없다. 따라서 그 농악대의 상쇠는 여러 경로를 통해 그가 알고 있는 고사소리 문서에 계속 다른 내용을 덧붙여 가게 되는 것이다. 이 지역 농악대 고사소리가 다양한 형태를 갖게 된 원인을 소리 자체에서 찾는다면 개별 내용이 나열 위주로 구성되는 것에서 찾을 수 있다.

이 지역에서 불리는 여러 가지의 액막이타령 중 가장 많이 노래되는 형태는 달거리이다. 이 지역에서 달거리는 다양한 형태가 존재하는데, 그 중에서 가장 기본적인 형태를 살펴보면 아래와 같다.

　　정월이라 드는 액은 이월 한식 막아내고 이월이라 드는 액은 삼월삼질로 막
아내고 삼월이라 드는 액은 사월 초파일로 막아내고 사월이라 드는 액은 오월
단오로 막아내고 오월이라 드는 액은 유월 유두로 막아내고 유월이라 드는 액
은 칠월 칠석 막아내고 칠월이라 드는 액은 팔월 한가위로 막아내고(후략)(안
산시 대부도 종현동 김선용(1936), 2004.8.28. 현지조사)[24]

　위에서 보듯 달거리는 기본적으로 정월부터 그믐까지 각 달에 든 액을
그 다음 달의 세시일歲時日로 막는다는 형태를 기본 구조로 노래된다. 여러
가지의 액막이타령 중 달거리가 가장 많이 불린 것은 달거리가 액막이의
기능을 가장 온전히 수행한다고 여겨지기 때문이다. 다른 액막이타령에 비
해 달거리는 일정한 체계를 통해 1년 동안 들 액을 어느 하나의 빠짐도
없이 모두 막거나 푼다. 더욱이 고사소리가 일 년의 시작 시점인 정초에
불린다는 점도 세시 절기를 기본 구조로 노래되는 달거리가 많이 불리는
이유가 되었다.
　그러면 기본 형태의 달거리에서 변화가 생긴 자료들을 살펴보자.

　　정월달이라 드는 액은 정월이라 대보름날 액맥이 연으로 날려보내고 이월
달에 드는 액은 이월이라 초하루닫이 쥐불놀이로 태워버리네 삼월달이라 드
는 액은 삼월이라 삼짇날 화전놀이로 막아내고 사월달에 드는 액은 사월이라
초파일에 연등놀이로 막아내누나(후략)(강화군 내가면 황청리 조용승(1919),
한국민요대전)

　　정월에 드는 액은 이월 영등 막아주고 이월에 드는 액은 삼월이라 삼짓날
제비 또는 맹맥이로 막아주고 사월에 드는 액은 오월 단오 그네타는 그네줄로
막아내고 오월에 드는 액은 유월이라 유두일 밀전뱅이로 막아주고 유월에 드

---

24 2004년 12월 21일 김선용(1936) 자택에서 고사덕담을 배운 내력과 소리에 대해 조사하였
다. 안산시 대부도에서 평생 염전 일에 종사해온 김선용은 고사소리뿐만 아니라 동토경,
상여소리 등 여러 종류의 의식요를 알고 있다.

는 액은 칠월이라 칠석날 견우직녀 상봉일에 오작교 다리 놓던 까치머리로 막
아주고 칠월에 드는 액은 팔월이라 한가위날 햅쌀 송편을 많이 빚어 이웃집에
나누어주던 쟁반굽으로 막아주고(후략)(이천시 대월면 대대리 최규식, 이천의
옛노래)

  위 인용 자료는 기본 형태의 달거리 자료들에 비해 두 가지 점에서 변화
가 일어났다. 첫 번째는 액을 막는 주체가 세시일이 아닌 해당 세시일의
특징적 도구나 행사로 바뀐 것이다. 액을 막거나 풀고자 하는 구연 목적상
액을 막는 주체가 구체적, 가시적으로 노래될수록 그러한 목적이 보다 명확
하게 이루어질 수 있다.
  두 번째 변화는 액을 막는 서술어가 다양하게 쓰이는 것이다. 첫 번째
인용문을 보면 각 달에 든 액을 소멸함에 있어 각각 '날려버리고', '태워버리
네', '막아내누나'라고 하였다. 이렇게 서술어가 다양하게 사용되는 것은 전
체 소리의 세련화와 연결된다. 액을 막거나 푸는 기능은 그대로 수행하되
액을 막는 양상에 따라 다양하게 서술어가 사용됨으로써 소리를 듣는 이들
로 하여금 흥미와 심리적 동참을 이끌어 낼 수 있다. 이러한 양상은 걸립농
악이 성했거나 전문가 집단의 영향을 받은 곳의 자료일수록 그 빈도가 높게
나타난다.

(3) 풍농豊農 기원을 위한 농사풀이의 구연
  경기지역 성주굿 고사소리의 세 번째 내용인 가정축원 부분은 과거풀이,
세간풀이, 농사풀이 등이 불리는데 가장 많이 노래되는 것은 농사풀이이다.

  (전략) 글란 그리고 하려니와 농사한철 짓고가자 높은 데는 밭을 풀고 낮
은 데는 논을 풀어 농사 한철 짓고가자 벼농사를 지을 적에 어떤 벼를 심었
느뇨 두렁 밑엔 들청벼요 썩을어라 검불벼요 많이 먹어라 등터지기 적게 먹
어라 홀쭉벼요 혼자 먹어라 돼지벼요 덜커덩 푸더덩 제기찰 휘휘 둘러라 상
모찰 환진갑에 노인벼 여기저기 심어놓고 보리농사를 지을 적에 무슨 보리
를 심었느뇨 가을 보리 봄보리 쓱깍아라 중보리 홀랑 벗겨라 쌀보리 이모
저모 육모보리 들러붙은 매미보리 여기저기 심어놓고 두태농사를 지어보자

만리타구의 강남콩 불쌍하다 홀아비콩 방정맞은 주너니콩 알롱달롱 까투리콩 도갈포수의 검은 콩을 여기저기 심어놓고 (중략) 소 한 마리를 부려보자 억억부리 저걱부리 별백이는 노고지리 꽁지없는 동경소요 나가면 빈자리 들어오면 침바리요 앞으로 부리면 앞노적 뒤로 부리면 뒷노적 멍에 노적에 싸노적을 암불담불 쌓아노니 난데 없는 봉덕새가 날아와서 상봉에 깃도 되고 중봉에 내려앉아 울음을 울 적에 이 날개를 툭탁 치면 저리로 만석이 쏟아지고 저 날개를 툭탁치면 이리로 만석이 쏟아진다(후략)(이천시 대월면 대대리 최규식, 이천의 옛노래)

경기지역에서 채록된 농사풀이는 앞서 살핀 달거리처럼, 자료별 차이가 그리 크게 나타나지는 않는다. 위 인용문은 경기지역에서 채록된 9편의 농사풀이 중 최선본에 해당하는 것으로 가창자는 벼농사를 짓자고 하면서 벼 품종부터 시작하여 보리, 콩, 서숙 순서대로 각각의 곡식의 특징을 중심으로 나열하였다. 그런 뒤 추수, 수확하는 모습을 묘사하고 추수할 때 일하는 소의 뿔 및 생김새에 따른 명칭을 나열하였다. 이러한 유감주술적 속성에 의거한 농사풀이는 농사짓는 순서에 따른 각 노동 행위를 묘사하고 여러 가지의 곡식 품종을 나열함으로써 한 해의 풍농豐農을 기원하기 위한 목적으로 불렸다.

이 지역에서 노래된 액막이타령과 가정축원의 구연 빈도는 거의 비슷하게 나타난다. 가정축원은 농사풀이나 자손이나 가축에 대한 축원 등 몇 가지 내용에 한정되는데 비해 액막이타령은 살풀이와 달거리, 호구역살풀이, 삼재풀이 등 가정축원의 내용에 비해 훨씬 다양한 내용이 노래된다. 이는 이 지역 고사소리의 향유층들이 가정축원보다는 액막이에 보다 무게 중심을 두지 않았을까 생각해볼 수 있다. 가정축원보다 액막이타령에 비중을 두는 것은 비단 경기지역에서만 나타나는 것은 아니다. 양상이 다르기 하지만 다른 지역에서도 가정축원보다는 액막이의 내용이 보다 많이 노래되고 있다. 이는 고사소리의 구연 현장인 지신밟기의 생성과 변화와 관련된 문제로, 다른 집단 및 지역의 사례까지 살핀 후 재론하고자 한다.

(4) 전승 계보에 따른 소리의 다양성

경기지역 외에 충청이나 호남지역 등지에서는 농악대 내에서 상쇠에서 상쇠로의 고사소리 전승이 주로 이루어지지만 경기지역은 농악대 내에서의 전승뿐만 아니라 앞서 밝힌 고사소리 전문가 집단에서 농악대로의 전승도 빈번하게 이루어졌다. 그런 관계로 이 지역 농악대 고사告祀소리는 다른 지역과는 달리 다양한 전승 계보를 가지고 있으며 그 전승 계보에 따라 소리의 형태 또한 다르게 나타난다.

여기서는 고사소리 후반부에서 주로 노래되는 성주풀이를 잣대 삼아 전승 계보에 따른 소리의 차이점이 어떻게 나타나는지 살펴보고자 한다. 논지의 명확함을 위해 동일지역에서 채록된 자료를 이용하고자 한다.

> A: (전략) 집이나 한채 지어보세 성주본이 어디메냐 경상도 안동땅 제비원이 본일러라 제비원에 솔씨 받어 소평대평에 던졌더니 그 솔이 점점 자라나서 소부동이 되었구나 소부동이 점점 자라 대부동이 되었으니 범같은 역군들은 옥도끼를 갈아들고(후략)(용인시 외서면 백암리 곽한명, 한국민간의식요연구)

> B: (전략) 모씨 한양을 들어보소 돈 쓸 곳이 바이없어 집이나 한 채 지어보세 샛별같은 영감은 금도끼를 갈어쥐고 옥도끼를 갈어쥐고 대산에 올라 대목 내고 소산에 올라 소목 내고(후략)(용인시 외서면 백암리 유명수, 한국민요대전)

A와 B 자료는 모두 경기도 용인시 외서면 백암리에서 채록되었다. 유종목에 의해 조사된 바 있듯이, A자료를 부른 곽한명은 백암리의 토박이에게 소리를 배웠고, B자료를 부른 유명수는 백암리 토박이가 아닌, 외지에서 소리를 배워서 들어온 경우이다.[25] 토박이 전승계보인 곽한명 구연본에서는 성주의 본本에 대한 물음 및 제비원에 솔씨를 뿌리는 대목 등이 다른

---

25 유종목, 『한국민간의식요연구』, 집문당, 1990, 244쪽.

농악대 구연 성주풀이와 마찬가지 형태로 온전하게 노래되었다.

유명수 구연본에서는 성주신이 '제비원에 솔씨를 뿌려' 집 지을 재목을 얻는 것이 아니라, '샛별같은 영감이 금강산으로 올라가서 칡을 끊어다가 뗏목을 얽어놓고 여주강에 띄어'서 재목을 구해온다. 그리고 이후에 집을 짓는 대목에 있어서도 치목治木, 지경 다지기, 상량 올리기, 집 치장하기 등의 내용이 곽한명 자료에 비해 비교적 세밀하게 묘사되었다.

위와 같은 사실을 통해 외지에서 소리를 배운 유명수 구연본에서는 축원의 목적을 극대화하기 위해 기존의 성주풀이 내용을 나름대로 변화시켜 노래함을 알 수 있다. 이처럼 일정 지역 안에서만 지신밟기를 하지 않고, 여러 지역을 돌아다니면서 다양한 상황에서 걸립乞粒 등을 한 곳일수록 기존에 마련된 내용을 각각의 목적에 따라 내용 구성 및 사설을 최대한 변용하여 사용함을 확인할 수 있다.

경기지역 농악대 고사소리는 가창자 개인의 능력이나 전승 계보, 가창자가 속한 농악대의 성격 등에 따라 자료의 구성이나 개별 내용의 세련도에 있어 차이가 난다. 이러한 점은 경기 북부지역과 남부지역의 자료에서도 동일하게 적용된다.

경기 북부지역인 포천시 가산면에서 채록된 자료를 인용하면 아래와 같다.

> 일심으로 정령이 극락세계라 염불이면 동지 지방에 어지신 세주님네 평생 심중에 잡순 마음 연만하신 백발노인 일생 동안 잘 사시고 평생동안 잘 노시다 왕생극락 하옵소서 젊으신네 생남발원 있은 자손 수명장수 덕담가오 축원가오 근국언명 이댁 전에 무전축원 고사덕담 충성계성 발원이라 제주전에 영감마님 자성하신 서방님과 효자충생 도련님들 근국은 디댁이라 일평생을 잘사실제 어디인들 아니가리(후략)(포천시 가산면 방축 2리 이영재, 2004.8.6. 채록)[26]

---

26 포천시 가산면 방축 2리 토박이인 이영재(1933)는 집안 사정상 어려서 농사 일을 시작하였고 옆마을인 금현리의 선소리꾼 신용선에게 소모는 소리, 논매는 소리 등의 노동요뿐만 아니라 속신의식요, 장례의식요, 세시의식요 등을 두루 배웠다. 그는 20대 중반부터 가산

위 소리는 성주굿 고사소리의 초반부로, 가창자는 가정축원을 노래하면서 염불을 잘 하면 평생 잘 살고 왕생극락할 수 있다고 하였다. 이 자료를 구연하는 가창자는 스님의 면모를 차용하고 있다. 이 소리의 가창자인 이영재에 따르면, 포천군 가산면 일대에서는 예전부터 수시로 스님들이 시주를 와서 고사소리를 했다고 한다. 그러한 스님들 중에는 행색이나 하는 행동으로 보아 도저히 스님으로 보기 힘든 사람들도 종종 오곤 했는데, 그 사람들은 일반적인 스님들보다 고사소리를 더 잘했다고 했다. 이영재는 그러한 사람들의 소리를 자주 들어서 익혔고, 90년대 초반까지 가산면 일대에서 정초 지신밟기 때 고사소리를 불렀다.

경기 남부지역 고사소리 역시 경기북부지역 자료와 마찬가지로 불교적 성격이 강하다. 그러나 북부지역 자료는 '염불'이나 '세주님' 등 주로 어휘 차원에서 불교적 내용이 노래되었다면 경기 남부지역 자료는 소리의 구성이 내용상 선염불과 뒷염불로 분리되면서, 단어 사용에 있어서도 북부자료에 비해 훨씬 풍부한 불교 용어가 노래되었다. 이러한 경기남부지역의 고사소리의 불교적 성격에 대해서는 유랑예인집단 고사告祀소리를 다루는 자리에서 재론하고자 한다.

(5) 이천시 이종철 구연본의 특징

경기지역에서 채록된 30편의 성주굿 고사소리 중 29편은 모두 산세풀이에서 액막이, 가정축원으로 이어지는 내용 구성을 보인다. 그런데 이천시 호법면 유산 3리에서 채록된 이종철 구연본은 성주풀이의 형태를 가지고 있다. 그 자료의 초반부를 인용하면 아래와 같다.

> (전략) 건국은 대한민국 성주 한번 모셔보라고 성주 한번 모십시다 성주 본향이 어디시냐 경상도 안동땅에 제비원이 본이로구나 제비원에 솔씨를 다 빌

면 일대를 중심으로 선소리꾼으로 활동하였고, 1980년대 중반 김순제에 의해 포천 메나리가 발굴될 때에도 많은 일을 하였다.

어다가 팔도명산 다 심어놓제 산지조종은 곤륜산이요 수지조종은 황해수라 태백산에 왕묘봉은 동해수만 쑥빠지고 곤륜산에 대관령은 곤륜산에 지맥이고 이 솔씨를 빌어다가 팔도명산 다 심어놓제 함경도라 백두산에 중주봉이 둘러 세워 압록강에 원조받어 조선팔도 바라보니 삼천명이 뚜렷하고 평안도라 묘 향산엔 대동강이 배합하여 그 고장에도 명기 돌고(후략)(이천시 호법면 유산 3리 이종철, 2003.12.3. 현지조사)

위 인용문에서는 성주를 모시자고 하면서 솔씨를 팔도 명산에 뿌린 뒤 뒤이어 산세풀이가 노래되었다. 일반적인 성주풀이의 경우 성주의 본本을 물은 다음 성주신이 솔씨를 뿌려 그 나무가 잘 자라서 목수들이 그 나무를 베러 가는 것으로 노래된다. 그런데 여기서는 솔씨를 뿌려서 그 솔씨가 자라는 곳에 대한 신성성을 확보하기 위한 목적으로 산세풀이가 삽입되었다.

이 자료의 두 번째 특징은 제비원에서 자란 소나무를 베기 위해 톱질할 때, 수로를 이용해 나무 운반할 때, 그리고 집터를 잡아서 지경 다질 때와 농사지을 때 각각 그 상황에 맞는 민요가 선후창先後唱 방식으로 구연된 것이다. 다른 농악대 고사소리에서도 노동 상황 묘사 등에 따라 삽입민요가 노래되지 않는 것은 아니나 그 자료들에서는 상쇠가 독창으로 흥겨운 분위기를 만들기 위한 목적으로 사용되고 그 종류도 몇 가지로 한정된다.

이종철 구연본에서 노래되는 삽입민요 중 농사풀이 안에서 불리는 모심는 소리와 논매는 소리를 인용하면 아래와 같다.

(전략) 오호오이야 에이야 호야 오호오이야 에이야 호야 농사는 천하지대본이로다 오호오이야 에이야 호야 사람마다기 벼슬을 허면 오호 이야 에이야 호야 농부가 될 사람이 왜 생겼느냐 오호오이야 에이야 호야 장줄에 옆줄을 맞춰를 가면 오호오이야 에이야 호야 한폭 두폭이 심을 적에는 오호오이야 에이야 호야 우수워두 보기좋으면 오호오이야 에이야 호야

굶었네 굶었네 이 논배미가 다 굶었네 어허 굶었네 어하 여기도 굶었네 한폭 두폭 심을 적에 우수워도 보이더니 어하 굶었네 어하 여기도 굶었네 장줄 옆줄 맞춰심어 가지가 벌고 터기가 벌어 어하 굶었네 어하 여기도 굶었네 상상이삭이 먼저 나와 나라님께다 진상을 하고 어하 굶었네 어하 여기도 굶었네

오호오호 오호이 오호 오히야 에헤야 오호오호 오호이 오호 오히야 에헤야 나
라님께 진상하고 부모님께다 진상할제 오호오호 오호이 오호 오히야 에헤야
동지사 적빈객은 부모님께도 봉양을 하세 오호오호 오호이 오호 오히야(후략)
(이천시 호법면 유산 3리 이종철, 2003.12.3. 현지조사)

가창자는 한철 농사를 지어보자고 하면서 농사를 짓는 대목에서 위와
같이 실제 현장에서 노래되는 것과 같은 가창 방식과 사설의 소리를 불렀
다. 이 소리를 부른 이종철은 20대 초반부터 모를 심거나 논을 맬 때 농요
선소리꾼으로 활동한 경험을 살려 이 소리를 불렀다. 여기서의 뒷소리는
주위에 선 치배들이 받아주었다. 이 자료에서는 실제 노동 상황에서 쓰이
는 민요들이 상황에 맞게 삽입되어 불림으로써 축원의 목적이 보다 구체적
으로 발현될 수 있었다.

영남지역을 중심으로 불리는 70여 편의 성주풀이는 대부분 액막이타령
이 따로 불리지 않는다. 그런데 이종철 구연본에서는 자료의 후반부에 살
풀이, 달거리 등의 액막이타령이 노래되었다.

(전략) 구월이라 드는 살 시월 상달 무시루범벅 고시루 디려 집집마다 돌려
음식냄새로 풀릴거고 시월이라 드는 살은 동짓달에 동짓날 동지팥죽 많이 써
서 대문간에 훌훌 뿌리면 이집 저집 날아가고 십일월이라 드는 살 섣달그믐날
암반 위에 흰떡 가래 걸미잽이를 후려때려 오는 애들 가는 애들 여기저기 주
게되면 그집 저집에 다 갈꺼고 섣달이라 드는 살은 정월하구도 열나흗날 속옷
채로 북어대가리 자끈자끈 이겨내어 곡씨종말 박씨종 그저 한강에다 띄워버
리면 일년 열두달 과년은 열석달 모든 살을 풀어다가 막어내고(후략)(이천시
호법면 유산 3리 이종철, 2003.12.3. 현지조사)

위 인용문은 달거리 중 구월부터 섣달까지의 내용으로, 앞서 살핀 이
지역 고사소리에서 노래되는 달거리와 크게 다르지 않다. 다른 지역에서
구연되는 성주풀이에서는 노래되지 않는 액막이타령이 이종철 구연본에서
노래되는 것은 지신밟기의 두 가지 목적, 즉 액막이와 가정축원 중 성주풀
이에서 액막이가 제대로 성취되지 못했다고 판단했기 때문이다. 실제 이종

철 구연본을 보면 앞서 노래된 성주풀이의 어떤 부분에서도 액을 막는 것과 관련된 내용이 노래되지 않았다. 그런 관계로 고사덕담의 후반부에 주로 사용되는 살풀이와 달거리가 성주풀이의 후반부에 차용된 것이다. 이러한 살풀이, 달거리의 차용은 이 소리의 초반부에 노래된 산세풀이의 차용과 같은 맥락에서 이해 가능하다.

이종철 구연본이 위와 같은 형태를 가지게 된 것은 그가 어려서 독경讀經과 관련된 의례 및 사설을 학습한 것과 무관하지 않다. 그는 태어날 때부터 한쪽 시력이 좋지 않아 농사일을 할 수 없었다. 아들의 장래를 걱정한 어머니는 그가 11세 되던 해에 이천시 모가면 소사리에 살던 독경무 양재근(당시 60여세)에게 그를 보내었다. 그는 수업료를 따로 내지 않았기 때문에 그의 어머니가 양재근의 집에 정기적으로 쌀을 가져다주었다고 한다.

이종철은 양재근의 집에 머물면서 5년간 독경과 관련된 공부를 하게 되었고 그 후 집으로 돌아와 50대 초반까지 정초 지신밟기를 비롯하여 동티나 목살木煞, 혹은 정신병이 걸린 이 등을 치료하는 의례 등에 종사하였다. 그런 점에서 이종철 구연본은 뒤에 살피게 될 동래 최순도 구연본이나 김해 정치봉 구연본 등과 일정한 연관성을 갖는다고 할 수 있다.

(6) 성주굿 외 다른 굿의 사설 구성

이 지역에서 성주굿 외 우물굿이나 조왕굿, 장독굿 등에서 하는 소리의 내용은 크게 신神에게 소원을 비는 것과 각 장소에 존재하는 신을 밟거나 울리자는 것으로 나눌 수 있다.

먼저 기원이 노래되는 자료를 인용하면 아래와 같다.

> **우물굿**: 퐁퐁퐁 잘 나옵소사 깨끗한 물 잘 나옵소사(안양시 관양동 부림말 이해문, 경기민속지 Ⅶ)

> **우물굿**: 동방청제 용왕님 남방적제 용왕님 서방백제 용왕님 북방흑제 용왕님 중앙황제 용왕님(이천 대월농악, 농악)

첫 번째 인용문은 샘 앞에서 XAXA의 관용구를 통해 깨끗한 물이 잘 나오기를 기원하였다. 여기서는 물이 잘 나오길 기원하면서도 소원을 들어주는 대상이 특별히 드러나지는 않았다. 이와는 달리 두 번째 인용문에서는 비는 내용은 노래되지 않고 물과 관련되는 신명神名만 나열되었다. 여기서는 대칭으로 방위를 이해하는 서양의 사방四方 관념인 동서남북이 아닌, 우리 전래의 사방 관념인 동남서북의 순서로 진행되었다. 그리고 오방신五方神과 용왕龍王의 신명이 결합된 것도 주목된다. 즉 두 번째 인용문의 경우 우리나라 전래의 사방 관념 사용, 그리고 성격이 다른 두 신명이 결합되었다는 점에서 농악대 고사告祀소리의 단순치 않은 성격을 알 수 있다. 특히 오방신과 그 장소에 좌정하고 있는 신격의 결합은 경기지역 외에 다른 지역에서도 다양하게 나타나고 있어 주목된다.

이러한 단순 기원 및 신에 대한 기원은 기본적으로 그 장소에 존재하는 가신신앙家神信仰과 밀접한 관련을 갖는다. 특히 신에 대한 기원을 노래하는 자료들은 가정 주부에 의해 정월 혹은 시월상달에 행해지는 안택安宅 혹은 안택고사安宅告祀 때 불리는 노래에서도 나타난다. 여성에 의해 불리는 비손 혹은 손 비빔 때 불리는 소리들은 개인적 차이가 있긴 하나 기원하는 내용을 나열하면서 비는 이의 위치는 최대한 낮추고 신의 위엄이나 권능은 최대한 높이는데 반해, 농악대 고사소리는 가창자의 위치는 그다지 낮추지 않으면서 신에게 원하는 내용만을 간략하게 노래한다.

그러면 각 장소에 존재하는 신神을 밟거나 누르자고 하는 자료를 보고자 한다.

> **터주굿:** 누르세 누르세 터주지신 누르세/ 누르세 누르세 터주지신 누르세/ 잡귀 잡신은 물러가라(이천 대월농악, 농악)

> **조왕굿:** 내놓으시오 내놓으시오 금덕귀신 내놓으시오 밟어주 밟어주 금덕 귀신 밟어주(경기도 용인시 외서면 백암리 곽한명, 한국민간의식요 연구)

첫 번째 인용문에서는 터주신을 누르자는 권유와 함께 잡귀잡신은 물러가라는 내용이 노래되었다. 여기서는 벽사辟邪의 의미로 신을 누르는 것과 물러가라고 하는 것이 같은 자리에서 노래된 것이 주목된다. 앞서도 언급했지만 고사소리는 가신신앙의 산물이라 해도 과언이 아니다. 따라서 각 장소의 신의 성격에 따라 그에 따른 소리가 마련된다. 그렇게 볼 때 여기서의 터주신은 집터에 상주하기 때문에 눌러야 하고, 잡귀잡신은 밖에서 들어오기 때문에 집에 근접하지 못하게 내쫓아야 한다는 관념이 있음을 알 수 있다.

두 번째 인용문에서는 앞선 인용문과 달리 첫 번째 마디에서는 금덕귀신을 내놓으라고 했고, 두 번째 마디에서 역시 금덕귀신을 밟아주라고 하였다. 금덕귀신의 정확한 의미는 알 수 없으나, 이 소리가 조왕굿에서 불리는 점을 감안하면 조왕신의 별칭으로 이해 가능하다. 이처럼 서로 다른 내용이 한 자리에서 사용된 것은 앞과 뒤에 노래된 금덕귀신이 각기 다른 신이기 때문이다.

첫 번째 마디의 금덕귀신은 부엌에서 만드는 음식 등이 잘 되게 도와주는 조왕신으로서의 금덕귀신이다. 반면 두 번째 마디에서 밟아야 할 금덕귀신은 터주신 혹은 지신으로서의 금덕귀신이다. 가창자가 터주신을 금덕귀신으로 노래한 것은 터주신을 누르는 것과 조왕신에게 축원하는 서로 다른 내용이 한 자리에서 노래되었기 때문이다. 이처럼 상반되는 내용이 하나의 소리 안에서 같이 노래되는 것은 앞서 살핀 오방지신과 그 장소에 좌정하고 있는 신격의 결합과 더불어 농악대 고사告祀소리의 생성과 변화와 직결되는 문제이다.

성주굿 외에 다른 장소에서 부르는 노래들은 위에서 살핀 자료들처럼 단일 내용으로 노래된 것들도 있지만 대부분 두 가지 이상의 내용이 같이 노래된다.

> 샘굿: 물 줍시오 물 줍시오 사해용왕 물줍시오 뚫으시오 뚫으시오 옥수물만
> 뚫으시오 동해물도 땅기고 서해물도 땅기고 맑은 물만 출렁출렁 넹겨
> 주시오

조왕굿: 눌릅시오 눌릅시오 조왕님전 눌릅시오 받읍시오 받읍시오 만고복
　　　덕 받읍시오 일년은 열두달 삼백육십일 내년에 벌떡 돌아갈지라도
　　　관재귀신 삼재팔난 우환전환 근심걱정 다 소멸하시고 소원성취 이
　　　뤄주십시오(평택농악 최은창, 경기민속지 Ⅶ)

　첫 번째 인용문에서 가창자는 맑은 물을 넘겨받기 위해 물을 관장하는
사해용왕에게 물을 달라고 기원하고 동시에 우물 주위에 있는 치배들에게
물구멍을 뚫으라고 권유하였다. 가창자가 이처럼 두 가지 내용을 노래한
것은 상황에 따라 특별히 정해진 양식이 없는 상황에서 단일 내용보다는
여러 가지의 내용을 이어서 노래하는 것이 보다 구연 목적에 부합된다고
여겼기 때문이라 생각된다.

　두 번째 인용문에서는 처음에 조왕님전 누르자고 한 뒤 복을 받고 소원
성취하게 해달라고 기원하였다. 앞의 내용에서 조왕님전 누르라고 하는 것
은 실제 조왕신이 아닌, 조왕신 밑에 존재하는 터주신을 두고 하는 말이다.
그리고 소원성취하게 해 달라고 하는 것은 부엌에 좌정하는 조왕신에게
하는 것이다. 이 자료 역시 앞서 살핀 자료와 마찬가지로 서로 다른 내용이
한 자리에서 노래되다 보니 눌러야 할 대상과 축원해야 할 대상이 명확히
구분되지 못하였다.

2) 강원지역

　다른 지역과는 달리 강원지역에서는 집 안 곳곳에서 여러 신神들에게
하는 고사소리 중 성주굿 고사소리만이 채록되었다. 이 소리의 내용을 표
로 제시하면 아래와 같다.

지　역	성주굿 때 불리는 소리의 구성				출　전
강릉 홍제농악 박기하	호구 노정기	산세풀이	오방 지신풀이	가정축원	농악
춘천시 소양로 1가 강원근	산세풀이	가정축원	농사풀이		한국구비 문학대계 2-2

지 역	성주굿 때 불리는 소리의 구성				출 전
홍천군 내촌면 장생근	호구 노정기	산세풀이	가정축원		한국의 농요 III
삼척시 이천 1리 박두웅	오방신장풀이	가정축원			삼척의 소리기행
횡성군 청일면 춘당리 권영복	산세풀이	호구역 살풀이	농사풀이, 액막이	가정축원	민요
횡성군 횡성읍 추동리 김동운	산세풀이, 집짓기	호구역 살풀이	가정축원, 농사풀이	달거리	한국 민요대전
춘성군 북산면 물노 2리 박광철	산세풀이	가정축원	농사풀이		한국구비 문학대계 2-2
양양군 손양면 밀양리 최형근	산세풀이	호구역 살풀이	가정축원	농사풀이, 액막이	강원의 민요 II
양양군 김학종	산세풀이	농사풀이	액막이		양양군의 민요자료와 분석
양양군 현북면 어성전리 최병환	산세풀이	가정축원	호구역 살풀이		양양군의 민요자료와 분석
평창군 대화면 하안미 5리 안도영	산세풀이	가정축원			강원의 민요 I
양양군 서면 서림리 이상근	산세풀이	가정축원	(액막이)		강원의 민요 II
춘천시 서면 방동 2리 이도순	오방지신풀이	가정축원			강원의 민요 I
화천군 사내면 광덕 1리 신현규	산세풀이	액막이	농사풀이		2002.11.9. 현지조사
양구군 동면 팔랑리 고순복	산세풀이	농사풀이	달거리		2002.11.11. 현지조사
춘천시 사북면 오탄리 고재환	산세풀이	호구 노정기	가정축원	농사풀이	강원의 민요 I
속초시 조양동	산세풀이	살풀이	가정축원		속초의 민요

(1) 제의성 확보를 위한 천지조판과 치국잡기 구연

강원지역에서는 모두 18편의 성주굿 고사소리가 채록되었다. 이 자료들 중 산세풀이가 명확하게 드러나는 자료들을 보면 '국태민안 시화연풍이 연년이 돌아든다'로 시작되는 형태가 7편, 그리고 치국잡기부터 산세풀이까지 순차적으로 노래되는 형태가 4편이다. 자료의 수만으로 볼 때 강원지역이 뒤에서 살피게 될 충청지역에 비해 산세풀이가 '국태민안 시화연풍~'으로 시작되는 형태가 많다는 것은 그만큼 서울 경기지역의 고사소리의 영향을 많이 받았다는 것을 의미한다.

그러면 치국잡기부터 시작되는 산세풀이 형태를 살펴보고자 한다.

> 아하 에헤 도읍이로다 광주도읍 첫도읍 둘째도읍 평양인데 광주천년 평양천년 이천년 도읍에 한강다리 기봉하야 ○지늪지 생겼구나 보강눌러 대궐 짓고 대궐 앞에 육지면 오지면 하급쌀 앞도랑을 마련하니 군데군데 백호로다 왕심산 청년대우 관악산은 화산이요 중암산은 안산인데 한강의 수를 막아 어라 덕현리요 덕현리하니 경성내요 삼십칠번 대모와 경주땅은 난전이요 국천땅은 이름인데 남일부를 매련 후 경상도 칠십부쥴 매련하고 전라도 육십삼관 매련하고 황해도 오십육관 매련하고(후략)(양양군 현북면 어성전리 최병환, 양양군의 민요자료와 분석)

> 유세차 연월일 우복고우 존명신명 지화오니 개자태극이 조판 우에 음양이 십운으로 양이 생성하니 천개여자하니 천황씨가 나게시오 지벽은 중하시니 지황대신이 나게시고 구주를 분류할제 천지삼운이 곁에 가사 승린 미수출하고 물생존이 나니 유소씨가 나게시오 수인씨 시찬 수목하야 패련하심을 마련하오니 조앙대신이 나게시오 태위복표씨는 남과 여 역할마련 하옵시니 삼신제왕이 나게시고(후략)(평창군 대화면 하안미 5리 안도영, 강원의 민요 Ⅰ)

첫 번째 인용문에서는 무가巫歌의 서두 부분에서 주로 쓰이는 치국잡기의 내용이 축소되어 광주도읍과 평양도읍 이천년으로 노래가 시작되었다. 치국잡기 부분은 축소되긴 했으나, 이후에 산세가 기봉하여 늪지가 생기게 되는 바탕 역할을 한다. 이 자료는 전체적으로 국태민안 시화연풍으로 시작되는 자료군과 내용이 크게 다르지 않으면서도 간단한 치국잡기의 삽입, 그리고 산세가 현재 노래가 진행되고 있는 곳까지 산세가 하강하는 경로가 노래되었다는 점에서 차이가 있다.

두 번째 인용문은 천지조판과 함께 여러 신명神名, 그리고 그 신명들이 하는 일이 차례대로 노래되었는데, 노래의 첫 부분이 마을굿에서 사용되는 축문祝文 형식으로 시작되는 것이 특이하다. '유세차維歲次' 이하 '지화오니'까지의 내용은 천지조판 앞에 쓰이면서 현재 노래되는 소리의 권위를 높이기 위한 목적으로 사용되었다. 지신밟기가 마을굿 뒤에 행해지다 보니 가창자는 천지조판과 함께 축문의 앞부분을 고사소리에 사용하였다.

위 인용문들은 각각 영동지역에 속하는 양양군 현북면과 영동과 영서지역의 중간지점에 해당하는 평창군 대화면에서 채록되었다. 특히 이 두 자료는 산세풀이의 양상이 국태민안 시화연풍으로 시작되는 자료들과 차별성을 가진다는 점에서 서울 경기지역의 영향을 비교적 덜 받은 영동지역 고유의 고사소리의 모습을 보여준다고 할 수 있다. 이와 같은 지역적 특징은 영서지역에 비해 영동지역에서 지신밟기가 더 많이 행해지는 점도 일정부분 도움이 되었을 것이다.

(2) 호구 노정기의 다변화

고사덕담, 고사반, 고사염불 등으로 불리는 성주굿 고사소리에서는 여러 가지의 액막이타령이 불리는데 그 중에 마마신의 피해를 줄이기 위한 목적으로 불리는 호구역살풀이가 있다. 호구역살풀이는 그 명칭에서 보듯, 밖에서 들어오는 전염병의 신격이다 보니 호구신의 노정기가 중요한 부분을 차지한다. 강원지역에서는 다른 지역에 비해 다양한 형태의 호구 노정기가 노래된다.

우선 다른 지역 자료들과 비교해서 노정기의 양상이 크게 다르지 않은 자료를 인용하면 아래와 같다.

> (전략) 후구결상 마나님 신시를 나오시다 우리 한국 적다 소리 붕평 넘짓 듣고 쉰분은 회정할시고 다만 세분 나오실 적에 압록강을 당도하니 압록강도 열두강 두만강을 당도하니 두만강도 열두강 스물 네강 건널 길이 바이없어 나무배를 타자하니 썩어져서 못타겠고 흙배를 타자하니 부러져서 못타겠고 종

이배를 타자하니 미어져서 못타겠고 가랑잎배를 타자하니 만리강풍 무서워서 못타겠고 쇠곱배를 타자하니 지남철 무서워 못타겠다 우리나라 연잎이요 저 나라 댓잎이라 연잎 댓잎 주룩 훑어 연잎은 바닥되고 댓잎은 수풀되어 천수바람 넘짓 건너(후략)(춘천시 사북면 오탄리 고재환, 강원의 민요 Ⅰ)

위 문면에 따르면 호구결상(호구별상) 마나님이 우리나라로 건너오는 이유는 우리나라가 적다는 소리를 들었기 때문이다. 그런 이유로 전체 호구별상 중 세 분이 우리나라로 오게 되는데 압록강도 너무 넓고 두만강 역시 그러하여 건너지 못하였다. 여러 가지 방법을 써도 안되자 결국 그들은 연잎을 타고 강을 건너서 우리나라로 들어온다는 내용이다.

호구 노정기를 부르는 이유는 신이 오는 길을 자세히 노래함으로써 신을 즐겁게 하기 위해서이다. 신이 즐거워야 전염병의 피해를 조금이라도 줄일 수 있기 때문이다.

그러면 이 내용이 가창자에 따라 어떻게 변화되는지 살펴보도록 한다.

(전략) 글 잘하는 문장부처 말 잘하는 구변부처 자나 굵으나 녹두부처 다 먼 삼분 건너올제 앞강두 열두강이요 뒷강두 열두강 이십사강 스물니강 우격지역 건닐 적에 무신 배를 잡었더냐 나무배를 잡어타지 나무배는 썩어지구 돌배를 잡아타니 임진왜란 거북선 지남철이개 들어붙네 그배 저 배 못씨겠다 의주 월강 지쳐달아 수양버들잎 주르륵 훑어 연잎선을 모을적에 너른거는 바다 빼구 좁은거 선을 둘러 절입간에 화장하야 명주바람에 진솔풍 순풍에다 돛을 달아(후략)(횡성군 청일면 춘당 1리 권영복, 민요)

(전략) 서천서역국 들어가니 호구별상님 나오신다 오십삼불 노시다가 오십불은 떨어지고 삼불만 나오신다 엇지 엇지 나오시나 흙토선을 모아타니 광풍에 혼들려 어리설설 푸러지고 돌배를 가려타니 돌배를 가려타니 돌배도 가라안고 나무배를 지어타니 나무배도 썩어지고 아서라 이 배 못쓰겠다 낙영선이며 수영선 맑고 맑은 물에다가 연잎으로 배를 모와 고물에는 청기 꼽고 이물에는 홍기 꼽어 청기홍기 밧들어시고 와그럭 대그럭 건너올재 한가운데 아미타불 관세음보살(양양군 손양면 밀양리 최형근, 강원의 민요 Ⅱ)

첫 번째 인용문에서는 우리나라로 들어오는 주체가 호구별상이 아닌, 글 잘하는 문장부처, 말 잘하는 구변부처, 자나 굵으나 녹두부처라고 하였다. 그리고 두 번째 인용문의 경우 처음에는 호구별상님이 나오신다고 하였으나 실제 강을 건너는 존재는 오십삼불 중 나머지인 삼불三佛이다. 인용문 제일 끝에서 노래되는 아미타불 관세음보살이라는 말을 통해 이들이 부처라는 것을 명확히 알 수 있다. 두 번째 인용문에서의 삼불의 의미는 명확히 나타나지는 않았으나 첫 번째 인용문을 통해 그 의미를 유추할 수 있다. 위 인용문에서는 공통적으로 강을 건너는 존재들은 호구별상의 신격 위에 부처의 신격이 겹쳐져 있다.

주지하듯이 호구별상은 마마신으로, 전염성이 매우 강해 전통사회 사람들에게 엄청난 피해를 주었다. 특히 마마의 주된 피해자는 10세 미만의 아이들이이어서, 그 피해의 심각성이 컸다. 따라서 사람들은 마마신의 피해를 최소화하기 위해 액막이타령 중의 하나로 호구역살풀이를 불렀던 것이다. 호구역살풀이는 액을 막기 위한 목적으로 불렸으나 사람들 입장에서는 아무래도 사람들에게 피해를 주는 신격이 자신의 집으로 오는 것이 그리 달가운 일은 아니다. 그리고 19세기말 지석영에 의해 일본으로부터 종두가 도입되면서 1950년대 이후에는 천연두 환자가 거의 없어졌다. 홍역이 더 이상 옛날과 같이 무서운 병이 아니게 되면서 더욱 마마신의 위상이 약해졌다. 그런 관계로 일부 가창자들은 호구역살풀이의 틀 위에 마마신이 아닌, 그 보다 더 상위의 신으로, 인간세계에 도움이 되는 부처가 오는 것으로 노래한 것이다.

이러한 가창자에 의한 사설의 변화는 뒤로 가면서 더욱 다양하게 노래된다.

> (전략) 건명은 박씨댁에 상남자 서방님이요 중남자 도령님 무릎 밑에 옥동자며 젖 끝에 금년생이 그 아기 점점 자라 글 한자를 가르키자 어떤 글을 가르키나 (중략) 일필휘지 글을 지어 일천에 상지하니 상시관이 받아보고 앗따 그 글 잘 지었다 글자 마다 비점이요 구절 구절 관주로다 알성급제 도장원을 제수하니 도령님 시골하방 내려올제 앞강두 열두강 뒷강두 열두강에 스물하구 네강을

건느자니 열두강에 어떤 배를 잡아탈까 무쇠배를 타자하니 지남철이 무섭구 돌
배를 타자하니 돌배 풍덩 같아앉고 흙배를 타자하니 흙배 후르륵 풀어지고 버
들송잎 주르륵 훑어 버들송잎 일옆선을 지어타구 앞강에 청기받구 뒷강에 홍기
받아 한복판을 당도하니 물고갠지 돌고갠지 바람은 천둥치듯 무쇠발루 점지하
구 하루냐 이틀이냐 사흘나흘 보름이냐 열사흘만에 당도하야 마초밭에 말을 매
고 기초밭에 가꿉아 대주허구 도령님 시골하방에 나려와서 농사한철지어보세
(후략)(강원도 춘성군 북산면 물노 2리 박광철, 한국구비문학대계 2-2)

박씨댁 도련님은 어려서 글을 많이 읽어 무불통지하였고, 전국의 팔도
선비가 모인 가운데에서도 과거에 알성급제하여 도장원을 제수 받게 된다.
여기서의 호구 노정기는 도련님이 금의환향하는 모습을 노래하기 위해 불
린다. 그런 점에서 여기서의 노정기는 호구신의 노정기가 아닌, 도련님의
노정기인 셈이다. 그럼에도 강을 건너는 양상은 호구 노정기 틀과 동일하
게 노래된다.

원래 호구 노정기는 호구신이 오는 과정을 노래하는 것으로 오신娛神의
기능을 담당한다. 신이 오는 길을 노래해주면 그 자체로 신 입장에서는
반갑고 즐거운 것이다. 따라서 기분이 좋은 신은 가족 구성원에게 기꺼이
신의 권능을 베풀어주고자 한다. 그런데 위 인용문에서는 호구 노정기의
원래의 목적이나 주체는 완전히 소거된 채 노정의 주체가 바뀌고 목적 역시
가정축원을 위해 노래되었다. 이 부분 뒤에 곧바로 농사풀이가 노래되는
것도 앞서 나온 노정기가 가정축원에 목적이 있음을 보여준다.

앞서 '국태민안 시화연풍~'으로 시작되는 산세풀이와의 연관성을 통해
강원지역 고사소리는 경기지역 고사소리의 영향권 안에 있음이 감지되었
다. 그런데 가정축원 중 과거풀이가 노래되는 대목만은 경기지역에 비해
강원지역 자료가 월등히 풍부하게 채록되었다. 그리고 강원지역에서 채록
된 과거풀이는 서울 경기지역을 중심으로 채록된 세습남무 구연 손님 노정
기, 군웅 노정기, 남사당패와 같은 유랑예인집단 구연 고사소리에서도 일정
부분 나타나고 있다.[27] 그런 점에서 다른 지역과는 달리 강원지역에서는
호구 노정기가 가창자의 의도에 따라 다양하게 변화되어 노래되는 것은

이 지역만의 특징이라 할 수 있다.

위에서 살핀 호구 역살풀이는 원래 액을 막고자 하는 목적으로 불렸으나 점차 호구신에 대한 인식 등이 변화되면서 가정축원의 목적으로 노래됨을 확인하였다. 이러한 호구 노정기의 변화는 지신밟기의 성격 변화와 맥을 같이한다는 점에서 의의가 있다. 지신밟기 역시 액막이에서 의례 담당층의 변화, 가신 관념의 확립 등의 이유로 가정축원으로 나아가기 때문이다. 지신밟기의 흐름과 관련해서는 농악대 고사소리의 생성과 변화와 관련된 부분에서 다루고자 한다.

이밖에 강원지역 성주굿 고사소리 중 가정축원 대목은 이밖에 기존의 다른 노래를 차용하기도 한다.

> (전략) 이댁 가정 귀한 아기 태산같이 높았거라 황해같이 넓었거라 석순에 복을 빌고 동방에 명을 빌어 무쇠 목숨에 돌끈 달아 일백예순을 점제하기 소원성취 발원이요 이댁 가정 아들아기 점제하올 적에 아들은 팔형제를 점제하고 딸으는 칠형제를 점제할 제 나라에게 **충신동이요** 부모에게는 효자동이요 동기간에는 우애동이요 친척에게는 화목동이요 친구에게는 신의동이요 동네방네 귀염둥이요 그냥 그대로 점제하기 소원성취 발원이요(강원도 삼척시 이천 1리 박두웅, 삼척의 소리기행)

위 인용문에서는 자식들이 잘 되기를 기원하면서 아이를 낳으면 나라에는 충신동이, 부모에는 효자동이, 동기간에는 우애동이 등이 되라고 노래하였다. 이 내용은 주로 어머니나 할머니가 아이를 재울 때 흔히 부르는 소리 중 일부이다. 따라서 위 소리를 구연한 가창자는 자장가에서 사설 일부를 차용하여 가정축원을 더욱 풍성하게 노래하였다. 요컨대 강원지역에서는 가정축원의 목적을 보다 원활히 수행하기 위해 다른 소리의 사설을 차용하

---

27 경기지역 창우집단 남사당패 구연 자료들은 아래 책을 참조하였다.
　김헌선, 『한국 화랭이 무속의 역사와 원리 1』, 지식산업사, 1997.
　김헌선, 『김헌선의 사물놀이 이야기』, 풀빛, 1995.

기도 하고, 다른 사설의 틀을 가지고 와서 의도에 맞게 변용하기도 한다. 이러한 점은 전국의 성주굿 고사소리 중 강원지역에서 특히 두드러지게 나타난다.

3) 충청지역

충청지역은 지신밟기 때 이루어지는 의례 행위가 앞서 살핀 두 지역에 비해 비교적 자세히 조사되어 있다. 기존에 이루어진 조사 보고서 및 현지 조사에 따른 지신밟기의 순서를 표로 정리하면 아래와 같다.

지 역	지신밟기 순서				출 전
충북 보은군 회북면 중앙 1리 김형석	문굿	장독굿	조왕굿	마굿간굿	2004.8.15. 현지조사
홍성농악	조왕굿	터주굿	성주굿 (명당풀이)		농악 · 풍어제 · 민요
충북 영동군 영동읍 설계리 서병종	성주굿	조왕굿	터주굿, 마굿간굿,	우물굿, 대문굿	2004.1.7. 현지조사
부여군 부여읍 용정리	우물굿	장독굿	성주굿		김영균 조사본
대전 웃다리농악	문굿	샘굿, 조왕굿	장독굿	성주굿	농악
당진군 송악면 봉교리 이은권	샘굿	터주굿	조왕굿		당진의 향토민요
대전시 유성구 구즉동 최병철	성주굿	우물굿	조왕굿		대전민요집
부여 추양농악	문굿, 조왕굿	텃굿, 샘굿	마당굿	술굿	농악
부여시 세도면 동사리 조택구	문굿	조왕굿	장독굿	성주굿	2004.9.21. 현지조사
부여군 부여읍 용정리 하운	우물굿	조왕굿	성주굿		부여의 민요
대전 중앙농악회 이규헌	문굿 마당밟이	성주굿, 조왕굿	장독굿, 우물굿	곳간굿	대전민요집

위 표에서 보듯 충청지역 역시 앞서 살핀 경기지역과 마찬가지로 지신밟
기의 순서는 일정한 체계가 없이 다양하게 나타난다. 이러한 차이는 각
신神에 대한 관념의 차이와 함께 집의 가옥 구조 및 그때의 상황에 따라
소리가 구연되기 때문인 것으로 보인다. 그리고 각 마을의 사례를 조사한
연구자들의 시각이 각기 다른 관계로 지신밟기의 총체적 모습이 일괄적으
로 조사되지 못한 이유도 있을 것이다.

충청지역 지신밟기에서 가장 많이 나타나는 굿은 조왕굿이다. 주로 부뚜
막에 좌정하고 있는 조왕신은 음식 만들기와 함께 삼신과 더불어 육아育兒를
담당한다. 아울러 부엌에서 불이 다루어진다는 점에서 집의 재산을 지켜주는
존재로 여겨지기도 한다. 이 신神은 조선시대의 궁중 축귀의례인 나례儺禮에
도 등장하는 것으로 보아 다른 가신들에 비해 비교적 이른 시기부터 형성된
듯하다. 이는 집안에서 차지하는 조왕신의 비중과 무관하지 않다.

성주는 가옥 최고신으로 가정축원을 노래함에 있어 그에 대한 의례는
결코 빠질 수 없다. 동굴이나 나무 밑에서 비바람에 시달리던 사람들에게
집이라는 공간을 처음으로 제공한 존재가 성주이기 때문이다. 그럼에도 불
구하고 지역에 따라 지신밟기에서 성주굿이 이루어지지 않는 곳이 있다.
이는 그곳에서의 지신밟기의 목적이 기원이나 가정축원이 아닌, 액막이에
있기 때문이다. 이러한 지신밟기의 목적에 따른 가신의례에서의 성주굿의
들고 남에 대해선 뒤에서 재론하기로 한다.

다음으로 이 지역 성주굿 고사소리의 내용 구성을 표로 제시하면 아래와
같다.[28]

---

28 표에서 제시된 자료들 중 출처가 김영균 조사본이라고 된 자료들은 1980년대 초반부터
대전, 충남지역을 중심으로 민요 채록 작업을 해온 김영균으로부터 입수한 30여개의 테이
프 중에 있는 것들이다.

지 역	성주굿 때 불리는 소리의 구성				출 전
충북 음성군 소이면 봉전리 노희태	산세풀이	달거리, 살풀이	호구역살풀이, 가정축원	삼재풀이, 농사풀이	한국 민요대전
충북 영동군 영동읍 설계리 서병종	성주풀이				2004.1.7. 현지조사
충남 태안군 근이면 마금리	산세풀이	가정축원			김영균 조사본
충남 부여군 부여읍 용정리	성주풀이	달거리			김영균 조사본
충남 예산군 덕산면 실항리 이광선	산세풀이	농사풀이	가정축원	달거리	김영균 조사본
대전 웃다리농악	산세풀이	집안축원	액막이	달거리	농악
충남 당진군 우강면 대포리 김영환	산세풀이	가정축원	농사풀이	달거리	당진의 향토민요
대전시 유성구 구즉동 최병철	가정축원	농사풀이	달거리		대전민요집
충북 보은군 보은읍 관교리 법주사	가정축원				한국 민요대관
충북 진천군 덕산면 산수리	호구 노정기	산세풀이	가정축원		한국 민요대관
충북 보은군 마로면 갈정리 김창수	액막이				한국 민요대관
대전 대덕구 목상동 고석근	산세풀이	달거리			대전민요집
충남 예산지방	성주풀이				한국민요집 Ⅳ
충남 보령군 주포면 보령리 최영종	산세풀이	집 치장	호구역살풀이, 달거리	가정축원	대계 4-4
충남 부여군 부여읍 용정리 하운	가정축원				부여의 민요
충남 천안 이돌천	산세풀이	호구역 살풀이	농사풀이	가정축원	김헌선의 사물놀이이야기
충북 영동군 상촌면 궁촌 2리 이종봉	성주풀이	달거리			영동 민요해설집
충남 부여시 세도면 동사리 조택구	성주풀이	농사풀이	달거리		2004.9.21. 현지조사

지 역	성주굿 때 불리는 소리의 구성				출 전
대전 중앙농악회 이규헌	산세풀이	오방 지신풀이	농사풀이, 달거리	노랫고사 (성주풀이)	대전민요집
충남 서산군 해미면 동암리 오병환	산세풀이	가정축원	농사풀이		한국민요대전
충남 당진군 송악면 월곡리 윤병호	산세풀이	집 짓기	달거리, 살풀이	가정축원	한국민요대전
충남 대덕군 산내면 낭월리 전지홍	산세풀이	가정축원			한국구비 문학대계 4-2
충북 중원군 신니면 마수리 지남기	산세풀이	살풀이, 달거리	농사풀이	가정축원	한국구비 문학대계 3-1

충청지역에서 채록된 성주굿 고사소리는 모두 21편으로, 형태는 고사덕담, 고사반, 고사염불소리 혹은 덕담 등으로 불리는 자료군과 성주풀이, 혹은 성주지신풀이로 불리는 자료군, 그리고 고사덕담과 성주풀이가 결합된 자료군이 있다. 고사덕담 자료군은 소리의 구성과 형태 등이 앞서 살핀 경기지역 자료들과 크게 다르지 않은데, 산세풀이에 이어 가정축원이 병렬적으로 결합하는 점 등이 동일하였다. 그리고 성주풀이 자료군은 고사덕담의 내용 구성과는 다르게, 성주가 솔씨를 뿌리고, 그 솔씨가 커다란 나무로 자라 여러 대목들이 집을 짓고, 마지막으로 집에 대한 축원이 통합적으로 구성되었다.

전국에서 성주굿을 할 때 성주풀이를 노래하는 지역은 경상도와 충청도, 그리고 호남지역이다. 경상도와 충청도에서는 통상적으로 의례에서 불리는 성주풀이가 채록되었다. 그러나 호남지역에서는 통속민요 성주풀이에서 차용한 소리들이 불렸다. 물론 호남지역에서 구연되는 통속민요 성주풀이는 유희를 목적으로 불리는 자료들을 그대로 사용하는 것은 아니라, 통속민요 성주풀이를 차용하되 의식에 맞게 내용을 재구성하였다.

(1) 다양한 형태의 성주풀이 존재

충청지역의 세 가지 성주굿 고사소리 중 먼저 성주풀이에 대해 살펴보고자 한다. 충청지역에서 채록된 성주풀이 자료는 모두 5편이다. 이 중에서 성주신의 솔씨 뿌림, 여러 대목의 집짓기와 가정축원으로 구성된 것은 2편이고, 앞의 내용에 이어 후반부에 달거리 등이 노래된 것이 3편이다. 이 지역의 경우 영남지역의 70여 편과 비교하면 턱없이 적은 숫자가 채록되었음에도 불구하고, 다양한 형태의 성주풀이 자료가 나타난다.

이 지역에서 채록된 성주풀이를 양상별로 정리하면 아래와 같다.

A: 어헐사 지신아 지신지신 울리자 이집 짓던 대목은 어느 대목이 지었소 각성바지 중에서 한대목이 지었지 강남서 나온 제비 솔씨 한개 물어다가 조선천지 흩었더니 한장목이 되었구나 앞집에 박대목아 뒷집에 김대목아 이집 짓던 삼년 만에 아들 낳으면 효자 낳고 딸 낳으면 열녀 낳고 잡귀잡신은 물알로 만복은 집으로(예산지방, 한국민요집 Ⅳ)

B: 어어루 지신아 지신밟자 지신아 어어루 성주야 성주본이 어데나 경상도 안동땅 제비원이 본인데 제비원에 솔씨 받아 소평 대평 뿌렸더니 그 솔이 점점 자라나 소부득이 되었네 대부득이 되었네 앞집에라 김대목 뒷집에라 박대목 연장 망태를 걺어매고 소산에 올라 소목 내고 대산에 올라 대목내서 스물 네명 역군들이 어기여차 내어낸다 굽은 나무는 등을 치고 곧은 나무는 배를 쳐서 고래등 같은 기와집 지어 네귀에다 풍경달고 동남풍이 디리불면 풍경소리가 요란하다 누리세 누리세 천년이나 누리세 만년이나 누리세 수천년만년 누리세(후략)(충북 영동군 영동읍 설계리 서병종(1932), 2004.1.7. 현지조사)[29]

C: 아하 아하 아하 성주로다 성주로다 성주본이 어디 메냐 경상도라 안동땅 제비원이 본일레라 제비원에 솔씨를 받아 소평 대평에 던졌더니 소부동이 되었네 소부동이 점점 자라 대부동이 되어서 대부동이 점점 자라 청장목이 되었구나 청장목을 베어다가 굽은 나무 곱다듬고 곧은 나무 솔다듬어 이 집터를 닦을 적에 아들일랑 하나 두고 양녀딸로 하나 두고 석순이에 복을받고 동방석에 명이로다 안채는 복 복자요 사랑채는 거북 구자 동그렇게 지어놓고 이 세상 모든 님들 오고가고 왕래할제(후략)(충

29 서병종(1932)은 영동군 영동읍 설계리 토박이로, 같은 마을 선소리꾼이었던 서억삼에게 지신밟기 문서를 배웠다.

남 부여시 세도면 동사리 조택구(1936), 2004.9.21. 현지조사)[30]

A 자료에서는 솔씨를 뿌리는 주체인 성주신이 따로 나오지 않고 지신을 울리자고 한 뒤 곧바로 목수가 집을 짓는 내용이 노래된다. 여기서 '지신을 울리자'고 하는 것은 악기의 소리를 최대한 크게 내어서 지신을 발동하지 못하게 하기 위해서이다. 실제 지신밟기에서 성주풀이를 구연하는 농악대 상쇠들에 따르면, 최대한 악기 소리를 크게 내어야 지신을 밟는 효험이 있다고 한다. 만약 지신이 자신의 처소處所에 가만히 있지 않고 움직여 발동하게 되면 동티와 같은 좋지 않은 일이 일어나서 집안사람들이 해를 입게 된다고 생각한다. 따라서 이 자료는 가정축원의 목적으로, 뒤에 목수가 집을 짓는 내용이 노래되기는 하나 전체적으로 액막이의 목적이 소리를 지배하고 있다고 할 수 있다.

여기서 지신地神을 누르거나 울리자고 하는 것은 잡귀잡신을 내쫓는 것과 같이, 문제가 될 소지가 있는 것을 예방하고자 하는 목적으로 불린다. 그런데 이 소리는 액막이의 성격과 함께 기원의 의미도 함께 가지고 있다. 지신은 집터 아래에 좌정하고 있으면서 되도록 발동하지 않는 것이 결과적으로 사람들에게 도움이 된다. 지신은 사람들에게 평안과 안녕을 전해주는 다른 가신家神들과는 조금 성격이 다르다고 할 수 있다.

잡귀잡신을 내쫓자고 하는 것은 완전한 액막이의 성격을 가진다면, 지신을 밟는 것은 표면적으로는 액막이 같지만 그 내면에는 신에 대한 기원이 있는 것이다. 이에 대해선 잡귀잡신과 지신이 동시에 등장하는 호남지역 농악대 고사告祀소리를 논하는 자리에서 재론하고자 한다.

B 자료에서는 지신 밟자는 내용이 처음에 나온 다음 곧바로 성주신이

---

30 부여군 세도면 동사리에서 6대째 살아오고 있는 조택구는 동사리의 선소리꾼이던 박산봉에게 상여소리, 고사소리(덕담), 논매는 소리(못방구소리 등) 등을 배웠다. 당시 박산봉이 너무 고령이어서 소리에 자질을 보이던 조택구가 20대 초반부터 선소리꾼으로 활동하게 되었다.

솔씨 뿌리는 내용이 노래되었다. 여기서 지신과 성주는 성격이 다른 신격이다. 지신은 밟아서 발동하지 못하게 해야 하지만 성주는 최대한 받들어 모셔야 한다. 성주가 솔씨를 뿌리는 내용이 노래되는 내용 이하는 가정축원이 노래되었다. 따라서 이 인용문은 지신을 밟자고 한 뒤 바로 성주가 솔씨를 뿌려서 집을 짓는 이하의 내용이 노래된다는 점에서 액막이와 가정축원이 공존하고 있다.

마지막으로 C 자료에서는 지신을 울리거나 밟자는 내용이 없이 성주의 본本을 묻는 내용으로 바로 노래가 시작되었다. 이 자료의 경우 앞서 살핀 두 자료의 연장선상에서 놓고 보면 지신地神의 존재가 사라지면서 액막이의 목적은 소거되고 가정축원만이 노래된 것으로 볼 수 있다. 그런데 위 세 자료만을 가지고 성주굿 고사소리의 변화 양상을 추론하기엔 논거가 부족한 것이 사실이다. 이와 관련된 논의는 성주풀이 70여 편이 채록된 영남지역 성주굿 고사소리를 다루는 자리에서 재론하고자 한다.

충청지역에서는 성주풀이와 고사반 혹은 고사덕담으로 불리는 자료에 한 해 동안 쌓인 액을 막거나 풀기 위한 목적으로 액막이타령의 한 종류인 달거리가 노래되었다. 성주풀이에서 노래되는 달거리와 고사반 혹은 고사덕담에서 노래되는 달거리를 각각 제시하면 아래와 같다.

> 일년하고도 열두달 과연하구도 열석달 정월 이월을 들어내니 정월 보름에 막아주고 이월 삼월을 들어내면 이월 한식에 막아주자 삼월 사월을 들어내니 삼월 삼짓날 막아주고 사월 오월을 들어내면 사월 초패일에 막아주고 (중략) 동지섣달을 들어내면 동지 동지로 막아주고 섣달 그믐날 다 막았네 흰떡 범벅으로 막아주자 어허루 지신아 이 집에 기시는 주인양반 일년 신수는 다 막았소 째궁에는 흘린살 마당 가운데는 벼락살 정지야 복판에 조왕살 뜨럭에 복판에 성주살 방 가운데는 햇다에살 삼신쌀 이 살 저설을 몰아다가 낙동강에 소멸했네 어허루 지신아(영동군 상촌면 궁촌 2리 이종봉(1918), 영동의 민요)

> 신년 새해 임신년에 접어들어서 일년을 나자하니 일년도액 막어 가자네 일년이면 열두달이요 사구삼백 육십일에 한달이면 서른날 하루하구 스물네시

시시때때로 드는 액을 달거리로 막어 가자 정칠월 이팔월 삼구월 사시월 오동지 육선달이요 정월에도 드는 액은 이월 영등에 막어 내고 이월에 드는 액은 도 삼월이라 삼짇날 강남서 나오시든 제비초리로 막어 내고 삼월에두나 드는 액 사월이라 초파일날에 부처님에 관등불 등대로 막어 내고 (중략) 시월에 드는 액은두 동짓달 동짓날에 동지맞이루 막어 내고 동짓달에 드는 액은 섣달이라 그믐날에 흰떡가래로 막어 내고 섣달에도 드는 액은두 정월하구 열나흗날에 막걸리 한잔 명태 한 마리 소지 한장에 뚤뚤 말어서 일년도액 힘으로다가 금일 이 정성에 대를 받쳐 원강천리에 소멸하니 만사는 대길하시고 소원성취 발원이네(충북 음성군 소이면 봉전리 노희태(1922), 한국민요대전)

위에서 보듯 달거리의 형태나 목적, 달과 세시일과의 관계 등은 성주풀이에서 불리든, 고사덕담에서 불리든 큰 차이가 없다. 앞서 경기지역 액막이타령 중의 하나인 달거리에서도 지적되었지만, 이 지역 역시 기본적인 형태에서 유희적 요소가 강화된 자료까지 다양한 형태의 달거리가 운용되고 있다.

성주풀이가 압도적으로 많은 수를 차지하고 있는 영남지역의 경우 성주풀이의 후반부에 달거리가 거의 노래되지 않았다. 영남지역 자료와 크게 다르지 않은 충청지역 성주풀이 자료에서 후반부에 달거리가 많이 노래되는 것은 이 지역이 고사반, 고사덕담 등이 성주풀이와 공존하는 것에서 그 이유를 찾을 수 있다. 고사덕담 등에서 액막이의 목적으로 달거리를 부르고 있으므로 성주풀이에서도 자연스럽게 같은 소리를 가져다 부른 것이다.

(2) 불교적 세계관의 차용
앞서 살핀 경기지역과 마찬가지로 이 지역에서도 불교적 요소가 결합된 자료들이 발견되었다.

A: 일심적념은 극락의 세계 염불이면은 염천신방하고 십왕시중 어중 시주님네 염불 공덕 없이 극락세계를 가오리까 염불공덕을 하옵자면은 착한 것이 염불이요 후한 것도 염불인데 염불공덕을 하옵시면은 백발 노인은 칠십 장수를 하시다가 왕생극락이 바라니라 유자 충신이면 열부열

녀로다 있는 아기는 수명장수 없던 아기는 탄생가를 작년 같은 험한 해
운도 꿈결 같이 잠시 갈 제 악귀 잡귀 험난 잡귀 이질 고뿔 배앓이는 남
같이 물어다가 의주라 압록강에다가 염불 소리를 하옵소서 강상에는 천
륜 부모 슬하 자식은 만생 영화 이 댁 가중에 대주님이 일년이라 열 두
달은 삼 백 일하고 육십 일에 거지 출입을 안 하리까 소리 끝에도 묻어
든 잡귀 남같이 잡아다가 ○○도라구 깊은 솜에다 영구소멸하옵서라(충
청북도 보은군 보은읍 관교리 법주사, 한국민요대관 2006.7.8. 현재)

B: (전략) 건명은 이댁전에 일평생을 사시었다가 아버님전 뼈를 빌고 어머
님전 살을 빌어 석달만에 피를 모으고 여섯달만에 육신 생기어 열달만에
탄생하니 우리 부모님 날 기르실제 어떤 공력 드리였나요 진자리 불쌍하
신 어머님이 누우시고 마른자리는 아가를 누이신 은자동아 금자동아 툭
툭 친 명은 이어 건명을 하리라 일가친척 화목동이요 동네방네 귀염두이
여 금을 주면은 너를 사고 은을 주며는 너를 사겠느냐 아아헤 나무아미
타불 관세음보살 아에 복은 다 말씀드렸습니다 주는 복은 잘 받으시고
액은 다 불러나시고 소례는 대례로 받으시옵소서(당진군 송악면 봉교
리 이은권, 당진의 향토전래민요)

 A 자료에서 가창자는 염불 공덕을 잘 하면 집안이 잘 될 수 있다고 하면
서 염불공덕을 잘 하면 집안의 평안을 어떻게 얻게 되는지 구체적으로 노래
하였다. B 자료는 회심곡 내용 중 부모님의 공덕功德으로 집안이 잘 될 것
이라는 축원을 구체적으로 노래하였다. 여기서 가창자는 집안의 안정과 평
화를 기원해주는 사제자 역할을 하면서 그 면모가 스님에 가깝게 나타나고
있다. 이렇게 농악대 상쇠가 집안을 축원함에 있어 스님의 성격을 갖는
가장 큰 목적은 대중들과 친숙한 사제자인 스님 이미지를 차용함으로써
가정축원의 목적을 최대한 효과적으로 수행하기 위해서이다.
 충북 보은군 회북면 중앙 1리에서는 문굿을 치고 집안에 들어가서 장독
굿, 조왕굿을 치고 대청마루에서 성주굿을 친 뒤 마당놀이를 한바탕 하고
다른 집으로 가는데, 성주굿을 할 때는 뚜렷하게 정해진 사설은 없고 상쇠
에 따라 회심곡 몇 마디를 부르기도 하였다.[31] 이러한 불교적 세계관의 차
용 및 회심곡 일부 사설이 노래되는 것은 가정축원을 노래함에 있어 보통

사람들에게 친숙한 불교적 세계관 및 용어를 이용하면 보다 수월하게 노래하는 목적을 이룰 수 있기 때문이다. 이러한 불교적 세계관의 차용은 남사당패와 같은 전문연희패 구연 고사소리에 더욱 적극적으로 나타난다.

(3) 유희성 강화를 위한 성주풀이의 삽입

두 번째로 성주풀이와 고사덕담이 결합된 자료를 살펴보고자 한다. 충청지역에서는 걸립을 전문으로 하는 대전 중앙농악회의 이규헌 구연본에서 고사덕담과 성주풀이가 결합되었다. 이규헌 구연본은 산세풀이, 몸주살풀이, 삼재풀이, 장사풀이, 농사풀이, 달거리, 삼신풀이와 노랫고사(가정축원, 성주풀이)로 구성되는데, 이 자료를 조사한 이소라가 지적했듯이, 이는 선고사와 뒷풀이(뒷염불)로 나누어 볼 수 있다.[32] 앞서 살핀 경기지역의 이종철 구연본이 성주풀이 바탕에 고사덕담의 일부 내용을 부분 수용했다면 이 자료는 고사덕담 바탕에 성주풀이를 부분 수용하였다.

여기서는 노랫고사 후반부에서 노래되는 성주풀이를 중심으로 살펴보고자 한다.

> 어떤 명당을 골랐는고 구의궁지 명당터 아래 신당터에다 절을 골라 거리 명당에 나비터전 나비명당에 거리터전 자손봉이 비쳤으니 자손 번영도 하려니와 노적봉이 비쳤으니 거부 장자도 날 자리요 도랑에는 풀이 나고 화반초라는 풀이 나고 죽지 않는 불사약과 늙지 않는 불로초가 좌우로 생초하는 이런 터에다 터를 닦고 성주본향이 어디멘고 경상도라 안동땅에 제비원에다 솔씨받아 용문지평을 썩 건너가서 소살낭기는 소목이 비고 대살낭기는 대목이 비야 도리기둥이 되었는데 저기 역군들 거동보소 옥도끼를 걸머쥐고 시우의 도끼는 양편날을

31 2004년 8월 15일 충북 보은군 회북면 중앙 1리 김형석(1931)과의 인터뷰를 통해 조사하였다. 김형석은 31살 때부터 상쇠로 활동하였다. 그는 군생활 7년을 빼고는 보은군 회북면 중앙 1구에서 평생 살아왔다. 쇠는 중앙 1리의 상쇠였던 김수봉(1907)에게 배웠는데, 김수봉은 그의 집 사랑채에 2~3년 정도 머물렀던 남사당 명인 이원보에게 쇠를 배웠다. 김수봉은 이원보에게 쇠 가락만 배웠고 고사소리 문서는 원래 보은에서 내려오던 것으로, 당시 보은에서 쇠를 가장 잘 치기로 소문난 윤희남(1902)에게서 배웠다.
32 이소라, 『대전민요집』, 대전 중구문화원, 1998, 278쪽.

알뜰하게 걸어줘고 곤륜산을 치달아서는 소지 삼장을 올린 후에 어떤 남기 비
나 할 적에 인장목도 못쓰겠고 풍장목도 못쓰겠네 까막까치 지은 남게는 부정
이 타서도 못쓰겠는데 석영방 썼는 나무 나무 하나가 잘 실어서 동쪽으로 벋은
가지는 자손 번성도 할 탓이오(대전 중앙농악회 이규헌(1916), 대전민요집)

이규헌 구연본 중 선고사 부분에서는 명당 관념과 관련된 산세풀이는
노래되나 집을 짓는 내용은 따로 노래되지 않는다. 따라서 이규헌은 가
축원을 노래하는 자리에서 앞서 노래되지 않은 집을 짓는 내용, 즉 성주풀
이를 삽입하였다. 성주풀이에서 집을 짓는 내용이 자세히 노래된다는 점에
서 그 자체로 축원의 성격을 가진다. 그러나 노래 서두에 '어떤 명당을 골렀
는고', '이런 터에다 터를 닦고'라는 사설에서 보듯, 이규헌은 집짓는 내용이
노래되어야 비로소 명당 관념이 완성된다고 생각하였다. 이러한 명당 관념
을 완성하기 위한 목적으로의 성주풀이 삽입은 앞서 살핀 경기지역의 용인
시 곽한명 및 유명수 구연본에서의 양상과 크게 다르지 않다.

(4) 세분화된 산세풀이의 존재
마지막으로 이 지역에서 채록된 성주굿 고사소리 중 고사덕담에 대해
살펴보고자 한다. 앞서 살핀 경기지역 성주굿 고사소리에서는 산세풀이의
서두가 "국태민안 시화연풍 연연히 돌아든다"로 시작되는 패턴만 발견되었
으나 이곳에서는 산세의 시작이 다른 시간과 장소에서 시작되는 자료들이
다수 발견되었다. 충청지역에서는 이씨 한양과 삼각산에서 산세가 시작되
는 형태가 4편, 산세풀이 전에 치국잡기가 노래되거나 백두산 등에서 산세
가 시작되는 자료가 5편 채록되었다.

천지현황 생긴 후에 만물이 번성허고 산천이 개탁헐제 곤륜산이 낙막으로
백두산이 기봉해여 십오영화 흐른 영기 와룡산천이 머물었다 강원도 금강산
일만이천봉이 봉하나이 기봉해여 남방세계 분명헐제 개야산 오대령이 내려오
구 보개산 화룡(청취불능) 경기(청취불능) 굽어볼제 조봉산 만일달 삼각산이
보장설법허니 인왕산이 주산되고 종남산이 안산이라(후략)(충남 태안군 근이

면 마금리, 김영균 조사본)

금일 금일 금일이야 금일 초하루 고사로다 축기를 잡아 하날에 섬기시며 토기를 잡아 땅이 섬기시구 천지일월이 섬기시구 만물이 번성허여 둘째국을 마련헐제 송도는 왕건 태조에 지국이며 이씨한양 등극시 삼각산이 넘쳤으니 대궐터루 마련허구 봉남산이 왕산이요 왕십리가 청룡이며 만리재는 백호로다 동작이 소거마 한강이 조수되구 만루장안이 이 아니며 대궐 앞에는 육조로다 각도 각읍을 마련헐제 경기도 오십팔간 전라도 삼십팔간(후략)(충남 보령군 주포면 보령리 최영종, 한국구비문학대계 4-4)

산세山勢는 물, 방위, 사람과 더불어 풍수風水의 기본 요소들 중 첫 번째에 해당한다.[33] 그러한 산세에 대한 중요성은 충청지역 산세풀이에서도 그대로 나타난다. 첫 번째 인용문은 "천지현황"부터 "보장설법허니"까지의 대목과 그 이후 "인왕산이 주산되고" 이후 대목으로 나눌 수 있다. 첫 번째 대목은 산세가 내려가기 위한 준비에 해당하고, 인왕산 이후의 대목부터 터 뒤의 산인 주산主山이나 터 앞에 마주보는 산인 안산案山 등이 마련된다. 이 자료는 한양과 관련된 지명에서 산세가 시작된다는 점에서 '국태민안 시화연풍~'으로 시작되는 자료와 간접적 영향 관계에 있다. 그러면서도 산세와 관련된 부분이 2부분으로 나누어 서술된 점이 다르다.

두 번째 인용문은 축기丑氣와 토기土氣, 천지일월로 천지조판을 이루고 이후에 치국잡기가 고려시대부터 차례대로 노래되었다. 그런 뒤 이씨 한양이 등국하여 각 도 각 읍이 마련되고 산세가 비로소 각 지역으로 퍼져간다. 이렇게 위 두 자료에서 산세풀이의 양상이 각기 다르게 나타나는 것은 산세풀이의 기능이 노래되는 곳의 권위 확보뿐만 아니라 소리의 제의성과도 관련되기 때문이다. 그런데 충청자료에서는 경기지역의 영향으로 인해 그러한 면이 제대로 확보되지 못하였다.

---

33 최창조, 『좋은 땅이란 어디를 말함인가』, 서해문집, 1989, 385쪽.

(5) 성주굿 외 다른 굿의 사설 구성

성주굿 외 우물굿이나 조왕굿 등에서 하는 소리들을 살펴보고자 한다.
먼저, 치배들에 대한 행동 권유나 지시가 중심이 되는 자료들이 있다.

> 우물굿: 뚫어라 뚫어라 물구녕만 뚫어라(부여군 부여읍 용정리 하운, 부여
> 의 민요)

> 샘굿: 물구녕만 빵빵 뚫어라 어엿다 부소 엿다 부쇼 인간세상 물 없으면 못
> 삽니다 유황께서 동해바다 물도 끌어오고 황해바다 물도 끌어오쇼 물
> 구녕만 빵빵 뚫어라(당진군 송악면 봉교리 이은권, 당진의 향토전래
> 민요)

첫 번째 인용문에서는 AAXA의 관용구 형태로 물이 잘 나오게 하기 위한
행동을 지시하였다. 두 번째 인용문도 첫 번째 인용문과 크게 다르지 않으
나 중간에 용왕에 대한 부탁이 삽입되었다.

고사소리에서 사용되는 어투는 기원하는 대상이나 가창자의 태도에 따
라 다양하게 나타난다. 위 자료에서는 단순 지시의 어투가 사용되었다는
점에서 여기서의 가창자가 사제자로서의 면모가 다른 자료들에 비해 약하
다고 할 수 있다. 이는 그만큼 신神에 대한 의존이나 바람이 적다는 것을
의미하는데, 이러한 점은 두 번째 중간에 용왕에게 '동해바다 물도 끌어오
고 황해바다 물도 끌어오쇼'라는 어투를 통해서도 알 수 있다.

그러면 기원이 노래된 자료를 살펴보고자 한다.

> 샘굿: 어 칠년대한 가뭄이라도 이 샘물 마르지 않게 동남풍 슬슬 불어 흰구
> 름 걷어내고 검은구름 몰아다가 억수장마 비 퍼붓듯 물이나 펄펄 솟
> 읍소서(부여군 부여읍 용정리, 김영균 조사본)

> 조왕굿: 주왕님 주왕님 국네 밥네는 다 주왕님께 달렸습니다 축원 문안드려
> 요 나무아미타불 관세음보살 극낙세계나 보오 아니로구나 영불변
> 은 만사대통 (중략) 주는 복은 잘 받으시고 액은 다 불러나시고 소

레는 대례로 받으시옵소서(당진군 송악면 봉교리 이은권, 당진의 향토전래민요)

조왕굿: 어어루 지신아 지신 밟자 지신아 어어루 조왕신 닷말찌기 밥솥에 서말찌기 국솥에 은쟁반 놋쟁반 간지수지를 걸쳐놓고 조왕님네 덕으로 아들애기 낳거든 옥동자를 낳아주소 금동자를 낳아주소 한 살 먹어 말배와 세 살 먹어 글 배와 열살 먹어 서울가 만과거 볼 적에 알상급제 도장원 충청감사를 봉하소(충북 영동군 영동읍 설계리 서병종, 2004.1.7. 현지조사)

첫 번째 인용문에서는 기원하는 대상이 구체적으로 드러나지는 않았으나 칠년대한 가뭄에도 마르지 않고 물이 펄펄 솟게 해달라고 한 것으로 보아 우물에 좌정하고 있는 용왕에게 빌고 있음을 알 수 있다. 사람들에게 필요한 무언가를 기원하는 자리에서 신의 호칭이 정확하게 나타나지 않는 것은 신에 대한 관념이 명확하지 않아서 생긴 결과이다. 그런 관계로 위 가창자가 기원을 들어주는 용왕이 아닌, 우물을 향해 '물이나 펄펄 솟읍소서'라고만 노래한 것이다.

두 번째 인용문에서는 부엌을 관장하는 조왕신에게 비는 소리인 만큼 국이며 밥이 모두 주왕님에게 달렸다고 하였다. 소원을 들어주는 주체가 명확하게 드러나지 않은 자료들에 비해 소원을 들어주는 주체가 명확하게 제시된 자료들에서는 공통적으로 기원하고자 하는 내용이 길게 노래되었다.

세 번째 인용문 역시 조왕신에 대한 기원을 명확히 하면서 조왕신 덕분에 집안의 음식이며 자식들이 잘된다고 하였다. 두 번째 인용문에서는 조왕신의 권능이 음식을 만드는 것에 한정된다면 세 번째 인용문에서는 음식 만들기에서 나아가 자식들의 성장과 공부까지 확대되었다. 이를 통해 성주굿을 제외한 다른 장소의 굿에서는 가창자가 그 신神에 대한 인식에 따라 다양한 사설로 노래했음을 알 수 있다.

마지막 인용문의 초반부에 '지신 밟자 지신아'라고 한 것은 뒤에 노래될 내용과 상관없이 관용적으로 노래된 것이다. 이렇게 노래 서두에 지신을 밟거나 누르자고 하는 내용이 상투적으로 노래되는 것은 이 자료뿐만 아니라 다른 지역에서도 어렵지 않게 발견된다.

바로 아래에 나오는 보은군 회북면 중앙 1리 자료에서의 용왕지신을 누르자고 하는 것 역시 지신을 밟자는 관용구와 무관하지 않다. 이렇게 지신을 밟자는 관용구가 서두에 사용되는 것, 그리고 특정 장소에 좌정하고 있는 신격과 지신의 신명이 결합되는 것은 애초에 지신밟기가 말 그대로, 지신을 밟기 위한 목적에서 시작되지 않았을까 생각해볼 수 있다. 지신을 밟자고 하는 것은 소극적 의미에서의 기원 형태인 관계로 점차 적극적 의미의 기원으로 이행하게 되면서 가신家神 관념의 형성과 함께 가정축원이 생겨났을 것이다.

이 지역에서도 앞의 두 가지 이상의 내용이 복합된 경우가 있다.

> 샘굿: 누르세 누르세 용왕지신을 누르세 뚫으세 뚫으세 물구녕만 뚫으세 주세 주세 사형(사방)에 물주세(충북 보은군 회북면 중앙 1리 김형석 (1931), 2004.8.15. 현지조사)

> 샘굿: 물줍시오 물줍시오 사해용왕님 물주시오 뚫으시오 뚫으시오 옥수물만 뚫으시오 동해물도 땅기고 서해물도 땅기고 맑은물만 출렁출렁 넌겨주시오(대전 중앙농악회 이규헌, 대전민요집)

> 우물굿: 용왕 용왕 용왕 용왕 물줍쇼 물줍쇼 사해용왕 물줍쇼 뚫어라 뚫어라 물구녕만 뚫어라(대전시 유성구 구즉동 탑립 최병철, 대전민요집)

첫 번째 인용문에서는 용왕지신을 누르자고 하는 것과 치배들에 대한 행동 권유가 노래되었다. 여기서는 물이 잘 나오게끔 하는 용왕은 나타나지 않는다. 이 자료에서는 우물에 문제를 일으키는 용왕지신을 최대한 누르는 동시에 사람들로 하여금 물구멍을 뚫자고 하였다. 따라서 이 집 사람들에게 물을 주는 존재는 용왕이 아닌, 현재 물구멍을 뚫고 있는 사람들이다.

반면, 두 번째와 세 번째 자료에서는 용왕에 대한 기원과 치배들에 대한 행동 지시가 노래되었다. 첫 번째 인용문은 액막이와 축원이 동시에 이루어졌다면, 이 두 자료는 축원 하나에만 목적을 두었다. 두 번째와 세 번째 자료는 축원을 강조하다 보니 물이 잘 나오게끔 하는 존재나 양상이 앞선 자료보다 더 자세하게 노래되었다.

위 인용문들에서의 용왕지신과 사해용왕, 용왕은 각각 우물에 좌정하고 있는 신神이면서도 그 성격이 다르다. 여기서 주목되는 것은 사람들에게 눌림의 대상으로 노래되는 용왕지신이다. 이 신명神名은 용왕과 지신이 결합된 것인데, 축원해야 할 용왕의 의미보다는 밟고 눌러야 할 지신地神의 의미가 보다 강하다. 그렇기 때문에 같은 용왕이 들어간 신명이면서도 뒤 자료들과는 다르게 눌림을 당하게 되는 것이다. 앞서도 이야기 했지만, 지신을 누르자고 하는 것은 표면적으로는 액막이이지만 그 자체로 지신에 대한 기원임을 주의할 필요가 있다.

(4) 호남지역

호남지역에서 행해지는 지신밟기의 구성을 보면 아래 표와 같다.

지 역	지신밟기 순서				출 전
화순 한천농악	샘굿	마당굿, 성주굿	조왕굿, 장꼬방굿	노적굿	한국의 농악 호남편
광양농악	문굿	정지굿	헛간굿, 장꼬방굿	철룡굿	광양풍물굿연구
광주 광산농악	마당굿	성주굿	정지굿	철용굿	한국의 농악 호남편
고흥 월포농악	문굿	당산굿 (마루굿)	조왕굿	철룡굿	2006.6.20. 현지조사
진도 소포 걸군농악	문굿	샘굿	정지굿	마루굿, 방굿	2006.6.22. 현지조사
임실 필봉농악	문굿, 샘굿	마당굿	정지굿	철용굿, 샘굿	농악

지 역	지신밟기 순서				출 전
해남군 송지면 산정마을	문굿	샘굿	정지굿	외양간굿, 마당굿	전라남도 해남지역의 군고연구
여천 석보농악	문굿	샘굿	마굿간굿	장독굿	여천시 향토농악자료집
익산 성포농악	문굿	샘굿	조왕굿, 장꽝굿	마당굿	한국의 농악 호남편
완도 장좌리	문굿	성주굿	정지굿	우물굿	2006.6.21. 현지조사
김제농악	샘굿	조왕굿	철용굿		한국의 농악 호남편
고흥 유전농악	문굿	마당굿	샘굿, 정지굿	성주굿	호남 좌도풍물굿에 관한 연구
영광농악	마당굿	성주굿	정지굿	철용굿	농악
이리농악	마당굿	성주굿	조왕굿, 철용굿	마당놀이	농악
여천 백초농악	문굿, 성주굿	샘굿	조왕굿	철용굿	농악
여천 안산농악	문굿	샘굿	조왕굿, 뒤안굿	성주굿	여천시 향토농악자료집

위의 표에서는 정초에 하는 지신밟기의 순서만 적었으나 전북 임실 필봉 농악에서는 섣달 그믐날 밤에 농악대가 당나무에 가서 절을 2번 하고, 마을 로 내려와서 마을을 한 바퀴 돌면서 집돌이를 하였다. 그리고 나서 정월 초나흘부터 다시 집돌이를 하며 지신밟기를 하는데, 이때의 순서는 그믐밤 에 매굿 때 했던 것과 크게 다르지 않다고 한다. 필봉농악에서의 지신밟기 의 순서는 문굿에서 시작하여 샘굿, 마당굿(마당굿 치는 동안에 고사상 준 비), 술굿, 정지굿(여기서 성주풀이 구연), 장독대, 천륭굿, 노적굿의 순서로 이루어졌다.[34]

---

34 문화재관리국, 「임실 필봉농악」, 『농악·풍어제·민요』, 문화재관리국, 1982, 47쪽.

호남지역에서는 섣달 그믐밤이나 새벽에 농악대에 의해 이루어지는 순수 액막이 목적의 매굿이 임실 외에 김제, 부안 등에서도 행해졌다. 이러한 양상은 호남지역 외에 영남지역에서도 그 흔적을 발견할 수 있다. 미루어 짐작컨대 농악대에 이루어지는 섣달그믐의 매굿과 집돌이는 전국적으로 행해졌던 것으로 보인다.

호남지역에서 채록된 성주굿 고사소리의 구성을 살펴보고자 한다.

지 역	성주굿 때 불리는 소리의 구성				출 전
전남 여수시 남면 심포리 최정관	산세풀이				한국민요대관
순천시 주암면 운룡리 김영배	산세풀이	달거리			한국민요대관
화순 한천농악	오방지신풀이	달거리 (조왕굿)			한국의 농악 호남편
남원시 운봉면 동천리 최진호	산세풀이	가정축원			전북의 민요
진안농악 김봉열	성주풀이	중천맥이	산세풀이	가정축원	농악
남원농악 유명철	산세풀이, 가정축원	업타령, 노적타령, 패물타령	화초타령, 비단타령	성주풀이, 중천맥이	2005.5.5., 7.30. 현지조사
영광농악 최용	치국잡기	성주풀이	달거리	중천맥이	2005.6.11. 현지조사
광양농악	중천멕이	업타령	비단타령	보석타령	광양풍물굿연구
진안농악 고재봉	산세풀이	집 짓기	세간풀이	비단풀이	한국민요대전
광주 광산농악 전경환	성주풀이	달거리	중천맥이		한국의 농악 호남편
이리농악	성주풀이	달거리			이리농악
여천 백초농악	성주풀이				농악
옥구군 대야면	성주풀이	달거리			호남 우도풍물굿
완주군 운주면 완창리	성주풀이				호남 좌도풍물굿

지 역	성주굿 때 불리는 소리의 구성				출 전
김제농악	성주풀이				한국의 농악 호남편
여천군 삼산면 서도리	중천맥이				한국민요대전
고창군 고수면 두평리 최유진	성주풀이				전북의 민요
순창군 팔덕면 월곡리 권상규	치국잡기	산세풀이	가정축원	달거리	한국민요대전
승주군 황전면 선변리 김용인	치국잡기	산세풀이	가정축원	달거리, 중천맥이	한국구비 문학대계 6-4

앞의 표에서 보듯 호남지역에서는 모두 세 가지의 성주굿 고사소리 형태가 있다. 고사덕담, 고사반 등으로 불리는 자료와 성주풀이로 불리는 자료, 그리고 고사덕담과 통속민요 성주풀이가 결합된 자료가 그것이다. 이 지역에서 채록된 성주풀이는 경상도나 충청도와는 달리 '에라만수 에라 대신이야'로 시작되는 통속민요 성주풀이가 불린다. 그런데 여기서의 통속민요 성주풀이는 지신밟기라는 제의 속에서 사제자에 의해 불리는 관계로 나름의 규칙을 가진다. 그런 점에서 유희를 목적으로 불리는 일반적인 통속민요 성주풀이와는 내용 구성 및 어휘에 있어 차별성을 보인다.

(1) 명당 관념 확보를 위한 산세풀이 구연

이 지역에서 고사덕담의 첫 번째 부분인 산세풀이가 온전하게 채록된 자료는 모두 4편으로, 어떤 자료에서도 '국태민안 시화연풍 연년이 돌아든다'로 시작되지 않았다. 산세풀이의 양상이 고사덕담 전체의 성격을 규정하는데 중요한 잣대로 사용된다는 점에서 호남지역 자료들은 다른 지역의 영향을 받지 않고 나름의 고유한 색깔을 간직하고 있다고 할 수 있다.

고상고살 고사로다 성게 드리잔 고사로다 모세 모드리자 고사로다 천광은 광
한전이요 천지하늘 둘러있고 산지조종은 곤륜산이요 수지조종은 황하수라 곤륜
산 제일맥이 뚝 떨어져서 함경도 백두산이 상겨있고 백두산 제일맥이 뚝 떨어
져서 강원도 금강산이 상겨있고 강원도 금강산 제일맥이 뚝 떨어져서 경기도
삼각산이 상겨있고 삼각산 제일맥이 뚝 떨어져서 동대문 남대문 서대문 북대문
이 상겨있고(후략)(전북 남원군 운봉면 동천리 최진호(1912), 전북의 민요)

고설고설 고사로다 섬겨드리자 고사로구나 안아드리자 고사로구나 천상에
광한정은 궁궐 지웅이요 지하에 곤륜산은 산악지조종이라 곤륜산 일지맥 떨
어져서 아장주춤 내려다가 조선 백두산이 생겼구나 백두산 백두산 일지맥 떨
어져서 흐늘거리고 나려오다 강원도 금강산이 생겼구나(남원농악 유명철,
2005.5.5, 7.31. 현지조사)

위 인용문에서는 산세가 중국 곤륜산에서 시작되어 우리나라 백두산으
로 처음 들어와 현재 노래하고 있는 곳으로 내려오고 있다. 이렇게 노래
초반부에 산세풀이가 노래되는 것은 지금 현재 노래되는 곳의 기원을 말하
면서 소리 자체의 제의성을 확보함과 동시에 현재 노래되는 곳의 신성성을
높이기 위해서이다. 그런 관계로 이 소리들의 서두는 소리 자체의 권위를
높이기 위한 의미로 제일 첫 부분에 '섬겨드리자 고사로구나 모셔드리자
고사로구나' 라는 사설이 노래되었다. 이는 앞서 살핀 경기지역에서의 '삼
강오륜이 으뜸이요' 라는 소리 서두의 삽입구와 같은 맥락이다.

(2) 유희성 강화를 위한 통속민요 성주풀이 차용

호남지역에서 불리는 성주굿 고사소리 중 성주풀이는 유희를 목적으로
불리는 통속민요 성주풀이와 내용 및 가창 방식이 크게 다르지 않다. 성주
가 뿌린 솔씨가 자라 집의 재목이 된다는 내용과 함께 여러 가지의 유희적
사설들이 삽화적 구성으로 노래된다. 다만 통속민요 성주풀이는 가창자의
기호에 따라 정해진 순서 없이 자유롭게 불린다면 농악대 상쇠에 의해 구연
되는 이 소리는 언제나 첫대목이 성주의 근본을 묻고, 그가 솔씨 뿌리는
대목에서 시작하고 있다.

이 소리들의 분포를 보면 호남 좌도농악에도 이 유형이 없는 것은 아니나 주로 호남 우도농악을 중심으로 존재하고 있다. 여기서는 호남지역 성주굿 고사소리 중 성주풀이 자료의 선본善本이라고 판단되는 광주 광산농악 전경환 구연본을 중심으로 살펴보고자 한다.

먼저 첫대목을 인용하면 아래와 같다.

> 대활연으로 설설이 내리소서 성주야 성주로다 성주 근본이 어드메냐 경상도 안동땅 제비 오는 솔씨 받어 희평대평 던졌더니 그 솔이 점점 자라나 낮이면 양지 쏘이고 밤이면 이슬 맞고 춘월 춘평 눈비 맞고 소보동 되고 대보동 되어 낙낙장송이 되더니만은 이댁 상량이 되었구나 에라 만수 에라 대신이야

첫 부분에서 대활연으로 설설이 내리라고 하는 것은 성주를 두고 하는 말이다. 뒤이어 노래되는 성주의 근본을 묻는 내용 역시 성주의 강림과 관계된다. 이처럼 이 노래에서 성주를 모시고자 하는 이유는 집이 없어 동굴이나 나무 밑에서 비바람 속에서 지내던 사람들에게 성주가 처음으로 집이라는 공간을 마련해주었기 때문이다.[35] 그런 점에서 성주의 본풀이와 그가 한 일은 차지하는 비중이 약하긴 하지만 이 노래의 제의성을 확보하는 기능을 담당한다.

위 인용문에서는 성주의 강림 및 그의 본풀이와 함께 그가 뿌린 솔씨도 중요한 구실을 한다. 집이라는 공간을 마련해준 성주가 분명 중요하긴 하지만 유흥을 중시하는 통속민요 성주풀이에서는 직접적으로 사람들에게 즐거움을 줄 수 있는 요소도 필요하기 때문이다. 따라서 다음 대목에서는 성주가 뿌린 솔씨가 잘 자라 낙락장송이 되었고, 그 재목이 이 집 상량이

---

35 집이 없어 동굴이나 나무 밑에서 지내던 사람들에게 성주가 집을 지어 주게 된 배경 및 이후의 행적 등은 뒤에 살피게 될 영남지역 농악대 고사소리 중 성주굿 고사소리에 잘 나타나 있다. 이와 관련된 내용은 아래 논문에서 다룬 바 있다.
졸고,「〈성주풀이〉의 서사민요敍事民謠적 성격」,『한국민요학』제14집, 한국민요학회, 2004.

되었다고 하였다.

두 번째와 세 번째 대목은 아래와 같다.

> 이 터 명당을 둘러보니 명당 수법이 제 아니 좋다 동산아 너른 들에 팔쾌
> 놓아 왼담 치고 안심방의 몸채 짓고 짚신방의 칙간 짓고 신선방의 사당 짓고
> 복덕방의 방애 놓고 안팎 중문 소설대문 쌍문벽장이 제 아니 좋다 에라 만수
> 에라 대신이야
> 이 터 명당을 둘러보니 명당수법이 제 아니 좋다 노인봉이 비쳤으니 백발
> 당산이 날 명당 노적봉이 뚜렷하니 만금장자가 날 명당이요 에라 만수 에라
> 대신이야

여기서는 집짓기와 가정축원이 노래되었다. 세 번째 대목에서 이 집에서
만금장자가 날 것이라고 하는 근거는 이 집터가 명당이기 때문이다. 명당
의 요건을 서술하는 것과 관련하여 성주풀이는 고사덕담에 비하여 산수나
방위 등 제 요건이 온전히 갖추어지지 못하고 각 대목간의 내용적 연관성도
비교적 약하다. 그러나 이미 삽화적 구성으로 틀이 굳어진 통속민요 성주
풀이를 신神의 본풀이 및 가정축원의 순서로 나름대로 배열하여 부른다는
점에서 일정부분 의의도 인정된다.

특정한 구연 목적을 가진 제의적 장소임에도 불구하고 통속민요 성주풀
이를 차용하여 부르는 것은 이제부터 시작될 유흥을 노래하기 위한 목적이
크다.

> 세월아 가지마라 아까운 청춘이 다 늙으면 멋있는 광대가 다 늙는다 천장시
> 월은 인정수유 춘만 권권이 북만가로다 에라 만수 에라 대신이야

전경환 구연본에서는 유흥의 내용이 한 대목밖에 노래되지 않았으나 다
른 자료들을 보면 보통 서너 대목이 연속적으로 노래되는 수가 많다. 그런
점에서 성주풀이유형은 내용상 성주의 본本과 관련된 제의적 부분과 다양
하게 노래되는 유흥 부분으로 구분할 수 있다.

위 대목에서 주목되는 사설 중의 하나는 '멋있는 광대'라는 구절이다. 이 노래를 부른 전경환은 실제 재인광대 출신으로 여기서의 광대는 가창자 자신을 지칭한다.[36] 즉 전경환은 기존의 통속민요 성주풀이에서의 탄로嘆老 내용에 자신의 처지를 삽입하여 노래한 것이다. 앞서 성주의 본풀이와 관련된 부분에서는 각 내용 단위별로 재구성이 이루어졌다면 여기서는 구체적 문면에 있어서 사설의 재구성이 이루어졌다고 할 수 있다. 즉 이미 굳어진 단위 내용이나 개별 사설이라 할지라도 구연 상황에 따라 가변적으로 사설이 운용됨을 확인할 수 있다.

앞서 호남지역 성주굿의 구성을 정리한 표에서도 나타났듯이 전경환 구연본에서는 성주풀이를 다 부르고 나서 달거리와 중천맥이를 뒤이어 불렀다.[37]

> (전략) 일년에 드는 액은 시로날로 막아내고 정월에 드는 액은 정월 보름에 막아내고 이월에 드는 액은 이월 한식으로 막아내고 삼월에 드는 액은 삼월 삼짓로 막아내고(후략)

> 에헤루 액이야 에헤루 액이야 어화 중천의 액이로구나 동에는 청기장군이요 청말에 청안장 청투구 쓰고 청갑옷 입고 청활에 청살을 매고 나니 동으로 떠들어오는데 매구 수설을 막아내자(후략)

달거리는 정월부터 동지까지 각 달에 드는 액을 그 달에 든 세시일로 막자고 하면서 각각의 달이 연속적으로 노래되었다. 액을 막는데 세시일이 액을 막는 주체가 되는 것은 향유층과 세시일과의 관계에서 찾을 수 있다. 전통사회의 구성원들은 각 달의 세시일에 맞춰 농사를 짓거나 생활 계획을 세웠다. 당시 사람들에게 각 달의 세시일을 숙지하고 그에 맞추어 생활하

---

36 전경환(1921~1999)에 대한 기본 정보는 영광농악 홈페이지(www.woodogood.com)를 이용하였다. 2006.5.7. 현재.

37 조사보고서에 따르면 달거리부터는 장고잽이가 했다고 하나 이는 현지 사정이나 유희성을 높이기 위한 것으로 보인다. 원래는 상쇠가 중천맥이까지 다 구연했을 것이다.
한국향토사연구전국협의회, 『한국의 농악』-호남편, 한국향토사연구전국협의회, 1994.

는 것은 그들의 생존과 직결되는 문제였다. 그런 점에서 한 해 동안 쌓인 액을 풀거나 혹은 다가올 액을 막는 것이 목적인 달거리에서 그들의 생활과 밀접한 관계에 있는 세시일이 사용되고 있는 것은 그들의 바람이 자연스럽게 발현된 결과라 할 수 있다.

앞의 두 가지 액막이타령이 성주풀이와 세트로 불리는 것은 이 소리가 통속민요 성주풀이를 차용해서 부르는 것에서 이유를 찾을 수 있다. 가정이 한 해 동안 평안하기 위해서는 축원과 함께 액을 막거나 푸는 것이 병행되어야 한다. 통속민요 성주풀이의 경우 가정축원의 부분은 성주의 본을 풀고 성주가 뿌린 솔씨가 그 집의 재목이 되었다는 것으로 충족될 수 있다. 그런데 통속민요 성주풀이는 그 자체로는 액을 막는 기능을 갖지 못하기 때문에 노래 뒷부분에 따로 달거리와 같은 액막이타령을 부르게 된 것이다.

우도농악은 신청농악神廳農樂에 기반을 둔 곳이 다른 지역에 비해 많이 남아 있다는 점에서 창우집단과 연관성이 있는 고사덕담 등으로 불리는 자료가 채록되어야 함에도 불구하고 대부분 지역에서 성주풀이가 채록되었다.[38] 이렇게 고사덕담이 소멸하고 그 자리를 성주풀이가 차지하게 된 것에 대해선 고사덕담과 성주풀이가 결합된 자료를 논의하는 자리에서 살펴보고자 한다.

(3) 공간에 대한 액막이로서의 중천맥이

호남지역에서는 고사덕담 등의 자료가 불리는 다른 지역과 마찬가지로, 다양한 형태의 액막이타령이 존재한다. 이 지역에서는 다른 지역에서는 발견되지 않는 형태의 액막이타령인 중천맥이 혹은 종천맥이가 노래되고 있다. 이 중천맥이는 고사덕담 자료는 3편, 성주풀이 자료는 2편의 후반부에 각각

---

[38] 이와 관련하여 손태도는 광대 고사소리는 절걸립패 고사소리나 성주굿 계통의 소리에 비해 부르기 어렵기 때문에 빨리 소멸했다고 하였다. 그의 논의는 이 지역에 광대 고사소리가 소멸한 이유를 설명하는 것은 가능하나 성주풀이가 불리는 이유를 말하기에는 부족하다. 손태도, 「광대고사소리에 대하여」, 『한국음반학』 11호, 한국고음반학회, 2001, 89쪽.

노래되었다. 성주풀이에서 보다 적은 수의 중천맥이가 불린 것은 이 지역 성주풀이가 통속민요 성주풀이를 차용해서 부르더라도, 영남지역 등의 제의에서 불리는 성주풀이의 연장선상에 있기 때문이다. 뒤에서 살펴겠지만, 성주풀이는 그 자체로 액을 막거나 풀고자 하는 내용을 함유하고 있는 관계로 고사덕담과 같이 자료 후반부에 액막이타령을 따로 노래하지 않는다.

이 지역에서 채록된 중천맥이 자료를 살펴보면 아래와 같다.

> 동지섣달에 드는 액은 정월이월에 다나간다 어여루 액이야 어기영차나 액이야 정이월에 드는 액은 삼사월에 다나간다 어여루 액이야 어기영차나 액이야 삼사월에 드는 액은 오뉴월에 다나간다 어여루 액이야 어기영차나 액이야 오뉴월에 드는 액은 칠팔월에나 다나간다 어여루 액이야 어기영차나 액이야 칠팔월에 드는 액은 구시월에 다나간다 어여루 액이야 어기영차나 액이야 구시월에 드는 액은 동지섣달에 다나간다 어여루 액이야 어기영차나 액이야 동지섣달에 드는 액은 정월이월에 다나간다 어여루 액이야 어기영차나 액이야 (전남 순천시 주암면 운룡리 김영배, 한국민요대관, 2006.7.8. 현재)

> 어루 액이야 어루 액이야 어러 중천 액이로구나 동에는 청제장군 장박게 황한량 청갑을 쓰고 청갑을 입고 청갑화살을 다 막아낸다 공중에서 떨어졌느냐 이배 수살 막고 예방을 허리요 어루 액이야 어루 액이야 어루 중천 액이로구나 남에는 적제장군 적박게 황한량 적갑을 쓰고 적갑을 입고 적갑화살을 다 막어느냐 공중에서 떨어졌느냐 이배 수살 막고 예방을 허리요 어루 액이야 어루 액이야 어루 중천 액이로구나 서에는 백제장군 장박게 백한량 백갑을 쓰고 백갑을 입고 백갑화살을 다 막어내느냐 공중에서 떨어졌느냐 이배 수살 막고 예방을 허리요 어루 액이야 어루 액이야 어루 중천 액이로구나(후략)(전남 여천군 삼산면 서도리 김성종, 한국민요대전)

첫 번째 인용문은 선후창 방식으로 노래되면서 선소리는 달거리가, 후렴은 중천맥이가 불렸다. 동일 목적의 액막이타령인 달거리 노래와 중천맥이가 유기적으로 결합되었다. 두 번째 인용문에서는 동남서북, 그리고 중앙으로 들어오는 액을 오방신장五方神將이 막는 내용이 노래되었는데 앞선 달거리가 시간관념으로 액을 막는다면 여기서는 공간 관념의 액막이가 이루어지는 것이 특징이다.

첫 번째 인용문에서는 액을 막는 주체가 잘 드러나지 않았다. 반면 두 번째 인용문에서는 액을 막는 주체가 명확하고 그 도구 또한 구체적으로 노래되었다. 이 소리는 다른 액막이타령과는 달리 세련된 선율 위에 선후 창 방식으로 불린다. 이 소리가 만들어지게 된 배경이나 담당층 등에 대해서는 다각도의 논의가 있어야겠으나 지금까지의 정황을 살폈을 때 호남지역을 중심으로 활동한 세습남무집단에 의해 만들어졌을 공산이 크다. 그 이유는 이 지역 성주굿 고사소리의 서두인 산세풀이를 세습남무집단인 화랭이패가 만들었고 중천맥이라는 용어 및 제차가 이미 이 지역 무속巫俗에서 사용되고 있기 때문이다.

호남지역 무속에서 사용되는 중천맥이는 서울굿의 뒷전과 같이 굿의 제일 마지막에 굿에 모여든 잡귀잡신들을 풀어먹이거나 퇴송退送시키는 거리를 지칭하기도 하고, 씻김굿 등의 성주굿이나 제석굿의 말미에서 액을 막기 위해 불리는 소리 형태를 말하기도 한다.[39] 중천맥이가 독립된 하나의 거리 개념으로 사용되든, 거리에 부속된 소리 형태로 불리든 액을 막거나 푸는 것과 연결되는 점에서는 동일하다. 이 소리의 내용은 여러 중천신의 나열이 중심이 되기도 하고, 오방신장이 각 방위에서 들어오는 액을 막는 내용이 노래되기도 한다.

특히 오방신장이 다섯 방위에서 들어오는 살을 막는 내용의 노래는 오방지신을 밟거나 누르자는 내용의 노래와 함께 여러 가지의 액막이타령 중 가장 오래된 형태라 할 수 있다. 뒤에서 보다 자세히 논의하겠지만, 지신밟기의 목적이 순수 액막이로만 행해질 때에는 여러 방위의 잡귀잡신을 몰아

---

39 호남지역 무속에서 사용되는 중천맥이에 대해서는 아래 책을 참조하였다.
　　김태곤, 『한국무가집』 2, 집문당, 1992, 41~42쪽.
　　김태곤, 『한국무가집』 3, 집문당, 1992, 358~359쪽.
　　박용재, 『북망산천 어이가리』, 라이프, 1996, 294쪽.
　　이경엽, 『씻김굿 무가』, 박이정, 2000, 133~134쪽, 229~230쪽.

내는 동시에 집안의 지신을 누르는 것을 가장 중요하게 여겼기 때문이다. 그 이후에 지신밟기의 성격이 액막이에서 축원으로 전개되면서 달거리와 같은 다른 액막이타령이나 '각 장소에 좌정하는 신격 + 지신'의 신명 형태 등이 등장하였다.

(4) 고사덕담과 성주풀이의 결합

마지막으로 고사덕담과 성주풀이가 결합되어 노래되는 자료들에 대해 살펴보자. 자료들을 내용 구성을 중심으로 정리하면 아래와 같다.

지 역	사설의 구성	출 전
진안농악 김봉열(1912)	성주풀이, 중천맥이, 산세풀이, 가정축원	농악
남원농악 유명철(1942)	산세풀이, 가정축원, 업타령, 노적타령, 패물타령, 화초타령, 비단타령, 성주풀이, 중천맥이	2005.5.5, 7.30 현지조사
영광농악 최용(1966)	치국잡기, 성주풀이, 달거리, 중천맥이	2005.6.11. 현지조사

위의 표에서 보듯 고사덕담과 성주풀이가 결합한 자료는 호남 좌도농악인 진안과 남원에서 두 편, 호남우도인 영광에서 한 편이 채록되었다. 진안농악의 경우 같은 농악대 안에 수법고는 고사덕담을, 상쇠는 성주풀이를 불렀고, 남원의 경우 같은 지역 안에서 최진호는 고사덕담을, 유명철은 고사덕담과 성주풀이가 결합된 형태를 불렀다. 그리고 영광농악에서는 고사덕담과 성주풀이가 결합된 한 편만 채록되었다.[40]

두 자료군이 결합된 형태에서 소리의 순서를 보면 좌도 진안농악에서는 성주풀이를 먼저 한 다음에 고사덕담을 부르고, 우도 영광농악 및 좌도 남원농악에서는 고사덕담을 먼저 하고 성주풀이를 구연하였다. 어떤 소리가

---

40 2006년 5월 20일 한국구비문학회 춘계발표대회에서 영광농악 최용 구연본의 '치국잡기'는 1998년에 연구자의 소개로, 판소리 광대의 소리를 배워서 덧붙인 것임이 밝혀졌다.

앞에 오는가 하는 것은 이 소리의 본래 모습이 무엇인가 아는 데 중요한 단서를 제공한다. 왜냐하면 소리의 제의적 축과 유희적 축 중 제의적 축이 사설의 가변이 비교적 적다고 할 때 두 유형 모두 앞부분에서 제의적 내용이 노래되었기 때문이다.

여기서의 비교적 자료 양상이 온전하고 현지 조사가 제대로 이루어진 남원농악 유명철 구연본을 중심으로 살펴보고자 한다. 유명철 구연본은 산세풀이, 집터의 형세풀이, 가정축원, 업타령, 노적타령, 패물타령, 화초타령, 비단타령, 그리고 성주풀이, 중천맥이의 순서로 구성되었다. 이 중에서 산세풀이와 집터의 형세풀이, 가정축원까지는 고사덕담의 그것과 크게 다르지 않다. 그런데 그 뒤에 노래되는 업타령과 노적타령 이하의 양상이 이채롭다.

> 업타령: 인생이 업일랑건 머리 곱게 단장허여 방안으로 모셔드리고 두껍이 업이라끈 장꽝으로 모셔들이자 어루 업이야 어루 업이야 어기영차 업이로구나 만경대 구름 속에 학성이 업도 들어오고 야월공산에 깊은 밤 귀촉도 불엽이 두견이 업이 들어온다 어루 업이야 어루 업이야 어기영차 업이로구나

> 노적타령: 어루 노적 어루 노적 어기영차 노적이야 충청도 소쇄뜰 다물다물에 쌓인 노적 이댁으로만 들어온다 어루 노적 어루 노적 어기영차 노적이야 긴 만경 넓은 들에 다물다물에 쌓인 노적 이댁으로만 들어온다

> 패물타령: (전략) 당사향 인황우황 청담백담흑담 산제당 응담 동행무궁에 갖인 월룡 건곤지명 명경 채경이 없을소냐 원삼 나삼 아양념 쪽도리까지 꾸역꾸역 들어오니 어찌 아니가 좋을소냐

> 화초타령: 화초도 많고 많다. 화룡 군자룡 만당추에 호개라. 모랑혼에 소식 전승 안내와 이화만지 불개우허니 장생궁중에 배꽃 제자 어찌 아니가 좋을소냐

> 비단타령: 비단을 부른다 비단을 부른다 번뜻 떳다 일광단 월광단 등태산 (중략) 만화방창 육진포 강릉갑사 소리 황제포 꾸역꾸역이 들어

오니 어찌 아니가 좋을소냐

업타령과 노적타령은 선소리가 불린 다음 '어러 업이야 어기영차 업이로
구나', '어루 노적 어루 노적 어기영차 노적이야'와 같은 후렴이 사용되고
있고 패물타령 이하 비단타령은 선후창 형식이 아닌 독창으로만 노래되었
다. 업타령과 노적타령은 중천맥이의 선율 및 가창방식을 바탕으로 사설만
바꾸어서 고사덕담 중간에 삽입되어 불렸다. 이렇게 다른 부분과 이질적이
지 않으면서도 자연스럽게 소리 중간에 업타령과 노적타령이 들어감으로
써 전체적으로 소리의 내용 및 유흥적 분위기가 강화되었다.
   보통의 고사덕담에 속하는 소리들은 집안 가정축원의 일환으로 세간풀
이 등으로 끝이 나지만 유명철 구연본에서는 여기에 성주풀이가 덧붙었다.

> 에라만수 에라대신이야 오늘늘거리고 놀아봅시다 이댁성주는 와가성주 저
> 집성주는 초가성주 한태간에 공주성주요 초년성주는 이년성주 서른일곱에 삼
> 년성주요 마흔일곱에 사년성주 마지막성주 쉰일곱이로다 에라만수 웃동네 도
> 군들아 아랫동네 도군들아 성주목을 내려가자(후략)

   지금까지 살핀 성주풀이의 서두는 모두 성주의 본本을 물은 다음 제비원
에 솔씨를 뿌리는 내용으로 시작되었다. 유명철 구연본에서도 성주의 근본
묻기 대목이 노래되지 않는 것은 아니지만 노래의 서두가 그 내용이 아닌,
성주굿을 하는 집안 대주의 나이를 나열하는 내용과 성주목을 베러가자는
내용이 노래되었다. 성주의 근본 묻기 대목이 노래의 서두에서 제의적 성
격을 충족시키기 위한 목적으로 불린다는 것을 감안하면 유명철 구연본의
경우 이미 앞부분의 산세풀이에서 그러한 목적이 충족된 관계로 굳이 성주
의 근본 묻기를 다시 할 필요를 느끼지 못했을 것이다.
   가창자는 앞서 살핀 업타령, 노적타령을 포함하여 성주풀이를 노래 후반
부에 덧붙임으로서 고사소리의 가정축원의 성격을 보다 강화하였다. 특히
걸립 등이 발달한 지역의 경우 고사소리의 중요성이 커지기 때문에 유희적

성격이 강화되는 수가 많은데 통속민요 성주풀이의 사용은 그러한 유희적 성격 강화에 따른 결과물이라 할 수 있다. 뒤에서 살피겠지만 고사소리를 전문으로 가창하는 이들에 의해 소리의 유희적 성격이 보다 강화될 경우 자료 후반부의 통속민요 성주풀이는 뒷염불, 노랫고사 등과 같은 형태로 나아가기도 하였다.

기존의 고사덕담에 통속민요 성주풀이가 습합되면서 생기는 고사소리의 다변화는 남원농악 상쇠 유명철과의 인터뷰에서 확인할 수 있다.[41] 조부 때부터 농악대 상쇠 계보를 잇고 있는 유명철은 17세에 당시 노인이던 전문 고사소리꾼 김기섭에게 고사소리를 배웠다 한다. 마당밟이는 마을 전체를 돌며 며칠에 걸쳐 이루어지므로 한 집에서 오랫동안 머물 수는 없다.

따라서 그는 지신밟기를 의뢰하는 집의 상황에 따라 최대한 빨리 고사소리를 끝을 내어야 하는 경우 '중천맥이'만 하고, 조금 시간적 여유가 있을 경우 '성주풀이+중천맥이'을, 그리고 그 집에서 농악대에 후하게 대접을 해주고 격식을 갖추어야 할 경우 산세풀이부터 시작하여 업타령 등을 거쳐 성주풀이, 중천맥이를 부른다고 하였다. 즉 그때그때의 구연 상황에 따라 고사소리의 분량을 조절하는 것이다. 영광농악의 양상 역시 남원농악의 상황과 마찬가지로 유희적 성격을 극대화하기 위해 치국잡기를 부르고 곧바로 성주풀이를 후반부에 이어서 불렀을 것으로 보인다.

이제 남은 것은 진안농악을 어떻게 이해할 것인가 하는 것이다. 진안농악에서는 같은 마을농악에서 수법고인 고재봉은 고사덕담을, 상쇠인 김봉열은 성주풀이와 고사덕담이 결합된 형태를 노래하였다. 이 농악을 조사한 김익두에 따르면, 이 마을에서 고사소리만큼은 고재봉이 전문으로 하였다고 한다.[42] 그리고 좌도左道농악에서는 우도右道농악에 비해 고사덕담의 전통이 더 많이 남아있는 것으로 보아, 고재봉 구연본이 김봉열 구연본에 비

---

41 2005년 5월 5일과 7월 30일에 남원농악보존회 사무실에서 고사告祀소리의 녹음 및 소리를 배우게 된 내력 등에 대해 조사하였다.
42 문화방송, 『한국민요대전』 전라북도민요해설집, 삼보문화사, 1995, 84~91쪽.

해 이 지역 고사소리의 전통에 가깝다고 판단된다.

김봉열 구연본의 경우 노래의 유희적 면을 극대화하기 위한 방편으로 성주풀이를 제일 앞부분에 배치한 것으로 보인다.[43] 그럼에도 불구하고 소리의 첫 부분에는 집터의 내력을 담아야 한다는 관념은 있기 때문에 소리의 첫대목은 성주의 본本을 푸는 것부터 시작하고 있다. 성주풀이의 유입에 따른 소리의 유희적 성격 강화라는 점에서 김봉열 구연본도 앞서 살핀 자료들과 크게 다르지 않다.

요컨대, 남원농악 유명철 구연본은 다양한 구연 상황에 따른 소리의 다변화로 인해, 그리고 진안 농악 김봉열 구연본은 가창자의 분화로 인한 소리의 다변화로 인해 성주풀이의 삽입이 이루어졌다. 이 두 가지 이유는 광산농악 전경환 구연본을 비롯하여 우도농악에서 성주풀이가 고사덕담에 비해 더 많이 채록된 이유가 된다.

(5) 성주굿 외 다른 굿의 사설 구성

성주굿 외 다른 장소에서 불리는 소리들의 사설 구조를 살펴보고자 한다. 호남지역에서는 철륭굿이나 노적굿 등 음식이나 곡식을 저장하는 곳에서 굿을 할 때 아래와 같은 소리를 하는 경우가 많다.

> **철룡굿**: 아랫철룡 웃철룡 좌철룡 우철룡 쥐 들어간다 쥐 들어간다 장독 밑에 쥐 들어간다(이리농악, 이리농악)
>
> **철융굿**: 쥐 들어간다 쥐들어간다 장광 밑에 쥐들어간다(김제 우도농악, 한국의 농악 호남편)
>
> **장독대굿**: 쥐 들어온다 쥐 들어온다 장독대에 쥐 들어온다(남원농악,

---

43 조사보고서에 따르면 성주풀이는 고사상을 차려놓은 앞에서 하고, 산세풀이 이하 내용은 부엌에서 했다고 한다. 이는 원래 고사상 앞에서 한꺼번에 하던 것을 조사 당시 현지 상황에 따라 일시적으로 두 곳으로 나누어서 구연한 것으로 본다.
한국향토사연구전국협의회 편, 『한국의 농악-호남편』, 한국향토사연구전국협의회, 1994.

2005.5.5. 현지조사)

노적굿: 쥐 들어간다 쥐 들어간다 장독 밑에 쥐 들어간다(진안농악, 한국의
농악-호남편)

위 인용문을 보면, 공통적으로 장독대 혹은 장광 밑으로 쥐가 들어온다
는 내용을 반복적으로 노래하고 있다. 표면적으로 생각하면 음식 저장과
관련된 곳에 쥐가 들어온다고 말하는 것은 여러 가지 면에서 좋지 않은
것으로 생각할 수 있다. 그러나 반어적으로 보면 이 집에 음식이 풍부하기
때문에 쥐가 들어온다고 이해할 수도 있겠다. 그런데 소리가 구연되는 자
리가 집안의 축원을 목적으로 한다는 점을 감안하면 쥐가 들어오는 것이
명확하게 설명되지 않는다.

따라서 장독대 밑으로 들어오는 쥐가 신화적 상징성, 즉 다산성多産性이
나 부富를 가져다주는 존재로 이해한다면 쥐가 음식을 저장하는 곳이 잘
되기를 바라는 자리에서 노래되는 이유를 알 수 있다.[44] 쥐가 음식을 축내
고, 병균을 옮기는 존재가 아닌, 부를 가지고 오거나 안에 저장된 음식을
불려주는 쥐업으로 간주되면 음식이나 곡물을 저장하는 곳에 쥐가 들어온
다고 하는 말만큼 어울리는 것도 없다.

여기서의 쥐는 집안의 다른 장소의 신들, 가령 조왕신이나 사해용왕 등
과 비교했을 때 집안에 복을 가져다준다는 점에서는 동일하다. 그러나 쥐
는 집안에 좌정처를 마련하지 못하고 밖에서부터 들어온다. 이렇게 된 데
에는 쥐가 갖는 현실에서의 모습도 무관하지 않을 것이다. 그런 관계로
쥐는 조왕신이나 용왕 등 다른 가신들처럼 전국 유형이 되지 못하고 그
이중적 면모 때문에 지역 유형(Oico Type)에 머물게 되었다.

호남지역에서는 샘굿 등에서 집의 물맛이 좋다고 하면서 흥을 돋우는

---

44 쥐의 다산多産 상징과 관련해서는 아래의 책을 참조하였다.
  김종대, 『우리문화의 상징체계』, 다른세상, 2001.

자료들이 있다.

> 샘굿: 아따 그 물 맛있다 꿀떡꿀떡 마시고 아들 낳고 딸 낳고 미역국에 밥
> 먹자(남원 보개면 괴양리농악, 농악)

> 샘굿: 어 그 샘물 잘 난다 월덕벌덕 잡수쇼(진도 소포 걸군농악, 2006.
> 6.22. 현지조사)

> 새암굿: 앗다 그 샘물 좋고 좋네 좋고 좋은 장구수 아들 낳고 딸 낳고 미역
> 국에 밥 말아서 월떡 월떡 잡수세(남원농악, 2005.5.5. 현지조사)

> 샘굿: 아따 그 물맛 좋구나 아들 낳고 딸 낳고 미역국에 밥말세 아따 그 물
> 좋구나 벌컥벌컥 마시세(임실 필봉농악, 임실의 민속문화)

위 인용문에서는 공통적으로 물맛이 좋거나 샘물이 잘난다고 하는 감탄
과 함께 물을 마시자는 권유로 구성되었다. 자료에 따라서는 물이 잘 나와
서 미역국에 밥을 말아 먹자고 하거나 그 집 자손들에 대해 축원이 곁들여
지기도 하였다. 샘물이 앞으로 잘 나오길 기원하는 자리에서 물맛이 좋다
고 노래하는 것은 흥겨운 분위기를 더욱 돋우는 역할을 함과 동시에 앞으로
도 물맛이 계속 좋기를 바라는 기원이 담겨 있다.

앞서 다른 지역의 샘굿에서는 물이 잘 나오게 하기 위해 물구멍을 파자
고 권유하거나, 우물을 관장하는 용왕 혹은 새미각시 등에게 물이 잘 나오
기를 기원하는 내용이 많다. 그런데 호남지역에서는 단지 물맛이 좋다고
하면서 벌컥벌컥 마시자고만 하는데, 이는 이 지역이 용왕신 등 가신家神에
대한 관념이 다른 지역에 비해 발달하지 못한 결과로 이해할 수 있다.

호남지역에서도 신神을 누르거나 밟음으로써 가정이 평안하고자 하는 자
료들이 있다.

> 철용굿: 지신 지신 철용지신을 밟아라(여천 백초농악, 농악)

> 정지굿: 구석구석 나구석 방구석도 나구석 정지구석도 나구석 삼사십이 열

두구석 잡귀 잡신은 썩 물러가고 명과 복만 쳐들어온다(이리농악,
이리농악)

    호남지역에서 철용굿은 지역에 따라 두 가지 의미로 사용된다. 하나는
터주신에 대한 굿이고 다른 하나는 장독대를 관장하는 신에 대한 굿이다.
이렇게 철용굿이 두 가지 의미로 사용되게 된 것은 터주신의 신체神體를
터줏가리 형태로 만들어 주로 장독대가 있는 곳에 모셨기 때문이다. 그런
까닭에 장독대에 모신 터주신의 면모가 약해진 곳에서는 철용굿이 장독대
굿, 즉 장 등을 보관하는 장소에 대한 굿으로 나타나게 되었다.[45]
    대부분의 가신家神들은 눌러서 꼼짝 달싹하지 못하게 해야 되기보다는 정
성을 드려 모셔야 한다. 그들은 집안의 여러 공간에서 사람들의 정성을 대접
받고 그 대가로 그가 맡은 공간이 잘되도록 해주기 때문이다. 그러나 화장실
에 좌정하고 있는 신, 일명 정낭지신 혹은 통시각시로 불리는 신과 집터에
좌정하고 있는 터주신, 즉 지신地神은 여러 사람들이 발로 잘 눌러서 발동하
지 못하도록 해야 한다. 특히 터주신이 발동하게 되면 동티가 난다든지, 집안
에 좋지 않은 일이 생기게 된다. 중부지역에는 터주신은 그 집의 기주, 즉
부인과 연결되어 있어 터주가 산란하면 기주가 산란하다고 여기기도 한다.
    첫 번째 인용문에서 가창자는 철용지신을 밟으라고 노래하였다. 여기서
의 철룡지신은 철륭신과 지신地神이 합쳐진 말로, 터주신을 의미한다. 철용
지신이라는 신명이 생긴 것은 앞서 밝혔듯이, 터줏가리 등 터주신의 신체神
體를 장독대에 모신 결과로 이해된다. 두 번째 인용문에서는 XAXAXAXA'
의 관용구를 통해 축귀逐鬼 및 축원祝願의 내용이 노래되었다. 액막이와 관
련된 관용구가 비교적 긴 형태로 짜여있다는 점에서 연원이 오래된 사설로
보인다.

---

45 터주신은 종종 다른 가신家神과 결합하기도 한다. 복福이나 경제적 번영 관련 및 업신
   과 결합된 사례가 보고되기도 했다.
   이두현 외, 『한국민속학개설』, 학연사, 1983, 191쪽.

첫 번째 인용문에서의 철용지신 즉 지신은 집터에 좌정하고 있는 신이고, 두 번째 인용문에서의 잡귀 잡신은 집안에 상주하는 신이 아닌, 지난 1년간 밖에서부터 들어와서 집안 곳곳에 스며든 존재이다. 잡귀잡신은 썩 물러가게 만들어야 하지만 지신은 내쫓는 것이 아니라 발동하지 못하도록 밟거나 눌러야 한다. 그런 관계로 잡귀잡신을 내쫓는 것은 액막이로서의 의미만 가지지만, 지신을 밟는 것은 지신의 성격상 겉으로는 액막이이지만 실은 기원의 성격이 짙다. 지신은 자신의 처소에 잘 있어야 사람들에게 안정과 평화를 가져다주기 때문에 사람들 입장에서는 지신에 대한 기원을 다른 신들과 같이 무언가를 바라거나 요구할 수 없기 때문이다.

이 두 신격이 모두 호남지역 고사소리에서 발견되었다는 것은 이 지역 고사소리의 전통이 깊다는 것을 의미한다. 그리고 다른 지역에서는 그 장소에 있는 신을 누르거나 밟자는 내용의 소리가 축원하는 내용과 섞여서 나오는 경우가 많은데 여기서는 순수하게 액을 막거나 풀자는 내용만 노래되었다는 것도 그러한 면을 방증하는 것이다.

그러면 단일 내용이 아닌, 두 가지의 내용이 한 자리에서 노래되는 자료들을 살펴보도록 한다.

> 샘굿: 물주소 물주소 새미깡에 물주소 아따 그 물 좋구나 아들 낳고 딸 낳고 미역국에 밥 몰아 먹세 펑펑 솟아라 콩콩 솟아나소 새미각시 물주소(전남 광양 농악, 광양 풍물굿 연구)

> 샘굿: 동해바다 용왕님 서해바다 용왕님 남해바다 용왕님 사해바다 요왕님 명강수 철철 청강수 철철 아따 그 물맛 좋다 아들 낳고 딸 낳고 미역국에 밥먹세(이리농악, 이리농악)

첫 번째 인용문에서는 물을 달라고 하는 기원과 물맛이 좋다고 하는 유흥이 노래되었는데 새미각시라고 하는 지역 유형의 신격이 노래되었다. 반면 두 번째 인용문에서는 신명 나열과 유흥이 노래되면서 전국 유형의 신격이 나타났다. 앞서 노래된 자료들과 견주어보면, 두 자료에서는 모두 유흥

이 노래되면서 신의 면모가 다양하게 노래된다는 점에서 원래 유흥만 노래
되다가 신에 대한 관념이 확립되면서 기원과 관련된 내용이 습합된 것으로
이해 가능하다.

　(5) 영남지역
　영남지역에서 정초에 행해지는 지신밟기의 순서를 표로 정리하면 아래
와 같다.

지 역	지신밟기 순서				출 전
청도 차산농악	문굿	성주굿	조왕굿	장독굿, 샘굿	농악
금릉 빗내농악	성주굿	마굿간굿	조왕굿, 샘굿	뒤안굿	농악
대구 고산농악	문굿	성주굿	조왕굿, 장독대굿	방앗간굿, 마굿간굿	농악
예천 통명농악	문굿	성주굿	조왕굿, 샘굿	마굿간굿	농악
대구 욱수농악	문굿	성주굿, 조왕굿	장고방굿, 샘굿	마굿간굿, 뒤주굿	한국의 농악 -영남편
부산 아미농악	문굿	성주굿	조왕굿, 장독대굿	샘굿, 정락굿	한국의 농악 -영남편
진주 · 삼천포농악	문굿	조왕굿, 장독대굿	방앗간굿, 마굿간굿	성주굿	한국의 농악 -영남편
함안 화천농악	성주굿	조왕굿	장독대굿	철륭굿	한국의 농악 -영남편
창녕 이화농악	성주굿	조왕굿	터주굿, 샘굿	칙간굿, 마굿간굿	한국의 농악 -영남편
함안군 산인면 송정리 최판조	문굿	성주굿	조왕굿	뒤안굿, 마굿간굿	2006.7.9. 현지조사
밀양군밀양읍 교동 1구 최점석	성주굿, 조왕굿	장독대굿, 샘굿	고방굿	마굿간굿	한국구비 문학대계 8-7

지 역	지신밟기 순서				출 전
양산	문굿	성주굿	조왕굿, 장독굿	외양간굿, 샘굿	양산의 민요
밀양시 단장면 법흥리 손득현	문굿	성주굿	조왕굿, 장독굿	고방굿, 샘굿	2006.7.29. 현지조사
울산시	성주굿	조왕굿	장독굿, 외양간굿	샘굿	울산 울주 향토사
의성군 안계면 양곡리 김태근	성주굿	조왕굿	마굿간굿	샘굿	의성의 민요
울주군 온산면 강양리 황기만	성주굿	조왕굿	장독굿	샘굿, 마굿간굿	울산울주지방 민요자료집
대구시 동구 불로동 송문창	성주굿	조왕굿	샘굿, 노적굿	마굿간굿, 장독굿	2004.3.2. 현지조사
부산시 구포 대리 지신밟기 손운택, 노태홍	문굿	성주굿	조왕굿, 마굿간굿	장독굿, 칡간굿	2004.2.8. 현지조사
경산시 자인면 서부 1리 이규한	문굿, 성주굿	장독굿	조왕굿	마굿간굿	2004.2.9. 현지조사

지금까지 살핀 지역들과는 달리 영남지역에서는 거의 모든 마을에서 성주굿이 연행되고, 그 위치도 문굿 바로 뒤나 초반부에 위치한다. 이렇게 영남지역에서 성주굿의 빈도 및 위치가 일괄적으로 나타나는 것은 이 지역 사람들의 성주신 및 마을 농악대에 대한 인식에서 그 이유를 찾을 수 있다. 현지 조사 결과, 이 지역은 다른 지역에 비해 새로 집을 지었을 때 무당보다는 농악대를 불러 성주굿을 하는 수가 많고, 정초 집안 평안을 목적으로 하는 의례에서도 역시 무당이나 독경무보다는 농악대가 와서 집안을 밟아 주는 것이 훨씬 효과적이라고 생각하였다. 이렇게 무당이나 독경무의 의례보다 농악대의 지신밟기를 선호하는 것은 의례에 들어가는 경비가 농악대 쪽이 훨씬 적기 때문이기도 하다. 결과적으로 위 사례를 통해 영남지역 농악대 주재 지신밟기는 다른 지역에 비해 그 제의적 성격이 상대적으로 높다고 할 수 있다.

(1) 성주신의 신성성神聖性 제고를 위한 성주 관련 서사敍事

영남지역에서 채록된 농악대 고사소리 중 성주굿 고사소리는 모두 70여 편이 채록되었는데, 그 내용은 크게 성주의 본本을 풀이하는 서사, 성주가 뿌린 솔씨가 큰 나무로 자라 여러 대목들이 그 나무를 베고 집을 짓고 치장하는 내용, 그리고 농악대 상쇠의 축원이나 발원으로 나눌 수 있다. 이 세 가지 내용이 한 자료에 나오는 경우는 드물고 대부분 두 가지 이상의 내용이 함께 노래되는 것이 일반적이다. 성주풀이가 이렇게 각 내용에 따라 주체가 달라지면서도 통합적으로 구성될 수 있는 것은 세 가지 내용의 주체인 성주신, 목수들, 농악대 상쇠가 액막이와 가정축원이라는 목적에 수렴되기 때문이다.

영남지역에서 채록된 성주굿 고사소리의 내용은 크게 성주신의 솔씨 뿌리기, 여러 목수의 집 짓기, 농악대 상쇠의 가정축원으로 나눌 수 있다. 그런데 이 지역에서는 제비원에 솔씨를 뿌리는 주체인 성주의 내력을 서사敍事로 노래하는 자료가 10편 채록되었다. 이 자료들의 공통 서사단락을 표로 정리하면 아래와 같다.

서사단락 지역	부모 정성	만득자	무불 통지	3년 귀양	복귀	좌정	좌정 이후의 대목
함안 칠북면	+	+	+	부모 불효	집에 편지 붙여서	+	황토섬에서 가져온 솔씨 뿌려 집 짓고 축원
양산 기장읍	+	+	−	뇌물 받아	부처님 신력으로	+	간단한 축원
밀양 단장면	+	+	+	임금님 명이 내려	집에 편지 붙여서	+	솔씨 뿌려 집 지음
부산 아미동	+	+	+	일가간 우애 없어	집에 편지 붙여서	+	솔씨 뿌려 집 지음
밀양 무안면	−	−	−	본처 소박	집에 편지 붙여서	+	성주에 대한 축원

서사단락 / 지역	부모 정성	만득자	무불 통지	3년 귀양	복귀	좌정	좌정 이후의 대목
김해 삼정동	+	+	+	본처 소박	집에 편지 붙여서	+	다 자란 나무로 집 지은 다음 성주축원
함안 산인면	+	+	+	부모 거역	집에 편지 붙여서	+	솔씨 뿌려 집 지음
울주 삼남면	+	+	+	본처 소박	집에 편지 붙여서	+	다 자란 나무로 집 지은 다음 성주축원
울주 웅촌면	+	+	−	−	−	−	다 자란 나무로 집 지은 다음 가정축원
부산 동래	+	+	−	−	−	−	다 자란 나무로 집 지은 다음 성주축원

위 표에 제시된 여러 자료들은 성주의 내력에 대한 서사가 존재한다는 점에서 서사형敍事形으로 부르고자 한다. 이 서사형은 성주의 고난과 복귀 등 기본적인 서사 골격은 대체로 동일하나 각 서사단락의 들고남에 따라 자료의 전체적 의미가 조금씩 차이가 난다.

위 10곳 중에서 서사 얼개 및 세부 사설 등의 면에서 가장 온전한 자료는 김해 삼정동과 울주군 삼남면에서 채록된 자료이다. 이 자료들은 뒤에 성주풀이유형을 다루는 자리에서 본격적으로 다루기로 하고, 여기서는 자료별 특징이 뚜렷한 양산 기장읍 자료와 밀양 단장면 자료, 그리고 부산 아미동 자료를 중심으로 살펴보고자 한다. 먼저, 양산군 기장읍에서 채록된 자료는 성주의 출생, 귀양 및 복귀, 그리고 좌정 등 성주를 중심으로 한 이야기의 뼈대만 제시될 뿐 각 단락에 대한 서술은 대부분 생략되었다.[46] 여기서 성주가 귀양을 가게 되는 이유는 그가 뇌물을 받았기 때문인데, 이는 가옥을 담당하는 성주신에게 그리 큰 잘못이라고 할 수 없다. 그렇기 때문에 성주의 면모에 변화가 생긴다든가, 이후의 이야기 전개에 있어 고난 등

---

46 이소라, 『양산의 민요』, 양산문화원, 1992.

은 생기지 않는다.

다른 서사형의 자료들에 비해 양산군 기장읍 자료에서는 성주의 신적인 면모가 별다른 굴곡 없이 일정하게 유지된다. 이는 성주 모친의 이름이 부처의 어머니인 마야부인과 비슷한 마하부인이라는 것, 성주의 복귀가 부처님의 신력에 의해 이루어진다는 것과 연관이 있다. 이 두 가지는 모두 성주의 배경에 불교적 권능을 더한 것인데, 이 자료에서의 부처라는 존재는 성주를 운명의 굴레에서 해방시켜 그 다음 단계로 넘어가게끔 하는 이야기 진행상의 역할과 함께 성주의 신성성을 뒷받침 하는 역할까지 하였다.

이 자료에서는 성주가 뇌물을 받아서 황토섬으로 귀양을 갔음에도 그는 그곳에서 별다른 고생을 하지 않는다. 따라서 그의 신으로서의 위상 역시 귀양으로 인해 별다른 타격을 받았다고 할 수 없다. 다른 자료들의 경우 성주는 심각한 부침浮沈을 겪은 뒤 진정한 가옥의 최고신으로 좌정하지만, 이 자료의 가창자는 성주의 잘못을 최소화시키면서 서사의 각 단계에 가옥 최고신으로서의 면모 만들기에 치중하고 있다. 그런 관계로 여기서의 성주는 이야기의 진행과 관계없이 어느 대목에서나 가옥의 최고신으로서의 성주로 존재한다.

두 번째로 밀양시 무안면 자료는 위의 서사 단락에서 보듯, 자료의 서두 및 결말부분에 해당하는 성주의 출자出自와 좌정坐定이 결락된 채 중간 부분에 해당하는 성주의 귀양 및 복귀 부분만 다루어졌다.[47] 이러한 형태를 가지게 된 것은 이 서사가 자료의 서두가 아니라, 솔씨를 뿌려 집을 다 짓고 치장까지 마친 다음 성주를 모셔오는 대목에서 불린 것에서 그 원인을 찾을 수 있다.[48]

집을 다 짓고 성주를 모셔오는 대목은 아래 인용문과 같다. 아래 인용문

---

47 문화방송, 『한국민요대전』 경남 민요해설자료집, 삼보문화사, 1994.
48 영남지역에서 채록된 자료들 중에는 집을 다 지어놓고 성주를 모셔오는 대목이 노래되는 사례가 종종 발견된다. 그런데 그 대목에 성주 관련 서사가 노래되는 것은 이 자료가 유일하다.

은 모두 박문호에 의한 것으로, 첫 번째는 1980년대 중반에, 두 번째는 1990년대 초반에 채록된 것이다.

> (전략) 집은 지어놓았으나 성주님 없어 어이하노 성주님 모시러 가자시라 어이 갈꼬 어이 갈꼬 수루창파 먼먼 길에 황토섬을 어이가노 성주님 거동 보소 첫날밤에 소박하고 삼년 귀양 나설 적에(후략)(한국민간의식요연구, 207쪽)

> (전략) 집은 지어 노았으나 성주님 없어 어이하노 성주님 거동보소 저 달밤에 소박하고 삼년 기항 갔을 적에 삼년 묵을 염장이며 삼년 입을 의복이며 앞뒷골에 가득 싣고 황토섬을 건너간다 황토섬 건너가서 뱃머리에다 조판을 놓고 양식도 들어내고 염장도 들어내고 의복도 들어내고 낱낱이 들어내어 선인들 손을 잡고 눈물 짓고 하는 말이(후략)(한국민요대전 경남편, 154쪽)

위 인용문에서는 서사와 관련된 대목을 부르기에 앞서, 집을 다 지어놓았으니 성주를 모셔야 되지 않겠냐고 하면서 곧바로 성주가 귀양 가는 대목부터 노래되었다. 서사형 10편 중에서 성주가 자신의 입을 통해 잘못을 뉘우치는 것은 이 자료가 유일하다. 즉 이 노래를 부른 가창자는 가정 화목에 있어 가장 중요한 것이 무엇인지 말하기 위해 위의 성주 귀양 대목부터 노래한 것이 아닌가 생각된다.

앞서 이야기 한 이 부분이 불리는 대목을 놓고 보면, 잘못을 해서 귀양을 가 고생을 하고 있는 성주를 모시러 가기 위해 출발하는 장소는 성주 부모가 있는 장소이지만 동시에 현재 노래가 불리고 있는 공간이기도 하다. 가창자는 이야기 속의 공간과 실제 노래되는 공간을 동일시시킴으로써 이야기 속에서만 존재하는 성주를 현재의 가창 공간으로 끌어내어 보다 현실적 차원에서 집안의 안녕과 평화가 이루어지도록 하였다. 의식요로 불리는 성주풀이는 그 자체로 노래 속의 상황이 현재 구연 공간에 적용되길 바라는 유감주술적 성격을 가지고 있는데, 이 자료는 그러한 성향이 성주 관련 서사의 삽입으로 인해 극대화되었다.

이러한 서사 속 공간과 현재 가창 공간과의 동일시는 구연 장소뿐 아니라 가창자의 면에서도 일어난다. 이 자료에서는 성주의 고난과 복귀에 있어 성주 모친인 옥진부인의 역할-아들을 데리러 가기 위해 동분서주하거나 온 몸에 털이 나서 사람인지 짐승인지 분간할 수 없는 아들에게 좋은 음식을 먹여 원래의 모습으로 되돌리는 일-은 성주가 가옥 최고신으로 좌정하는데 가히 절대적이라 해도 과언이 아니었다.

이 자료에서는 부산 아미동 자료에서 살핀 것처럼 성주가 복귀함에 있어 성주 부친의 허락과 같은 화소는 발견되지 않았다. 여기서는 어머니가 성주의 편지를 받자마자 곧바로 그를 데리러 출발하였다. 이러한 옥진부인의 성주 좌정에 대한 두드러진 역할은 곧 현재 신을 좌정시키는 노래를 부르고 있는 가창자의 역할을 강조하는 효과를 가져온다. 이미 이야기 공간과 실제 공간이 동일시되었기 때문에 성주를 데리러 가는 옥진부인과 이 소리를 부르는 가창자의 동일시는 자연스럽게 이루어 질 수 있다.

세 번째로 부산시 서구 아미동에서 채록된 자료이다.[49] 성주는 장가간 지 3일 만에 일가간에 우애가 없는 죄로 인해 황토섬으로 귀양을 가게 되고 귀양을 가서는 온갖 고생 끝에 '온몸에 털이 나는' 짐승과 같은 모습으로 변한다. 그는 집으로 돌아올 때에도 스스로의 힘으로 돌아올 수 없어 집에 편지를 보내고 결국 어머니가 데리러 와서야 복귀가 가능하다. 이 대목에서 성주의 면모는 앞서 확보된 신성성이 무색할 정도이다.

성주는 황토섬에서 3년 남짓의 고통을 겪고 이제는 자신이 완전히 뉘우쳤다는 편지를 보낸 후에야 복귀가 가능하게 된다. 그의 복귀는 가장인 성주 부친의 허락이 떨어져서야 비로소 이루어지는데, 그 내면에는 가정 내의 위계질서라고는 메커니즘이 존재하고 있다. 그런 점에서 성주의 신성성과 가정 내 위계질서 중 위계질서가 훨씬 우월한 것이 된다.

성주는 복귀한 뒤 두 가지 일을 하는데 하나는 그동안 자신이 잘못한

---

49 경남 밀양군 단장면에서 채록된 자료는 아미동 자료와 서사 구조가 거의 비슷하므로 여기서는 아미동 자료를 중심으로 다루고자 한다.
정병호, 『농악』, 열화당, 1986.

것을 뉘우치는 것이고 다른 하나는 솔씨를 받아 대목들로 하여금 집을 짓게 하는 것이다. 여기서 성주가 두 번째로 하는 일인 집을 짓기 위해 솔씨를 받아와서 뿌리는 일은 문면에서는 그 원인이 무엇인지 명확히 설명되지는 않는다. 다만, 황토섬에서의 고된 생활에서 그 원인을 유추하자면, 그가 몸소 몇 년간의 집 없는 고통을 체험했으니 집의 필요성을 절감해서 집을 짓게 되었다고 생각해볼 수 있다.

이 자료는 서두에 성주의 가계 및 태어난 배경 등을 통해 신성성이 어느 정도 확보되었지만 가정의 위계질서라는 벽에 부딪쳐 그러한 신성성이 약화되었다. 이러한 신성성 약화는 결과적으로 이 자료의 성주는 성주의 두 가지 능력인 가정의 안녕을 수호하는 능력과 집을 짓는 능력 중 후자만을 가진 가옥신으로 존재하게 하였다.

위에서 살핀 세 자료의 의미를 정리하면, 양산 기장읍 자료에서는 성주의 고난보다는 그 해결에 초점을 두어 가옥 최고신으로서의 위엄을 드러내는데 주력하였다. 그리고 밀양 무안면 자료에서 성주는 하나의 건물에 불과한 집에 질서를 부여하고 안녕을 지켜주기 위해 등장한다. 하지만 이야기의 처음과 마지막 대목이 생략된 채 귀양 및 복귀 대목만 불렸음에도 가옥 최고신으로서의 면모는 어느 자료 못지않았다. 마지막으로 부산 아미동 자료는 성주의 신성성과 가정의 위계질서가 충돌하여 그의 신성성이 약화되었고 그 결과 성주신의 집을 짓는 능력이 강조될 수밖에 없었다.

영남지역에서는 성주의 내력이 온전한 서사 형태로 노래되는 자료들이 있는가 하면, 성주 관련 서사가 파편화 되거나 축소 변형되어 나타나는 것들도 있다.

A: (전략) 모시오자 모시오자 이집 성주님을 모시오자 한송정 솔을 베어 조 그맣게 배를 모아 앞강에다 띄워놓고 앞이물에 관음보살 슬렁슬렁 노를 저어 뒷이물에 지장보살 순풍에다 돛을 달아 황토섬에 찾아가서 성주님을 모셔다가 이집 가정에 좌정할 제 팔만사천 조왕님은 정지명당에 좌정하소 선망후망 조상님은 큰방에다가 좌정하소 기목위소 성주님은 후

원에다가 좌정하소 금년해분(후략)(경남 양산시 웅상읍 명곡마을 부녀회 지신밟기 문서, 2004.2.24. 현지조사)

B: (전략) 성주의 근본을 알아보자 우리 조상이 생길라고 태백산이 생겼던가 우리 조선이 생길라고 태극기가 생겼구나 인생으로 마련할 때 까막깐치 말씀하고 나무 열매 따먹을때 오상게 옷이 열고 밥낭게는 밥이 열고 떡사랑 낭게 떡이 열고 신농씨가 와시서 농사 짓기로 마련하고 순임씨가 나와시내 화식먹기 마련하여 등불밑에 의지하고 방위 틈에 밤을 잘때 성주님이 나와시서 집짓기를 마련하야 나무 하나 구할라꼬 조선팔도로 다 당긴다 금강산이 웅장해도 나무 하나 씰것 없고 가야산이 웅장해도 나무 하나 씰것 없네 고향으로 돌아와서 지극정신 드렸더니 천상에서 마련하여 솔씨 서말 서되로 준다 그 솔씨를 받아지고 만첩산중 들어가여 골골이 다니면서 줄줄이 흩쳐두고 고향으로 되돌아와 세월을 보내는데 그 솔은 점점 자라나 타박솔이 되었구나 밤으로는 이실맞고 낮으로는 햇살보고 하날님이 물을 주고 신령님이 뿌리도와 그 솔이 점점 자라나(후략)(경북 월성군 외동면 석계 2리 김호용, 한국구비문학대계 7-2)

A 자료에서는 성주를 모셔오자고 하면서 황토섬으로 가서 모시고 와서 집안에 좌정시킨다. 이 자료에서는 성주가 황토섬으로 가게 된 이유나 그 곳에서의 성주의 생활, 황토섬에서 돌아온 뒤의 생활 등이 노래되지 않았다. 이 노래의 가창자는 성주를 모시고 와서 좌정시키는 것이 중요하다고 생각했기 때문에 황토섬에서 성주를 모시는 것만 노래하고 다른 부분은 생략하였다.

B 자료의 경우 다른 자료들에 비해 성주가 하는 일이 적극적으로 노래되었다. 이 자료에서 성주는 인간질서가 아직 마련되지 않은 때에 집 없이 헐벗는 사람들을 위하여 솔씨를 뿌리고 집을 짓는다. 보통 성주는 솔씨만을 뿌리고 그 이후에 집은 목수들이 짓지만 여기서는 그 모든 일을 성주가 집 짓는 일을 다 하였다. 즉 성주 관련 서사가 축약되면서 성주의 목수로서의 직능 확대가 이루어진 셈이다.

성주의 내력이 노래되는 서사형敍事形에서의 성주 본本풀이는 성주신의 배경 및 솔씨를 뿌려 집을 짓게 된 이유 등을 제시함으로써 소리의 제의적 성격을 한층 고양시키는 역할을 하였다. 성주 관련 서사는 가옥 최고신인 성주가 신이 된 내력을 이야기한다는 점에서 성주풀이의 핵심적 부분이라 할 수 있다. 아울러 서사형敍事形에서 노래되는 성주 관련 서사는 고사덕담이나 고사반 등의 서두에 노래되는 천지조판, 치국잡기와 같이 소리 자체의 제의적 성격을 강화시키는 역할을 하는 한편 성주의 본풀이가 약화되면서 집을 짓는 내용이 강화된 자료들이나 혹은 가정축원이 중심이 되는 소리들이 나타날 수 있는 바탕 역할을 하였다.

다음으로 성주신의 배경이나 가옥신으로 좌정하게 된 내력이 생략되면서 여러 대목들이 집을 짓는 내용이 중심이 되는 자료와 가정축원이 중심이 되는 자료를 살펴보기로 한다. 서사형 10편을 제외한 나머지 성주굿 고사소리들이 대부분 이와 같은 형태를 보이는데, 이 자료들에서 성주 관련 서사가 생략된 것은 서사 자체가 비교적 장편일 뿐만 아니라, 일정 의례에서 불리는 관계로 상쇠 마음대로 고치거나 줄여서 부를 수 없기 때문이다. 그리고 하루에 많은 집을 방문해야 하는 상황에서 서사敍事와 집짓는 대목, 가정축원을 모든 집에서 구연할 수 없으므로 자연스럽게 서사 부분이 생략되었다.

그러면 성주 관련 서사가 생략되면서 상대적으로 솔씨를 뿌려 집을 짓는 것과 관련된 서술이 강조되는 자료를 인용하면 아래와 같다.

> (전략) 그 솔이 점점 자라나서 소부동이 되었구나 소부등이 자라나서 황장목이 되었구나 황장목이 자라나서 도리기둥이 되었구나 가자스러 가자스러 그 나무 비러 가자스러 강원도 강대목 둥글 박자 박대 목아 시렁시렁 톱이야 뚜걱뚜걱 짜구야 연장망태 둘러메고 소평산을 찾아간다. 소평산을 찾아드니 (중략) 하탕에 수족 씻고 중탕에 세수하고 상탕에 메를 지어 촛대 한쌍에 불을 켜고 삼소지 불을 붙혀 북향재배 올리면서 비나이다 비나이다 천지신명께 비나이다 황장목을 모셔다가 성주기둥이 되게하소 (중략) 이 집 집터를 잡으라고 조선팔도를 다 댕긴다 계룡산을 밟아 보니 동학사가 좌정하고 지리산을 밟아보니 화엄사가 좌정하고 무릉산을 밟아보니 미륵사가 좌정하고 토함산을 밟아보니 불국사가 좌정하고 금정산을 밟아보니 만덕사가 좌정하고 주지봉을 내려오니 용의 머리 되었구나 말등고개를 넘어오니 구포 대리가 생겼구나 뒷동 산천을 주름잡고 음정골에 집터를 닦아 집모는 네모요 양모에 쥐치를 박아

동네야 뒤민네야 동네야 초군들아 올려오소 올려오소 이 집 성주를 올려오소
울려왔네 모셔왔네 이 집 성주를 모셔왔네(후략)(부산 구포 대리 지신밟기 손
운택, 대리지신밟기 교재)[50]

위 인용문에서는 여러 목수들이 산을 올라가서 집 지을 재목을 고르고
나무를 자르기 전에 산신제 지내기, 톱질하기, 치목治木 및 집을 짓기, 성주
모시기 등이 자세히 노래되었다. 이렇게 집을 짓는 여러 과정이 상세하게
노래되면 노래될수록 현재 노래가 이루어지고 있는 집이 앞으로 잘 될 것이
라는 믿음이 배면에 존재한다.

솔씨를 뿌린 존재가 성주라는 것과 연관지어 이 내용을 이해하면 집을
짓는 내용이 상세히 노래되는 것은 성주가 황토섬에 오랜 시간동안 집 없이
헐벗고 고생하였던 것과 연관이 있다. 성주 자신이 집이 없이 비바람을
맞으며 고생을 했기 때문에 사람들에게 동병상련을 느껴 하늘로부터 솔씨
를 얻어 그 씨앗을 뿌리게 되었던 것이다. 이에 대해선 성주풀이유형을
논하는 자리에서 재론하기로 한다.

위 자료에서는 집 짓는 대목이 노래되기에 앞서 성주신이 인간을 위해
집을 지을 당시의 상황이 묘사되어 있다. 그러고 나서 성주가 뿌린 솔씨가
점점 자라 울창한 수목이 되고, 이후에 재목 고르기, 나무 베기 위해 고사
지내기, 나무 베기, 집터 잡기, 집 짓기 및 치장하기, 가정의 부귀 축원,
집안의 가장 및 자녀 축원 등의 내용으로 이어진다. 이 자료에서는 성주의
일대기가 문면에 직접적으로 나타나지는 않지만 집을 짓고 사람들을 잘
살게 해주는 존재가 성주라는 것은 가창자나 향유자들에게 자명한 것이다.

---

50 손운택(1936~1999)은 경상북도 월성군 안강읍 근계리 곤실마을 출생으로, 유복한 가정에
서 태어나 집의 큰머슴인 김정달에게 많은 소리를 배웠다. 그가 구연한 지신밟기 문서 역시
근계리에서 배운 것인데, 구포 대리에서 노래되던 문서와 크게 다르지 않았다고 한다.
대리 지신밟기의 전반적 상황 및 순운택 개인사와 관련해서는 노태홍 현 대리지신밟기
상쇠와 백이성 부산 낙동문화원장과의 인터뷰 및 아래의 책을 참조하였다.
부산민학회 편, 『정말 부산을 사랑한 사람들』, 대원, 2000.

성주신의 이러한 두 가지 면모는 앞서 살핀 서사형에서 나타난 바 있다. 그런 점에서 성주의 본풀이와 관련된 부분은 간략하게 노래되고, 집을 짓고 치장하는 것이 중심인 자료는 앞서 살핀 서사형과 같은 맥락에 있으면서, '누가' 집을 지었는가보다는 '어떻게' 집을 지었는가로 관심이 옮겨왔음을 알 수 있다. 그렇기 때문에 서사형에서의 성주의 본향은 성주가 태어난 천상계이고 인격신으로 나타나지만, 집 짓는 대목이 부각되는 자료에서의 성주 본향은 솔씨가 자란 안동 제비원이고, 성주신의 면모 역시 성주목으로 인식된다.

그러면 성주풀이의 마지막 부분인 가정축원에 대해 살펴보고자 한다.

> (전략) 이 집에라 대주 식구 안과태평을 시키 주소 비나이다 비나이다 성주님 전 비나이다 이 집에라 아들딸로 부귀영화 시키 주소 검은 머리 백발토록 수명장수 시키 주소 동방삭에 명을 빌어 아들딸로 앤기 주소 석숭에 복을 빌어 아들딸을 앤기 주소 양귀비에 인물 빌어 일등미색 시키 주소 비나이다 비나이다 성주님 전에 비나이다 단명자는 수명 주고 무자에는 자공 주소 빈한자는 부귀 주고 학생은 재주 주소 공무원은 진급 주고 무식자는 글을 주소 양귀비의 인물 주고 소진장의 귀빈 주여 시키주소 시키주소 검판사나 시키주소 비나이다 비나이다 성주님 전 비나이다(후략)(경남 밀양시 산내면 임고리 신의근, 한국민요대전)

> 성주님 모시다가 이집 가정에 좌정하니 성주님의 은덕으로 이 집이라 대주부인 아들애기 낳어서러 고등교육 고히 시켜 부모님께 효도하고 형제간에 우애있고 나라에 충성하는 고관직 점지하야 장한 아들 되게하고 딸애기랑 낳아서러 가정교육 고등교육 고히 고히 길러내어 하늘에 올라 옥황상제 맏며느리 점지하고 현모양처 되게하소 성주님의 은덕으로 이집이라 대주양반 동서남북을 다 다녀도 남의 눈에 꽃이 되고 말소리 향내나고 웃음소리 영화삼아 안가태평을 누리소서 잡귀잡신은 물알로 가고 선한 복만들 앉아주소 여여루 성주여(김해 걸궁치기 최덕수(1944), 2003.12.9. 현지조사)

첫 번째 인용문에서는 '비나이다 비나이다 성주님전 비나이다'라는 공식구를 반복하며 아기가 태어나서 성장하기까지 기원을 순차적으로 노래하였다. 그리고 두 번째 인용문은 가정사가 모두 '성주님 은덕으로'라는 사설을 반복하며 여러 기원을 노래하였다. 두 자료 모두 성주신을 2인칭으로 설정하고 직접적으로 말하듯이 노래하였다. 기원을 들어주는 존재가 많이 등장하면 등장할수록, 기원하는 이와 기원을 들어주는 이가 가까우면 가까울수록 바라는 바가 보다 잘 이루어질 수 있을 것이다.

영남지역에서는 가정축원이 노래될 때 성주신이 문면에 나타나지 않는 자료들도 있다.

> 이집 삼칸 지어놓고 아들내미 놓거든 부모에게 효자되고 딸애기 놓거든 고이고이 길러서 남의 가문에 출가시켜 부모에게 효성있고 남편한테 열녀되고 만복은 이집으로 잡귀잡신은 물 알로 만대유선을 벌어주소(달성지방, 한국민요집 Ⅱ)

> 이 집 짓고 삼년만에 아들애기 낳거들랑 고이고이 길러내어 좋은 공부 많이 하여 한양천리 올라갈 때 나라님이 부르시어 마련하자 마련하자 삼정승 육판서요 육판서로 마련하니 그 아니 좋을소냐 딸애기를 낳거들랑 고이고이 길러내야 정경부인 마련하고 옥단부인을 마련하자 백두산에 내린 맥이 금강산으로 내려왔나 금강산 줄기가 떨어져서 태백산이 내려왔나 태백산 줄기가 떨어져서 지리산으로 내려왔나 지리산 줄기가 떨어져서 이 집 가정에 들어왔소 일년하고 열두달에 과년하고 열석달 삼백하고 육십오일 하루 아침같이 점지하소 지신밟고 눌러보자 지신밟고 눌러보자(마산농청놀이 배종국, 마산농청놀이 유인물)

가정축원은 집안 대주 및 자식들의 건강이나 학업, 그리고 집안의 경제 상황 등이 잘 되기를 바라는 것이 대부분을 차지한다. 위 인용문에서는 기원을 들어주는 존재인 성주신이 문면에 드러나지 않고, 기원하는 주체인 상쇠의 목소리만 나타난다. 그런 점에서 앞서 살핀 자료들에 비해 가정축원에서는 상쇠의 사제자로서의 권능이 보다 강화된다고 할 수 있다.

(2) 후렴구와 공식구의 벽사辟邪적 성격

성주굿 고사소리 중 자료의 후반부에 액막이타령이 들어간 자료는 전체

70여 편 중 6편이다.

> (전략) 정월초날 들온살 이월초날 마구자 이월초날 들온살 삼월삼재 마구자 삼월삼재 들온살 사월초파일 마구저어 사월초파일 들온살 오월단오 마구자 오월단오 들온살 유월유두 마구자 유월유두 들온살 칠월칠석 마구저어 칠월 칠석 들온살 팔월보름 마구저어 팔월보름 들온살 구월구일 마구자 구월구일 들온살 시월당달에 마구저어 동지섣달 두달은 하라걱거치 넘어가소 만수무강 하여주소 만수무강 하여주소 잡구 잡신은 개천을 가고 만복은 들온다아(후 략)(울산의 전설과 민요)

> 정월이라 들어온 살 이월 한식 물러가고 이월이라 들어온 살 삼월 삼짇 막 이주소 삼월이라 들어온 살 초파일에 물러가고 사월이라 들어온 살 오월 단오 막이주소 오월이라 들어온 살 유월 유두 물러가고 유월이라 들어온 살 칠월 칠석 막이주소 칠월이라 들어온 살 한가위에 물러가고 팔월이라 들어온 살 구 월 구일 막이주소 구월이라 들어온 살 상수일에 물러가고 시월이라 들어온 살 동짓날에 막이주고 동짓날에 들어온 살 섣달 그믐 물러가고 섣달이라 들어온 살 정월 명절 막이주자(후략)(함안군 가야읍 도동 박성재, 함안의 구전민요)

위 인용문에서는 공통적으로 그 달에 들어온 살을 그 다음 달의 세시일에 막자고 하는 권유를 월 단위로 정월부터 동지까지 순차적으로 노래되었다. 첫 번째 인용문에서는 하나의 달별로 액막이가 노래된다면 두 번째 인용문에서는 두 개의 달씩 묶어서 노래가 진행되었다. 다른 지역에서는 살풀이, 삼재풀이, 호구역살풀이 등 여러 가지의 액막이타령이 노래되는데 비해 영남지역에서는 액막이타령 자체가 달거리만 노래되고, 달거리도 위에서 보듯 한 가지 종류만 채록되었다.

이렇게 영남지역에서 액막이타령이 발달하지 못한 이유를 소리 자체에서 찾으면 크게 두 가지로 말 할 수 있다. 첫 번째는 이 지역 농악대 고사소리 중 많은 수가 농악대 상쇠가 선소리를 메기고 치배들이 뒷소리를 받는 선후창先後唱 가창 방식으로 불리고 있는데 대부분의 후렴 내용이 지신을 밟거나 누르자는 내용으로 되어 있다는 것이다. 그러다 보니 따로 액을 막거나 풀자고 하는 내용을 따로 구연할 필요가 없다. 두 번째는 대부분의 이 지역 소리들이 지신을 누르거나 밟자, 혹은 울리자라는 내용의 관용구가 노래 서두에서 노래된 뒤 본격적으로 성주풀이가 시작된다는 것이다. 그렇기 때문에 영남지역 성주굿 고사소리는 애초에 액을 막거나 풀기 위한 목적을 배면에 깔고 있는 것이다.

(3) 명당 관념 확보를 위한 산세풀이의 삽입

성주풀이에서 성주가 솔씨를 뿌리는 것은 집을 지을 수 있는 이유가 되면서 동시에 그 자체로 노래의 제의성을 확보한다. 그런데 영남지역 자료 중에는 성주가 솔씨를 뿌리는 것이 아니라 고사반이나 고사덕담에서의 산세풀이가 초반부에 들어간 자료들도 있다. 이 자료군은 10여 편이 있는데, 상주, 대구, 밀양 등 경남과 경북에 걸쳐 다양하게 나타난다.

> (전략) 이 집 잡은 풍수야 어느 풍수가 잡았노/ 눌루자 눌루자 성주지신을 눌루자/ 우리 조선에 성지기 이 집터가 생길라꼬/ 눌루자 눌루자 성주지신을 눌루자/ 전라도 지리산 경상도 태백산/ 눌루자 눌루자 성주지신을 눌루자/ 제주도에 한라산 삼각산 줄기가 흘러 내려/ 눌루자 눌루자 성주지신을 눌루자/ 요의 머래 터를 닦아 앞산이 높이 솟어/ 눌루자 눌루자 성주지신을 눌루자/ 노죽봉이 분명하다/ 눌루자 눌루자 성주지신을 눌루자/ 뒷산이 둘러 앉어 청룡백호가 분명하다/ 눌루자 눌루자 성주지신을 눌루자/ 집터사 구했건마는 나무가 없어 우예할까/ 눌루자 눌루자 성주지신을 눌루자/ 강남서 나온 연자 솔씨 닷말 물어다가/ 눌루자 눌루자 성주지신을 눌루자/ 구주동산에 흩었더니/ 눌루자 눌루자 성주지신을 눌루자/ 그 솔이 점점 자라나 솔무덤이 되었구나 (후략)(울주군 언양면 반천리 김종현, 울산 울주지방 민요자료집)

> 에야로 지신아/ 에야로 지신아/ 지신지신을 눌류자/ 대명산을 구할라꼬/ 지신지신을 눌류자/ 지리박사 이성계/ 지신지신을 눌류자/ 가양잡은 박사계/ 지신지신을 눌류자/ 마상에다 모시와서/ 지신지신을 눌류자/ 강원도 금강산/ 지신지신을 눌류자/ 전라도 지리산/ 지신지신을 눌류자/ 서월이라 삼각산/ 지신지신을 눌류자/ 경산도 태벽산/ 지신지신을 눌류자/ 태벽산 줄기로 내리밟아/ 지신지신을 눌류자/ 신불산 줄기가 내려와서/ 지신지신을 눌류자/ 청룡황룡 굽을 틀고/ 지신지신을 눌류자/ 용에 머리 터를 닦아/ 지신지신을 눌류자/ 대명산을 잡어소/ 지신지신을 눌류자/ 남기없이 못짓겠네/ 지신지신을 눌류자/ 강남

서 나온 제비/ 지신지신을 눌류자/ 솔씨 한쌍 물어다가/ 지신지신을 눌류자/ 봉에 봉산 떠졌소/ 지신지신을 눌류자/ 그 솔이 점점 자라나서/ 지신지신을 눌류자/ 왕장목이 되었네/ (후략)(울주군 삼남면 가천리 김성준, 울산 울주지방 민요자료집)

성주풀이에서는 여러 목수들이 성주목을 베어 와서 집을 짓기 전에 지경을 닦는 부분이 노래된다. 그런데 이 지경 닦는 대목은 집을 짓는 과정에서 짧게 노래하는 경우가 많다. 그런 점에서 성주풀이의 경우 집터의 내력을 풀이한다든지 집터의 기원을 풀이하는 것과 같은 제의적 내용은 따로 노래하지 않는 편이다. 따라서 집터의 신성성 확보의 차원에서 인용문에서 보듯 솔씨가 뿌려진 뒤 산세풀이가 노래된 것으로 볼 수 있다.

영남지역 성주풀이에서 사용되는 산세풀이는 호남지역 등지에서 소리의 초반부에 시작되는 산세풀이와 의미가 조금 다르다. 호남지역 등지에서 채록된 산세풀이는 소리 전체의 제의성 확보와 연결되지만 영남지역에서 성주풀이와 결합되어 사용되는 산세풀이는 제의성이나 신성성 확보보다는 명당 관념에 따른 집터의 현세적 번영과 연결된다. 따라서 가창자들의 필요에 따라 산세풀이가 삽입된 것으로 볼 수 있다.

(4) 성주굿 외 다른 굿의 서설 구성
성주굿 외 다른 장소에서 불리는 소리들의 사설 구조를 살펴보고자 한다. 먼저 기원하는 내용을 살펴보고자 한다.

조왕풀이: 여루여루 지신아 조왕지신 울려주자 큰솥 동솥 정답구나 올막줄
막 예쁘구나 큰솥에서 밥을 짓고 동솥에서 국 끓이고 큰솥이라
서말지요 동솥이라 두말지세 소쾌에서 가져왔니 중점에서 가져
왔네 참나무로 불을 때나 소나무로 불을 때나 타는 불에 밥을 짓
고 모닥불로 밥자진다(양산의 민요)

위 인용문 서두에서 조왕지신은 부엌 아래에 좌정하고 있는 지신을 지칭

한다. '여루여루 지신아 조왕지신 울려주자'고 하는 것에서 울려주자는 것은 농악대가 치는 악기를 크게 연주하자는 말이다. 그들은 악기를 최대한 크게 소리를 내야 자신들의 원하는 바가 보다 온전히 성취될 수 있다고 생각한다. 영남지역에 위와 같은 형태의 사설이 소리의 서두에 많이 나타난다.

여기서는 현재 부엌의 여러 가지 세간에서 국이나 밥이 마련되고 있는 것처럼 노래하였다. 이렇게 상황 묘사를 위주로 하는 노래의 배면에는 앞으로도 노래 속의 상황처럼 계속되기를 바라는 기원이 깔려있다. 앞서 호남지역의 샘굿에서 물맛이 좋으니 꿀떡꿀떡 마시자고 한 것과 같이 위와 같은 간접적 기원은 직접적 기원에 비해 유흥의 면에서 뛰어나다고 할 수 있다.

영남지역에서도 집안의 여러 곳을 돌면서 그곳에 있는 신을 누르거나 밟자는 자료들이 있다.

> 뒷간 지신풀이: 어허여루 지신아 정낭지신 울려주자 막아주자 막아주자 온 갖 질병 막아주자 설사병도 막아주자 이질병도 막아주자 배 앓이도 막아주자 토사 곽난 막아주자 잡귀 잡신은 물 알로 만복은 이리로 어허여루 지신아 지신밟자 지신아(함안군 가야읍 도동 박성재, 함안의 구전민요)

> 마대지신: 여해여루 지신아 마고지신을 울려주자 산에 가면 산까시요 들에 가면 들까시요 부려주자 부려주자 천리마를 부려주자 부려주자 부려주자 만리마를 부려주자 부려주자 부려주자 오추마를 부려주자 부려주자 부려주자 용추마를 부려주자 호박발이 짝발이요 별백이 농어거리 불궈주자 불궈주자 일만마리 불궈주자 나갈때는 빈발이요 들오올때는 온발이요 잡귀잡신은 물러가고 만복은 이리로(울산울주 향토사)

> 우물풀이: 눌리자 눌리자 우물지신을 눌릴제 일년하고도 열두달 삼백에 육 십일을 정흥수 맑은 물이 이 우물에 솟아나 일년대한 가물에 우물 이 마르잖게 공사에 실수할까 우물에 축이날까 조왕님게 기도하여 우물에 가신 분은 일년하고도 열두달 무병하게 지내주고 잡구잡신 은 물알로 정화수 맑은 물은 이 우물에 풍풍 잡구잡신은 물알로 만복은 이 우물로(의성군 사곡면 신리리 정광수, 의성의 민요)

첫 번째 인용문에서 노래되는 정낭지신은 집터에 존재하는 지신地神과 더불어 발동하지 않게 눌러야 하는 신 중의 하나이다. 따라서 여기서의 상쇠는 온갖 질병 및 설사병, 이질병 등을 막아주자고 권유하면서도 이 행위들을 할 수 있는 존재이다. 이처럼 그 장소에 따른 신의 성격 및 내용에 따라 상쇠의 사제자로서의 직능이 부각되는 노래들이 있다.

위 인용문에서 주목되는 것은 정낭신과 지신이 결합되어 정낭지신이라는 용어가 사용된 것이다. 앞서도 이러한 신격 결합이 나타났는데, 여기서의 정낭지신은 화장실 터 아래에 좌정하고 있는 지신을 지칭한다. 그렇기 때문에 지신은 두 가지 신격이 있는데, 집터 전체에 존재하는 지신과 각 장소의 터에 존재하는 지신이다. 여기서의 정낭지신의 경우 정낭신과 지신 모두 눌러서 발동하지 못하게 해야 하는 신격이다 보니 다른 자료들에 비해 신명 결합이 보다 자연스럽게 이루어질 수 있었다.

두 번째 인용문과 세 번째 인용문 역시 마구신과 지신, 그리고 우물신과 지신이 결합되어 마고지신과 우물지신이라는 용어가 사용되었다. 이 신들은 모두 각 장소의 터에 존재하는 지신들이다. 여기서는 첫 번째 인용문과 달리 신을 누르자고 한 뒤 뒷부분에서는 축원이 노래되었다. 앞서 지신을 누르자고 하는 것은 표면적으로는 액막이이지만 속으로는 기원을 노래하는 것이라 하였다. 마구지신과 우물지신을 울리거나 우물지신을 눌러 이 신들이 발동하지 않게 되면 결과적으로 각 장소가 잘 될 수 있기 때문에 뒤에 축원이 노래될 수 있었다.

앞서 충청지역 성주굿 고사소리 중 성주풀이를 논의할 때에도 언급되었지만, 생성기의 농악대 고사소리는 지신地神을 누르거나 밟자고 하는 사설만 있었다. 그러다가 집안의 여러 가신家神에 대한 관념과 그에 따른 소리가 하나 둘 생겨나면서 위와 같이 '각 장소의 신명＋지신' 형태의 용어가 생겨난 것으로 파악된다. 이러한 신명이 사용되는 소리들은 액막이와 관련된 내용이 노래되는 경우가 많다. 그런 뒤 액막이보다는 축원으로 소리의 목적이 옮겨지면서 뒤에 붙는 지신이라는 말이 생략되고 순수한 그 장소의 신명만 불리게 되었다.

그럼에도 영남지역에는 그 장소에 좌정하고 있다고 믿어지는 신명神名 뒤에 지신地神을 붙여서 노래하는 경우가 많이 발견되고, 언제나 각 장소에서의 사설이 시작될 때에도 "누르자 누르자 ○○지신 누르자" 혹은 "울리자 울리자 ○○지신 울리자"의 형태로 시작한다. 이에 비해 다른 지역에서는 노래의 서두에 지신을 누르거나 울리자는 내용이 거의 노래되지 않는다. 이를 통해 영남지역 농악대 고사소리가 다른 지역에 비해 제의적 성격이 풍부하고 그만큼 농악대 상쇠의 사제자로서의 면모도 강하다고 할 수 있다.

아래 자료는 지신을 밟거나 누르자는 내용과 그 장소에 대한 축원이 같이 노래된 자료이다.

> 마구지신풀이: 눌리자 눌리자 마구간에 눌리자 울린다 울린다 부루자 부루자 우마 대마 부루자 조각뿔로 생겼나 대치뿔로 생겼나 황송아지 놓거들랑 우경지 불러주소 황송아지 놓거들랑 천금만금 불레주고(의성군 금성면 청로리 김경환, 의성의 민요)

첫 번째 인용문에서는 마굿간에 누르자고 한 뒤 이곳에서 기르는 소가 잘되기를 기원하였다. 앞서 살폈듯이, 다른 지역에서는 행동 권유나 신에 대한 기원 등이 다양하게 결합되어 노래되었다. 그러나 영남지역에서는 신을 밟거나 누르자는 내용과 함께 그 장소에 대한 축원의 형태로 두 가지 내용이 결합되는 경우가 다반사이다. 그런 점에서 영남지역 고사소리는 성주굿의 위치 및 빈도와 더불어 집안 여러 장소에서 불리는 고사소리의 내용에서도 그 제의적 성격이 다른 지역에 비해 많이 남아있음을 알 수 있다.

마지막으로 가정축원이 노래되는 부분을 보고자 한다.

> 차고풀이: 어이여루 지신아 차고지신도 울리자 금년해분 임오년에 이 집 차를 운전하면 질 대장근을 막아내어 일년내내 무사고로 큰 고장도 막아주고 잔고장도 막아주자 잡귀잡신은 물알로 만복은 요리로 (경남 양산시 웅상읍 명곡마을 부녀회)[51]

마굿간풀이: 에헤이루 부루자 아무런 소를 부룰까 껌정소를 부룰까 이 우사
에 오는 소는 장마에 물불 듯이 장마에 이 불 듯이 물석물석
불거지고 일년삼백육십오일 나날이 집에가도 움석움석 불어준
다 누런색 굴레는 넉짐이요 껌둥소 굴레는 닷짐이라 에헤일후
다 불았다(의성군 안평면 금곡리 전남규, 의성의 민요)

위 인용문은 차고풀이로, 집안 여러 곳을 돌다가 차고에 이르러 한 소리
이다. 영남지역은 다른 지역과 달리 차고풀이나 점방풀이, 공장풀이와 같
이 전통 사회에서의 생활공간이 아닌, 현재의 생활공간에서도 다양한 고사
소리가 구연되었다. 장소의 다양함뿐만 아니라 소리의 내용이나 양에 있어
서도 다른 지역에 비해 훨씬 길고 다채롭게 노래된다. 다른 지역에서는
성주굿 외에 가내 다른 장소의 굿에서는 간단한 축원 덕담만 노래하거나
쇠가락만 연주하는 곳도 많은 것을 보면 비교가 된다.

위 두 인용문에서는 각기 차고와 마굿간에서 자동차가 사고나 고장이
나는 것을 막아주고, 소가 송아지를 낳아서 계속 늘어나게 해주자고 했다.
다른 지역에서 기원이 노래되는 것에 비해 이 지역에서는 기원의 양상이
구체적으로 노래되는 것이 다르다. 이렇게 소원을 들어주는 대상이 따로
나오지 않는 상황에서 농악대 상쇠가 소원을 직접 비는 경우 사제자로서의
농악대 상쇠의 면모가 더욱 부각된다.

2. 농악대 고사告祀소리의 유형

1) 성주굿 고사소리

(1) 고사덕담유형

지금까지 살핀 성주굿 고사소리 중 경기 및 충청, 강원지역 등지에서
채록된 고사반, 고사덕담, 덕담, 고사풀이 등은 공통적으로 산세풀이에 이

---

51 명곡마을 부녀회 풍물패에서 구연하고 있는 지신밟기 문서는 이 마을 선소리꾼인 이유락
(1920)이 제공해주었다.

은 액막이타령, 그리고 가정축원의 내용으로 구성되었다. 이러한 구성을 가진 자료군을 지칭하는 말들 중 고사덕담이라는 용어는 고사반과 더불어 경기지역을 비롯한 여러 지역에서 가장 많이 사용하는 현지 용어들 중의 하나이다. 고사덕담告祀德談의 뜻을 말 그대로 풀이하면 '고사 지낼 때 하는 좋은 말'이라는 뜻이다. 이 말 자체로 노래가 행해지는 장소와 의미를 함유하고 있다. 따라서 위의 농악대가 정초에 지신밟기를 하면서 부르는 성주 굿 고사소리 중 위 세 가지 내용으로 구성된 자료군을 지칭하는 명칭으로 '고사덕담유형'을 사용하고자 한다.

고사덕담유형의 첫 번째 내용에 해당하는 산세풀이는 지역에 따라 두 가지 형태가 나타난다. 첫 번째 형태를 제시하면 아래와 같다.

> (전략) 천지는 언제 삼겼으며 일월은 언제 삼겼던고 자시에 생천허니 하날이 삼기시고 축시에 생기허니 땅 삼겨 마련하고 인으 인생허니 사람이 삼긴 후으 집터 잡어 삼십삼천 서른시 하날이오 내력 불러 이십팔수 스물여덜 벵이 삼기시고 허공천 비비천 삼마주 도리천에 열 제왕을 마련헐 제 첫 치국 잡으시니 함경도 백두산에 단군왕검으 개국이요 두 번 치국 잡으시니 함경도 평양 갬영 기자왕으 개국이요 (중략) 산지조종은 곤륭산 수지조종은 황하수라 주춤거리고 내려오다 함경도 백두산 삼기시고 백두산 산맥이 떨어져서 주춤거리고 내려오다 (중략) 문필봉 비쳤으니 동네 문장이 날것이라 앞으로 바라보니 봉이 남기 집을 지어 학이 떠서 춤을 추고 뒤으로 돌아보니 석가 부처가 자허난 듯 어찌 아니가 좋을쏘냐(후략)(전북 순창군 팔덕면 월곡리 권상규, 한국민요대전)

산세풀이의 첫 번째 형태는 대체로 천지조판, 치국잡기, 산세풀이, 집터의 형세풀이가 순차적으로 노래된다. 앞의 내용들은 내용적 연관성은 적지만 집터의 내력이라는 점에서 공통점이 있다. 아울러 하늘과 땅이 열리고 사람이 생긴 이후로 단군 이래의 여러 왕조를 거쳐 현재의 집터까지 흘러든 산세山勢는 그 자체로 현재 노래되는 곳의 기원을 말한다는 점에서 소리 자체의 제의성 확보와 연결된다. 그리고 이 내용들은 이 집터에 좋은 기운氣運이 오는 징검다리 역할을 하기 때문에 이 집이 앞으로 잘 되는 기반 구실도 한다. 그렇기 때문에 가창자는 인용문 제일 아래의 문면에서 '어찌 아니가 좋을소냐'라고 하면서, 이 집터는 산세가 제대로 이어진데다 방위 및 산수가 명당자리이기 때문에 앞으로 모든 일들이 잘 될 것이라 노래하였다.

그러면 서울 경기 및 강원지역을 중심으로 분포하는 산세풀이 두 번째 형태를 살펴보고자 한다.

> 국태민안 시화연풍 연연히 돌아드니 금일금일 금일이요 사바하구 사바로다 이씨 한양 등극할제 왕십이 청룡이요 둥구리재 만래재 백호로다 인왕산 주산 이요 관악이 안산이라 한강이 조수되고 동작강 수구 막어 만호장안 되었고나 삼각산 지중하야 봉학이 나렸구나 학을 눌러 대궐 지니 대궐 앞에는 육조로다 육조 앞에는 오영문이요 오영문 앞에는 하가사 한양을 매련하고 각도 각읍을 마련할제(후략)(강원도 횡성군 청일면 춘당 1리 권영복, 민요)

산세풀이 두 번째 형태에서는 산세풀이가 노래되기 전에 나오는 천지조판이나 치국잡기가 아닌 '국태민안 시화연풍 연연히 돌아드니'로 노래가 시작되었다. 여기서 국태민안國泰民安은 나라와 백성이 편안하다는 뜻이고, 시화연풍時和年豊은 시절이 고르고 해마다 풍년이 든다는 뜻이며 연연히 돌아든다는 것은 그러한 호시절이 계속 이어진다는 말이다. 천지조판, 치국잡기는 산세풀이의 전단계로 제의적 목적으로 사용되었으나 여기서의 '국태민안 시화연풍~'으로 시작되는 어구는 제의적 목적보다는 현재의 나라 및 가정 상황이 더할 나위 없이 좋다는 것을 말하기 위해 사용되었다.

여기서 좋은 시절과 관련된 내용이 서두에 삽입된 것은 뒤에 이어서 노래되는 조선 왕조를 부각시키기 위한 목적이 크다. 대부분 산세山勢는 이씨 한양 등국시에 삼각산에서 발원한다. 한양과 삼각산에서 보듯 이 형태에서는 대궐, 왕십리, 둥구리재, 인왕산, 관악, 한강, 동작강, 장안 등 당시 수도였던 한양 소재 지명들이 많이 사용된다. 이 사설들 중에서 가장 중요한 의미를 차지하는 것은 조선 왕조를 의미하는 '이씨 한양'이다. 산세풀이에서 이씨 한양이 중요한 의미를 차지하는 것은 성주굿 고사소리의 구연 상황에서도 찾을 수 있다.

성주굿 고사소리는 대청마루에 차려진 집안 대주의 수저가 꽂힌 고사반 앞에서 불린다. 그런 점에서 산세풀이에서의 조종祖宗에 해당하는 이씨 한양은 나라의 임금님을 의미하고, 이는 곧 '가정의 최고신인 성주신=집안 대주'의 등식으로 이어지게 된다. 그런 점에서 이 형태의 산세풀이에서 노래되는 삼각산은 산세가 시작되는 출발점으로서의 의미를 가질 뿐이며, 이씨 한양의 개국과 대궐은 산세가 시작되는 시간과 장소라는 의미와 함께 현재 노래가 진행되는 곳의 권위를 확보하고 높이는 역할까지 하였다.

고사덕담유형의 두 번째 내용은 여러 가지의 액막이타령으로, 살풀이, 호구역살풀이, 달거리, 삼재풀이 등이 노래된다. 각각의 액막이타령은 사람이 일생을 살면서 겪게 되는 여러 가지의 불행을 막는데 목적이 있다. 여기서는 그러한 액막이타령 중 가장 넓은 지역에 분포하면서 양상 또한 제일 다양한 달거리를 살펴보고자 한다. 여러 형태의 달거리 중 가장 기본적인 형태를 살펴보면 아래와 같다.

> 이댁 가중 접어들어 액풀이 한번 하고 가자 이월달이 드는 액은 삼월 삼짇 막아내고 삼월달이라 드는 액은 사월초파일 막아내고 사월달이라 드는 액은 오월 단오 막아내고 오월달이라 드는 액은 유월 유두 막아내고 유월달이라 드는 액은 칠월 칠석 막아내고 칠월달이라 드는 액은 팔월 한가위 막아내고 팔월달이라 드는 액은 구월 구일로 막아내고(후략)(춘천시 사북면 오탄리 고재환, 강원의 민요 Ⅰ)

달거리는 기본적으로 정월부터 그믐까지 각 달에 든 액을 그 다음 달의 세시일로 막는다는 형태를 기본 구조로 노래된다. 여러 가지의 액막이타령 중 달거리가 가장 많이 불린 것은 달거리가 액막이의 기능을 가장 온전히 수행한다고 여겨지기 때문이다. 살풀이나 삼재풀이 등과 같은 액막이타령에 비해 달거리는 일정한 틀을 가지고 1년 동안 들 액을 어느 하나의 빠짐도 없이 모두 막거나 푼다. 더욱이 이 소리가 일 년의 시작인 정초에 불린다는 점도 세시 절기를 단위로 불리는 달거리가 많이 불리는 이유가 된다. 그러면 다음 형태를 달거리 노래를 살펴보고자 한다.

> (전략) 구월달에 드는 액은 시월 상달 막어내고 시월달에 드는 액은 동짓달 동지팥죽 끓이어서 이벽 저벽 끓일적에 수제충으로 막아를 내고 동짓달에 드는 액은 섣달이라 그믐허니 검은 시루 떡질적에 시루굽으로 막아를내세 섣달이라 드는 액은 정월이라 대보름 망망 맞인 명태하나 부적 한장 써붙이어 깊은 물 맑은 물에 두둥둥실 떠여 보내면 만사태평 무사하오리다(부여군 부여읍 용정리, 김영균 조사본)

위 인용 자료는 위에서 살핀 달거리 기본 형태에 비해 두 가지 점에서 변화가 일어났다. 첫 번째는 액을 막는 주체가 세시일이 아닌 세시일의 특징적 도구나 행사로 바뀐 것이다. 위 인용문을 보면 9월달의 액은 시월상 달로 막아낸다고 했으나, 10월 달 이후부터는 각각 동지팥죽, 시루굽, 깊은 물 맑은 물에 떠어 보낸다고 하였다. 액을 막거나 풀고자 하는 구연 목적상 액을 막는 주체가 구체적, 가시적으로 노래될수록 그러한 목적이 보다 명확하게 이루어질 수 있다.

두 번째 변화는 액을 막는 서술어가 다양하게 쓰이는 것이다. 위 인용문에서는 섣달에서만 다른 서술어가 사용되었으나, 다른 자료들에서는 '날려버리고', '태워버리네', '막아내누나' 등이 노래되었다. 이렇게 액을 막는 서술어가 다양하게 사용되는 것은 지신밟기의 자리에 모인 사람들의 흥을 돋우는 역할과 함께 구연 목적을 보다 원활히 수행하는 역할을 담당하였다.

고사덕담유형의 세 번째 내용은 가정축원 대목이다. 가정축원을 노래함에 있어 가창자는 농사풀이, 과거풀이, 비단풀이 등을 노래하는데 이 중에 가장 많이 노래되는 것은 집안의 자손들이 앞으로 훌륭하게 클 것이라는 것과 집에서 기르는 여러 가축이 병 없이 잘 길러질 것이라는 내용이다. 걸립 등을 많이 하게 되면서 연희적 성격이 강한 농악으로 갈수록 가정축원이 다양하게 노래되는데, 농사풀이, 세간풀이, 비단풀이, 패물풀이, 과거풀이 등의 유기적으로 구성되며 노래된다.

그러면 앞으로 자식들이 훌륭하게 클 것이라는 내용이 노래되는 경우를 살펴보고자 한다.

(전략) 그러기도 하려니와 공부를 하여보세 무슨 공부 하였느냐 천자 유학 동문선습 논어맹자 시전서전 백가지를 무불통지 하였구나 시절이 태평하야 알선과거를 본달 말을 바람결에 넌짓 듣고 마부 불러 본부하되 마송이 명을 듣고서 산낙귀 끌어내려 솔질 쐴쐴 다한 후에 가진 안장을 짓는다 소양삼공에 산호평 호피도포 맵시난다 천홍사 좋은 둘레 상모 물려 덤복 달어 앞뒤겨 처 눌러매고 바람같이 가는 말에 구름같이 올라앉아 한양성 득달하니 팔도선비 구름 메듯 웅게 좋게 모였구나 시지 한 장을 들켜쥐고 글귀나기를 기다진다 현제판 바라다보니 과거열흘에 동요할이라 하여거든 용현에 먹을 갈아 청황보 모시필을 반중등 흠신 풀러 일필에 의지하야 일선에 선장하니 삼지관이 바라다 보고 어하 그 글 잘 지었다 자작귀 관수로다 한림학사를 재수하야 본댁으로 내려올제 앞에는 어이광대 뒤에는 어른광대 좌우에 늘어서서 옥저소리 더욱 좋다 그런 그리도 하려니와(후략)(안산시 대부도 종현동 김선용(1936), 대부도 향토지)

집안의 자손에 대한 축원이 보다 세련된 형태로 노래되는 것이 과거풀이라 할 수 있다. 위 인용문에서는 어려서 무불통지한 집안 자손이 팔도 선비가 모인 과거에서 급제하여 금의환향한다는 내용이 노래되었다. 위 소리를 구연한 김선용은 윗대 소리꾼 최명환에게 이 소리를 배웠다. 그런데 최명환은 종현동의 윗대 선소리꾼에게서 이 소리를 배우지 않았고 1950년대에 바깥에서 고사덕담을 전문으로 하는 이를 초청해서 보름 정도 마을에 모시면서 이 소리를 익혔다 한다. 김선용이 구연한 고사소리는 고사덕담과 뒷염불로 구성되는데, 이는 남사당패 등이 구연하는 소리와 소리 구성 및 내용의 면에서 크게 다르지 않다.

위 인용문에서는 아들의 과거 급제를 기점으로 하여 아들의 뛰어난 실력과 훗날 한림학사가 되어 돌아오는 모습을 실제 일어난 것처럼 자세하게 묘사하였다. 이처럼 같은 마을 농악대라 하더라도 다른 마을로 걸립을 많이 했거나 소리 자체가 외부에서 유입된 곳의 경우 같은 가정축원의 내용이 세간풀이, 과거풀이, 비단풀이 등과 같이 다양하게 불림을 확인할 수 있다.

(2) 성주풀이유형

영남지역을 중심으로 채록된 성주굿 고사소리는 가창방식에 따라 독창獨唱으로 노래되는 것과 선후창先後唱으로 불리는 자료가 있다. 여기서 선후창으로 불리는 자료의 후렴은 대부분 지신을 밟거나 누르자고 하는 내용이 노래된다. 이 두 가창방식 간의 선후 문제는 차치하더라도, 독창으로 노래되는 자료에 비해 선후창으로 노래되는 자료는 액을 막거나 풀자고 하는 성격이 강한 것이 사실이다. 앞소리의 내용에 따른 자료의 성격을 간추려 보면 같은 성주풀이 자료라 하더라도 자료 서두에 성주 관련 서사가 노래되는 자료들은 제의적 성격이 강하고, 서두에 성주신이 나타나지 않으면서 지신을 밟거나 울리자고 하는 내용이 곧바로 노래되는 자료들은 액을 막거나 풀고자 하는 성격이 강하며, 성주신의 솔씨 뿌림이 포함된 통속민요 성주풀이가 차용되어 노래되는 자료들은 상대적으로 가정축원의 면이 강하다고 할 수 있다.

성주풀이라는 용어는 의식요와 통속민요를 합쳐 일반적으로 쓰이고 있고 다른 명칭들도 모두 성주풀이에 수렴이 되므로, 여기서는 농악대가 정초 지신밟기에서 부르는 소리 중 성주신의 솔씨 뿌리기, 집 짓기, 가정축원으로 구성되는 자료군을 '성주풀이유형'으로 하고자 한다. 성주풀이유형은 크게 두 가지 형태가 있는데 영남지역 중심의 자료군과 통속민요 성주풀이를 차용해서 부르는 호남지역 중심의 자료군이다.

영남지역에서는 솔씨를 뿌리는 주체인 성주신의 내력이 노래되는 자료들이 있다. 앞서 각각의 자료들의 의미에 대해 살펴보았다면 여기서는 이 자료들의 공통 서사단락을 제시하고 각 단락별 의미에 대해 살펴보고자 한다. 앞서 서사형이라 명명한 자료들의 공통 서사단락을 제시하면 아래와 같다.

1. 성주 부모가 늦도록 자식이 없다가 정성을 드려 성주를 낳다. (혈통 및 기이한 출생)
2. 성주가 어려서 무불통지無不通知하다. (비범한 능력)
3. 성주가 잘못하여 황토섬으로 3년 귀양을 가다. (고난)
4. 황토섬에서 귀양 기간을 채운 성주가 집에 연락하여 집으로 돌아오다. (복귀)
5. 성주가 솔씨를 뿌려 그 나무로 집을 짓고, 집의 신으로 좌정하다. (좌정)

1단락에서는 성주의 가계가 제시되는데, 여기서 성주 부친은 천궁대왕天宮大王, 천공황제天公皇帝 등으로 나온다. 이는 성주의 가계가 천상계天上界와 관련이 있다는 것을 의미하고, 이를 통해 성주의 신성성이 확보됨을 볼 수 있다.[52] 그리고 성주의 출생을 위해 성주 부모가 정성을 드리는 대상들-옥황님, 칠성님, 제석님, 산신님 등- 역시 그러한 신성성 확보에 일조한다.

2단락에서 성주는 어려서 무불통지한 모습을 보인다. 그런데 대부분의 자료에서 이 단락은 성주의 비범한 능력을 보여주는 것 외에 이야기의 진행에서 특별한 의미를 차지하지는 않는다. 다만 울주군 삼남면에서 채록된 자료를 보면 이러한 성주의 능력이 이야기의 진행과 일정 부분 연관을 맺고 있다.[53]

울주군 삼남면 자료에서는 어려서 비범함을 보이던 성주가 후세에 이름을 전할 일을 생각하다가 인간들이 집이 없이 생활하는 것을 보고는 옥황으로부터 솔씨를 받아 무주공산에 던져두게 된다. 즉 어려서 무불통지하였기 때문에 후세에 이름을 전할 일을 생각하게 되었고, 그 결과 솔씨를 뿌려 가옥의 최고신으로 좌정하게 된 것이다. 그런 점에서 성주의 비범한 능력

---

52 농악대 구연 성주풀이유형과 마찬가지로, 성주 무가巫歌 역시 성주신의 본향이 천상계와 안동 제비원계로 나뉜다. 이와 관련된 논의는 아래의 논문을 참조하였다.
김태곤, 「巫歌의 傳承變化體系」, 『한국민속학』 7, 한국민속학회, 1974.
성길제, 「성주 무가 연구」, 한림대 석사학위 논문, 1996.
53 울주군 삼남면 자료와 김해시 삼정동 자료는 서사 단락 및 각 단락 세부 서술이 성주풀이 서사형 10편 중에서 가장 풍부하여, 서사형의 전체 의미를 이해하는데 잣대 역할을 한다.

은 그 자체로 성주의 신의 위엄을 높이기도 하지만, 또한 솔씨를 뿌리게 된 이유도 되므로 이야기의 일관성과 함께 가옥신으로서의 존재 이유를 보다 명확하게 만든다.

3단락에서는 성주의 잘못으로 인한 귀양이 문제가 된다. 귀양의 이유는 자료에 따라 뇌물을 받거나, 특별한 이유가 제시되지 않기도 하지만, 대부분 가정의 질서를 어지럽힌 것과 연관되어 귀양을 가게 된다. 성주가 이렇게 집안 일에 처신을 잘못하여 귀양을 가게 된 것은 도사 혹은 문복장이에 의해 이미 예언되어 있던 것이라는 점에서 당연해 보이지만, 그 이면에는 결혼에 의한 새로운 가정 형성이라는 문제가 있다. 즉 성주 부친과 모친, 그리고 성주 사이에서 형성된 가족 관계가 있는 상황에서 성주 처인 계화씨부인의 편입으로 인해 자연스레 구성원들 간의 갈등이 발생하게 되었고, 그것이 성주의 본처 소박이나 일가 간에 우애 없는 행동으로 표면화된 것이다.

4~5단락에서는 황토섬에서의 귀양을 마치고 복귀하여 가옥의 최고신으로서 좌정이 이루어진다. 성주의 복귀 및 좌정의 의미를 제대로 파악하기 위해선 자료 전체에 걸쳐 꾸준히 나오는 성주 모자母子 간의 돈독한 관계에서 그 해결의 실마리를 찾을 수 있다.

이러한 모자 관계가 가장 잘 나타난 울주군 삼남면 자료를 중심으로 이에 대해 살펴보고자 한다.

양미간이 넓어시니 본처소박 할거이요 천화중도 높았시니 이십전 십팔세에 삼년대환 마련하니 옥결부인 슬퍼하여 우리 연광 사십에서 석달열흘 백일불공 제만하여 성주하나 얻었다가 이십전 십팔세에 삼년 귀환 가고보면 내어이 산단말고 두 다리를 펴여놓고 목을 놓아 통곡하니

성주모친 옥결부인 악성통곡 실피 울며 연광사십 공덕으로 놓은 자식 악석종신 할줄 알고 후사전장 천만분 믿었더니 귀환 말이 왠말이요 귀환가던 그날부터 우연히 병이 나서 식음을 전폐하니 거의 죽게 되었구나

모친 전에 인사하니 성주모친 일휘일휘 생각하나 후사를 전장하라 높이 외

니 과연 빛난 도술 삼신제왕 성주오신 소식 듣고 계화부인 잉태있아 석달 만에 임진 걸고 너다섯달 반짐 실꼬 칠팔달에 참짐실고 아홉 열달 다갔구나(경남 울주군 삼남면 박봉용, 울산 울주지방 민요자료집)

위의 첫 번째 인용문은 성주 모친이 갓 태어난 성주의 귀양 예언 들었을 때, 두 번째는 계화씨부인이 귀양 간 성주의 편지를 가지고 왔을 때, 세 번째는 복귀한 성주에게 이제 후사를 생각하라고 말해주는 대목이다. 삼남면 자료의 주요 등장인물은 성주 부모와 성주, 그리고 성주의 처인 계화씨부인이다. 이 중에서 성주 부친은 성주를 낳을 때와 귀양에 관련해서만, 계화씨부인은 성주의 편지 받을 때와 아이를 낳을 때만 등장한다. 그에 반해 옥결부인은 이야기의 진행에 직접적 영향을 끼치지는 않지만 자료의 거의 모든 부분에 걸쳐 등장한다.

성주에 모자母子 간의 돈독한 관계는 성주부친과 모친, 그리고 성주 사이에 형성된 가족 관계가 그만큼 공고하다는 것을 의미한다. 앞서도 잠깐 언급되었지만, 기존의 가족 구성원간의 결집력이 강하게 유지되고 있는 상황에서 계화씨부인이 등장하여 새로운 가족 관계를 만들려 하다 보니 기존 가족 구성원들 간의 관계가 재정립될 수밖에 없었다. 그런 점에서 도사 등에 의해 점쳐지는 성주의 소박 예언은 성주의 면모에 흠이 되는 것 및 가정 분란의 파장을 최소화하기 위한 장치로도 이해 가능하다.

성주의 귀양 선고 및 복귀 허락은 모두 성주 부친에 의해 이루어진다. 성주 부친은 성주의 죄를 물어 엄청난 고난을 제공하고 그것을 해결하는 주체라는 점에서 성주가 넘볼 수 없는 힘의 영역이다. 그런데 성주는 그러한 힘의 영역을 넘어 자신만의 공간을 확보해야 한다. 따라서 새로운 공간, 즉 가정이 마련되기 위해서는 종래의 부자父子 관계 역시 재편이 불가피하다. 그런 점에서 결혼 전에는 문제가 없던 부자 관계가 아들의 결혼을 계기로 갈등 관계로 전환되었다 할 수 있다.

이 자료의 부자父子 갈등은 성주가 자식들을 낳고 잘 사는 것에서 화해의 국면을 맞는 듯 하지만 이것으로 본질적인 해결이 이루어진 것은 아니다.

성주가 신으로 좌정하는 이상 자신의 자리를 찾아 좌정하기 전까지는 그 갈등이 끝난 것이 아니기 때문이다. 여기서 성주는 자신이 존재하던 천상세계가 아닌, 인간이 사는 지하세계로 하강한 뒤 나무를 베고 집을 지어 인간에게 새로운 보금자리를 만들어 주면서 그 공간에 좌정한다.[54] 성주는 이러한 하강 좌정을 통해 부자 갈등을 완전히 해소하는 동시에 본풀이의 목적인 좌정까지 달성할 수 있었다.

이상에서 논의된 것을 성주의 고난 및 해결, 그리고 좌정을 중심으로 정리하면, 고귀한 혈통을 타고난 성주는 가정 질서를 파괴함으로써 고난을 맞게 되는데, 이 고난의 이면에는 새로운 가족 구성원의 이입으로 인한 가족 구성원간의 갈등이 내재해 있었다. 이렇게 일어난 문제를 부자 화합에 의해 해결한 성주는 나이가 들어 자식들을 대동하고 가옥의 최고신으로 좌정한다. 이러한 고난과 해결 속에서 성주의 유有, 무형無形을 아우르는 가옥신의 면모가 형성되었는데, 유형의 집의 신으로서의 면모는 솔씨를 뿌려 집을 짓는 능력을 보이는 데에서, 무형의 집의 신으로서의 면모는 새로운 가정이 생기는데 따른 가족 내 환란을 해결되는 데에서 찾을 수 있다. 이 두 가지의 면모 중 가옥신으로서의 본질적인 측면은 여러 가지 문제들로부터 집안의 질서를 수호하는데 있다. 그런 점에서 성주관련 서사의 핵심은 가정의 환란을 수습하고 안녕을 지키는 것에 있다고 하겠다.

다음으로 성주풀이유형의 두 번째 내용으로, 성주신의 내력과 관련된 서사가 생략되고 여러 목수들이 집을 짓는 대목이 부각되는 자료들을 살펴보고자 한다.

---

54 함흥지역에서 채록된 성주굿을 보면, 성주인 방덕이가 공부를 마치고 집으로 복귀할 때 이 사실을 안 부모는 방덕이가 무서워 굴뚝, 부엌에 숨게 된다. 그러한 사실을 모른 방덕이는 부모에게 효도하기 위해 방에 불을 떼게 되는데, 그로 인해 결국 부모가 죽게 된다. 이 사건을 통해 방덕이는 자신의 좌정처를 구한 셈인데, 이 자료는 한 장소에서 두 신神이 양립할 수 없음을 보여준다.
　　김태곤, 「함흥지역무가」, 『한국무가집』 III, 집문당, 1978.

(전략) 지리산 일대를 훑었더니 그 나무가 자라나서 밤으로는 이슬 맞고 낮으로는 태양 받아 짝지솔이 되었구나 (중략) 앞집에 김대목아 뒷집에 박대목아 나무한주 잡으려고 여장가추를 챙겨보자 대도끼야 소도끼야 대도끼를 찾아놓고 대줄소줄 찾아놓고 대자소자 찾아놓고 서른 세가지 여장가추 가추가추 찾아놓고 (중략) 그 나무는 좋을시고 해이 그 나무는 좋을시고 가지도 일만가지 뿌리도 일만뿌리 동쪽으로 뻗은 가지 상량 한 주 마련하고 (중략) 쌀한사발 구해놓고 촛대 한쌍 차린 후에 비나이나 비나이다 하느님께 비나이다 비나이다 비나이다 복신님께 비나이다 비나이다 비나이다 산신님께 발원하고 (중략) 이 마당 끝에 놓은 후에 법률을 베풀어서 용의 머리 터를 닦아 주춧돌을 주워다가 학머리에 주추 놓고 인내 내길 기둥세워 팔주목을 도리 걸고 대들보를 얹어보자 대들보를 얹어놓고 어기여차 상량이여 상량제 지낼 적에 베도 한필 걸어놓고 돈도 천냥 걸었으니 그 아니 좋을소냐 (중략) 삼팔목은 동문이요 사오금은 서문이라 이칠화는 남문이요 일육수는 북문이라 해이 그 집이 좋을시고 각자장판 유리기둥 해이 그집이 좋을시고(후략)(마산농청놀이 배종국, 마산농청놀이 유인물)

성주신이 뿌린 솔씨는 아침 저녁으로 잘 자라게 되고 여러 목수들은 망태를 얽어서 마련한 뒤 나무 자르러 간다. 이들은 좋은 재목을 얻기 위해 황새 덕새, 봉황, 까막까치가 집을 지은 나무는 포기하고 재목으로 쓸 수 있는 나무 앞에서 산신제를 지내고 나무를 베게 된다. 그리고 그 나무를 집으로 운반해 와서 집의 방향과 산수山水에 따라 집을 방향에 따라 집을 짓는다. 성주풀이유형에서 노래되는 집을 짓는 내용은 고사덕담유형의 산세풀이와 견줄 수 있다. 고사덕담유형에서의 산세풀이는 앞으로 집이 잘 되는 기반 역할을 하였다면 성주풀이유형에서의 집 짓는 대목은 그 자체로 가정축원의 효과를 가지는 동시에 집 자체의 신성함 확보까지 나아갔다.

위 인용문에서는 집 짓는 대목이 노래되기에 앞서 성주신이 솔씨를 뿌렸다는 내용이 노래된다. 이 자료에서는 성주의 일대기가 문면에 직접적으로 나타나지는 않지만 집을 짓고 사람들을 잘 살게 해주는 존재가 성주라는 것은 가창자나 향유자들이 모두 알고 있는 사실이다. 따라서 집을 짓고 치장하는 것이 중심인 자료는 '누가' 집을 지었는가보다는 '어떻게' 지었는 가에 무게 중심이 실려 있다. 즉 집을 지은 신神보다는 이 집에 사는 사람들에게 관심이 더 많은 것이다.

그러면 성주풀이유형의 마지막 부분인 가정축원에 대해 살펴보고자 한다.

(전략) 이댁이라 대주양반 아들되기 희망하며 아들되기 희망하면 아들애기 점지하소 아들애기 노시거들 소학 중학 다 마치고 소학 중학 마치거들 대학으로 점지하소 대학으로 마치거들 나랏님에 충신동아 (중략) 딸애기를 노시거들 열녀 효부 점지하소 이댁이라 대주양반 무신 생활 하시능고 장사생활 하시거들 장사재수 있어주소 농사생활 하시거들 농사장원 있어주소 공무생활 하시거들 말썽없이 하여주소 이댁이라 대주양반 동서남북 다 댕기도 남의 눈에 꽃이 되소 남의 눈에 잎이 되소 말씀마다 향내나고 웃음 끝에 꽃이 핀다 하로 하면 열두시 한달 하믄 서른날 일년하믄 열두달 과년하믄 열석달 안가태평 하여주소(울산의 전설과 민요)

성주풀이유형은 성주신의 본本을 품으로써 그의 권능을 찬양하고 그로 인한 집 마련을 감사히 여기고자 하는 점에 주안점을 두는 관계로 고사덕담 유형에 비해 가정축원의 성격이 약한 것이 사실이다. 위 인용문을 보면 가창자는 집안의 아들 딸, 대주양반 등이 하는 일을 일일이 나열하며 각각의 일들이 모두 잘 되기를 기원하고 있다. 이처럼 대부분의 성주풀이유형은 위 자료와 같이, 정해진 틀이나 규칙이 없이 일상생활에서의 구체적 사안을 들어 각각의 사례에 대해 잘 되기를 기원한다.

위 자료에서는 각각의 문장의 서술어가 '대학으로 점지하소', '장사재수 있어주소', '남의 눈에 꽃이 되어주소' 등으로 끝난다. 이는 상쇠가 각각의 기원을 직접적으로 표현하는 것으로, 상쇠의 사제자로서의 기능이 부각되고 있다. 즉 성주풀이유형은 내용적으로는 가정축원의 양상이 고사덕담유형에 비해 내용이 단순하고 가지 수도 적으나, 잘 되기를 바라는 면에서 보면 훨씬 강하게 표현된다고 할 수 있다.

성주풀이유형 중 호남지역을 중심으로 불리는 자료군은 전체 내용 구성은 영남지역 자료들과 크게 다르지 않으면서도 가정축원 대목에서 훨씬 다양한 내용이 노래된다. 이는 이 지역에서 채록된 성주풀이유형이 통속민요 성주풀이를 차용하되 일정한 형식에 맞추어 노래하기 때문이다. 여기서는 김제농악에서 불리는 자료를 중심으로 살펴보고자 한다.

> 성주야 성주로구나 성주근본이 어디메뇨 경상도 안동땅 제비원의 솔씨 받어 몽동산에 던졌더니만은 그 솔이 점점 자라나 밤이면 이슬 맞고 낮이면은 볕뉘쐬아 황장목이 되었구나 도리지되니 되었네 낙락장송이 쩍 벌어졌구나 에라 만수 에라 대신이야(김제농악, 농악)

호남지역 성주풀이유형의 서두는 성주의 근본을 물은 뒤 솔씨를 뿌리고, 그 솔씨가 잘 자라나 집의 재목이 되는 내용이 노래되는 점에서 영남지역 성주풀이와 크게 다르지 않다. 소리의 서두에 성주의 근본을 묻는 내용이 노래된다는 점에서 제의적 성격을 확보하였다. 이 지역 자료들은 성주 관련 서사가 생략되고 나무가 자라는 대목만 몇 가지 노래되긴 했으나 기본적인 성주풀이의 내용에서 빠진 내용이 없기 때문에 다른 지역에서 불리는 성주풀이와 연장선상에 있다고 할 수 있다.

그러면 두 번째 대목을 살펴보고자 한다.

> 이집 성주를 둘러보니 좌청룡 우백호 노적봉이 뚜렷허니 만군장자도 날 명당 문필봉이 뚜렷허니 시라자손 만세영 당상학발 철룡수로다 에라만수 이댁 성주는 와가성주 저집 성주는 초가성주 한테간의 옹대성주 초년성주 이년 성주 스물일곱의 삼년 성주 서른 일곱 사년성주 마지막 성주는 쉬혼일곱이로다 대활연으로 설설히 나리소서(김제농악, 농악)

앞선 대목에서 성주신의 근본 묻기와 나무의 자라남이 노래되었다면 여기서는 집터의 형세와 성주의 좌정 기원과 관련된 내용이 노래되었다. 여기서는 각 부분에 따른 전체 내용이 노래되지 않고 중요하다고 판단되는 내용들만 노래되다 보니 집터의 방위를 노래함에 있어 집터의 앞과 뒤에 해당하는 주산主山과 안산案山은 생략되고 좌청룡 우백호만 노래되었다. 그런 뒤 대주의 나이에 따른 성주굿을 하는 시기를 처음 성주굿을 하는 때부터 마지막 하는 때까지 나열하였다. 이 지역 성주풀이는 통속민요 성주풀이 선율 위에 노래됨에도 불구하고 첫 번째 대목과 두 번째 대목에서는 각각 제의적 면모가 부각되고 있다.

호남지역 성주풀이유형은 선후창 방식으로 노래되는데 이러한 가창 방식은 영남지역 성주풀이 일부 자료에서도 발견된 바 있다. 영남지역 성주풀이의 후렴은 지신을 밟거나 막자는 내용으로 소리의 제의적 성격을 높이는데 사용되었다면 호남지역 성주풀이에서는 소리의 유흥적 성격을 이끌어가는 수단으로 사용되고 있다. 그리고 영남지역에서는 소리의 구성이 통합적으로 이루어진다면 호남지역에서는 후렴을 기점으로 각각의 단락이 삽화적으로 구성되었다. 그런 점에서 영남지역 자료들에 비해 내용 구성이나 대목간의 연관성에 있어 긴밀도가 약한 것이 사실이다. 그러나 이미 삽화적 구성으로 틀이 굳어진 통속민요 성주풀이를 성주의 솔씨 뿌림 및 집터의 형세 풀이 등의 순서로, 기존에 마련된 순서에 입각하여 부른다는 점에서는 의례요儀禮謠로서의 면모가 전혀 없다고 말할 수는 없다.

호남지역 성주풀이유형의 세 번째 대목은 아래와 같다.

> 청천에 뜬 기력아 네가 어디로 행하느냐 소상으로 행하느냐 동정으로 행하느냐 소상동정 어디다 두고 여관한등에 잠을 자느냐 에라 만수 왕왕헌 북소리는 태평연을 자랑하고 둘이 부는 피리소리 쌍봉황이 춤을 추고 소상반죽 젓대소리 좌상의 앉은 손님 어깨춤이 절로 난다 에라 만수(후략)(김제농악, 농악)

호남지역 성주풀이유형의 특징은 세 번째 대목에서 두드러지게 나타난다. 앞서 첫 번째 대목과 두 번째 대목이 각각 한 단락과 두 단락의 내용이었던 것에 반해 세 번째 대목은 위와 같은 형태의 유흥이 여섯 단락이나 노래되었다. 이렇게 유흥과 관련된 내용이 많이 노래되는 것은 기본적으로 이 지역 성주풀이가 가정축원보다는 유흥의 면을 극대화하기 위한 목적이 강하기 때문이다. 호남지역에 존재하는 두 가지 성주굿 고사소리, 즉 고사덕담유형과 성주풀이유형 중 먼저 자리를 잡고 있던 것이 고사덕담유형이라고 할 때 일부 가창자들은 고사덕담유형이 갖지 못하는 유흥의 면을 충족하기 위해 성주굿과 관련이 있는 통속민요 성주풀이를 차용하되 의례에 맞게 가공했다고 할 수 있다.

이렇게 최소한의 제의적 성격을 유지하면서 유희적 성격을 극대화하고자 하는 의도로 시작된 통속민요 성주풀이의 차용은 비단 농악대 고사소리에만 나타나는 것은 아니다. 이 지역 단골무가 주재하는 성주굿에서도 이러한 양상을 확인된다.

> (전략) 첫 치국을 잡으시니 경상도 경주난 김부대왕이 치국이요 (중략) 일곱번 치국을 잡으시니 우리 한양의 운이 돌아 이씨대왕의 치국이요 삼각산 내림으로 인왕산이 삼겨있고 인왕산 내림으로 덕문산이 삼겨있고 (중략) 천리행군 일석지간의 좌도로 내려와 이 터 명당을 잡었으니 좌향이 분명 성주본이 어드메 경상도 안동땅의 제비원이 본이로다(후략)(전북 위도 조금례, 전북의 무가)

> (전략) 천지는 언지 나며 일월은 언지 생겼던가 천대여 자 허시니 자방 하날 삼겨시고 지벽의 축 허여서 축방땅이 삼겨있고 인후여 허히 서인하여 사람이 생겼구나 어 동의 태궐산은 서축을 막어있고 서의 부월산은 동지수를 막어 진사방을 통달허고 쌍룡을 갈러시고 솔대부인 마주서서 어허 월각산도 삼압이요 일광산도 삼압인디 (중략) 호남허고 대남허시던 성주님네 본을 받세 성주님네 안철 받세 성주님네 본은 어드멘고 경상도 안동 부천 제비원이 보닐레라(후략)(전북 정읍 신귀녀, 전북의 무가)

위 인용문들은 호남지역 단골무들이 성주굿에서 부르는 소리들의 서두로, 첫 번째 인용문은 "치국잡기+성주풀이"의 형태로, 두 번째 인용문은 "천지조판+성주풀이"의 형태로 구성되었다. 치국잡기나 천지조판은 이 지역 무가巫歌에서 쓰이는 지두서와 같은 성격으로, 지금 의례가 진행되고 있는 장소나 노래의 내력을 풀이하면서 소리의 제의적 성격을 높이기 위한 목적으로 사용된다. 그리고 뒤이어 노래되는 통속민요 성주풀이에서는 성주의 솔씨 뿌림 및 집짓는 내용이 차례대로 노래되었다.

단골무 주재 성주굿에서의 성주풀이에서 농악대 고사소리와 달리, 성주신의 솔씨 뿌림 내용 앞에 제의적 목적을 위한 치국잡기나 천지조판이 노래되는 것은 단골무와 농악대의 사제자로서의 성격 차이에서 그 원인을 찾을 수 있다. 단골무 집단은 전문 사제자이다 보니 치국잡기나 천지조판과 같은 내용을 성주굿뿐만 아니라 다른 굿거리에서도 사용하고 있다. 따라서 그들은 통속민요 성주풀이의 차용에서 오는 제의성의 공백을 천지조판이나 치국잡기의 사용을 통해 메우려 했던 것이다. 경우에 따라서는 이 집단에서도 천지조판이나 치국잡기를 생략하고 곧바로 통속민요 성주풀이의 앞부분을 노래하기도 한다.[55] 농악대는 성주의 솔씨 뿌림이나 집터의 형세풀이를 제일 앞에 부름으로써 제의적 성격을 충족하려 했으나 단골무 집단은 그것에 만족할 수 없었다. 요컨대, 사제자로서의 성격, 구연 상황의 차이로 인해 내용 구성의 차이는 있으나 두 집단 간의 통속민요 성주풀이의 차용 이유 및 양상은 크게 다르지 않았다.

(3) 혼합유형

앞서 살핀 경기, 충청, 호남, 영남지역에서는 공통적으로 고사덕담유형과 성주풀이유형이 결합되어 노래되는 자료들이 있다. 이러한 자료들이 나타나게 된 것은 동일한 지신밟기 상황이라 하더라도 그때그때의 상황에 따라 소리를 구연한 것과 연관이 있다. 논자에 따라서는 고사소리의 유동적 성격 때문에 고사덕담유형, 성주풀이유형, 혼합유형으로 나누는 것 자체가 무리라고 여길 수도 있다. 그러나 고사소리의 유동적 구연은 고사소리를 전문으로 하는 일부 가창자들에게 나타나는 현상이고 대부분의 토박이 가창자들은 그 변화의 폭이 그리 크지 않다. 그리고 한 가창자에 의해 구연된 소리가

---

55 전남 광양군 광양읍 읍내리 이애순, 「성주굿」, 김태곤, 『한국무가집』 Ⅲ, 집문당, 1992.

여러 가지의 형태를 가진다 해도, 각각의 소리는 의식요로서 갖추어야 할 제의성과 유희성은 엄격히 지켜지며 불리므로 유형 분류에 무리가 없다.

여기서는 앞서 살핀 두 유형이 결합되었다는 점을 감안해 이러한 형태를 보이는 자료들을 혼합유형으로 명명하고자 한다. 혼합유형은 앞의 유형들의 결합 양상에 따라 두 가지 형태로 나눌 수 있다. 먼저, 경기지역과 영남지역 중심으로 채록된 성주풀이유형 바탕에 고사덕담유형이 섞이는 형태가 있다.

> A: (전략) 성주 한번 모셔보라고 성주 한번 모십시다 성주 본향이 어디시냐 경상도 안동땅에 제비원이 본이로구나 제비원에 솔씨를 다 빌어다가 팔도명산 다 심어놀제 산지조종은 곤륜산이요 수지조종은 황해수라 태백산에 왕묘봉은 동해수만 쑥빠지고 곤륜산에 대관령은 곤륜산에 지맥이고 이 솔씨를 빌어다가 팔도명산 다 심어놀제 함경도라 백두산에 중주봉이 둘러세워 압록강에 원조받어 조선팔도 바라보니 삼천명이 뚜렷하고 평안도라 묘향산엔 대동강이 배합하여 그 고장에도 명기 돌고(후략)(경기도 이천시 호법면 유산 3리 이종철, 2003.12.3. 현지조사)

> B: 매구영차 지신아 우리야 조선이 생겨서 태백산이 생겨서 태백산 명당이 떨어져 곤룡산이 생겨서 곤룡산 명당이 떨어져 뒷동화산이 생겨서 화산당 명당이 떨어져 이 명당이 생겨서 이 명당 맡기를 유씨가문에 맡아서 이 명당 다진 후에 동네 군장을 잡혀서 내로 가세 내로 가세 성지목을 내로 가세 앞집에라 박대목 뒷집에라 김대목 작은 도치 큰 도치 싹싹 갈아 짚어지고 제주화산을 들어가 가리세 가리세 성주목을 가리세 가리고 나니 계수나무 박대목 거동 봐 오른 도구 둘러매고 삼세 번을 찍었네(경남 거창군 남하면 지산리 유문상, 한국민요대전)

A 자료에서는 성주가 제비원에 솔씨를 빌어다 팔도명산에 뿌리는 것까지 노래한 뒤 나무가 밤낮으로 잘 자라는 대목 없이, 산세풀이가 곧이어 노래되었다. 여기서 노래된 산세풀이는 다른 고사덕담유형에서 노래되는 것과 거의 유사한 형태이다. B 자료에서는 성주가 솔씨를 뿌리는 내용이 노래되지 않고 조선이 생긴 이래 태백산에서 산세가 시작되어 현재 노래가

불리고 있는 유씨 가문의 집까지 내려왔다고 했다. 세 번째 줄에서 '이 명당 다진 후에' 라고 한 것은 집을 짓기 전에 지경을 다지는 것을 말하는 것이다. 그런 뒤 곧바로 성지목을 내려 가자고 하였는데, 이를 통해 가창자는 성주가 솔씨 뿌리는 대목을 산세풀이에 이은 집터 다지기로 교체했음을 알 수 있다.

이처럼 성주의 솔씨 뿌림과 나무 자르기 사이에 산세풀이를 삽입한 것, 그리고 성주의 솔씨 뿌리기 대신에 좋은 기氣를 가지고 와서 지경을 다지는 것 등은 모두 현재 노래되는 곳이 명당임을 강조하기 위해서이다. A 자료에서는 산세풀이 마지막 부분에 '이 고장에 명기 돌고'라고 한 뒤 나무를 자르자는 내용을 노래하였고, B 자료에서도 '명당'이라는 단어가 거듭 반복되었다. 기존의 성주풀이유형에서도 집을 짓기 전에 지경을 다지는 대목이 노래되는 자료들이 있긴 하나, 이처럼 이 집터가 명당임을 강조하는 자료는 거의 없다.

혼합유형에서 삽입되어 노래되는 산세풀이는 고사덕담유형에서의 산세풀이와 의미가 조금 다르다. 고사덕담유형에서의 산세풀이 역시 이 집터가 명당터 임을 말하고자 하는 의도가 없는 것은 아니나, 본질적으로는 이 집터의 내력을 순차적으로 풀이한다는 점에서 소리 자체의 신성성이나 노래되는 곳의 권위 확보와 연결된다. 그러나 혼합유형에서의 산세풀이는 그러한 제의적 성격보다는 현재 노래되는 집터가 명당이고 좋은 기氣를 이어받았다는 것을 강조하기 위한 목적으로 사용되었다.

두 번째로 고사덕담유형 바탕에 성주풀이유형이 섞이는 형태는 주로 충청지역과 호남지역에서 발견되었다. 충청지역에서 채록된 대전 중앙농악회 이규헌 구연본의 경우 고사덕담유형의 일반적인 순서인 산세풀이, 살풀이, 농사풀이, 달거리 등을 구연한 다음 노랫고사라고 하는 축원 위주의 소리에서 성주풀이유형이 노래되었다.

어떤 명당을 골랐는고 구의궁지 명당터 아래 신당터에다 절을 골라 거리 명당에 나비터전 나비명당에 거리터전 자손봉이 비쳤으니 (중략) 이런 터에다 터

를 닦고 성주본향이 어디멘고 경상도라 안동땅에 제비원에다 솔씨받아 용문지
평을 썩 건너가서 소살남기는 소목이 비고 대살남기는 대목이 비야 도리기둥이
되었는데 저기 역군들 거동보소 옥도끼를 걸머쥐고 사위의 도끼는 양편날을 알
뜰하게 걸어쥐고 곤륜산을 치달아서는 소지 삼장을 올린 후에 어떤 남기 비냐
할 적에 인장목도 못씨겠고 풍장목도 못씨겠네 까막까치 지은 남게는 부정이
타서도 못씨겠는데 석영방 섰는 나무 나무 하나가 잘 실어서 동쪽으로 벋은 가
지는 자손 번성도 할 탓이오(후략)(대전중앙농악회 이규헌, 대전민요집)

　　이규헌 구연본의 성주풀이는 서두가 다른 지역에서 채록된 성주풀이와
다르다. 위 인용문에서는 성주풀이가 노래되기 전에 현재 노래되는 곳이
명당임을 강조하기 위해 집의 형세에 대한 축원을 노래하였다. 그런 뒤
그러한 명당자리에서 터를 닦고 성주가 솔씨를 뿌려 집짓는 내용이 순차적
으로 구연되었다. 성주풀이 앞에 노래된 내용, 그리고 성주풀이의 주된
내용이 솔씨를 뿌려 집을 짓는 대목이 자세하게 노래되는 점을 감안하면
성주풀이가 노래된 것은 집터 및 가옥의 신성성을 확보하기 위함임을 알
수 있다.
　　이규헌 구연본 전체를 살펴보면 앞서 어떤 부분에서도 집을 짓는 것과
관련된 내용이 노래되지 않았다. 이러한 양상은 다른 자료들도 마찬가지이
다. 고사덕담유형 바탕에 성주풀이유형이 결합되는 자료들의 경우 대부분
가정축원 부분에서 가옥 자체의 축원을 목적으로 성주풀이가 노래된다. 이
러한 양상은 농악대 고사소리 뿐만 아니라 유랑예인집단 고사소리에서도
나타난다.
　　마을농악대가 마을굿에 참여하기 전부터 마을굿을 맡아왔던 세습무 집
단에 의해 마련된 고사덕담유형은 의식에서 불리는 성주풀이유형뿐만 아
니라 통속민요 성주풀이와 결합하기도 하였다. 이러한 결합이 일어나게 된
요인으로 우선 뛰어난 가창자에 의한 변화가 있다. 남원농악 유명철 구연
본의 경우 유명철에게 고사소리를 가르쳐 준 김기섭은 이곳저곳을 다니며
고사소리 등을 해주고 생계를 잇던 사람이었다. 생계 유지를 위해 여러

장소에서 고사소리 등을 해야 했던 그는 다양한 구연 경험을 통해 다른 사람들보다는 풍부한 소리를 마련하였다. 그 결과 기존의 고사덕담유형에 통속민요 성주풀이가 결합된 혼합유형을 만들게 되었다.

고사덕담유형에서 명당明堂 관념은 소리 전체를 이끌어 가는 원동력 구실을 한다. 이 유형은 모든 소리가 산세풀이로부터 시작되는데 이는 현재 노래되는 곳에 좋은 기氣를 가지고 오기 위해서이다. 명기明氣가 여러 산천을 타고 현재 노래되는 이 집터 굽이굽이 이어져 결과적으로 이 집터가 명당으로 되는 것은 가정이 만사형통하는 선결조건이다. '명당 = 집의 자손이나 가축이 잘 되는 요건'이 서두에서 갖추어 지므로 이후의 집안 축원이 자유롭게 노래될 수 있다.

반면 성주풀이유형에서 가장 중요하게 생각되는 것은 성주라는 신격과 그가 뿌린 솔씨로 집을 짓는 것 두 가지이다. 고사덕담유형에서는 곤륜산이나 백두산에서 시작된 산세가 집터까지 무사히 도착하여 이 집터가 명당터 임이 입증되는 것이 중요하지만 여기서는 터보다는 가옥 자체에 중점을 둔다. 그런 관계로 성주신에 대한 이야기가 체계적으로 존재하게 되고, 집을 짓는 대목이 고사덕담유형에 비해 훨씬 자세히 노래된다.

고사덕담유형에서의 산세풀이나 성주풀이유형에서의 성주신의 내력과 관련된 내용은 집터의 내력 혹은 집 재목의 내력을 풀면서 이 집이 앞으로 잘 되는 기반 역할을 하고 아울러 전체 소리의 제의적 성격을 높이는 역할을 한다. 성주풀이유형은 성주라고 하는 구체적 신격이 나타나고 그가 뿌린 솔씨가 이 집의 재목이 된다는 점에서 고사덕담유형과 다르다. 고사덕담유형에서는 명당의 요소들만 나열되지만 성주풀이유형에서는 발복發福의 원인이 보다 직접적이고 가시적이다. 한 해 동안 집안이 잘 되길 바라는 점에서 노래가 불린다는 것을 보면 성주풀이유형이 구연 목적에 보다 적합하다고 할 수 있다.

두 유형은 공통적으로 가정축원으로 끝을 맺는다. 아들과 딸이 앞으로 잘 되길 바라거나 소나 돼지, 개와 같은 집안 가축들이 잘 자라기를 비는 것 등 기본적인 축원 부분은 크게 다르지 않다. 이렇게 가정이 앞으로 잘 될 것이라고 말할 수 있는 근거는 고사덕담유형의 경우 이 집터가 명당이기 때문이고, 성주풀이유형에서는 이 집을 지을 때 사용한 재목들이 성주신이 뿌린 씨앗들이 자라서 된 것들이기 때문이다.

　가정축원과 관련하여 성주풀이유형에 비해 고사덕담유형이 훨씬 자세하고 다양한 내용이 노래된다. 성주풀이유형은 고사덕담유형에 비해 내용이 몇 가지로 한정되고, 각 축원 대목간의 내용적 연관성도 약한 것이 사실이다. 이는 성주풀이유형의 경우 이미 집 재목 자체를 성주신이 뿌렸기 때문에 앞으로 집이 잘 될 것이라는 신념이 소리의 배면에 깔고 있다. 그러나 고사덕담유형의 경우 좋은 기氣가 이 집터와 닿기는 했으나 성주풀이유형과 같이 그 효과가 비해 구체적이고 가시적이지 못하다. 따라서 여러 가지의 가정축원 사설들을 후반부에 노래함으로써 앞으로 잘 될 것이라는 축원을 노래하게 된 것이다.

2) 성주굿 외 다른 굿에서 구연되는 고사告祀소리

　이 장에서는 앞서 살핀 성주굿 고사소리 외 조왕굿이나 샘굿, 노적굿 등 다른 장소에서 불리는 고사告祀소리를 내용별로 정리하고자 한다. 성주굿 외 다른 장소의 굿에서 불리는 소리의 내용은 크게 세 가지로, 신神을 밟거나 누르자는 것과 기원祈願, 그리고 이 두 가지 내용이 합쳐진 것으로 나눌 수 있다. 신을 누르거나 밟자는 내용과 기원이 합쳐진 소리의 경우 단순히 두 가지 내용이 섞였다는 사실 외에 앞의 두 내용의 관계를 이해하는데 중요한 단서를 제공한다.

　먼저, 각 장소에 존재하는 신을 밟거나 누르자고 하는 자료들에 대해 살펴보고자 한다. 논지의 밀도를 높이기 위해 동일 장소의 굿을 대상으로 호남지역, 경기지역, 충청지역, 영남지역 자료를 인용하고자 한다.

　　　A: 정지굿: 구석구석 나구석 방구석도 나구석 정지구석도 나구석 삼사십이

열두구석 잡귀잡신은 썩 물러가고 명과 복만 쳐들어온다(이리농악)

B: 조왕굿: 누르세 누르세 터주지신 누르세/ 누르세 누르세 터주지신 누르세/ 잡귀잡신은 물러가라 누르세 누르세 조왕지신 누르세(이천 대월농악, 농악)

C: 정지굿: 조왕 조왕 조왕 조왕 눌럽쇼 눌럽쇼 조왕님네 눌럽쇼(대전시 유성구 구즉동 최병철, 대전민요집)

D: 조왕지신풀이: 눌리세 눌리세 조왕지신을 눌리세 조왕지신을 눌릴제 북꺼주소 북꺼주소 서말지 닷말지 바을 해서 주린 사람은 밥을 주고 벗인 사람 옷을 주고 병든 환자 약을 줘서 활인공덕 많이 하소 어떤 따님 팔자 좋아 이집 조왕 주인되여 일년하고도 육개월 과년하며는 열석달 삼백에 육십일을 오늘같이 질거주소 잡구잡신은 물알로 만복은 이 조왕에 (의성군 사곡면 신리리 정광수, 의성의 민요)

A 자료에서는 XAXAXAXA'의 관용구 형태와 함께 축귀逐鬼와 관련된 내용이 노래되었다. 이 자료에서는 집안 구석구석에 있는 잡귀잡신을 쫓아내고 명과 복을 받아들이자고 했는데 이 노래에서 가장 중요한 부분을 차지하는 것은 잡귀잡신은 썩 물러가라고 하는 대목이다. 여기서의 잡귀잡신은 집안에 상주하는 신이 아닌, 밖에서 집안으로 스며든 존재이다.

앞부분의 구석구석부터 열두 구석까지의 내용이 관용구 형태로 구성된 것으로 보아 이 자료는 다른 자료들에 비해 비교적 오래 전부터 사용되어왔을 공산이 크다. 그리고 오래된 만큼 제의적 성격이 가장 강하다고 할 수 있는데 그것은 액을 막음에 있어 이 자료만 "~썩 물러가라"고 하면서 잡귀잡신에 대해 강압적 자세를 취했으나, 다른 자료들에서는 '~누르세', '눌럽쇼', '~눌리세'라고 하면서 누르는 행위를 권유하였다. 잡귀잡신과 달리 지신에게 비교적 부드러운 어조를 사용하는 것은 지신은 잡귀잡신과 달리, 움직이지 않고 가만히 있는 것 자체가 사람들에게 도움이 되기 때문이다.

B 자료에서는 터주지신, 잡귀잡신, 조왕지신 등 세 가지의 신격이 등장한다. 터주지신과 조왕지신은 각각 '터주신＋지신', '조왕신＋지신'이 결합

된 신명이다. 이렇게 두 가지의 신명이 결합된 것은 아직까지 각 장소의 가신이 독립적으로 분화되지 못했기 때문이다. 여기서 조왕신의 관념이 점차 명확해지면 '조왕지신'을 누르자는 내용에서 '조왕신'에 대한 기원으로 바뀌게 된다.

C 자료는 조왕신을 네 번 부른 다음 AAXA의 형태로 조왕님을 누르자고 하였다. 자료는 B 자료에서와 같은 공식구 및 어조로 노래하면서도 B 자료에서는 노래하던 터주신과 잡귀잡신은 노래하지 않았다. 이렇게 두 신격이 탈락하고 조왕신만을 노래하는 것은 이 노래가 불리는 상황이 조왕굿이라는 점에서 보면 일면 타당해 보이기도 한다. 이를 통해 이 전에는 장소와 관계없이 잡귀잡신이나 터주신 등을 물리치거나 누르자는 내용이 노래되다가, 가신家神 개념의 확립 등으로 인해 점차 그 장소에 해당하는 신격만을 노래하게 되었다고 볼 수 있다.

D 자료는 크게 두 부분으로 나누어지는데, AAXA 형태의 조왕신을 누르자고 하는 권유와 그 이후의 기원 대목이다. 여기서 가창자의 기원을 '북꺼' 주고, '질거'주는 존재는 명확하게 나타나지 않았다. 가창자가 앞서 '조왕지신을 눌릴제'라고 하는 것으로 보아 소원을 들어주는 존재가 조왕지신은 아니다. 즉 이 소리의 가창자는 부엌에 만복을 가져다주자고 노래를 하나 조왕지신을 눌러서 문제가 없도록 하고자 하는 바람이 강한 관계로 소원을 들어주는 존재가 직접적으로 드러나지 못하였다.

위 인용문들은 전국의 조왕굿 고사소리 중 조왕신을 누르자는 내용만을 다루었으나, 전국에서 채록된 모든 조왕굿 고사소리를 놓고 보면 조왕신에 대한 축원을 노래하는 자료들이 누르자고 하는 자료들보다 훨씬 많다. 이처럼 같은 지역에서 동일 신격을 두고 소리의 내용이 각기 다르게 노래되는 것을 통해 농악대 고사소리의 생성과 변화를 유추할 수 있다. 위의 네 가지 인용문만을 놓고 보면 신神을 누르자고 하는 목적에서 점차 축원으로 변화하고 있음을 알 수 있다. 이에 대해선 농악대 고사소리의 생성과 변천과 관련된 부분에서 재론하고자 한다.

두 번째로 기원祈願이 노래되는 자료들의 경우 기원의 양상에 따라 직접 기원과 간접 기원으로 나눌 수 있다. 간접적으로 기원하는 내용이 노래되는 자료들의 경우 그 양상이 직접적으로 기원을 노래하는 자료들에 비해 자료의 수도 많고 양상도 다양하다. 간접 기원의 첫 번째 형태는 기원하는 내용을 노래하되 소원을 들어주는 주체가 따로 제시되지 않는 형태이다.

> 샘굿: 퐁퐁퐁 잘나옵소사 깨끗한 물 잘나옵소사(안양시 관양동 부림말 이해문, 경기민속지 Ⅶ)

> 샘굿: 어 칠년대한 가뭄이라도 이 샘물 마르지 않게 동남풍 슬슬 불어 흰구름 걷어내고 검은구름 몰아다가 억수장마 비퍼붓듯 물이나 펄펄 솟웁소서(부여군 부여읍 용정리, 김영균 조사본)

첫 번째 인용문은 XAXA의 형태로 물이 나기를 기원하였고, 두 번째 인용문은 비가 오는 묘사와 함께 기원이 비교적 상세히 노래되었다. 첫 번째 인용문에서 기원의 대상은 우물 자체이다. 두 번째 인용문 역시 마지막이 '물이나 펄펄 솟웁소서'라고 하는 것으로 보아 기원의 대상이 우물이라는 점에서 차이가 없으나 중간에 '이 샘물 마르지 않게'라는 사설이 나오는 것으로 보아, 기원의 대상이 우물 자체가 아닌 우물을 관장하는 새로운 존재가 나타날 가능성이 나타났다.

간접 기원의 두 번째 형태로 치배들에 대한 행동 권유나 지시가 노래되는 자료들이 있다.

> 우물굿: 뚫어라 뚫어라 물구녕만 뚫어라(부여군 부여읍 용정리 하운, 부여의 민요)

> 샘굿: 물구녕만 빵빵 뚫어라 어엿다 부소 엿다 부쇼 인간세상 물 없으면 못삽니다 유황께서 동해바다 물도 끌어오고 황해바다 물도 끌어오쇼 물구녕만 빵빵 뚫어라(당진군 송악면 봉교리 이은권, 당진의 향토전래 민요)

첫 번째 인용문에서는 AAXA의 관용구 형태로 치배들에게 물구멍만 뚫으라고 하였다. 이 자료는 위에서 살핀 깨끗한 물이 나오길 기원하는 자료와 연장선상에 있다. 두 자료 모두 물이 나오길 기원하는 점에서는 동일하나, 앞서 살핀 자료는 물을 얻고자 하는 바가 수동적으로 노래되었고, 이 자료는 적극적으로 표현되었다는 점이 다르다.

두 번째 인용문에서는 물구멍을 뚫으라는 지시와 유황(용왕)에게 물을 끌어오라는 기원이 노래되었다. 이 두 가지 내용 중 더 비중이 있는 것은 처음과 마지막에 각각 노래된 물구멍을 뚫으라고 하는 것이다. 기원을 노래함에 있어 '~끌어오쇼'라는 어투를 사용하는 것을 통해서도 이 노래를 부른 가창자가 신神에 대한 기원에 그리 무게를 두지 않음을 알 수 있다.

간접 기원의 세 번째 형태로 샘굿 등에서 이 집의 물맛이 좋으니 많이 마시자고 노래하는 자료들이 있다.

> **샘굿**: 아따 그 물 맛있다 꿀떡꿀떡 마시고 아들 낳고 딸 낳고 미역국에 밥 먹자(남원 보개면 괴양리농악, 농악)
>
> **새암굿** : 앗다 그 샘물 좋고 좋네 좋고 좋은 장구수 아들 낳고 딸 낳고 미역국에 밥 말아서 월떡 월떡 잡수세(남원농악, 2005.5.5. 현지조사)

위 인용문은 공통적으로 이 집의 물맛이 좋다고 하는 감탄과 함께 아들 낳고 딸 낳고 많이 마시자고 한다. 앞으로 잘 되길 기원하는 목적으로 샘굿을 치는 자리에서 물맛이 좋다고 하는 것은 흥겨운 분위기를 더욱 돋우는 역할을 함과 동시에 앞으로도 물맛이 계속 좋기를 바라는 기원이 담겨 있다. 앞서 살핀 샘굿에서는 특정 존재자에게 물이 잘 나오게 해 달라고 하거나, 샘 주변에 모인 치배들에게 물구멍을 뚫으라는 내용 등의 직접적 기원이 노래되었으나 이 소리들은 유흥을 표면에 내세우면서 바라는 바는 간접적으로 표현하였다.

간접 기원의 네 번째 형태로 철룡굿이나 노적굿 등 음식이나 곡식을 저장하는 곳에서 굿을 할 때 아래와 같은 내용의 소리를 하는 경우가 많다.

철룡굿: 아랫철룡 웃철룡 좌철룡 우철룡 쥐 들어간다 쥐 들어간다 장독 밑
에 쥐 들어간다(이리농악)

터주굿(장독굿): 누르세 누르세 터주지신을 누르세 쥐 들어간다 장똑간에 쥐
들어간다 도끼불로 지져라 맹물로만 담아도 꿀맛 같이만 달
어라(충북 보은군 회북면 중앙 1리 김형석(1931), 2004.
8.15. 현지조사)

첫 번째 인용문은 XAXAXA 및 AAXA의 관용구가 사용되었다. 특히 두 번째의 경우 단어가 아닌 구句 단위의 관용구가 쓰이면서 노래하고자 하는 바가 더욱 강조되었다. 두 번째 인용문은 터주지신을 누르자고 하는 것과 쥐가 들어온다는 것, 그리고 장독대의 장이 달기를 바라는 내용이 노래되었다. 쥐라는 신격이 이미 뒤에서 나오기 때문에 첫 번째 내용인 터주지신을 누르자고 하는 것은 관습적으로 사용되었다고 봐야 한다. 이 소리를 부르는 가창자는 액막이보다는 축원에 무게 중심을 두고 있다.

한 해 동안 장독대의 음식이 잘 되기를 바라는 자리에서 쥐가 들어온다고 노래하는 것은 쥐가 다산多産 혹은 부富를 가져다주는 존재로 여겨지기 때문이다. 그렇기 때문에 두 번째 인용문에서 가창자는 쥐가 들어간다고 노래한 뒤 장맛이 꿀맛같이 달게 되라는 내용을 노래할 수 있었다. 이처럼 쥐의 상징적 의미를 통해 기원을 노래할 경우 직접적으로 기원을 노래하는 것에 보다 많은 유희적 면을 확보할 수 있다. 샘굿에서 물맛이 좋으니 벌컥 벌컥 마시자는 형태와 함께 철룡굿에서 쥐가 들어온다는 것, 그리고 성주굿에서 통속민요 성주풀이를 차용해서 부르는 형태 등은 최소한의 제의적 면모만을 지키면서 유희적 면을 극대화한다는 점에서 공통점을 가진다.

간접 기원의 경우 소원을 들어주는 존재가 문면에 드러나지 않았다면 직접적으로 소원하는 바를 노래하는 자료의 경우 소원을 들어주는 구체적

신명神名이 문면에 제시된다.

> 조왕굿: 주왕님 주왕님 국네 밥네는 다 주왕님께 달렸습니다 축원 문안드려
> 요 나무아미타불 관세음보살 극낙세계나 보오 아니로구나 영불변
> 은 만사대통 (중략) 주는 복은 잘 받으시고 액은 다 불러나시고 소
> 례는 대례로 받으시옵소서(당진군 송악면 봉교리 이은권, 당진의
> 향토전래민요)

> 조왕굿: 어어루 지신아 지신 밟자 지신아 어어루 조왕신 닷말찌기 밥솥에
> 서말찌기 국솥에 은쟁반 놋쟁반 간지수지를 걸쳐놓고 조왕님네 덕
> 으로 아들애기 낳거든 옥동자를 낳아주소 금동자를 낳아주소 한 살
> 먹어 말배와 세 살 먹어 글 배와 열살 먹어 서울가 만과거 볼 적에
> 알상급제 도장원 충청감사를 봉하소(충북 영동군 영동읍 설계리 서
> 병종, 2004.1.7. 현지조사)

첫 번째 인용문에서는 모든 것이 주왕님(조왕님)께 달렸다고 하면서 아
무쪼록 사람들을 잘 보살펴 달라고 하였다. 중간에 노래된 불교와 관련된
내용은 축원을 보다 원활히 수행하기 위한 목적으로 삽입되었다. 두 번째
인용문 역시 조왕님 덕으로 아기를 낳고 그 아이들이 잘 될 수 있다고 하였
다. 서두에서 노래된 '어어루 지신아 지신 밟자 지신아'는 의미 없이 상투적
으로 들어간 것으로, 이후의 내용에 아무런 영향을 미치지 못한다.

앞서 살폈던 신神을 누르자는 형태들 중의 하나인 D 자료와 비교하면,
이 자료에서는 이미 사람들의 기원을 들어주는 조왕신의 면모가 완성되어
있는 관계로 액을 막거나 누르자고 하는 소극적 형태의 평안 기원이 아닌,
축원이라는 적극적 형태의 평안 기원이 노래되었다. 앞서 신을 누르거나
밟자는 소리와는 달리, 신에게 기원하는 내용을 직접적으로 노래하는 자료
의 경우 목적을 보다 원활히 수행하기 위해 신의 위치는 최대한 높이고
비는 사람의 위치를 최대한 낮추고 사설도 장편화되는 경향이 많다.

위의 두 자료에서 구현된 조왕신의 직능은 각각 국이나 밥을 하는 것에
한정되기도 하고 자식들을 낳고 성장하는 것까지 나아가기도 한다. 이처럼

같은 신격이라 하더라도 마을이나 가창자에 따라 그 직능이 각기 다르게 나타나고, 그에 따른 사설 역시 달라진다. 소리의 목적이 액막이에 있을 때에는 신의 성격이 그렇게 중요하게 여겨지지 않았으나, 축원으로 나아가면서 신의 위상도 높아지고 그 성격도 다양해지는 것을 확인할 수 있다.

세 번째로 앞의 두 가지 내용이 한 자리에서 노래되는 형태이다.

> **샘굿**: 물 줍시오 물 줍시오 사해용왕 물줍시오 뚫으시오 뚫으시오 옥수물만 뚫으시오 동해물도 땡기고 서해물도 땡기고 맑은 물만 출렁출렁 넨겨 주시오(평택농악 최은창, 경기민속지 Ⅶ)

> **우물굿**: 용왕 용왕 용왕 용왕 물줍쇼 물줍쇼 사해용왕 물줍쇼 뚫어라 뚫어라 물구녕만 뚫어라(대전시 유성구 구즉동 탑립 최병철, 대전민요집)

> **샘굿**: 동해바다 용왕님 서해바다 용왕님 남해바다 용왕님 사해바다 요왕님 명강수 철철 청강수 철철 아따 그 물맛 좋다 아들 낳고 딸 낳고 미역국에 밥 먹세(이리농악)

첫 번째와 두 번째 인용문에서는 신神에 대한 기원과 치배들에 대한 행동 권유가 각각 AAXA 및 반복어구의 나열을 통해 표현되었다. 그리고 세 번째 인용문에서는 동서남북에 따른 각각의 용왕 나열과 함께 유흥이 노래되었다. 이렇게 두 가지의 내용이 한 자리에서 노래되는 것은 각 장소에 따른 노래에 특별히 정해진 양식이 없는 상황에서 단일 내용보다는 여러 가지의 내용을 이어서 노래하는 것이 보다 노래하는 목적을 온전히 성취할 수 있다고 생각하기 때문이다.

첫 번째와 두 번째 인용문의 두 가지 내용 사이에는 인과성因果性이 존재하지 않는다. 그러나 세 번째 인용문의 가창자는 물이 철철 흘러넘치게 만드는 사해바다의 용왕을 나열하면서 그들 덕택으로 이 집의 물맛이 좋고, 자식들도 잘 낳을 수 있다고 하였다. 이 자료에서는 신을 잘 대접하고 즐겁게 하는 만큼 물도 잘 나오고 가정 일도 잘 된다는 관념이 작용하고 있는 셈이다. 따라서 위의 세 가지 인용문들은 모두 물이 잘 나오기를 바라는 점에서는 동일하지만 신의 권능이 제일 강한 것은 세 번째 인용문이라 할 수 있다.

서울 경기지역을 비롯하여 충청, 호남지역 등에서는 대부분 치배들에 대한 행동 권유와 신神에 대한 기원이 같이 노래된다. 그러나 영남지역에서는 이와 다른 결합 양상이 포착되었다.

> 마구지신풀이: 지신아 밟아눌러보자 마구야 지신을 눌러보자 마구님은 어
> 디 가고 이자국만 비었는고 부를 적에 좌정하소 마구야 구석
> 네 구석을 구석이구석이 밟아주소 반주야 가래야 세가래야
> 말을 메구야 소를 메고 우마대마 다 길러서 이 소를 몰으다
> 가 남의 눈에야 옥이 되고 남의 눈에야 금이 되고 구실아 악
> 담을 막아주소 일년하고 열두 달을 과년하고 열석달을 집이
> 나 한쌍 지어놓고 사모에다 핑경을 달아 동남풍이 디리 불어
> 핑경아 소리야 듣기야 좋을 때 만복 올랑은 땡기주고 잡귀잡
> 신은 다물리치소(경북 청도군 풍각면 차산리 김오동, 한국민
> 요대전)

위 소리는 앞서 살핀 지역들과는 달리, 상반되는 두 가지 내용-지신을 누르자는 내용과 마굿간에 대한 축원-으로 구성되었다. 소리 앞부분에서 가창자는 마구지신을 밟아 눌러보자고 하면서 치배들에게 구석구석이 밟 아주라고 하였다. 여기서의 마구지신은 마굿간 아래에 존재하는 지신을 지 칭한다. 그리고 나서 그는 집안을 두루 평안하기 위한 목적으로 마굿간을 지키는 마구님에게 마굿간에 들어오는 '악담을 막아주'고, '잡귀잡신을 다물 리'쳐 달라고 하였다.

이 자료에서는 눌러야할 대상으로서의 마구지신馬廐地神과 축원 대상으 로서의 마구馬廐님이 공존하고 있다. 이 두 신격 중 무게 중심이 실리는 쪽은 눌림을 당해야 하는 마구지신이다. 그런 관계로 기원의 대상인 마구 님은 상대적으로 문면에 제대로 나타나지 못하였다. 이렇게 영남지역에서

는 그 장소에 좌정하고 있는 신神과 지신地神이 결합된 신명이 종종 사용되고 소리의 내용 역시 신을 누르자는 것과 축원이 결합되는 자료들이 많다. 이는 이 지역 농악대 고사소리가 신을 누르거나 밟자는 소극적 기원 형태에서 가정축원이라는 적극적 기원 형태로 나아가는 과도기 모습이라는 점에서 의의가 있다.

1. 농악대 고사告祀사소리와 관련 소리와의 관계

1) 창우집단唱優集團 고사告祀소리

농악대 고사告祀소리 중 고사덕담유형은 세습무世襲巫인 창우집단倡優集團 구연 고사告祀소리와 구연 담당층 및 상황, 내용 등의 면에서 연관성이 있다. 이 집단 구연 고사소리를 살핌으로써 앞서 논의된 농악대 고사소리의 유형 분류와 형성 과정 사이의 관련성을 보다 명확히 이해할 수 있다. 여기서는 실제 도당굿 현지에서 구연된 화랭이패 구연 고사소리와 의례가 아닌, 공연을 목적으로 불린 판소리 광대 구연 고사소리 두 종류를 살펴보고자 한다.

(1) 화랭이패 고사소리

경기 남부의 세습남무世習男巫인 화랭이패는 마을의 정기의례인 도당굿 중 굿 초반부인 당주堂主굿과 돌돌이에서, 그리고 정초의 집돌이를 하면서 고사告祀소리를 구연하였다.[56]

---

56 화랭이패는 그 기능에 따라 고인鼓人, 선증애꾼, 줄광대 등으로 나뉘는데, 여기서의 화랭

먼저, 당주굿은 도당굿 전날 밤부터 다음날 아침까지 당주의 집에서 하는 일종의 재수굿으로, 이때에는 대청마루 위에 소반을 놓고 그 위에 집안 대주의 밥그릇에 쌀을 담아 촛불을 켠 다음 실타래와 수저를 꽂는다. 쌀이 담긴 대주의 밥그릇 앞에는 정화수, 돈 등을 놓는다. 그런 다음 그 앞에서 화랭이가 당주 집의 여러 가지 액厄을 소멸하고 앞으로의 가정사에 평안과 안녕을 기원하기 위해 고사소리를 부른다.[57]

이때 불리는 소리는 산세山勢풀이로 시작하여 삼재풀이, 직성풀이, 몸주 대살풀이, 호구역살풀이, 농사풀이, 달거리, 장사풀이로 구성되었다. 소리 구성의 면에서 앞서 살핀 고사덕담유형과 크게 다르지 않다. 소리의 내용을 크게 나누면 산세풀이와 여러 가지 살풀이, 그리고 집안에 대한 축원으로 정리할 수 있는데, 산세풀이 문면을 제시하면 아래와 같다.

> 천지가 개벽 후에 지하로 땅 생기니 세상천지 만물 중에 삼강오륜 으뜸이라 국태민안 시화연풍 연연히 돌아올 때 이씨 한양 등극시에 삼각산이 주봉되고 남산이 앞산되니 봉학이 넌짓 생겼구나 봉이라도 놀던 자리 학의 등에 터를 닦고 봉을 눌러 대궐 짓고 대궐 앞에 육조로다 육조 앞에 오영문 삼각산 팔도 각읍 마련할 때 왕십리는 청룡 되고(후략)(조흥윤, 무속신앙)

위 인용문에서는 천지조판天地肇判 이후에 세상 만물 중에 삼강오륜三綱五倫이 으뜸이며 이씨 한양 등극시에 산세가 비롯되었다고 했다. 여기서 임금과 신하, 아버지와 아들, 남편과 아내가 지켜야 할 도리 등을 말한 삼강오륜

이패는 고사告祀소리를 주로 하는 선증애꾼을 지칭한다.

57 장말 도당굿의 당주굿은 황루시(1980년, 1982년 도당굿)와 조흥윤(1990년 도당굿) 조사 자료를 참조하였는데, 1980년에는 도당굿 전날 밤부터 온전하게 이루어졌으나, 1982년과 1990년에는 도당굿 당일 날 아침에 간단한 고사만 이루어졌다. 여기서는 1990년에 조흥윤에 의해 채록된 자료를 이용하기로 하는데, 앞서 보듯이, 제의가 크게 축소된 상황에서 채록된 자료라는 점에서 신빙성이 의심되는 것이 사실이다. 그러나 현재로선 이 자료밖에는 참조할 수 있는 자료가 없는 상황이다.
황루시, 『서울 당굿』, 열화당, 1989.
조흥윤, 『무속신앙』, 巫·花·敎, 1994.

이 산세의 시작이 되는 이씨 한양보다 앞에 온 것은 이 소리가 집안의 대청마루 앞에서 불리는 것에서 그 이유를 찾을 수 있다.

주지하듯이 대청마루 위에 있는 상량上樑, 혹은 기둥은 성주신이 좌정한 곳이다. 삼강오륜三綱五倫은 가정 및 사회생활에서 지켜야할 덕목이지만 이 소리가 가옥 최고신인 성주신을 모신 자리에서 불릴 경우 그 자체로 가장의 권위를 상징한다. 따라서 세습무인 화랭이패는 이 소리가 구연 상황을 감안해 기존의 산세풀이 바탕에 삼강오륜을 서두에 삽입해서 노래하였다. 이러한 양상 및 원인은 앞서 경기지역 고사덕담유형에서의 산세풀이의 그것과 크게 다르지 않다.

당주굿은 이미 1980년대 초반에 그 형태가 축소되었고, 이때 불린 소리조차 한 편만 남아있기 때문에 그 본래적 의미를 찾기가 수월치 않다. 그러나 화랭이패의 또 다른 고사소리의 구연 상황인 돌돌이는 경기 남부의 도당굿 뿐만 아니라 경기 북부 및 황해도의 강신무降神巫 주재 마을굿에서도 종종 발견된다.[58] 명칭이 지역에 다라 다르긴 하지만 모두 6곳의 마을굿에서 돌돌이와 같은 제차가 이루어졌다. 이를 통해 예전에는 서울을 포함한 경기 전 지역에서 마을굿 서두에 돌돌이의 제차가 행해졌고 그에 따른 소리가 불렸음을 알 수 있다.

돌돌이라는 용어의 의미는 구연 상황 및 다른 지역의 용어들과의 비교를 통해 '돌'과 '돌이'가 합성된 용어이다.[59] 앞의 '돌'은 마을 경계의 의미이고, 뒤의 '돌이'는 "(특정 장소나 범위)를 돌다"에 대한 명사형이다. 따라서 돌돌이는 마을의 경계를 도는 것으로 볼 수 있다.

경기 남부 및 북부, 그리고 황해도지역에서 조사된 돌돌이의 굿에 따른

---

58 아래 6지역 외에도 시흥군 포 1리에서는 공동 우물 등에 제사지낸 뒤 무당 일행이 가가호호家家戶戶를 돌게 되면, 각 집에서는 꽃반을 차려냈다고 하고, 양평군 강화면 성덕리의 곶창굿에서는 화랭이 일행이 당 돌기 등의 제차에서 고사소리를 해주면 각 집에서 쌀이나 돈을 주었다고 한다.
　　장주근, 「경기도 도당굿」, 『무형문화재보고서』 제186호, 문화재관리국, 1990, 18쪽.
59 이병도, 「마을과 두레의 기원과 명칭」, 『한국의 고대사회와 그 문화』, 서문당, 1972.

명칭 및 양상을 정리하면 아래 표와 같다.[60]

마을굿(명칭)	양 상
구리시 갈매동 도당굿(유가遊街)	당집에서 서낭신을 맞아 와서 대잡이를 앞세우고 무당, 당주 일행이 집집마다 방문하며 유가遊街를 돈다. 각 집에서는 초를 켜 둔 고사상 위에 떡시루, 북어, 막걸리 등을 준비한다. 만신이 집안사람들에게 축원을 해준다.
부천시 장말 도당굿(돌돌이)	부정굿이 끝난 뒤 돌돌이를 한다. 돌돌이와 장문잡기가 끝난 뒤 도당 모서오기에서 도당할아버지는 삼현육각에 맞추어 부채를 들고 춤추다가 집집마다 상에 쌀을 부어 내다놓은 꽃반에 부채의 손잡이를 꽂아서 그 해의 길운을 점쳐주는 꽃반 받기를 한다.
서울시 용산 보광동 도당굿(돌돌이)	당에서 유교식 제사를 지낸 뒤 당주 집에서 당으로 올라가기에 앞서 당주, 화주 일행이 마을을 한 바퀴 돈다.
강화군 내가면 외포리 곶창굿(돌돌이)	솟대에 의한 신맞이에 해당하는 수살굿을 한 다음 돌돌이를 하는데, 우물에서 용왕굿을 하고 아랫당에서 본향을 맞는다.
서울 동대문구 답십리 도당굿(좌우수살멕이)	마을굿 시작 전에 동네 입구에서 좌우수살멕이를 한다. 옛날에는 동네 입구뿐만 아니라 마을을 한 바퀴 돌면서 여러 곳에서 액을 막았다고 한다.
황해도 대동굿 (세경 돌기)	세경 돌기 출발 전에 신청을 울리고 산천에 세경 돌러나간다는 굿을 한다. 세경을 도는 일행은 각 신의 옷을 입은 만신, 임장군기와 서낭대를 든 이, 마령쌀 받을 포대를 든 이 등이다. 마을

---

60 자료들의 출처는 아래와 같다.

갈매동 도당굿 학술종합조사단·경기도 구리시, 『갈매동 도당굿』, 구리시, 1996.

김헌선, 『한국 화랭이 무속의 역사와 원리 1』, 지식산업사, 1997.

장주근, 「경기도 도당굿」,『무형문화재 보고서』제186호, 문화재관리국, 1990.

이선주, 『곶창굿 연신굿』, 동아사, 1987.

황루시, 『서울 당굿』, 열화당, 1989.

황해도 대동굿 중 세경 돌기에 대한 내용은 2004년 12월 16일 고故 박선옥만신(1936)과의 인터뷰를 통해 조사하였다. 황해도에서 무당에 의해 주재되는 마을굿은 비교적 이른 시기의 모습을 많이 가지고 있어 경기지역 무당 주재 마을굿을 이해하는데 많은 단서를 제공한다.

마을굿(명칭)	양 상
황해도 대동굿 (세경 돌기)	사람들이 세경을 돌러 온다는 것을 알면 집에서 마령쌀을 양푼에다 담고 그 위에 돈을 얹고, 좌우 촛불 켜놓고, 술도 한 잔, 옥수 한 그릇, 실도 걸어서 준비한다. 동네가 클 경우 하루에 모든 집을 다 못가기 때문에 만신이 두 패, 세 패로 나누어서 각 집들을 방문한다. 한 집에 들어가면 임장군기를 앞마당, 서낭대는 뒷마당에 세워놓고 만신이 집에 가서 긴만세받이와 잦은만세받이 하면서 먼저 고사반을 넘겨서(작은 그릇에 쌀을 담아 8자 모양으로 쏟아지지 않게 해서 신의 뜻을 보는 것) 축원을 한다. 고사반을 넘긴 다음 집안사람으로 하여금 오방신장기 뽑게 한다. 그 결과에 따른 공수를 준다. 집에서 준비한 마령쌀 등은 만신이 가져간다.

위 여섯 곳의 사례를 종합하면, 돌돌이는 주로 마을굿의 앞부분에 부정굿과 신 맞이와 인접하면서-황해도, 구리 등에서는 신맞이, 돌돌이, 부정의 순서로, 답십리에서는 부정, 돌돌이, 신맞이의 순서로 구성되었다.-마을굿을 시작하기에 앞서 온 마을 사람들에게 마을굿의 시작을 알리거나 혹은 그동안 마을에 쌓인 여러 부정을 정화하기 위한 목적으로 행해짐을 알 수 있다. 돌돌이를 하는 이들은 마을을 돌면서 각 집을 방문하여 액풀이 및 축원을 해주고 그에 대한 대가로 쌀을 받기도 하였다. 이렇게 돌돌이 속에서 행해진 집돌이는 정초에 농악대에 의해 행해진 집돌이, 그리고 앞서 살핀 당주굿의 구연 상황 및 목적과 크게 다르지 않다.

여기서는 위 여섯 군데의 돌돌이 제차 중 부천 장말 도당굿을 중심으로 살펴보고자 한다. 부천 장말은 마을 돌기, 집안사람들에 대한 축원, 그리고 고사쌀 받기가 분화되어 있어 비교적 원래의 모습을 간직하고 있다고 판단된다. 먼저, 장말 도당굿의 돌돌이 양상을 정리하면 우선, 돌돌이를 나가기에 앞서 조한춘화랭이가 앉아서 장고를 치며 치국잡기 및 축원을 하는 것에서 시작되었다.[61] 그리고 삼당주三堂主에게 전은순 무녀가 갖가지 축원과 덕담을 했다. 삼당주는 이에 대한 답례로 절을 하면서 돈을 내놓기도 했다.

그런 뒤 조한춘 화랭이는 새로 세운 장승 앞에서 차려온 고사상을 놓고 공수답 형식의 고사를 지내고, 고사를 마치고 난 다음에는 음식을 조금씩 떼어서 거리에 버렸다. 예전에는 장승을 다녀 온 뒤 돌아오는 길에 집돌이를 했으나 조사 당시에는 집돌이를 원하지 않는 사람들이 더 많아 장승과 공동 우물만 돌고 말았다고 하였다. 그런 다음 무녀가 우물에 가서 물이 많고 잘 나오길 기원하는 우물고사 축원을 했다.

화랭이와 미지(무녀)에 의한 돌돌이가 끝이 난 뒤 도당 모셔오기를 할 때 마을 사람들이 각자 꽃반을 준비하여 굿당으로 가져온다. 그러면 도당 할아버지가 꽃반에 부채를 세워 꽃반을 가져온 사람들에게 다가오는 해의 운수를 봐준다.

조한춘 화랭이가 돌돌이 중 장승 앞에서 구연한 고사告祀소리는 아래와 같다.

> 고설 고설 고설 고설 생겨 드리자고 천개는 여자하고 지벽이 여축하여 산 천에 좌우에 올라 일월성신 되옵시고 중탁자 하위 나려 산수초목을 낼 적 에 가진 각성 대주남네 가진 각성 계주남네가 이 정성을 디리랴고 좋은 날 가 려 잡아다가 상탕에 머리 감고 중탕에 목욕하고 하탕에 손발 씻고 신영박모 정성이 지극하고 지성이 감덕한다 성이 정성덕을 입혀 드릴 적에 게 무엇을 불어주었나 팔도 명기가 들어오지 어떤 명기가 들어오느냐 경상도 태백산 명 기가 주춤거리고 들어온다 (중략) 동서남북 다니어도 악인 젖혀주고 성인 삼 구고 웃음루 연락허고 전무로 대길허고 낮이며는 물이 맑고 밤이며는 불이 밝아 수화천명 한됐으니 어찌 아니가 좋을쏘냐(후략)(김헌선, 『한국 화랭이 무속의 역사와 원리 1』)

위의 고사소리는 천지조판天地肇判의 서두 부분과 명기明氣타령, 그리고 가정축원이 노래되었다. 천지조판과 명기타령은 태초에 하늘과 땅이 열리는 것에서 시작하여 지금 굿이 벌어지고 있는 이곳까지 명기가 이어지는

---

61 부천 장말 도당굿의 돌돌이 연행 상황은 아래의 책을 참조하였다.
　김헌선, 앞의 책, 304쪽.

것이 보통이다. 이러한 천지조판과 명기타령은 무가巫歌의 서두에서 신을 청배할 대에 신에게 지금 행해지고 있는 굿의 시간과 공간을 잘 알려 신으로 하여금 이곳으로 잘 오게 하기 위해 불리는 지두서, 단연주 등과 맥을 같이 한다. 위의 천지조판에 이은 명기타령은 신神이 아닌 땅의 기운이 집까지 오는 것이 다르다.

명기明氣가 집으로 오는 것까지 노래한 다음 도당할아버지, 도당할머니의 덕에 의해 마을이 잘 될 것이라는 축원이 이어졌다. 여기서 명기가 이터에 들어오게 된 것은 '각성 대주님네'가 정성을 지극히 드렸기 때문이다. 이러한 지극한 정성을 매개로 명기 발원과 함께 도당할아버지와 할머니의 도움까지 가능하게 된다.

부천 장말의 경우 위의 소리가 채록될 당시에는 마을의 경계만 돌았지만 예전에는 마을의 경계와 함께 집돌이도 같이 행해졌다. 이때의 집돌이에서 각 집을 방문하였을 때 역시 고사告祀소리가 불렸을 것인데, 이때의 고사소리는 앞서 살핀 당주굿 때 불린 것과 크게 다르지 않을 것으로 생각된다. 그런 점에서 돌돌이 때 불린 고사소리의 천지조판 부분을 통해 앞서 살핀 당주굿 때의 산세풀이의 기능 및 의미를 유추할 수 있다.

정기 의례인 마을굿에서 사제자인 화랭이패, 농악대 상쇠에 의해 불리는 고사告祀소리는 신에게 소원을 빈다는 점에서는 비손과 같지만 구연 상황 및 집단의 면 등에서 다르다. 이러한 의례儀禮와 관련된 제요소들과의 비교 분석을 통해 농악대 고사소리에 대한 이해를 보다 명확히 할 수 있다.

먼저, 농악대 상쇠는 마을굿과 관련된 모든 절차를 주도한다는 점에서 사제자司祭者로서의 역할을 담당한다. 하지만 그들은 화랭이패와 같이 선천적으로 세습되는 사제자가 아니다. 농악대 상쇠는 평소에는 평범한 사람으로 살아가다가 마을굿이 있을 때만 사제자로서 역할을 다한다. 그런 점에서 고사소리를 하는 때는 1년에 몇 번으로 정해져 있는 셈이다.[62] 그리고

---

62 정초에 집돌이를 할 때와 새로 집을 지은 곳에 가서 낙성연을 할 때 고사告祀소리를 하는

전대의 농악대 상쇠 등에 의해 그 마을의 상쇠로 뽑히는 기준 역시 악기 연주 실력이나 문서 보유 능력 등 후천적 자질에 의해 결정된다. 즉 사제자로서의 권능은 화랭이패와 비교할 때 상대적으로 약하다 할 수 있다.

농악대에 의해 마을굿 후반부에 이루어지는 집돌이는 쌀이나 돈이 많이 나오는 집의 경우에는 소리를 길게 하지만, 그렇지 않은 집의 경우 산세풀이와 간단한 축원만으로 끝낼 때가 많다.[63] 그도 그럴 것이 하루에도 몇십 집을 가야 하기 때문에 모든 자리에서 장시간 소리를 할 수 없는 것이다. 아울러 농악대가 지신을 밟기 위해 각 가정을 방문하면 집의 안주인이 술이나 음식 등을 내와서 모두들 먹고 마시는 놀음판이 벌어지기 일쑤이다. 이러한 구연 상황의 가변성 및 오락성은 곧 소리 구성의 가변성으로 이어진다. 농악대 고사告祀소리의 각편들이 편차가 심하게 나타나는 것은 그 자체의 이유-병렬적 구성 방식-, 여러 전승 경로를 통해 만들어진 것, 그리고 가변적이고 오락적인 구연 상황에서 그 이유를 찾을 수 있다.

화랭이패 고사소리의 구연 장소는 크게 마을의 경계에 세워진 장승 앞과 집 안의 대청마루 앞으로 나눌 수 있다. 화랭이패는 선천적으로 무업巫業이 세습되는 집단으로, 돌돌이나 집돌이뿐만 아니라 집을 새로 지었을 때의 새성주 고사덕담이나 도당굿 중 손굿, 군웅 공수답 등에서도 고사소리와 유사한 형태의 소리를 구연하였다. 농악대 상쇠에 비해 사제자로서의 신분이 선천적으로 세습된다는 점, 다양한 고사소리 연행판을 갖고 있는 점 등으로 인해 이들의 소리는 제의적 목적에 충실하면서도 다양한 형태의 고사소리를 구비할 수 있었을 것으로 판단된다.

화랭이패 고사소리의 서두를 장식하는 천지조판 대목은 청신請神의 의미로 불려진다. 그러한 천지조판 구연으로 인해 신이 온전히 강림해야 사람들의 소원이 제대로 전달될 수 있고, 한 해 동안 마을사람들이 평안하게 지낼

경우가 있다.
63 현지조사 결과 이러한 양상은 경기도뿐만 아니라 다른 지역들에서도 공통적으로 나타났고, 기예가 뛰어난 곳일수록 구연 상황에 따른 소리의 가변 여부가 두드러지게 나타났다.

수 있기 때문이다. 그런 이유로 청신과 관련된 부분은 그때의 상황에 따라 가감加減할 수는 있어도 생략되거나 변화될 수는 있는 성질의 것은 아니다.

그럼에도 불구하고 대청마루 앞에서 불리는 자료들-당주굿 때 불린 소리를 비롯하여 농악대 고사소리-에서는 간단한 천지조판에 이은 산세풀이가 유교적 상징물로 대체되었다. 이는 이 소리를 구연하는 가창자들은 삼강오륜이나 이씨 한양이 가정사의 여러 문제를 해결하고 복을 가져다주는 가장 근본적인 것이라고 생각하고 있기 때문이다. 더욱이 농악대에 의해 이루어지는 집돌이의 경우 제관에 의해 진행되는 제사 형태의 마을굿이 이루어지고 난 뒤에 불린다는 점에서 이러한 변화가 생기게끔 하는 요인이 되었을 것이다.

화랭이패 구연 고사소리와 농악대 고사소리의 선후先後 문제는 소리를 포함한 두 집단을 둘러싼 여러 가지 사항들을 총체적으로 따져야하므로 이 자리에서 해결할 수 있는 문제는 아니다. 다만 이상에서의 논의만을 가지고 추론해 본다면, 선천적 사제자집단(마을굿집단)인 화랭이패에 의해 정기의례인 도당굿 속에서 '천지조판+축원'의 고사소리의 형태가 만들어졌고, 그 이후에 구연 상황의 변화로 인해 '산세풀이+살풀이+축원'의 소리 형태가 마련되었을 것이라 추측된다. 이렇게 마련된 고사소리는 농악대가 지신밟기를 맡게 되면서 그대로 수용되었다.

이상에서 논의된 바를 농악대와 견주어 정리하면 아래와 같다.

구 분	도 당 굿			마 을 굿
구연 상황	당주굿	돌돌이	집돌이	지신밟기
구연 목적	액을 소멸하고 복을 주기 위해	마을굿을 알리거나 마을을 정화하기 위해	액을 소멸하고 축원하기 위해	액을 소멸하고 축원하기 위해
소리의 구성	산세풀이-살풀이-축원	천지조판-명기타령-축원	.	산세풀이-살풀이-축원
구연 장소	대청마루 앞	장승 등 마을의 경계	대청마루 앞	대청마루 앞
담 당 층	화랭이패(선증애꾼)			농악대 상쇠
소리의 위치	도당굿의 앞부분			마을굿의 마지막 부분

(2) 판소리 광대 고사소리

정기의례인 마을굿 등을 담당하던 세습무집단인 화랭이패는 시간이 흐름에 따라 사제자의 직능을 벗어나 판소리광대 등 전문 예능인의 길을 걷기도 하였다. 이러한 담당층의 변화에 따라 고사소리 역시 같은 변화를 겪을수밖에 없었다. 여기서는 의례에서 불리던 창우집단 구연 고사소리의 맥이이어지고 있다고 여겨지는 여러 판소리 광대의 고사소리 중 공대일의 소리를 중심으로 살펴보고자 한다.[64] 공대일은 1910년 전라남도 화순군 동면에서 태어났으며, 15세에 판소리 명창인 박동실에게 소리 공부를 시작하였고, 40세를 넘어서면서 실력을 인정받았다고 한다. 그가 구연한 소리는 의례가아닌, 공연을 위한 자리에서 불린 것이다.

공대일이 구연한 고사소리는 아니리로 천지조판이 간단하게 노래된 뒤중모리, 중중모리, 자진모리 등의 장단으로 각각 산세풀이, 치국잡기, 세간풀이 등의 내용이 노래되었다. 내용상 두 번째에 해당하는 치국잡기의 내용을 살펴보면 아래와 같다.

> 첫치국治國을 잡으실새 경상도 경주는 금비 대왕 치국이요 전라도 전주는왕건 태조 치국이요 충청도 부여는 백제왕의 치국이요 한양으로 도읍하여 게뉘라 도읍터를 잡았던고 강남서 나오신 무학 도승이 당걸쇠를 차고 한양터를잡으실제 인왕산 올라간 적 쇠를 놓고 살펴보니 백두산 일지맥이 한 줄기 뚝떨어져 주춤거리고 내려오다가 서울 삼각산이 삼겨 있고 대궐 옆 흐르난 물은한강으로 흘렀는디 인왕산이 주산이 되고, 관악산이 안대按帶로다 만리재 백호되고 왕십리 청룡이요 정도전 재혈이며 경복궁 대궐터는 갈마현소 형국이요 새문안 대궐터는 비봉포란飛鳳抱卵 형국이요 동문안 대궐터는 옥녀탄금玉女彈琴 형국이라.

치국잡기治國雜記는 보통 우리나라 왕조의 역사를 시대별로 나열하는 것

---

64 공대일 구연 고사소리 출처는 아래와 같다.
   한국고음반연구회 음향선집 (3), 「이보형 채록 고사소리」, 『한국음반학』 7권, 한국고음반연구회, 1997.

으로 노래된다. 보통의 경우 단군시대부터 시작되는데 여기서는 신라, 고려, 백제, 조선의 순서로 각 왕조의 수도와 임금을 하나의 단위로 노래하였다. 그런데 경주부터 백제까지는 동일한 형태로 진행되었으나 조선시대 부분에서는 나라의 터를 잡을 때 한양의 산세와 관련된 사항이 자세히 노래되었다. 백두산에서 시작된 산세도 서울 삼각산으로 내려와 현재 노래되는 곳으로 내려가지 않고, 한양 여러 곳을 돌며 이곳이 명당 터임을 말하는데 사용되고 있다.

공대일 구연본에서 집터의 형세나 방위가 자세히 노래되는 대목은 우리나라 수도인 한양과 현재 노래가 진행되는 곳이다. 이렇게 한양과 현재 노래가 이루어지고 있는 곳의 방위나 형세를 자세히 노래하는 것은 현재 이곳이 수도 한양처럼 명당터이고, 조선 왕조처럼 오래오래 이어지기를 바라는 바람이 있기 때문이다.

한양의 방위 및 형세풀이를 노래하고 나서 가창자는 산세풀이를 노래하는데, 이 대목은 한양의 좋은 기운이 현재 노래되는 곳까지 무사히 이어지도록 하는데 목적이 있다. 산세풀이 뒤에 곧바로 집안에 대한 가정축원이 노래되는 것도 집에 명기明氣가 와서 닿았고 그런 관계로 집의 방위나 형세가 명당터가 되었기 때문이다. 이렇게 이 집이 앞으로 잘되는데 명기에 이은 명당터가 선결 조건이 되는 것은 앞서 살핀 고사덕담유형에서도 살핀 바 있다.

공대일 구연본에서는 가정축원을 노래하는 대목에서 집 짓는 내용을 노래하였다.

> 집터를 이렇게 잡아 놨으니 성주를 하랴 하고 재목을 벨려할제 서른 세 명의 역군은 만첩청산을 들어가서 낙락장송 길고 긴 솔을 뎅그렁 뚱딱 베어 내어 옥도끼로 다듬어서 첫째 통을 갈라 내어서 상기둥을 마련하고 둘째 통을 갈라내어 도리 기둥을 마련하고 셋째 통을 갈라내어 세장자 고모장자 문고리까지 마련하니 어찌 아니가 좋을소냐 섬겨 드리자 고사로다 공맹 안증 장한 도덕들도 이 터를 닦아 내어 일가 충신 주초 놓고 인의예지 기둥 세워 삼강오륜을 상량하고 팔팔八八노구로 도리 틀고, 팔팔 육십사괘로 대량 얹고 차례로 연목椽木 걸어 삼백육십사괘 서슬을 걸어 오십五十토로 안토하고 태극으로 기

와 얹고 일월성신 창호 매고 낙귀하마 단청하고 삼팔문이 동문이요 사구문이
서문이요 이칠화가 북문이니

위 인용문에서는 집 지을 재목을 베고, 기둥을 세우는 등 집의 기본 구조
를 마련한 뒤 흙을 바르고 기와를 얹는 등 집을 짓는 순서가 체계적으로
노래되었다. 이렇게 집 짓는 대목이 구체적으로 노래되는 것은 의례에서
불린 화랭이패 고사소리는 물론이고 공연을 목적으로 불린 다른 판소리
광대 고사소리에서도 나타나지 않았다. 이 자료들에서는 대부분 집치레 정
도로만 노래되었다.

창우집단 고사소리는 농악대 구연 성주굿 고사소리 중 고사덕담유형과
내용상 연관성이 있다. 그런데 집을 짓는 대목의 경우 경기지역 및 강원지
역 농악대 고사소리 중 어디에서도 노래되지 않았다. 다만 호남지역 진안
농악 수법고인 고재봉에 의해 불린 자료에서 집을 짓는 내용이 노래되었다.

> "터는 이만큼 잡아놨거니와, 집을 지어야 헐 것 아닌가. 집을 잠깐 한번 지
> 어보는 것이었다." 집을 잠꽌 짓는다 집을 잠꽌 짓는다 몸채는 칠 칸인디 사
> 개 와사서 기와집 내외 중문은 소실문 전후좌우 연담 치고 능화 되비 장판 지
> 천 부벽사를 붙여두고 안사랑이 팔 칸이요 바깥사랑이 팔 칸이요 마뱅이 칠
> 칸이요 외양간이 칠 칸이요 광채가 십오 칸 문칸채가 오 칸이요 근네뱅이 삼
> 칸이요 장칸이 칸 반이라 이리 짓고 저리 짓고 입구자 집을 지어 노니 합해서
> 시어보니 예순한 칸 반이로구나 어찌 아니가 좋을소냐 섬겨들이자 고사로다
> (전북 진안군 마령면 계서리 고재봉, 한국민요대전)

위 인용문에서는 터는 이제 잡았으니 집을 짓자고 하였다. 그러나 실제
로 집을 짓는 것과 관련된 내용은 담을 만들고 장판을 붙이며 집의 구조물
을 전체적으로 짓자고 하는 것에 불과하다. 여기서는 집을 순서에 따라
짓는 것보다 집 구조물을 하나하나 나열하는 것에 중점을 두고 있다. 그런
점에서 이 자료에서 집을 짓는 대목은 그 자체로 독립성을 갖지 못하고
뒤에 노래되는 세간풀이 등의 연장선상에 있다.

요컨대, 공대일 구연본에서의 집 짓는 대목은 기존의 고사소리에서 미처 마련되지 못한 부분이었기에 스스로의 필요에 의해 창조하였다. 공대일의 이러한 예는 농악대 성주굿 고사소리 중 혼합유형에서 고사덕담유형바탕에 통속민요 성주풀이를 섞어 부른 예와 비교 가능하다. 이 유형을 부른 농악대 상쇠 역시 고사덕담유형에서 집을 짓는 대목이 부족하므로 통속민요 성주풀이를 후반부에 첨가하였다. 다만 혼합유형을 부른 농악대 상쇠는 공대일과 같이 소리 중반에 집짓는 대목을 적절하게 배치하지 못하고 소리 후반부에 성주풀이를 삽입한 것이 다른 점이었다. 이러한 공대일의 면모는 창우집단의 유구한 전통 위에서 다양한 소리 경험을 쌓은 결과로 이해된다.

공대일의 창조적 면모는 소리 후반부에 통속민요 성주풀이를 삽입해서 노래한 것에서도 발견된다. 그는 가정축원 대목에서 세간풀이, 비단풀이 등을 노래한 뒤 아래 인용문 부분을 불렀다.

> 에라 만수 에라 대신이야 어화 청춘 벗님네들 이내 말을 들어 보오 장부 평생사가 몇 년이 넘어가오 삼강오륜 인의예지 부모 봉양하는 것도 장부의 사업이니 어찌 아니가 좋을쏘냐 에라 만수 에라 대신이야 양양 강수 맑은 물고기 낚던 어선배 십리 장강 벽파 상에 왕래하던 거룻배 그 배 저 배 다 버리고 한송정 들어가서 길고 곧은 솔을 베어 조그맣게 배를 띄워 수복강령을 가득 싣고 슬렁슬렁 배 띄워라 강릉 경포대를 달구경 가세 에라 만수 에라 대신이야 에라 만수야 에라 대신이야 천세 천세 천천세 만세 만세 만만세 이댁 성주 만만세 남산 같이 복이 잠겨 무너지지 마옵시고 한강 같이 복이 잠겨 굴러가지를 마옵소서 에라 만수 에라 대신이야 대활연으로 설설이 내리소서

위 내용을 보면, '에라만수 에라대신이야'라는 후렴을 기점으로 부모 봉양, 유흥, 성주축원의 내용이 노래되었다. 통속민요 성주풀이는 기본적으로 유희를 목적으로 불리기 때문에 님에 대한 그리움이나 유흥, 탄로 등의 내용이 노래되는 수가 많다. 그러나 위 소리에서는 전체 세 가지 내용 중에서 두 가지가 가정축원과 관련된 내용이 노래되었고 세 번째 내용인 성주축원 대목은 통속민요 성주풀이에서는 좀처럼 찾아 볼 수 없는 내용이다.

그런 점에서 위 내용은 가창자의 의도에 따라 내용 및 사설이 구성됨을
알 수 있다.

공대일과 같은 판소리 광대 고사소리는 남사당패와 같은 유랑예인집단
혹은 전문 걸립승 고사소리와 일정한 연관성을 가진다. 남사당패 등 유랑
예인집단은 기존의 창우집단 고사소리의 전통 위에 축원 위주의 뒷염불을
만들었기 때문이다. 그런 점에서 공대일 구연본에서 후반부에 노래되는 통
속민요 성주풀이는 같은 축원 목적의 남사당패 구연 뒷염불이 형성되기
전의 형태라는 점에서 의의가 있다.

2) 무가巫歌 성주풀이

농악대 고사告祀소리 중 성주굿 고사소리 중의 하나인 성주풀이유형은
성주신앙과 밀접한 관련을 갖고 있다. 성주와 관련된 의례 행위는 농악대
뿐만 아니라 세습무, 강신무, 독경무를 비롯하여 보통 사람들에 의해서도
이루어졌다. 따라서 여기서는 무속에서 불리는 성주풀이 중 농악대 구연
성주풀이유형과 관련이 있는 자료들을 중심으로 살펴보고자 한다.

(1) 김석출 구연 성주풀이

무가巫歌 성주풀이는 영남지역을 비롯하여 전국 각지에서 세습무, 강신
무, 독경무 등에 의해 불리고 있다. 여기서는 통념적으로 농악대가 부르는
성주풀이의 형성에 영향을 끼쳤다고 이야기 되는 영남지역 세습무 구연
성주풀이를 살펴보고자 한다. 특히 이 장에서는 무가 성주풀이와 농악대
구연 성주풀이와의 관련성에 주안점을 두고자 한다.

영남지역에서 채록된 무가 성주풀이는 모두 5편이다.[65] 이 다섯 편 중

---

65 자료의 출처는 아래와 같다.
　　김태곤, 「울진지역무가」, 『한국무가집』Ⅰ, 집문당, 1971.
　　김태곤, 「안동지역무가」, 『한국무가집』Ⅱ, 집문당, 1971.
　　김태곤, 「영일지역무가」, 『한국무가집』Ⅳ, 집문당, 1980.

네 편은 영해 등 동해안지역에서, 한편은 경북 안동지역에서 채록되었는데, 구현된 성주의 신격에 있어 조금씩 차이가 날 뿐 전체적인 서사 구조는 큰 차이가 나지 않는다. 여기서는 다섯 편 중 성주의 출생과 고난, 좌정의 과정이 비교적 잘 짜인 김석출 구연본의 서사 단락을 정리하기로 하기로 한다.

1. 성주 부모가 늦도록 자식이 없어 문복하고, 부인이 저승으로 공을 드려 성주를 낳다.
2. 성주 18세에 글 한귀 잘 못 읽어 국법에 어긋나 지하땅에 귀양 오다.
3. 성주가 눈비 삼년, 돌비 삼년, 흙비 삼년을 맞고 나니 집 짓기가 원이 되이 되다.
4. 성주가 옥황으로부터 솔씨를 받아 무룡산천에 뿌리니 솔씨가 무럭무럭 자라다.(경북 영일 김석출, 한국무가집 Ⅳ)

무가巫歌 성주풀이에서는 성주의 본本이 천상이고 그는 부모의 정성에 의해 만득자로 태어난다. 이러한 성주의 혈통 및 기이한 출생은 앞서 살핀 농악대 고사소리 중 서사형敍事形에서도 살핀 바 있다. 그런데 이렇게 확보된 성주의 신성성은 가옥신으로서의 위엄이나 능력으로 더 이상 이어지지 못한다. 성주는 글 한 구절을 잘못 읽어 지하땅에 귀양을 오게 되는데 가옥을 담당하는 성주에게 글을 잘못 읽은 죄는 그리 큰 잘못일 수 없다. 성주가 집을 짓게 되는 이유 역시 그가 집 없는 고통이나 설움을 겪어보았기 때문으로 이해되는데, 가옥의 최고신의 위치에 걸맞는 집을 짓는 이유-가령, 울주군 삼남면 자료에서 성주가 어려서 후세에 이름을 남길 일을 생각하다가 인간에게 집을 지어주어야겠다고 결심하고 솔씨를 받는 것 등-은 제시되지 않는다.

이 소리는 의식의 현장에서 전문 사제자인 무당에 의해 구연되긴 하지만

김선풍, 「신석남의 성조굿노래」, 『관동문화』, 관동대학교 관동문화연구소, 1980.
박경신, 『울산지방 무가자료집』, 울산대학교출판부, 1993.

이 굿의 가장 큰 목적은 성주신에 대한 축원 및 오락에 있다. 실제 성주굿 구연 현장을 보면 성주신이 잘 놀면 놀수록 집안의 안녕이 더해진다고 생각한다. 그러다 보니, 성주가 누구인가 하는 것은 그리 중요하게 여겨지지 않았고, 그 결과 서두에서 성주의 신으로서의 위엄이 어느 정도 확보되긴 했으나, 그 이후에 이루어지는 귀양, 좌정의 이야기는 단지 성주가 솔씨를 뿌렸다는 것을 설명하기 위해 구성된 듯한 느낌을 받게 된다. 농악대 고사소리 중 서사형에서는 빠지지 않고 노래되는 성주가 부인과 자식들을 대동하고 집안으로 좌정하는 대목이 무가 성주풀이에서는 나오지 않는 것도 그런 이유에서 설명될 수 있다.

　무가巫歌 성주풀이와 농악대 성주굿 고사소리 중 하나인 성주풀이는 분류상 성격이 다르긴 하지만 모두 사제자에 의해 구연된다. 무가 성주풀이는 흥겨운 분위기 속에서 무당과 굿판에 모인 사람들 간의 주고받음에 의해 노래가 진행되고, 농악대 고사소리 중 성주풀이는 대부분 상쇠가 혼자 구연하되 자료에 따라서는 치배들과 소리를 주고받는다.[66] 이러한 구연 상황의 차이는 성주 관련 사설에서 성주의 신격 구현의 차이로 나타났다. 오락성에 기반하면서 축원적 성격이 강한 무가에서의 성주는 단지 사람들에게 복을 주기 위해 등장하고 이야기 역시 그에 맞추어져 있다. 하지만 농악대가 구연하는 자료에서는 집을 짓는 신의 면모와 함께 집안의 안녕을 수호해주는 신으로서의 면모가 각 인물들 간의 관계를 통해 구체적으로 형상화된다.

　앞서 성주풀이 서사형을 살피면서 성주 이야기의 핵심은 가정의 환란이 수습되고 새로운 가정이 만들어지는 것에 있으며 이 이야기를 통해 무형無形의 집의 신으로서의 성주의 면모가 형성된다고 하였다. 그런데 무가 성주

---

66 아래 별신굿에서 무가巫歌 성주풀이의 구연 상황을 조사하였다.
　경북 영덕군 병곡면 백석 2리 별신굿 중 성주굿 송명희(바라지: 김장길) (2005.4.23)
　강원도 강릉시 주문진 별신굿 중 성주굿 빈순애(바라지: 김명광) (2005.10.13)
　경북 울진군 후포면 금음3리 별신굿 중 성주굿 송명희(바라지: 김명대) (2004.11.24)

풀이의 경우에는 이야기를 통해 성주의 신격이 형성된다기보다는 흥겨운 구연 상황을 통해서 성주의 신격이 형성되고 향유된다고 할 수 있다. 즉 민요 성주풀이나 무가 성주풀이나 집을 짓고 가정을 잘 살게 해주는 신의 면모 자체는 큰 차이가 없으나 이야기 자체로 보면 무가 성주풀이는 가정의 환란 수습보다는 신의 좌정에 주안점을 두고 있는 것이다.

이렇게 서사형에서 구현되는 성주의 신격의 양상과 무가 성주풀이에서 구현되는 성주의 신격 양상이 다른 상황에서 무가 성주풀이에서 민요 성주풀이가 영향을 받았다는 주장은 재고되어야 한다. 그런 점에서 두 갈래 간의 관계는 다음의 경우의 수로 나누어 볼 수 있다. 첫째는 민요 성주풀이와 무가 성주풀이의 조형祖型이 있어서, 그 형태가 민요 및 무가로 분화되었다고 보는 것이다. 그 다음으로 민요 성주풀이와 무가 성주풀이가 각기 농악대 상쇠 집단과 무당 집단에 의해 각기 따로 존재했다고 보는 것이다. 두 자료간의 관련성은 보다 폭넓은 자료 검토와 현지조사 등을 바탕으로 해결되어야 한다. 그런 이유에서 동래본과 태백본 성주풀이를 살펴보도록 하자.

(2) 동래본 성주풀이

앞서 살핀 농악대 구연 성주풀이 서사형과 가장 유사한 서사 구조를 가진 일명 동래본으로 불리는, 경남 맹인조합장 최순도 구연 고사告祀소리를 살펴보고자 한다. 이 자료의 서사 단락을 정리하면 아래와 같다.[67]

    1. 서천국의 천궁대왕과 옥진부인이 결연하다.
    2. 천궁대왕과 옥진부인은 늦도록 자식이 없어 고민하다.
    3. 복사卜師에게 문복하여 지극 정성을 들이고 태몽을 꾸다.
    4. 이들 사이에서 성조 안심국이 탄생하다.
    5. 성조의 관상풀이를 하니 처를 소박하고 황토섬 3년 귀양을 갈 것이라

---

67 자료의 출처는 아래와 같다.
    손진태, 『손진태선생전집』 5, 태학사, 1981.

하다.

6. 사람들이 옷도, 집도 없이 사는 것 본 성주가 집을 짓고자 하나 나무가 없어 옥황에게 상소하여 솔씨를 얻어 무주공산에 뿌리다.
7. 성조가 계화씨와 결연하나 첫날밤에 소박을 놓다.
8. 성조 부친이 성주의 본처 소박의 죄를 물어 성조를 황토섬에 3년 귀양 보내다.
9. 황토섬에서 온갖 고생을 하며 귀양 기간을 마친 성조가 혈서를 써 집으로 보내다.
10. 옥진부인이 아들 걱정에 시름으로 세월을 보내다.
11. 계화부인이 옥진부인에게 성조에게서 온 편지를 보이다.
12. 옥진부인이 편지를 천궁대왕에게 보이자, 성주를 불러오라는 명을 내리다.
13. 성조가 돌아와 부자父子 상봉하다.
14. 성조가 계화부인과의 사이에서 아들 5형제 딸 5형제를 낳다.
15. 성조 안심국은 집을 짓기로 하고 자식들과 연장을 마련 국궁과 관사, 백성의 집을 짓다.
16. 성조가 입주성조가 되고 계화부인은 몸주성조가 되며 아들들은 오토지신, 딸들은 오방부인이 되다.

위에서 보듯 최순도 구연본은 성주 전대의 내력에서부터 성주가 태어나서 신으로 좌정할 때까지의 각 단락이 유기적으로 노래된다. 특히 최순도 본은 지리적으로 그리 멀지 않은 경남 김해시 삼정동에서 채록된 정치봉 구연본과 상대적으로 먼 거리에 있는 경북 울주군 삼남면 방기리에서 채록된 박봉용 구연본과 성주 부모 및 성주 부인의 신명神名 그리고 기본적인 서사 단락, 세부 사설까지 거의 유사하다.

이렇게 독경무讀經巫 고사소리가 농악대 고사소리와 유사한 것은 두 자료군의 구연 현장 및 목적의 동일함에서 그 이유를 찾을 수 있다.

本 成造푸리는 朝鮮서 自古以來로 貧富間 入宅後에 盲人을 招致하야 落成宴을 兼하야 安宅祈禱로서 이 노래를 불너 써成造님의 來歷를 傳하며 사람의 憺한 愁懷를 消滅하고 滿庭和樂裡에成造님씌 誠心祈禱를 밧치게 하는 것이니라.(손진태, 앞의 책)

위 인용문은 모든 소리가 끝이 난 뒤 최순도가 이 소리의 구연 상황 및 목적을 말한 것이다. 위 인용문을 통해 최순도 구연본은 정초 지신밟기가 아닌, 집을 새로 짓고 난 뒤 낙성연落成宴을 겸한 안택 기도로서 이 소리를 구연했음을 알 수 있다. 그런데 최순도 구연본과 거의 유사한 형태인 김해 삼정동 정치봉 구연본 역시 지신밟기 때도 서사형을 부르지 않는 것은 아니지만 주로 새로 집을 지었을 때 성주풀이 서사형을 부른다고 하였다.[68] 영남지역에서는 다른 지역과는 달리, 집을 새로 지었을 때 농악대를 초청하여 성주굿을 했다는 제보를 어렵지 않게 접할 수 있다.

독경무인 최순도 구연본을 비롯하여 농악대 고사소리 중 서사형敍事形은 성주 관련 서사가 노래된다는 점에서 어떤 형태 및 갈래의 성주풀이에 비해 제의적 성격이 뛰어나다. 제의적 성격이 가장 뛰어나다는 것은 이 자료군이 다른 성주풀이들보다 앞선다는 것을 의미한다. 따라서 성주 관련 서사가 노래되는 형태, 즉 다른 성주풀이의 모태가 된 자료군은 독경무나 농악대에 의해 새로 건물을 지었을 때 성주굿을 하면서 생성되었음을 알 수 있다. 그 이후에 세습무 주재 별신굿, 농악대의 지신밟기 등을 거치면서 서사敍事의 축소 및 신격의 변화, 담당층의 확대로 인한 통속민요화 등의 길을 걷게 되었다.

(3) 태백본 성주풀이

무가巫歌 성주풀이에서 성주 관련 서사가 노래되는 자료는 영남지역뿐만 아니라 강원지역에서도 발견된다. 여기서는 필사본으로 전해지고 있는 강

---

68 2004년 1월 8일 김해시 삼정동에서 정치봉 밑에서 쇠가락 및 문서를 전수받은 양만근 (1940)과의 면담을 통해 이 지역 성주풀이의 구연 상황 및 각각의 상황에 따른 성주풀이 의 양상 등에 대해 조사하였다. 양만근에 따르면, 삼정동 토박이인 정치봉은 외지를 다니며 걸립 등을 한 적이 없고 삼정동 일대에서만 농악을 쳤다고 하였다. 구연 상황에 따라 다른 형태의 성주풀이가 구연되는 양상은 이두현의 조사에서도 언급된 바 있다. 이두현, 「김해 삼정동걸립치기」, 『기헌 손낙범선생 회갑기념논문』, 한국국어교육연구회, 1972, 442쪽.

원도 태백지역 자료를 살펴보고자 한다.[69] 이 자료의 서사 단락을 제시하면
아래와 같다.

1. 성조 조부祖父가 옥황님전 상소하야 솔씨를 빌어다가 지하에 내려와서
   청산 산하에 뿌려 나무 기르기에 힘쓰다.
2. 성주 부친인 정궁대왕이 옥진부인과 결연하여 성주를 낳다.
3. 성주 부친은 서천서역국에 들어가서 대궐을 짓고 나라 다스리기에 힘
   쓰다.
4. 인간이 집이 없어 비바람 속에서 고생하며 지내는 것을 안 옥황이 성주
   에게 인간에게 집 짓는 법을 가르치고 대들보에 좌정하라 하다.
5. 성주가 연장 망태를 마련하여 사람들이 살 집을 짓고 온갖 세간을 마련
   해주다.
6. 성주가 서천서역국으로 들어가 부자父子 상봉한 뒤 안평궁에 장가 들고,
   집을 짓다.

강원도 태백에서 채록된 무가 성주풀이는 성주 조부모 및 부모, 그리고
성주 부인의 이름이 영남지역에서 채록된 자료들과 크게 다르지 않다. 신神
의 이름이 유사하다는 것은 두 지역 간의 나름의 연관성이 있음을 시사한
다. 그러나 그 이후 각 신의 직능에 있어서는 차이가 크게 나타난다. 영남
지역의 경우 성주 조부와 부친은 신명만 나올 뿐 크게 하는 일이 없다.
그런데 태백지역 자료에서는 성주 조부 및 부친이 목수의 직능을 보여준다.
그러한 목수의 직능은 성주에게 그대로 이어져 성주가 인간에게 집을 지어
주는 기반이 된다.

그러면 성주의 면모가 구체적으로 묘사되는 문면을 살펴보도록 한다.

성조의 성은 엄씨오 당호는 제신이오 별호는 성조라 엄성조제신이 천상
에 기실 때에 오세부터 글을 읽어 칠세 팔세에 시전서전 구세 십세에 사서삼
경 모든 술법 다 배우고 열두살부터 목수 일을 공부하야 십오세에 천상도대

---

69 이 자료는 아래 책에 있다.
   김헌선 역주, 『일반무가』, 고려대 민족문화연구소, 1995.

목으로 시기더니 스물한살 먹어 천상 월하궁을 맡아 옥을 골라 지추 심고
금을 깍아 기동 세워 보석 같이 치장하니 태하성에 자랑호대 다못 척수 일획
을 그릇치고 상제께 득죄하야 해동조선국 남양땅에 정배하야

영남지역 성주풀이에서 성주가 어려서 무불통지한 모습을 보이는 것은
가옥 최고신으로서의 성주신의 신성성을 높이기 위해서이다. 영남지역에
서 성주 부모가 나이가 늦도록 자식이 생기지 않아 지극 정성을 드려 성주
가 태어나는 것도 그런 맥락에서 이해할 수 있다. 그런데 태백 자료에서
성주의 신성함과 관련된 대목은 어려서 나타나는 후천적 뛰어남 외에 어디
에서도 나타나지 않는다.

성주는 집이 없어 비바람 속에서 살던 사람들에게 직, 간접적으로 집이
라는 공간을 제공했다는 이유로 가옥 최고신에 좌정하게 된다. 그런 점에
서 성주가 사람들에게 집을 제공하는 양상은 성주신의 위상 정립에 중요한
부분 중의 하나이다. 무가巫歌와 민요民謠를 통틀어 영남지역에서 노래되는
성주 관련 서사에서 성주가 사람들에게 집을 지어주게 되는 양상은 크게
두 가지로, 결혼 전의 성주가 집 없이 사는 사람들을 불쌍히 여겨 솔씨를
얻어 집을 지어주는 것과 황토섬에서 집 없는 고통을 뼈저리게 겪어봐서
동병상련을 느껴 집을 지어주는 경우이다. 이 두 가지는 양상의 차이는
있으나 성주가 자발적 행한 것이라는 점은 동일하다.

태백본에서는 성주 스스로의 의지가 아닌, 옥황의 지시에 따라 집을 짓
게 된다. 옥황의 지시를 받은 성주는 '반갑고 기꺼이' 집 짓는 일에 착수한
다. 여기서는 성주가 이미 인간 세상에 귀양을 와 있는 상태이기 때문에
인간을 위해 집을 짓는 것이 자연스럽게 이어질 수 있었다. 그런 점에서
이 자료에서 귀양은 단지 집을 짓기 위한 준비 단계로 볼 수 있다. 앞서
살핀 영남지역 자료들에서 성주가 귀양을 통해 자신의 잘못을 뉘우치고
가정의 소중함을 깨닫게 되는 것과는 사뭇 다르다.

이후에 노래되는 성주가 집을 짓는 과정은 지금까지 살핀 어떤 자료보다
세밀하게 노래된다. 앞서 노래된 성주 조부 및 부친의 목수로서의 면모,

그리고 성주가 인간들을 위해 집을 짓게 되는 양상 등을 보면 가창자는 성주가 가옥 최고신보다는, 집을 짓는 존재로서의 면모에 더욱 치중하고 있다고 보인다. 이렇게 성주신의 목수로서의 면모가 두드러지는 예는 경기 지역을 중심으로 성주받이에서 만신에 의해 구연되는 황제풀이에서도 나타난다.

> (전략) 이때 천하궁에서 와가 이룩할 자 전혀 없어 지하궁땅 내려가면 다 황우양에 재주 좋단 말을 들으시구다 천하궁 칙사를 나여보내어 황유양이를 데려오너라 하오시니(후략)(화성군 향남면 평리 김수희, 한국무가집 Ⅲ)

> 이룸을 짓되 하우양씨가 지어주고 대목수가 되었구나 (중략) 천하궁에 삼천 볏가리 유두지가 모진광풍 비바람에 허물어져서 주이룩을 하려해도 성주이룩 할 재산 천하에도 없어놓고 지하에도 없어노니 황산뜰 하우양씨를 잡아와야 성주 이룩을 하라하고(후략)(화성군 정남면 관항리 김홍금, 화성의 얼 Ⅲ)

> (전략) 어려서 장난을 놀아여도 나무 깍아 집 짓는 장난 하였구나 (중략) 천 하궁에 성주 이룩하자고 만조백관 다 모여두 이 성주 이룰이 없건마는 동문 밖에 심판사 허는 말이 황산뜰 하우황을 잡아와야 성주 이룩 한다하니(후략) (안성군 안성읍 금산리 송기철, 안성무가)

위 인용문은 자료 초반부에 천하궁의 칙사 혹은 차사들이 성주신인 황유양(하우양, 화우황)을 데리러 가는 이유가 설명되는 대목으로, 여기서 황유양은 재주 좋은 목수로 묘사된다. 이러한 성주신의 두 가지 면모, 즉 천상계가 아닌 지하땅 혹은 황산뜰에 있으면서 '타고난' 목수의 면모를 가지는 점은 태백자료와 크게 다르지 않다. 요컨대 강원도 태백본은 개별 신격의 신명神名이나 초반부의 서사는 영남지역 성주풀이와 유사하나, 성주의 신격 및 중 후반부 서사는 경기지역 황제풀이와 비슷하였다.

태백본 성주풀이는 자료의 마지막이 '에로붓허 성조님은 가가이 위로하야 오방지신 차지ㅎ야 상대공에 위로하니 일채강림하옵소서'라고 끝이 난다. 이렇게 성주의 강림을 기원하며 끝이 나는 것은 이 자료가 앞서 살핀 동래 최순도 구연본이나 김해 삼정동 정치봉 구연본과 같이, 낙성연 등에서 불리지 않았을까 생각해볼 수 있다. 등장인물이나 이야기 구조, 그리고 자료의 성격이 다르긴 하지만 경기지역 황제풀이 역시 가을 성주받이 중에 집안 대주의 나이가 37세, 47세, 67세 때에만 성주의 신체神體를 모시는 자리에서 만신이 황제풀이를 구연한다.[70]

이를 통해 성주신의 서사敍事가 노래되는 자료는 사제자의 성격은 다르더라도, 전국 어디서나 집안의 성주신을 모셔와 좌정시키는 자리에서 구연됨을 알 수 있다. 성주와 관련된 서사 및 그 이하의 내용은 낙성연이나 성주받이 등에서 형성되었으며 이 자료군으로부터 지역이나 구연 상황의 차이, 사제자의 성격 등으로 인해 서사가 생략되면서 솔씨를 뿌려 집 짓는 내용이 부각되거나, 가정축원이 부각되는 자료 혹은 통속민요 성주풀이로 분화되었을 것으로 결론지을 수 있다.

3) 유랑예인집단 고사告祀소리

유랑예인집단은 유랑을 하며 여러 가지 기예를 팔면서 생계를 이어갔다. 그들의 기예 중 대표적인 것이 고사걸립告祀乞粒으로 다른 기예에 비해 수입도 월등히 좋았다고 한다. 이들이 하는 고사걸립의 상황은 크게 두 가지이다. 이 두 가지는 당산굿을 치고 동네 우물굿 등을 치는 것까지는 동일하지만 집에 들어갔을 때 마을 농악대가 하는 것과 같이 집안의 곳곳의 돌면서 하는 것이 있는가하면, 집안의 여러 곳을 다 도는 것이 아니라 성주굿만 하는 경우가 있다.

그 예로 안성에서는 마을 어귀에서 문굿을 쳐서 걸립을 받을 것인가 물어보고, 마을에서 걸립을 해도 된다는 허락이 떨어지면 마을 당산에 가서 당굿을 치고 공동우물에서 샘굿 · 동회에 들러 고사굿을 친 다음 각 집을

---

70 2006년 4월 18일 경기도 하남시 천신암에서 중요무형문화재 제104호 서울 새남굿 기능보유자 이상순과의 인터뷰를 통해 조사하였다.

돌며 대문굿, 우물굿, 터주굿, 조왕굿, 성주굿의 순서로 친다고 하였다.[71] 그러나 대부분의 유랑예인집단은 각 집에 들어가 집안의 여러 곳을 돌지 않고 성주굿만 친 것으로 보고되어 있다.[72] 이들도 처음에는 농악대와 같은 형태로 여러 가신을 대상으로 한 고사소리를 하였으나, 시간이 지나면서 여러 가신들 중 제일 중요하게 여겨지고, 그만큼 경제적 이익도 많이 발생하는 성주굿 고사소리만 하게 된 것으로 보인다.

남사당패를 비롯하여 전문적으로 고사告祀소리를 구연하는 집단의 자료는 모두 9편이 채록되었는데 반멕이만 있는 자료가 2편이므로, 덕담(선고사)과 뒷염불(반멕이)가 온전히 갖추어진 자료는 7편인 셈이다.[73] 자료의 채록 지역은 주로 경기 남부에 한정되며 그 아래 지역으로 천안, 대전까지도 발견되었다.[74]

남사당패는 고사소리는 정초 집돌이를 할 때와 남사당의 놀이 종목 중 덧뵈기를 할 때 마당씻이에서 불렀다. 먼저 최은창에 의해 집돌이 때 불린 소리를 살펴보면 아래와 같다.

---

71 경기도박물관,『경기민속지 Ⅷ 개인생활사』, (주)경인M&B, 2005, 283~285쪽.
72 아래 책에 대전, 충남 지역을 중심으로 활동한 남사당 명인 송순갑, 이돌천 등의 걸립을 다닐 때의 증언이 조사되어 있다.
　서연호,『한국전승연희의 현장연구』, 집문당, 1997.
73 임석재는 반멕이가 앞이고, 고사 선염불이 뒤에 온다고 하였으나, 남사당 및 스님 구연 자료 등을 두루 살펴 보면 선염불이 앞에 오고 반멕이가 뒤에 온다.
　임석재,『임석재 채록 한국구연민요』-자료편, 집문당, 1997, 67~68쪽.
74 남사당패와 같은 유랑연예인집단으로 걸립패, 굿중패 등이 있다. 이 집단들은 남사당패와 마찬가지로 정초에 집돌이를 할 때, 그리고 절 걸립 등을 할 때 고사소리를 하였다. 이러한 여러 전문 연희집단간의 선후 및 영향관계 등은 차치하더라도, 각 집단 구연 고사소리의 구연 상황 및 목적, 내용, 가창방식 등이 거의 유사하므로, 여기서는 자료의 수가 가장 많이 남아 있는 남사당패 구연 고사소리를 중심으로 다루기로 한다. 참고로 스님에 의해 구연된 자료로는 김혜경과 박청해의 소리가 있다. 전자는 산세풀이-살풀이-달거리-호구역살풀이-농사풀이-과거풀이-성주풀이-뒷염불로, 후자는 산세풀이-직성풀이-살풀이-삼재풀이-달거리-호구역살풀이-과거풀이-농사풀이-뒷염불로 구성되어 있다.

선고사: 금일차일 사바세계난 삼한부주로다 해동이라 대한민국 경기남단
경성내요 삼십칠관을 마련하고 집사같은 대모관료 이대면래 대면
래요 이대동은 대동면 각계각청을 터벌이고 건두건명 모씨댁으로
내려왔더냐 건명에도 모씨 대주 곤명에 모씨 대주 당주걸러 양주
보살 금시일지 동남으로 한오백년을 누리며 살제 당속부부를 모셔
놓고 천하 자손을 거느리고 천방지방을 나가실 제 몽중살이 없을
수냐 몽중대살을 풀고가세-(중략) 일년 도액이 열두달이요 일년
도액을 풀고가자 정칠월 이팔월-(중략)
반멕이: 어허 에헤야 에헤야 사실지라도 늘어서 사대만 사십소사 살어 에헤
이야 봉히야 나헤헤 에헤헤헤 마하바 사바정토 극락세계 삼십육만
의 일십일만 구천오백 동남으로 축원이 갑니다 축원가 건구건면 모
씨 대주 문전 축원 문전 답사 감에 일번으로다 여줄세사 한집 건너
목심녁으리 그 집안을랑(후략)(경기도 평택군 팽성읍 평궁 2리 최
은창, 이보형 채록 고사소리)

위에서 보듯 남사당패 고사소리는 덕담(선고사)과 뒷염불(반멕이)로 구
성되는데, 전자는 산세풀이, 살풀이, 액맥이, 삼재풀이, 호구 노정기 등이
고, 후자는 그 가정에 대한 축원이다.

남사당패 구연 고사소리는 앞서 살핀 농악대 고사소리와 같이 산세풀이,
살풀이, 축원의 내용을 갖는다는 점에서 연장선상에 있으면서도 각각의 살
풀이 및 축원의 구성 및 내용이 훨씬 체계적이고 풍부해졌다. 그리고 독창
으로 여러 가지의 살을 푸는 선염불과는 달리 가정에 대한 축원을 노래하는
뒷염불 부분에서는 가창방식이 선후창先後唱으로 분화된 것도 특징이다.

남사당패 구연 고사소리가 이러한 형태를 갖는 것은 이들이 기예를 파는
전문 연희집단이고, 구연 상황 역시 어느 한 곳에서 터를 잡고 정기 의례
속에서 불린 것이 아니라, 이곳저곳을 옮겨 다니며 걸립이 허락된 것에서
행해진 것에서 그 이유를 찾을 수 있다. 이러한 구연 집단 및 상황의 변화로
인해 소리의 질적 비약이 내, 외적으로 이루어질 수 있었다.

남사당패의 연희 종목 중의 하나인 덧뵈기 속에서도 고사告祀소리가 불
린다.[75] 덧뵈기는 주로 중부지방의 산대놀이를 중심으로 남부지방의 오광

대, 야류, 해서지방의 탈춤 등을 채용, 혼합하여 만들었다 하는데, 그때 불린 사설을 보면 아래와 같다.[76]

> 아나 금일 사바세계 남선은 부조로다 해동 잡으면 조선국 가운데 잡아라 한 양에 삼십칠관 대목안 이면 이주 거주로다 건명전 ○○동 또 건명전 부인마다 효자 상남 데련님 하남 자손 여자애기 어깨너머는 설동자 무릎 밑에는 기는 애기 추루룩 칭칭 자라날제 (중략) 강남은 뙤뙤국 우리나라는 대한국 십이지 국에 열두나라 조공을 바치러 넘나들던 호구별성 손님마마 쉰삼 분이 나오신 다 어떤 손님이 나오셨나 말을 잘하면 귀변이요 활을 잘 쏘면 호반이요 (중 략) 달거리가 세다하니 달거리를 풀고 가세 정칠월 이팔월 상구월 사시월 오 동지 육선달 정월 한달 드는 액은 이월 영동 막아내고 이월에 드는 액은 삼월 삼질 막아내고 삼월에 드는 액은 사월 초파일 막아내고 (중략) 섣달에 드는 액은 내년 정월 열사흗날 오곡밥을 정히 지어 술 한잔에 미역을 감겨 원강 천 리 소멸하니 만사는 대길하고 백사가 요일하니 소원 성취가 발원이요 (꺽쇠, 장쇠, 먹쇠의 합창) 상봉 일경에 불복 만재로다 야하하 에헤헤 복이야 에헤헤 느려 어험이로다 느려서 오십소사 에헤헤 아하하 어하하(심우성, 남사당놀이, 150~157쪽)

위 인용문은 남사당패가 집돌이 때 부르는 소리의 내용들이 그대로 불리 면서도 산세풀이와 축원 부분이 현저하게 약화되었다. 이러한 내용의 변화 는 이 소리의 구연 상황에서 찾을 수 있다. 덧뵈기의 마당씻이는 본격적인 극劇이 시작되기에 앞서 연행판을 정화하기 위해 놀아진다.

그런 이유로 신의 청배를 목적으로 하는 산세풀이와 집안사람들에 대한 축원 부분은 최소화되고, 액을 물리치는 내용의 살풀이, 호구액살풀이, 달

---

75 덧뵈기와 같은 극劇의 형태인 발탈의 후반부에서도 고사소리가 발견된다. 그런데 발탈에 서의 고사소리는 제의적 목적보다는, 극이 끝나기 전에 주인과 탈의 화해를 보여주는 장치로써, 극의 흥을 돋우기 위해 불려진다. 그런 점에서 극에 차용된 고사소리는 남사당 패의 덧뵈기 중 마당씻이에서 불리는 것이 원래의 목적에 조금이나마 부합된다고 할 수 있다. 발탈과 관련된 사설은 아래의 책을 참조하였다.
허용호, 『발탈』, 국립문화재연구소, 2004.
76 심우성, 『남사당패연구』, 동화출판공사, 1974.

거리와 같은 부분들이 부각되었던 것이다. 그런 점에서 소리의 제의적 성격은 나름대로 유지되고 있다고 볼 수 있다.

4) 민요民謠

(1) 고사덕담유형 관련 민요: 지경 다지는 소리 등

지신밟기라는 의례 속에서 집안의 여러 곳을 다니며 노래되는 농악대 고사소리 중 성주굿 때 불리는 소리들은 다른 갈래의 민요들과 다양한 교섭 관계에 있다. 앞서 살폈듯이 가정축원을 노래할 때 자장가 사설을 수용하기도 하고 논매는 소리나 모심는 소리, 톱질하는 소리 등이 집을 짓는 대목에서 삽입되기도 하였다. 그리고 농악대 고사소리는 다른 갈래의 민요에 영향을 주기도 하였다. 농악대 상쇠는 지신밟기를 할 때에는 사제자로 기능하지만 평상시에는 보통 사람과 같다. 따라서 그는 의식요인 농악대 고사소리가 다른 민요 갈래로 분화되는데 촉매 역할을 했다고 할 수 있다.

먼저 노동요로 분류되는 지경 다지는 소리와 의식요로 분류되는 달구질 소리를 살펴보고자 한다. 전통 농경사회에서 땅을 다지는 일은 새 집을 지을 때와 말뚝을 박을 때, 둑을 쌓을 때, 그리고 묘를 다질 때 등 여러 상황에서 이루어졌다. 이 일들은 목적이나 양상은 조금씩 다르지만 일하는 사람들이나 다지는 노동의 방식, 소리를 구연하는 방식 등은 크게 다르지 않다. 그리고 이 소리들을 부르는 가창자들은 집터 다지는 소리를 알고 있으면 달구질 소리 역시 부를 수 있는 경우가 많았다.

집터를 다질 때에는 주로 지경목, 지경석, 망깨 등이 사용된다. 나무로 된 지경목의 경우 한 아름이 넘는 나무를 절구통 모양으로 자른 다음 중앙에 난 홈에 여러 가닥의 줄을 매어서 그 줄을 여러 사람이 동시에 잡아당김으로서 땅을 다지게 된다. 돌로 된 지경석은 아래가 비교적 평평한 커다란 돌에 가마니로 싸서 여러 가닥의 줄을 매는 경우[77]와 돌 중간에 구멍을 뚫

---

[77] 2003년 1월 13일 강원도 철원군 동송읍 상노리 안승덕(1924)과의 인터뷰를 통해 조사하

제1부 농악대 고사告祀소리의 지역별 특성과 변천 양상 **169**

거나, 혹은 그 구멍에 나무를 끼운 다음 그 사이나 나무에 여러 가닥의 줄을 묶어서 잡아당기는 경우[78]가 있다.

망깨는 주로 영남지역을 중심으로 사용되는데, 60~70cm 정도의 나무 둥치 주위에 20cm 정도의 나무 손잡이를 달아서 사용한다.[79] 이 도구는 나무의 크기와 무게에 따라 가벼운 것은 손잡이 두 개를 달아 두 명이 마주 잡고 하고, 무거운 것은 손잡이를 더 달아서 네 명에서 여섯 명이 둘러서서 땅을 다진다.

집터 다지는 소리는 크게 망깨소리와 지경 다지는 소리가 있는데, 망깨 소리의 경우 대부분 여러 가지의 유흥이 나열되면서 노래된다. 따라서 여 기서는 농악대 고사소리와 직 간접적 연관성이 있는 지경 다지는 소리를 중심으로 살펴보고자 한다.

지경 다지기는 대체로 밤에 온 마을 사람들이 모여서 하게 된다. 굳이 밤에 집터를 다지는 것은 이 일을 하는 사람들에게 품삯을 주어서 하는 것이 아니라, 마을 사람들의 자발적인 협력으로 이루어지기 때문이다. 마 을 사람들이 모두 모이려면 모든 일과가 끝난 밤 시간이 제일 적당하다.

였다. 안승덕은 12대조부터 상노리에서 살아왔고 어려서 일을 하면서 마을 선소리꾼이던 아버지와 삼촌에게 소리를 익혔다. 한국 전쟁 뒤 철원지역이 수복되어 마을로 다시 돌아 와서부터 선소리를 매기기 시작하였다. 그는 노동요뿐만 아니라 의식요, 유희요 등 다양 한 소리를 구연할 뿐만 아니라 평소 글 읽는 것을 좋아하여 시조나 딱지본 소설 등에서 읽은 사설을 선소리에 두루 활용하였다.

78 2003년 7월 15일 경기도 용인시 백암면 가창리 최오영, 2003년 8월 14일 경기도 포천시 가산면 방축리 이영재와의 인터뷰를 통해 조사하였다.

79 2002년 12월 5일 경상남도 의령군 유곡면 서암리 이태수(1929), 2003년 1월 29일 경상북 도 대구시 불로동 송문창(1933)과의 인터뷰를 통해 조사하였다. 이태수는 서암리에서 13대째 살아오고 있으며 10대 중반부터 선소리를 매겼다. 당시 장가도 가지 못하고 고공 살이하는 이들이 많았는데, 그들로부터 모심는 소리, 논매는 소리, 보리타작소리, 상여소 리 등을 배웠다.

송문창은 달성군 공산면 송정 2동 당정마을 출생으로, 1985년에 불로동으로 왔다. 집안 사정 때문에 어려서 일을 하였고 소리는 당시 마을 선소리꾼이었던 부친과 송국대에게 주로 배웠다.

지역에 따라 의례적 이유 때문에 밤에 집터를 다지기도 하는데, 낮에 땅을 다지면 지신地神이 활동을 하지 않아 신에게 드린 제사나 행위가 효과가 없다고 생각하기 때문이라 한다.[80]

그러면 농악대 고사告祀소리와 지경 다지는 소리간의 연관성을 구체적 문면을 통해 살펴보고자 한다.

> (전략) 천지현황 생긴 후에/ 에헤라 지점이호/ 일월영택 되었어라/ 에헤라 지점이호/ 산천이 개탁 후에/ 에헤라 지점이호/ 만물이 번성하야/ 에헤라 지점이호/ 천하구룡 되었어라/ 에헤라 지점이호/ 단군기자 이후에/ 에헤라 지점이호/ 인군이 뉘이던고/ 에헤라 지점이호/ 삼각산을 눌러보세/ 에헤라 지점이호/ 삼각산 낙막이 뚝떨어지더니/ 에헤라 지점이호/ 대궐 한 번 지어를 봅시다/ 에헤라 지점이호/ 이씨 한양 등극시에/ 에헤라 지점이호/ 이씨 한양 등극시에는/ 에헤라 지점이호/ 삼각산이 기봉되어/ 에헤라 지점이호/ 봉황이 되었구나/ 에헤라 지점이호/ 학을 눌러 대궐을 짓고/ (중략) 여러분덜 이 말을 듣소/ 에헤라 지점이호/ 만복을 생기실제/ 에헤라 지점이호/ 석중에 복을 빌어 (후략)(충북 중원군 주덕읍 신양 1리 김순배, 한국민요대전)

위 인용문에서는 고사덕담유형의 서두의 산세풀이와 후반부의 가정축원이 노래되었다. 후렴을 빼고 매기는 소리만 본다면 지신밟기 때 불린 여느 고사소리와 다른 점이 거의 없다. 전국에서 노래되는 지경 다지는 소리 중에는 위 인용문처럼 산세풀이와 가정축원과 관련된 내용이 노래되는 자료가 많다. 이렇게 농악대 고사소리의 내용 구성 및 구체적 문면이 유사한 것은 각각의 집은 집터의 앞산에 해당하는 주산主山과 뒷산인 안산案山 등으로 대표되는 산세 위에 존재하고 있고 산세가 잘 이어지고 집터의 방위가 제대로 잡혀야 집에 사는 사람들이 잘 살 수 있다고 생각하기 때문이다.

---

80 그러한 인식이 존재하는 곳은 강원도 철원과 경기도 여주이다.
   김의숙, 「철원의 무형문화재 상노리 지경다지기에 대하여」, 『강원민속학』 제18집, 강원도 민속학회, 2004, 420쪽.
   여주군지 편찬위원회, 『여주군지』, 여주군청, 1989, 1610~1614쪽.

그렇기 때문에 전통사회 사람들은 집터를 골고루 다지되 반드시 좋은 지기 地氣를 끌어 와야 한다고 생각하였다.

지경 다지는 소리는 농악대 고사소리 중 고사덕담유형과 비교해 가정축원의 대목이 길게 노래된다. 자료에 따라서는 가정축원이 유흥과 크게 구분이 되지 않기도 한다. 이렇게 지경 다지는 소리에서 가정축원 및 유흥이 길고 다양하게 노래되는 것은 이 자료의 구연 상황에서 그 이유를 찾을 수 있다. 농악대 고사소리의 경우 필요할 경우에만 유흥 대목을 길게 부르지만, 지경을 다지는 소리는 최소한 서너 시간은 넘게 소리가 불린다.

이 소리의 노동 방식은 여러 사람이 한꺼번에 힘을 모아서 일시에 움직여야 한다. 여러 사람이 동작을 맞추어 일시에 힘을 써야 하는 일일수록 그 일에 따른 선소리꾼의 역할 또한 중요하게 작용한다. 그런 관계로 대부분의 지경 다지는 소리를 매기는 선소리꾼들은 이 집터의 산세를 풀이한 다음 오랜 시간의 노동으로 인한 피로감 및 단조로움을 피하기 위해 가정축원을 노래다하다 다양한 유흥의 내용으로 자연스럽게 넘어가는 것이다.

지경 다지는 소리 중에는 영남지역을 중심으로 불리는 성주풀이유형과 연관이 있는 자료도 있다.

> 이 댁 가중에 와가를 지으니/ 에이어라 지경이요/ 새 성주를 이룩하오/ 에이어라 지경이요/ 성주 본향이 어드멘고/ 에이어라 지경이요/ 경기도 마전 땅에 제비원이/ 에이어라 지경이요/ 본이드라/ 에이어라 지경이요/ 제비원에 솔씨를 받아/ 에이어라 지경이요/ 대솔씨도 닷말이요/ 에이어라 지경이요/ 중솔씨도 닷말이요/ 에이어라 지경이요/ 소솔씨도 닷말이요/ 에이어라 지경이요/ 삼오십오 열닷말을/ 에이어라 지경이요/ 영평 대평에 쏙들어서/ 에이어라 지경이요/ 여기저기 뿌렸더니 바늘솔이/ 에이어라 지경이요/ 되었구려 소보등이 되었구려/ 에이어라 지경이요/ 중보등이 되었구려/ 에이어라 지경이요/ 청장목이 되었구려/ 에이어라 지경이요/ 황장목이 되었구려(후략)(연천군 미산면 유촌리 이재순, 연천군지)

보통의 경우 집을 새로 지으면 농악대나 무당을 불러 성주굿을 하고 새

성주의 신체神體를 대청마루 등에 봉안한다. 그런 이유로 위 인용문에서는 집터를 다지는 상황에서 새성주를 이룩하자고 하였다. 위 자료에서 주목되는 것은 성주의 본향本鄕이 경기도 마전땅이라고 한 것이다. 원래의 경상도 안동땅이 아닌, 현재 노래되는 곳과 관련이 있는 지명이 제비원이 된다는 것은 곧 마전땅에 성주가 솔씨가 뿌려진 것으로 이해할 수 있다.

성주풀이 서사형의 경우에는 자료의 성격상 천상계인 성주의 본향을 쉽게 바꿀 수 없다. 그러나 이 소리와 같이 성주 관련 서사가 생략되고 집을 짓는 대목이 중심인 자료의 경우 성주의 본향은 소나무를 뿌린 장소로서의 본향이기 때문에 비교적 본향 바꾸기가 쉽게 이루어질 수 있다. 이 자료의 경우 성주 본향, 즉 솔씨가 뿌려진 곳이 경기도 마전땅이므로, 이곳에서 자란 나무로 지은 집은 자체로도 좋고 집과 함께 집에 사는 사람들에게까지 좋은 영향을 미치게 된다.

위 자료는 경기도 연천에서 채록되었다. 이 자료처럼 성주풀이를 차용하여 부르는 땅 다지는 소리는 경기 및 강원지역 등에서 두루 발견된다. 그런데 경기 및 강원지역 성주굿 고사소리는 고사덕담유형 위주로 채록되었다. 이를 통해 땅을 다지는 일은 지신밟기에 비해 의례에 따른 규제가 약한 관계로 성주풀이에서 차용한 소리가 더 많이 채록된 것으로 볼 수 있다.

지경 다지는 소리 중에는 고사덕담유형과 성주풀이유형이 결합된 소리들도 있다.

> 에헤 지데미호/ 선천수 후천수는/ 에헤 지데미호/ 억만세계두 무궁한데/ 에헤 지데미호/ 건곤이 개벽 후에/ 에헤 지데미호/ 산천이 개탁할제/ 에헤 지데미호/ 산지조종은 곤륜산이오/ 에헤 지데미호/ 수지조종은 황하술세/ 에헤 지데미호/ 곤륜산 일지맥에/ 에헤 지데미호/ 금수강산 마련될제/ 에헤 지데미호/ 백두산은 주산되고/ 에헤 지데미호/ 한라산이 안산인데 (중략) 이 터전이 마련되니/ 에헤 지데미호/ 이 터전에다 터를 닦고/ 에헤 지데미호/ 이 터전에다 집을 질제/ 에헤 지데미호/ 동서남북에 목수를 불러/ 에헤 지데미호/ 집을 짓구 할라 할제 /에헤 지데미호/ 에헤 지경이요 에헤 지경이요 경상도 안동땅에/ 에헤 지데미호/ 솔씨 서말을 뿌렸더니/ 에헤 지데미호/ 밤이 되면은 찬이슬 맞고/(중

략)성주목을 모실적에/ 에헤 지데미호/ 앞집에 김목수도/ 에헤 지데미호/ 뒷집에나 이목수도/ 에헤 지데미호/ 성주목을 모시러 올 제/ 에헤 지데미호/ 굽은 낭구는 젖다듬고/ 에헤 지데미호/ 젖은 낭구는 굽다듬어 /에헤 지데미호/ 성주목이랄 구할적에/ 에헤 지데미호/ 성주본이 어딜런가/ 에헤 지데미호/ 경상도 안동땅에/ 에헤 지데미호/ 제비원이에 본이로다/ 에헤 지데미호/ 성주목을 모셔다가/ 에헤 지데미호/ 이 터전에다 집을 질 제/ (중략) 에헤 지데미호 모든 재복이 들어올제/ 에헤 지데미호/ 물복은 흘러들고/ 에헤 지데미호/ 구랭이복은 기어들고/ 에헤 지데미호/ 쪽제비복은 뛰어들고/ 에헤 지데미호/ 인복은 다 걸어 들어/ 에헤 지데미호/ 지씨대문에 만복래로다/ 에헤 지데미호/ 에헤 지경이호/ 에헤 지데미호(충북 중원군 신니면 마수리 지남기, 한국민요대전)

위에서 보듯 이 소리는 산세풀이로 시작되어 성주풀이, 그리고 가정축원으로 구성되었다. 여기서 산세풀이는 '이 터전이 마련되니'라는 사설에서 보듯이 이 집터가 명당임을 말하기 위한 목적으로 노래되었다. 그리고 터전을 마련해 놓고 불리는 성주풀이는 가옥 자체의 신성함 확보하기 위해 노래되었다. '성주목을 모실적에'라는 사설에서 나타나듯 이 집의 재목은 성주신이 뿌린 솔씨가 자란 것이라고 생각하기 때문이다. 그리고 그 이후에는 집 짓는 내용을 체계적으로 노래하였다. 이렇게 구체적으로 집을 짓는 과정이 노래되는 것은 지경을 다지고 나서 집을 실제로 지을 때 노래하는 내용처럼 집 짓는 일이 순조롭게 진행되기를 비는 유감주술적 의미가 내포되어 있다.

이상에서 살핀 지경다지는 소리는 농악대 고사告祀소리의 축소판이라 해도 과언이 아니다. 지경다지는 소리가 농악대 고사소리와 여러 가지 면에서 유사한 것은 기본적으로 지경을 다지는 사람들이 대부분 농악대의 일원이기 때문이다. 그런 관계로 상쇠가 꼭 지경다지는 소리의 선소리꾼이 아니더라도 고사소리를 지경 다질 때 불러도 무리가 없다. 아울러 지경을 다지는 일은 단지 땅을 다지는 것에서 끝나는 것이 아니라, 그러한 행위를 통해 좋은 기운을 가지고 오는 것 역시 중요하다. 그런 이유로 좋은 기운 및 가옥의 신성성을 노래하는 고사소리를 지경 다지면서 부르게 된 것이다.

두 번째로 무덤 다질 때 하는 달구질소리를 살펴보고자 한다. 무덤 다지기는 상여 부속품 중의 하나인 연춧대로 하기도 하고, 상두꾼들이 발로만 하기도 한다. 이 소리는 지경 다지는 소리에 비해 노동 외에 주변 환경의 영향을 많이 받는다. 먼저, 상喪이 악상惡喪인가 호상好喪인가에 따라 소리의 영향을 받게 된다. 악상일 경우에는 소리는 되도록 자제하면서 되도록 빨리 일을 처리하려 한다. 반면, 호상일 경우에는 상주喪主의 집뿐만 아니라 장지葬地에서도 분위기가 고조되고, 달구소리 역시 여러 가지의 내용들이 엮어지거나 차용되어 불린다. 보통의 경우 달구질은 3쾌나 5쾌를 닫는데, 호상好喪이면서 상喪(을) 당한 사람이 재산이 많아서 상두꾼들에게 음식이나 돈을 많이 베풀 수 있는 경우에는 달구질을 7쾌까지 닫기도 한다. 7쾌를 다질 경우 노동 시간이 길어짐으로써 자연히 소리도 여러 가지가 불린다.

대부분의 달구소리에서는 이별의 슬픔을 노래한 이후에 이 묘 자리에 대한 축원이 이어진다. 지경 다지는 일과 같이 가창자들은 세 번 이상을 달구질을 해야 산천의 영기靈氣가 묘에 스며들어 비로소 묘 자리가 잘될 수 있다고 생각한다.

A: (전략) 천지가 개벽한 후에 산천이 생겼구나/ 에헤 에헤헤야 어거리 넘차 달고/ 오악은 조중이요 사해는 근원인데/ 에헤 에헤헤야 어거리 넘차 달고/ 백두산 일지맥은 동우루 뻗었으니/ 에헤 에헤헤야 어거리 넘차 달고(중략) 명산대지 명기를 모아 이 광중에다 넣어를 볼까/ 에헤 에헤헤야 어거리 넘차 달고/ 백두산 명기를 받고 묘향산 일지맥은/ 에헤 에헤헤야 어거리 넘차 달고/ 대동강이 둘렀으니 그 산이 명산이로구나/ 에헤 에헤헤야 어거리 넘차 달고/ 그 산 명기를 뚝 따다가 이 광중에 넣으를 두고/ (중략) / 이 집터가 어떤 터냐 좌우로다가 살펴보자/ 에헤 에헤헤야 어거리 넘차 달고/ 좌청룡 우백호에 곤좌좌하이 분명쿠나/ (후략) (화성군 팔탄면 구장리 박조원, 한국민요대전)

B: 오호호 다리야/ 어호호 달구야/ 산지조종은 곤륜산이요/ 어호호 달구야/ 수지조종은 황해수라/ 어호호 달구야/ 인간조종은 이태왕이/ 어호호 달구야/ 총각조종은 강림도룡/ 어호호 달구야/ 기상조종은 화중선이라/ 어

> 호호 달구야/ 오입쟁이조종은 내로구나/ 어호호 달구야/ 장구 열채는 사
> 장구로다/ 어호호 달구야/ 사장구 복판은/ 어호호 달구야/ 한우개가 놀고
> / 어호호 달구야/ 한우개 복판은/ 어호호 달구야/ 내가 논다/ 어호호 달
> 구야/ 놀아보자 놀아보자/ 어호호 달구야/ 저 해가 지도록 놀아보자/ 어
> 호호 달구야/ 오호호 다리야차(경북 고령군 고령읍 내곡리 김종일, 한국
> 민요대전 경북편)

A 자료에서는 간단한 천지조판이 언급된 뒤 뒤이어 산세풀이와 무덤의
방위가 노래되었다. 이러한 자료의 배열은 앞서 고사덕담유형의 산세풀이
중 호남지역을 중심으로 채록된 형태와 유사하다. 가창자는 일련의 산세풀
이를 노래함으로써 무덤의 터에 명기를 불어넣을 수 있고 결과적으로 이
터가 명당이 될 수 있다고 생각한다. 이러한 명기에 이은 명당 관념은 앞서
살핀 지경 다지는 소리와 다르지 않다.

B 자료에서는 산세풀이의 서두만 노래된 채 총각조종은 강림도령 이후
유희적 사설이 가창자에 의해 삽입되었다. "○○조종은 ○○"이라는 단위
가 연결되는 것으로 보아 여기서의 산세풀이는 마치 유흥으로 가기 위한
준비 장치로 사용된 듯하다.

앞서 살핀 지경 다지는 소리와 달구소리는 기존의 고사소리에서 크게
달라지는 면이 없다. 나름의 변화를 겪긴 해도 그리 많이 나타나는 것은
아니다. 그런데 유희요로 분류되는 통속민요 성주풀이나 장기타령은 내용
및 구성에 있어 변화의 폭이 크다.

먼저, 장기타령은 내용에 따라 크게 두 가지가 있다.

> 상투백이 저거있네 띠리랑 뚱땅땅 장기만 두는구나 장이야 군이야 장받아
> 라 상장군에 포 떨어진다 졸 쓰면은 차떨어진다 이랴 망군이 아니냐 이 장기
> 를 이기면은 논을 사나 밭을 사나 장기판 술한상에 세월만 간다(춘천시 동내
> 면 신촌 1리 김정문, 강원의 민요 Ⅰ)

위 인용문에서 보듯 장기타령 첫 번째 형태는 실제 장기를 두고 있는

것과 같은 상황 묘사 및 그에 대한 상념 등이 자유롭게 노래된다. 자료에 따라 장기 둘 나무가 없어서 나무를 직접 베어 와서 장기를 만드는 장면이 앞부분에 노래되기도 한다. 이러한 형태는 전국에 산재하며 장기 두는 장면 묘사나 내용 구성 등에 있어 다양한 모습을 보인다.

반면 노래를 전문하는 이들에 의해 만들어진 장기타령 형태는 자료별 내용 구성이나 구체적 문면 등에 있어 각 편의 차이가 거의 나타나지 않는다.[81] 서울 경기지역에 3편, 충남에서 1편 등이 채록된 이 소리는 공통적으로 기러기가 날아드는 광경 묘사, 고사덕담유형 중 산세풀이 및 가정축원 대목, 양태 겯는 처녀와 제주도로 여행 온 이와의 대화, 평양에 여러 한량과 기생이 모인 광경 묘사, 장기와 관련된 내용 등의 순서로 노래된다. 이 소리는 후렴이 세 가지가 쓰이고 여러 가지의 내용으로 구성된다는 점에서 당시 사람들에게 인기 있던 단편적인 노래를 하나로 묶은 것이 아닐까 한다.

위와 같은 내용의 장기타령 중에는 내용 구성에 있어 고사덕담유형의 내용이 제일 앞에 노래되는 자료들이 있다.

> 일명산 내명줄기에 화개등에다 터를 닦고 앞으로 열두칸 뒤로 열두칸 이십 사칸을 지어놓고 이집 짓고 삼년 만에 고사한번을 잘 올렸더니 아들을 나면 효자 되고 딸을 나면 효녀되고 며느리 얻으면 효부되고 소를 놓으면 약대 되고 말을 노면 용마 되고 닭을 노면 봉이 되고 개를 노면 청삽사리 네눈백이 앞마당에 곤드레졌네 낯선 사람 오게 되면 꼬공꽁꽁 짖는 소리 뒤조 갈죽이 앞마당에 물밀어들듯 막밀어드네 나나나 에헤 나나나 나나나 만첩산중에 쑥 들어가서 호양목 한가지 찍어다가(후렴)(평창군 용평면 노동리 안병남(여, 1925), 강원의 민요 Ⅰ)

위 인용문에서 보듯 노래의 서두가 고사덕담유형의 산세풀이 일부와 가정축원으로 시작되고 그 뒤로 장기 두는 내용이 노래되었다. 각각의 내용

---

81 소리를 전문적으로 하는 이들에 의해 불리는 장기타령에 대한 사설 및 설명은 아래 책을 참조하였다.
  이창배 편, 『한국가창대계』, 홍인문화사, 1976, 229쪽.

은 다른 지역에서 채록된 장기타령과 크게 다르지 않다. 여기서 산세풀이는 농악대 고사소리에서와 같이 지기地氣를 끌어오기 위해 노래되지는 않았지만 노래의 서두에서 노래를 시작하는 의미로 사용되었다.

위 소리를 구연한 안병남은 용평면 토박이로, 성님 성님 사촌성님, 다복녀, 아기 어르는 소리(풀무소리, 둥게소리, 세상달강), 다리뽑기하는 소리, 엄마손이 약손이다, 소금쟁이 부르는 소리, 귀뚜라미 흉내내는 소리 등 동요에서부터 시집살이노래에 이르기까지 다양한 노래를 구연하고 있다. 뿐만 아니라 그가 구연하는 아라리는 평창아라리, 정선아라리, 강릉지역에서 부르는 아라리 등 종류가 다양할 뿐만 아니라 소리 속에 자신의 상황에 빗대어 스스로 작사해서 부르기도 하였다. 즉 안병남은 실제로 지신밟기 속에서 고사덕담을 구연해본 적은 없지만 다년간 지신밟기 속에서의 고사告祀소리를 보고 들은 경험을 살려 기존의 고사덕담유형의 구연 문법을 참조한 위와 같은 형태의 장기타령을 부르게 되었다.

(2) 성주풀이유형 관련 민요: 통속민요 성주풀이

통속민요 성주풀이는 공통적으로 '어라만수 어라대신이야'라는 후렴이 각 소절 뒤에 붙는데, 기존의 성주풀이와 관련되는 내용이 노래되는 형태와 그렇지 않은 것으로 나눌 수 있다.

> 에라만수 에라 대신이야 대활년으로서 설설이 내리신다 에라만수 성주근본이 어디든고 성주 진정이 어디여 경상도 안동땅의 제비원의 솔씨받어 소평 대평의 터졌든이 그 솔이 점점 자라날적 (중략) 이 터의 이 명당은 안빈허고서 지내시면 가세가 속발허고 자손이 대대 흥성할저 오복을 점지헐 적으 일왈 수요 이왈 부요 삼왈 가요 사왈 망령 오왈의 고정 정은 이 댁으로다가 점지허고 삼강오륜 지후 여지 이댁으다 점지헐적으 당상 부모는 천년수요 슬하 자손은 만세영을 천세 천세 천천세 만수무강으로 오옵소사 에라만수 에라 대신이야 (중략) 개가 나며는 복대가 낳고 도량의 풀이 나도 화안 생초도 날 것이고 화관초가 날것이니 어찌 아니가 좋을소냐 에라만수(고창군 고수면 황산리 임용근, 고창군 구비문학대계)

귀야귀야 담방귀야 동래 울산에 담방귀야 너의 국도 좋건마는 조선국에 뭐
하러왔나 우리국도 좋건마는 조선국에 뭐하러왔나 우리국도 좋건마는 조선나
라에 살펴줄라고 저게저게 저산 밑에 담방귀씨를 뿌릿더니 담방귀 씨를 뿌
릿더니 담방귀 씨를 뿌릿더니 아침에는 햇빛을 받고 저녁에는 찬이슬 맞아
그 솔씨 점점 자라 청장목이 되었으니 황장목이 되었구나 성주목이 되었구
나 (중략) 굽은 나무 잣다듬아 곧은 나무 굽다듬아서 삼오삼칸을 지어놓고 석
가래 거는 대목 줄기 막대 곧은나무로 잘걸어요 마리놓는 저 대목아 싯필로
한필썩 나여주소 삼오삼칸집을 지어놓고(후략)(상주군 사벌면 화달 1리 김완
근, 한국구비문학대계 7-8)

첫 번째 인용문 서두에서 대활년으로서 설설이 내리신다라고 하는 것은
성주신을 두고 하는 말이다. 여기서는 지신밟기 속에서 불리는 성주풀이의
내용이 '어라만수 어라대신이야'라는 후렴과 함께 노래되었고, 자료 후반부
에서는 고사덕담유형 중 가정축원 대목이 삽입되었다. 이렇게 가정축원의
내용이 자료 후반부에 들어간 것은 고사덕담유형에서의 가정축원이 성주
풀이유형에 비해 구체적이고 다양한 내용을 노래하기 때문이다. 의례에서
불린 성주풀이유형 바탕에 고사덕담유형이 결합된 자료의 경우 산세풀이
부분이 집터의 명당 관념 강조를 위해 사용되었다면 여기서는 유희를 목적
으로 가정축원의 내용이 삽입되었다고 할 수 있다.

두 번째 인용문은 가창자와 담배씨와의 문답으로 노래가 시작된다. 보
다 정확하게 말하면 가창자와 담배씨를 가지고 온 이(담배씨를 뿌린 이)
와의 문답이 되어야겠으나, 문면에는 가창자가 담배씨만 등장한다. 가창
자가 동래 울산에 온 담배씨에게 조선국에 왜 왔냐고 물으니 담배씨는
조선국을 살펴주기 위해 왔다고 한다. 그런 뒤 담배씨를 솔씨인 것처럼
뿌려 그 씨앗이 청장목과 황장목이 된다고 하였다. 여기서는 담배씨를
뿌린 존재가 제대로 표현되지 않기는 했지만 통속민요인 담바고타령과
성주풀이가 유기적으로 결합되면서 기존의 성주풀이에서 유희성이 강화
되었다.

통속민요 성주풀이 중에는 기존의 성주풀이의 내용과 관계없이 '어라만

수 어라대신이야라는 후렴만 노래되는 형태도 있다.

> 에라만수 에라대신이야 저 건너 잔솔밭에 설설기는 저 포수야 그 비둘기를
> 잡지마소 간밤에 꿈을 꾸니 날과 같이도 님을 잃고 님을 찾아서 설설 간다 에
> 라 만수 에라 대신이야 꼬꼬닭아 울지를 마라 네가 울면은 날이 새고 날이 새
> 면은 나 죽는다 내가 죽기는 섫지 않되 앞못보는 우리야 부모는 누구를 믿고
> 살어란 말이로 에라 만수 에라 대신이야(경북 영양군 일월면 가곡동, 조동일
> 채록 경상북도 구전민요의 세계)

> 낙양성 십리허에 높고 낮은 저 무덤에 영웅호걸이 몇몇이냐 절대가인 그 누
> 구냐 우리네 일생 한번 가면 저기 저 몬양 되나니라 에라 만수 에라 대신이야
> 저 건너 잔솔밭에 솔솔 기는 저 포수야 저기 비들기를 잡지 마라 저기 비들기
> 날과 같이 님을 잃고 밤새도록 해매나니라 에라 만수(서울시 성동구 왕십리동
> 오남순, 성동구의 전래민요)

위 인용문에서는 기존의 성주풀이와 관련된 내용은 모두 사라지고 임과
의 이별이나 사랑, 늙음에 대한 한탄 등의 내용이 노래되었다. 첫 번째 인용
문에서 보듯, 판소리와 관련된 사설도 있는 것으로 보아 다른 갈래에서 영
향을 받은 흔적도 보인다. 농악대 고사소리를 매개로 생성된 통속민요 성
주풀이 중 이러한 형태에 속하는 자료들은 유희적 성격이 가장 강하다고
할 수 있다.

2. 농악대 고사告祀소리의 생성과 변화

정초나 시월상달에 주로 행해지는 가정의례 중에 안택安宅 혹은 안택고
사安宅告祀가 있다. 이 의례儀禮는 가정주부가 손수 지내기도 하고, 주부는
음식 준비만 할 뿐 호주(대주)가 제관이 되어 나름의 격식과 순서에 따라
지내기도 하며, 가정 형편이나 상황에 따라 전문 사제자가 초청되어 행해지
기도 한다. 안택고사는 정초에 행해질 경우 한 해 동안의 가내 평안을 목적
으로, 시월상달에 이루어질 경우 풍농 및 가정 내 무고에 대한 감사를 목적

으로 이루어지는데, 특정 세시를 중심으로 이루어지는 의례라는 점, 가신家神 신앙의 바탕 위에서 행해진다는 점에서 지신밟기와 공통점이 있다. 그러나 안택은 주로 기원이나 감사를 주목적으로 이루어지므로 잡귀잡신 등을 쫓아내는 액막이의 성격을 찾을 수 없다.

반면 정초 지신밟기의 경우 잡귀 잡신 등을 집밖으로 몰아내거나 없애려는 목적의 액막이가 큰 비중을 차지한다. 지신밟기의 생성과 관련된 선행 연구를 보면, 김일출은 현행 농악대에 의해 이루어지는 매굿의 매埋가 고대 벽사제의인 매악薙樂의 매薙에서 비롯되었다고 하면서 현재 정초에 농악대에 의해 이루어지는 매굿이나 지신밟기는 매악의 유습遺襲이라 하였다.[82]

그리고 황경숙 역시 현재 매굿은 고대 전통적 벽사의례인 매악에서 기원하였으며 불교 계통인 십이지신무十二支神舞나 오방신무五方神舞가 습합되어 현재의 지신밟기가 생성되었다 하였다.[83] 마지막으로 손태도는 정월 그믐에 관官 주도로 행해지던 구나驅儺의식이 세습무인 창우집단을 매개로 민간으로 전파되었다고 하였다.[84]

이상의 논의를 통해 현재 정초에 농악대에 의해 행해지는 지신밟기의 생성이 벽사辟邪, 즉 액막이와 연결됨을 알 수 있다. 그런데 정월 그믐에 이루어지는 구나의식과 정초 농악대에 의해 이루어지는 지신밟기 사이에는 여전히 해결하지 못한 몇 가지의 문제가 있다. 그 중 하나가 그믐의 잡귀 잡신 퇴치 목적의 행사가 어떤 이유로 정월 초의 가정축원 행사로 변화하게 되었나 하는 것이다. 이에 대하여 손태도는 "우리 민족의 정초 신앙의식" 때문에 그믐에만 행해지던 의식이 정초에 행해질 수 있었다고 하였다.[85] 그러나 이러한 범박한 지적에서 나아가 보다 구체적 논거에 기반

---

82 김일출, 『조선민속탈놀이연구』, 한국문화사, 1998, 14~15쪽.
83 황경숙, 『한국의 벽사의례와 연희문화』, 월인, 2000, 179쪽.
84 손태도, 앞의 책, 408쪽.
85 손태도, 「전통사회 지방의 산대회, 나례희와 그에 따른 현장」, 『역사민속학』 16호, 역사민속학회.

한 논리 전개가 필요하다.

이 장에서는 지금까지 이야기된 농악대 고사소리 관련 논의 결과를 바탕으로 그믐 액막이 목적에서 정초 축원 목적의 지신밟기로의 이동에 대한 정황을 살펴보고자 한다. 그러면 농악대 고사告祀소리의 생성과 관련되는 문헌 자료를 제시하고자 한다.

> A: 삼성은 비끼고 북두성은 굴러 새벽이 되니 귀신 쫓는 사람들 소리가 사방에 들썩들썩 등불은 오늘 저녁 새해 지키기에 견디고(후략)(원천석, 『운곡행록』)[86]
>
> B: 민간에서도 또한 이 일을 모방하는데 비록 진자(동자)는 없으나 푸른 댓잎과 붉은 가시가지와 익모초 줄기와 동쪽으로 뻗은 복숭아 가지를 한데 합하여 빗자루를 만들어 창살을 막 두드리고 북과 꽹과리를 울리며 문밖으로 몰아내니 이를 방매귀放枚鬼라 이른다.(성현, 『용재총화』 권지2)
>
> C: 논어 향인나례는 방상씨가 맡아 축귀逐鬼한다. … 동속東俗에는 혹 매귀埋鬼라고 말하고 또 가로되 초나俏儺 · 타귀打鬼 · 금고金鼓(일명 걸립乞粒 일명 걸공乞工)라고 말하니(후략)(황도훈, 『전, 서산대사진법군고』, 해남문화원, 1991, 21쪽)

A 자료는 14세기 후반에 고려후기의 문신 원천석에 의해 기록된 것으로, 정월 그믐에 거리나 집안 곳곳에 있는 잡귀잡신을 쫓기 위해 마을 사람들이 떠들썩하게 다니고 있다. B 자료 역시 14세기 후반 자료로, 집 안에서 잡귀 귀신이 무서워하는 도구를 이용하여 문밖으로 집안 곳곳에 있는 여러 귀신을 낱낱이 몰아낸다고 하고 있다. 고려 말에 지어진 목은 이색의 구나행驅儺行 등 당시 정월 그믐 벽사의례와 관련된 기록을 보면, 어린아이들로 하여금 여러 가지의 벽사 도구를 쥐어주고 거리를 시끌벅적 뛰어다니게 하는 모습이 자주 나온다. 그런데 여기서는 '비록 진자는 없으나'라는 말을 통해

---

86 국립문화재연구소, 『문헌으로 보는 고려시대 민속』, 국립문화재연구소, 2005, 414쪽.

집 안에서 벽사 의례를 행할 때에는 아이들이 참여하지 않았음을 알 수 있다. 그리고 이후에 나오는 동도지東桃枝가 섞인 빗자루 및 북과 꽹과리가 벽사의 도구로 사용됨을 볼 수 있다. 이 자료를 통해 벽사의 대상은 거리의 잡귀잡신 뿐 아니라 집 안의 잡귀도 포함됨을 알 수 있다.

마지막으로 C 자료는 서산대사가 생존했던 16세기 이후에 기록된 것으로 추정된다. 이 자료에서는 축귀逐鬼가 곧 매귀埋鬼라고 하였다. 여기서의 매귀埋鬼는 현재 마을 농악대가 하는 매구, 매굿, 그리고 지신밟기, 뜰넓이, 마당밟이와 같은 의미이다. 따라서 매귀에서의 '귀鬼'는 잡귀잡신이 아닌, 지신으로 이해해야 한다.

위의 세 기록을 종합해보면 섣달그믐에 벽사辟邪의 일환으로 행해지는 축귀逐鬼 의례가 북이나 꽹과리 등의 벽사 도구를 가지고 집 안과 밖에서 공통적으로 이루어지고, 쫓아내는 것과 묻는 것이 같은 개념으로 사용되는 것을 볼 수 있다. 이를 통해 고대 벽사의례와 현재의 지신밟기가 목적과 양상 등의 면에서 동일선상에 있음을 확인할 수 있다.

고대 벽사의례에서 내쫓거나 밟는 대상은 기본적으로 밖으로부터 스며든 잡귀잡신이다. 그런데 집안에서도 신을 누르는 의례가 이루어졌으므로 모든 신을 잡귀잡신으로 치부할 수는 없다. 대상에 대한 보다 명확한 이해를 위해 이와 관련된 자료를 인용하며 아래와 같다.

> 추밀 한광연이 음양설을 무시하고 집을 수축하였는데 그 이웃 사람의 꿈에 다음과 같은 일이 있었다. 검은 의관을 한 10여 명이 모여 서서 좋지 않은 안색으로 서로 말하기를 "우리 주인이 공사를 일으킬 때마다 우리를 편히 살지 못하게 하니 어떻게 할까" 하니 다른 자가 말하기를 "왜 화禍를 입히지 않느냐?" 하였다. 그러자 그들이 "화를 입히지 못해서가 아니라 그의 청렴을 존중하기 때문이다" 하였다. 그래서 그의 수행원에게 물으니 "바로 한공의 집 토신土神이라"하였다.(이제현, 익재집)[87]

---

87 국립문화재연구소, 앞의 책, 148~149쪽.

위 인용문을 보면 한광연이 음양설을 따르지 않고 집을 함부로 개·보수한 것이 토신土神의 심기를 불편하게 만든 원인이 되었다. 그리고 다른 이가 토신에게 왜 화를 입히지 않는가라고 묻는 것으로 보아 이 신은 그 집에 사는 사람들이 잘못을 저질렀을 때 그에 응당하는 대가를 지불했던 것으로 보인다. 여기서의 두 가지 사실을 통해 함부로 집을 고치면 토신의 심기를 불편하게 만든다는 것과 그로 인해 토신이 화가 나면 집안에 화禍를 끼칠 수 있다는 것을 알 수 있다.

여기서 이야기 되는 토신, 즉 지신의 두 가지 관념은 현재까지 그대로 이어져 왔다. 집에 못을 잘못 박거나 화장실 등을 잘못 수리했을 때 동티가 난다고 하는 것은 전국 어디서나 쉽게 들을 수 있는 말이다. 동티가 나는 원인은 대부분 집터에 자정해 있는 지신이 발동해서 이다.[88] 동티가 나게 되면 집안사람 중에 누군가가 갑자기 아프다든가, 예기치 않은 사고를 당하게 된다.

고려시대부터 쓰인 토신土神이라는 용어는 육지에서는 대부분 지신地神으로 바뀌었다. 하지만 본래의 민속을 비교적 잘 간직하고 있는 제주도에서는 아직도 정초에 앞으로 한 해 동안의 집안의 무고를 기원하기 위한 목적으로 가장에 의해 유교식으로 지내는 의례를 토신제土神祭라고 부르고 있다.[89] 토신, 즉 지신에 대한 관념이 고려시대 이후부터 내려온 것을 보면 섣달그믐에 행해진 벽사의례 속에는 길거리에 널린 잡귀잡신을 쫓아내는 것과 함께 집안의 지신을 누르는 것도 포함되었을 것이라고 유추할 수 있다. 따라서 앞서 살핀 '밟기'와 '지신'에 대한 용례를 통해 현재와 같은 지신 밟기가 적어도 고려시대 후기부터 이루어졌음을 알 수 있다.

---

88 아래 책에서도 터주와 동티와의 관계에 대해 논하였다. 특히 이 책에서는 섣달그믐부터 정월 대보름 사이에 터주신 제사가 이루어진다고 하였는데, 이는 본고의 논지를 방증하는 것이다.
　김형주, 『민초들의 지킴이신앙』, 민속원, 2002, 31~32쪽.
89 제주도 영평동 가시나물마을, 서귀포시 중문동 대포리 등이 토신제를 지내고 있다.
　국립문화재연구소, 『제주도 세시풍속』, 일진사, 2001.

매굿은 애초에는 화랭이패 등과 같은 소수의 전문 사제자를 중심으로 진행되었다. 앞서 섣달 그믐 밤에 진자振子, 즉 어린 아이들로 하여금 벽사 도구를 들고 거리를 뛰어다니게 했다고 하나 이들은 본질적인 의미에서의 벽사 주체는 아닌 듯하다. 매굿의 목적이 마을의 평안과 안정을 도모하는 것에 있는 것을 감안하면 마을 사람들의 참여가 보다 적극적으로 이루어질 수도 있겠으나 잡귀잡신 등의 존재를 내쫓거나 없애는 일은 아무나 할 수 있는 일이 아니었던 관계로 마을 사람들은 그저 지켜보는 수준에서만 참여가 가능하였다. 그러나 점차 매굿이 사회의 변화 등으로 인해 전문 사제자에서 마을 농악대로 넘어오게 되면서 마을 사람들의 의례 참여가 확대되었다.

의례 담당층의 변화로 인해 그믐밤에 행해지던 매굿이 정초 낮으로 옮겨지게 된 것은 마을 농악대의 성격에서 일차적 원인을 찾을 수 있다. 앞서도 언급하였듯이, 액막이는 전문 사제자만이 할 수 있는 일이다. 그런 점에서 보통의 마을 사람들로 구성된 농악대가 매굿을 담당하게 되었을 초반기에는 아무래도 액막이를 하기에는 사제자로서의 권능이 부족한 것이 사실이었다. 정병호에 의해 조사된 바 있는 한천농악이나 금릉농악에서 홍박씨나 공모 등 사제자로서의 면모를 보여주는 도구를 몸에 부착하게된 것도 매굿을 담당한 이후의 일이었다.

매굿 시기 변화의 두 번째 원인은 이 의례가 이루어지는 구연 상황에서 찾을 수 있다. 마을 농악대는 전문 사제자인 화랭이패 등에 비해 많은 인원으로 구성된다. 적게는 십여 명 내외에서 많게는 수십 명의 농악대가 참여하기 위해서는 섣달의 추운 밤에 행하는 것보다 정초의 낮에 의례를 행하는 것이 많은 이들이 참여하는데 용이하다. 농악대가 자신의 집에 와서 지신을 밟아주기를 원하는 사람들 입장에서도 밤보다는 낮이 좋다.

이러한 이유들로 말미암아 섣달그믐에서 정초로 옮겨지게 된 지신밟기는 점차 마을 사람들의 참여가 확대 되면서 점차 그들의 요구나 바람이 하나 둘씩 의례에 표현되게 되었다. 정초는 태음력을 기준으로 할 때 한 해가 시작되는 때이다. 그렇기 때문에 해 동안 쌓인 여러 가지 액이며 잡귀잡신들을 쫓아내거나 누르는 것보다는 시작되는 한 해에 대한 안녕 기원이나 축원이 보다 합당하다. 따라서 점차 소극적 의미의 안녕 추구 형태인 액막이보다는 적극적 의미의 안녕 추구 형태인 축원으로 지신밟기의 성격이 변하게 되었다.

농악대 고사告祀소리는 가신신앙家神信仰과 밀접한 연관이 있다. 가신의 성격 및 사람들과의 관계에 따라 각각의 소리가 구성된다. 따라서 고사소리의 성격을 파악하기에 앞서 다양한 양상을 보이는 가신의 성격을 정리하는 작업이 선결되어야 한다. 여기서는 가신의 생성 순서에 따라 각 신의 성격을 살펴보고자 한다.

여러 가지의 가신 중 가장 먼저 생성된 가신은 집터에 좌정하고 있는 지신地神이다. 앞서 보았듯이 지신은 토신土神이라는 명칭으로 고려시대부터 존재해왔다. 이 신격은 다른 가신들처럼 사람들에게 정신적, 물질적 도움이나 번영을 가져다주지 않는다. 이 신은 집터에 있으면서 최대한 움직이지 않고 가만히 있는 것이 사람들을 도와주는 것이다. 지신이라는 존재는 잡귀잡신이나 살煞, 액厄과 같이 백해무익한 존재가 아닌, 좌정하고 있는 것 자체로 일정한 기능을 담당하고 있다. 그러므로 사람들이 지신을 밟자고 하는 것은 표면적으로는 액막이로 보이나 그 사설 속에는 신에 대한 기원이 내재하고 있다고 할 수 있다.

지신 관념 이후에는 마구지신이나 용왕지신, 혹은 성주지신 등 '각 장소의 신명神名＋지신地神' 형태가 나타났다. 특히 지신밟기의 성격이 점차 가정축원으로 나아간 것이 위와 같은 신격이 나타나는 배경이 되었다. 이후에는 뒤에 붙은 지신의 신명은 소거되고 각 장소의 독립된 가신 형태만 남게 되었다. 이 신격은 앞에 각 장소의 신명이 나오기는 하지만 분명 지신의 범주에 속한다. 따라서 이러한 신명이 사용되는 소리들은 처음에는 이 신격을 누르거나 밟자고 하고, 뒤에 그 장소에 대한 축원을 노래한다.

마지막으로 위 신격에서 뒤에 붙은 '~지신'이 소거되고 각 장소의 독립된 가신 형태만 남게 되었다. 여기에 와서야 비로소 본질적 의미에서의 가신이 성립되었다고 할 수 있다. 가신 개념의 확립과 함께 농악대 고사告祀소리 역시 비약적인 발전을 이룰 수 있었다. 벽사辟邪를 위해 소란스럽게 뛰어 다니는 것이 아니라, 정해진 자리에서 가신에 대한 축원을 표현하기 위해서는 그에 따른 소리가 필수적이다.

이러한 순서로 형성된 가신들 중 가장 상위에 위치하는 신은 집의 상량 등에 좌정하고 있는 성주신이다. 영남지역 성주굿 고사소리 중 서사형敍事形 자료들을 보면, 성주는 후세에 이름을 남길 일이 무엇일까 생각하다가 집이 없어 동굴 속이나 나무 밑에서 사는 사람들을 위해 솔씨를 얻어 집을 짓기도 하고, 자신이 황토섬에서 3년 귀양살이를 하는 동안 집이 없어 고생해 본 경험이 있어 동일한 고통을 겪고 있는 사람들을 보고 동병상련을 느껴 집이라는 공간을 마련해 주기도 한다.

그런 뒤 자신은 자식들을 낳고 천수를 누리고서 가옥 최고신으로 좌정한다. 문면에 드러나는 성주신의 면모만을 놓고 보면 나쁜 기운이나 잡귀잡신들을 내쫓는다든지 하는 벽사辟邪의 면모는 어디서도 발견할 수 없다. 그러나 집이 앞으로 잘되기를 기원하는 자리에서 성주는 중요한 위치를 차지한다. 그도 그럴 것이 성주가 집이라는 공간을 처음 마련했고, 가옥 최고신의 위치에 존재하고 있기 때문이다. 따라서 신격 자체로 축원의 성격을 가진다고 해도 과언이 아니다.

지금은 대부분 정초에 지신밟기를 하지만 과거에 세습무집단이 하던 때와 같이 섣달그믐에 액막이 목적의 지신밟기를 하던 곳이 있다. 전북 임실군 강진면 필봉리 필봉마을 농악에서는 섣달그믐 밤에 매굿을 치는데 농악대가 당나무에 절을 2번 하고 난 뒤 마을을 돌면서 집돌이를 하였다. 그런 뒤 정초에 매굿과 비슷한 형식으로 역시 농악대가 뜰볿이(지신밟기)를 하였다.

전북 김제에서도 그믐밤 12시에 화주가 당산제를 지낸 뒤 농악대가 마을로 내려와서 샘굿을 치고, 가가호호 돌면서 매굿을 쳤다. 그리고 정월 초사흘부터 매굿과 같은 순서로 집돌이를 하였다. 이곳의 매굿의 순서는 샘굿,

조왕굿, 철륭굿을 돌고, 집을 한 바퀴 돈 다음 마당으로 나와 성주풀이나 액풀이를 한다고 하였다.[90] 그믐에 매굿을 치고 다시 정초에 지신밟기를 하는 것은 전북 부안군 보안면 우동리에서도 나타난다.[91] 이밖에 지신밟기를 한다고 명시되지는 않았지만 전남 여수시 돌산읍 군내리와 여수시 호명동 원호명마을에서도 섣달 그믐밤에 당산제를 지내었다고 하였다.[92]

이렇게 그믐밤에 행해지던 지신밟기는 담당층의 변화 등의 이유로 점차 정월 초에 하는 쪽으로 변하게 된다. 그러한 변화를 보여주는 예는 경북 영양에서 발견되었다. 경북 영양에서는 그믐밤에 농악대가 당나무에 서낭기를 기대어놓고 농악을 쳐서 서낭기에 서낭신을 받은 뒤 정월 초사흘부터 닷새까지 서낭기 앞세우고 지신밟기를 했다고 한다. 이곳에서는 섣달그믐에 서낭신을 받아 집돌이를 하지는 않지만 이때에 서낭기에 서낭신을 받는다는 것을 보면, 두 시기 간의 연관성을 추측할 수 있다.[93]

지신밟기의 목적이 축원으로 넘어오면서 가장 중요한 위치를 차지하게 된 것은 성주굿이다. 그런데 지역에 따라 성주굿이 행해지지 않는 지신밟기가 존재한다. 전남 고흥에서는 정초 지신밟기에서 농악대가 마당에 들어와서 빙글빙글 한바탕 춤을 춘 뒤 각 방, 부엌, 헛간 등의 순서로 춤을 추며 돌며 "매구야, 오오 잡귀신은 물러가고 명과 복이 모여들어라, 와라 오오"라고 외쳤다.[94] 그리고 청주시 상당구 월오동과 보은군 산외면 백석 1리 등지에서는 마당굿, 조왕굿, 장광굿의 순서로 지신밟기를 하고, 고사상은 조왕

90 한국향토사연구전국협의회, 『한국의 농악-호남편』, 한국향토사연구전국협의회, 1994, 183~184쪽.
91 전북 임실과 부안에 관련된 자료는 아래 책을 참조하였다.
　　문화재관리국, 「임실 필봉농악」, 『농악·풍어제·민요』, 문화재관리국, 1999, 47쪽.
　　문화관광부·한국향토사연구전국협의회, 『우반동, 우반동 사람들』, 한국향토사연구전국협의회, 1998.
92 국립문화재연구소, 『전라남도 세시풍속』, 계문사, 2003.
93 문화재관리국, 「영양군 일월면 주곡동 주실마을」, 『한국민속종합조사보고서』 영남편, 문화재관리국, 1999.
94 국립민속박물관, 『한국세시풍속사전 정월편』, 태학사, 2004, 130쪽.

과 장광(장독대)에 차렸다고 한다.[95]

이러한 상황을 보다 자세히 살펴보기 위해 지신밟기에서 성주굿이 이루
어지지 않은 남해안농악을 살펴보도록 한다. 전남 도서지역인 진도군 지산
면 소포리, 고흥군 금산면 신평리 월포마을, 완도군 완도읍 장좌리 등의
지역에서는 정초 지신밟기에서 대청 앞에 고사상을 차려놓고 마루굿이나
방굿 등을 치는 자리에서 상쇠가 따로 소리를 하지 않고 쇠만 쳤다. 세
지역의 지신밟기의 양상을 정리하면 아래 표와 같다.

지역 및 제보자	지신밟기 순서	출 전
진도군 지산면 소포리 주동기[96]	당맞이, 길굿, 샘굿, 문전굿, 우물굿, 정지굿, 방굿, 마루굿, 인사굿, 동네 3바퀴 돌고, 파장굿	2006.6.21. 현지조사
고흥군 금산면 신평리 월포마을 정이동[97]	당굿, 문굿, 당산굿(마루굿), 조왕굿, 철륭굿(집 뒤안)	2006.6.20. 현지조사
완도군 완도읍 장좌리 강양대[98]	당 고사, 우물굿, 사정(사장)굿, 매굿-문굿, 성주굿, 조왕굿, 우물굿, 인사굿-,갯제, 파장굿	2006.6.20. 현지조사

먼저, 진도군 지산면 소포리에서는 마당밟이를 할 때 정지굿과 방굿, 마
루굿이 한꺼번에 이루어진다. 이곳에서는 대청마루 앞에다 소반 위에 쌀이
며 정화수 등을 차리지 않는 것은 아니지만, 가옥 최고신인 성주신을 위해
따로 굿을 치지는 않는다. 이곳에서 지신밟기를 하는 목적은 집안에 있는
잡귀잡신을 몰아내는데 있다. 따라서 지신밟기를 하는 농악대나 그 집 사

95 국립문화재연구소, 『충청북도 세시풍속』, 화산문화기획, 2001.
96 주동기(1935)는 소포리 토박이로, 29세 때부터 소포 걸군농악에 참여해왔다. 그는 농악뿐
   만 아니라 농요, 상여소리 등도 능통하여 진도 지산면 일대의 민속에 대한 많은 이야기를
   해주었다.
97 정이동(1929)은 월포마을 토박이로, 20살 때 월포농악에서 북을 치면서 농악을 시작하였
   다. 진야무, 최병환 상쇠를 거쳐 현재 월포농악 상쇠를 맡고 있다.
98 강양대(1945)는 장좌리 농악 종쇠였던 아버지가 쇠 치던 것을 어깨너머로 익혔다. 어려서
   장좌리 농악에서 소고, 북을 쳤으며 군대 제대 후 25살부터 쇠를 쳤다.

람들은 모두 부엌에서 시작하여 방, 마루로 이동하며 굿을 치면서 그곳에 있는 잡귀 잡신을 몰아낸다고 생각한다. 따라서 이곳에서는 악기를 최대한 크게 많이 울리고, 치배들이 대부분 대청에 다 올라와서 굿을 친다. 많은 사람들이 힘을 합쳐 지신을 밟아야 효과적이라고 생각하기 때문이다. 만약 지신밟기를 하는 날 비가 와서 땅이 진 경우라도 모든 사람이 신을 신은 상태에서 대청마루며 방안을 휘젓고 다녀도 집안사람들은 오히려 감사하게 생각한다.

고흥군 금산면 신평리 월포마을에서는 정월 초사흗날 이루어지는 마당밟이에서 마루에서 당산굿을 치고 나서, 상쇠가 "매귀여~"하고 외친다. 그러면 마당에 서 있는 여러 치배들이 "예-"하고 대답을 하고, 다시 상쇠가 "잡귀잡신은 쳐내고 명과 복은 쳐들이세"라고 한다. 이 점을 통해 고흥 월포농악에서도 마당밟이의 목적이 집안 곳곳에 있는 잡귀 잡신을 몰아내는 것에 있음을 알 수 있다.

완도군 완도읍 장좌리에서는 정월 보름 새벽에 제관 일행이 마을 제사를 지낼 때 농악대의 악기 연주에 맞추어 고사가 진행된다. 그리고 당집에서 고사를 마치고 공동우물에 와서 우물굿, 회나무에서의 사정(사장)굿, 4~5일간의 집돌이, 갯제, 파장굿을 할 때에도 농악대의 주도로 의례가 이루어진다. 이곳 농악 가락은 1자굿부터 9자굿까지 있는데 그 중에서 제의祭儀와 관련되는 굿은 2자굿(잡귀잡신 몰아낼 때 치는 굿)과 3자굿(당제 지낼 때 치는 굿)이다. 그런데 여기서는 마당밟이를 할 때 조왕굿과 우물굿에서 2자굿을 치고 성주굿을 비롯한 다른 곳에서는 정해진 것이 없이 그때의 상황에 따라서 굿을 친다. 마당밟이 자체가 집안의 액을 몰아내기 위한 것임을 감안한다면 축귀逐鬼와 직결되는 2자굿을 치는 조왕굿과 우물굿이 가장 중요함을 알 수 있다.

이렇게 당제의 처음과 끝에 농악대가 중요한 역할을 하는 것은 완도뿐만 아니라 진도나 고흥에서도 공통적으로 나타난 현상이다. 이런 이유로 기존 연구에서도 남해안 농악은 마을 공동 제의와의 결속도가 강하며 그만큼

토속적 특징을 지닌다고 하였다.[99] 이는 곧 농악대 상쇠가 사제자로서의 기능 즉 집안 곳곳에 있는 잡귀잡신을 몰아내는 주체로서 역할을 한다는 것을 의미한다.

이상에서 살폈듯이 남해안농악에서는 성주신에 대한 관념이 다른 지역의 농악에 비해 그리 발달하지 않았다. 이 지역에서는 집돌이를 할 때 공통적으로 부엌과 우물을 중요하게 여긴다.[100] 이 두 곳은 집 사람들의 생존에 따른 것을 공급받는 곳이다. 마당밟이를 하는 목적은 집안의 안정, 평안 등 축원보다는 액을 막거나 쫓는데 있다. 따라서 이러한 남해안 농악의 모습은 전문 사제자 등의 영향을 받지 않았으면서 농악대에 의해 이루어지는 집돌이의 가장 소박한 형태가 아닐까 생각해볼 수 있다.

통상적으로 농악의 의례儀禮 기원설을 이야기할 때 빠지지 않는 것이 지신밟기에서의 농악대의 역할이다. 남해안농악 및 충북 보은 등에서 조사된 자료들은 지신밟기 중에서도 가장 오래된 것으로 볼 수 있다. 이들은 세습무집단의 영향권이 미치지 않는 곳에서 나름의 방식으로 벽사의례를 담당하였다. 이들이 전문 세습무집단과 다른 점은 단지 고사告祀소리를 만들어내지 못한 것 뿐 의례 행위 자체에는 큰 차이가 없었다. 아울러 이 자료들은 지신밟기의 흐름이 전문 사제자집단에서 농악대로의 일방적으로 흘러갔다는 통념을 불식시키는 사례라 할 수 있다.

농악대는 지신밟기뿐만 아니라 낙성연 등에서도 성주굿 고사소리를 구연하였다. 동일한 가창자에 의해 불린 집을 짓고 나서 낙성연을 할 때 하는 소리와 지신밟기 때 하는 소리를 살펴보고자 한다. 지금까지 낙성연 때 불리는 소리와 지신밟기 때 불리는 소리가 한 번도 한 자리에서 다루어진 적이 없으므로 여기서는 자료의 전문을 인용하고자 한다.

---

99 이경엽, 『담양농악』, 담양문화원, 2004, 39쪽.
100 장주근도 호남지역이 다른 지역에 비해 조왕신앙이 강하다고 말한바 있다.
　　장주근, 『사진으로 보는 민속의 어제와 오늘』 3, 국립민속박물관, 2003, 55쪽.

용의 머리에 터를 닦아 이 집터를 고라보자 성주옥돌을 구해다가 이집 주추를 박아놓고 구해보자 구해보자 성주지동을 구해보자 명산대천 찾아가서 이 집 성주를 구해오자 남쪽으로 가면은 한라산이 명산이요 북쪽으로 올라가면 금강산이 명산이라 산도 높고 골도 깊어 고이고이 올라가서 나무한주를 잡아놓고 이 나무 한주 어떠허요 오대목에 하는 말씀 이 나무 한주 부정이 많다 까막까치가 집을 지어 부정이 많아 못씨겠다 또 한등을 넘어서 나무 한주를 잡아놓고 오대목에 하는 말씀 이 나무 한주 썩 좋구나 봉학이 알을 나여 이 나무 한주 썰만하다 그 나무 뿌리에 톱 걸어놓고 설궁설궁 톱질이야 고에 톱도 걸어놓고 소톱도 걸어놓고 밀고 땡기고 톱질이야 (청취불능) 땡기보고 못하겠네 못하겠네 배가 고파 못하겠네 못하였네 못하겠네 목이 말라 못하겠네 이집에라 대주양반 어데 가고 안보이나 어기여차 역군들아 요내 말씀 들어보소 배고프면은 밥을 먹고 목마르면 술을 먹어 첫째 도막 끊어다가 나라님전에 시주하고 두째도막 끊어다가 공자님 전에 시주하고 세째 도막 끊어다가 이집에 성주를 모시보자 육목도나 팔목도 고이고이 모시다가 굽은데는 등을 치고 곤은데는 배를 쳐서 옥자구야 금대패 새별같이도 달아내여 어떤 나무가 팔자가 좋아 이집에 성주가 되었던고 이집짓고 삼년만에 아들딸은 출세하소 이집 지은 알뢰는 구름을 따서 연자 얹고 고무신 뚝딱 윤달이고 무지개 따서 선드리고 단란하게 지어놓고 앞이는 단장되고 이집에라 후손들은 장수장관 하옵소서 소대학을 다 마치고 경주서울 저 서울에 과거하기만 힘을 씨고 만수무강 하옵소서 이집에라 대주양반 동서로 다댕기도 남에 눈에 꽃이 되고 남에 눈에 잎이 되야 자죽자죽이 향기나고 말끝마다 향기지소 이집에라 대주양반 동서로 출입할때 한걸음에 만금나고 두걸음에 천금나고 우리나라에 거부중에 만석거부를 점지하소 일년하고도 열두달 과년하고도 열석달 삼백하고도 육십오일 하루적같이도 점지하고 잡귀잡신은 물알로 만복은 이루로(경산시 자인면 서부 1리 이규한(1927), 2004.2.9. 현지조사)[101]

에헤루아 지신아 지신을 밟아 눌루자 눌루자 눌루자 지신지신을 눌루자 동방지신도 눌루고 남방지신도 눌루자 북방지신도 눌루구 서방지신을 눌루자 골매기도 눌루고 오방지신을 눌루자 정월이라 십오일 망월하는 소년들아 망월도 좋다마는 부모봉양 곱게하소 이월이라 한식날에 한식살도 막아주고 삼

---

101 이규한(1927)은 경북 청도군 매전면 관하리 출생으로, 17세부터 청도 고산농악에서 쇠를 쳤다. 고산농악에서 대구 달구벌축제 등 인근의 여러 축제에 참가한 경험이 있다. 강원도 인제와 원통에서 군생활을 한 것을 빼고는 객지생활을 한 적은 없다. 현재는 예전과 같이 활동을 하지는 않고 자인 단오제가 열릴 때 농악대에 참가하여 쇠를 치곤 한다.

월이라 삼진날 연자살도 막아주소 사월이라 초파일 관등살도 막아주소 오월
이라 단오날 추천살을 막아주소 유월이라 유두날 유두살도 막아주고 칠월이
라 칠석날 칠보단장을 곱게하고 팔월이라 십오일에 이집에 조상 모시놓고 구
월이라 구일날은 구곡간장 가소롭다 동지야 섣달 설한풍에 이내 마음 둘데가
없다 눌루자 눌루자 이집 지신을 눌루자 이집에라 대주양반 동서로 출입할때
남에 눈에 꽃이 되고 남에 눈에 잎이 되야 자죽자죽이 향내나고 말끝마다 향
기진다 이집에 대주양반 동서로 출입허다 한걸음에 천금나고 두걸음에 만금
나야 우리나라 거부중에 만석거부 점지하고 이집에라 내외분은 만수무강 하
옵소서 일년하고도 열두달 과년하고 열석달 삼백하고도 육십오일 하루적같이
점지하소 잡귀잡신은 물알로 만복은 이루로(경산시 자인면 서부1리 이규한
(1927), 2004.2.9. 현지조사)

집을 다 짓고 나서 집들이나 낙성연 때 부르는 소리에서 가장 중요하게
여기는 것은 성주를 모셔오는 것이다. 성주풀이 서사형에서 보듯, 원래 낙
성연에서 노래되는 성주신의 신격은 천상계 출신으로, 인격신의 모습을 하
고 있다. 그러나 이 자료에서는 보통의 지신밟기에서 노래되는 안동 제비
원 출신의 성주목으로서의 성주신이 노래된다. 그런 점에서 이 자료는 낙
성연 등에서 불리는 자료들에 비해 성주신에 대한 인식이 비교적 약하다
할 수 있다.

두 번째로 지신밟기 때 부르는 소리에서는 이 소리가 성주굿 때 불리는
소리임에도 불구하고 성주신의 면모는 잘 드러나지 않고 오방지신을 누르
고 달거리 부르는 것에 중점을 두었다. 특히 오방지신을 누르자고 하는
내용의 노래는 여러 가지의 액막이타령 중 오방신장이 각 방향에서 들어오
는 액을 막는 내용과 함께 가장 오래된 형태의 액막이타령이라 할 수 있다.
아울러 여기서는 달거리 뒤에 가정축원 대목이 노래되었는데, 지신밟기와
축원 중 사람들에게 더욱 중요한 것은 전자인 것을 감안하면 위 소리에서
무게 중심은 오방지신 밟기 및 달거리에 있다고 할 수 있다. 이렇게 이
소리에서 성주신의 면모가 잘 드러나지 않으면서 두 가지의 액막이타령,
그리고 가정축원이 노래되는 것은 지신밟기의 흐름, 즉 액막이에서 축원으

로 나아가는 과정을 보여준다는 점에서 의의가 있다.

반면, 충북 보은이나 진도, 완도, 고흥 등지에서는 낙성연에서 농악대가 따로 성주굿을 하지 않거나 하더라도 지신밟기 때 하는 소리와 크게 다르지 않았다. 충북 보은의 경우 집의 준공식 때 농악대를 초청해서 터를 눌러주는데 이때에는 시암굿, 부엌굿 등 정초 지신밟기 때 하는 것을 그대로 해준다고 하였다.[102] 그리고 전남 완도에서는 낙성연이나 집들이를 할 때 따로 성주제를 지내지 않고 군물(악기)를 두드리고 술 한 잔씩 먹으면서 노는 것이 전부라고 하였다.[103] 이처럼 충북 보은을 비롯한 남해안농악 등 지신밟기의 본래적 모습, 즉 액막이의 성격이 많이 남아있는 곳에서는 낙성연역시 지신밟기와 크게 다르지 않았다. 이는 이 지역들이 모두 가정축원의핵심이라 할 수 있는 성주 신앙이 발달하지 못했기 때문이다.

지신밟기의 성격 변화는 고사소리뿐만 아니라 상쇠의 직능에서도 확인된다. 지신밟기에서 상쇠는 액을 막거나 푸는 직능과 함께 안녕을 기원하는 기능을 가진다. 그런데 점차 액막이보다는 가정축원이 지신밟기에서 중요한 위치를 차지하게 되면서 농악대 상쇠는 사제자보다는 연희자로 성격이 변화하게 된다. 가정축원을 노래함에 있어 가장 중요하게 여겨지는 것중의 하나가 성주굿이다. 따라서 연희적 면이 발달한 지역에서는 농악대상쇠가 걸립승이나 남사당패 등 다양한 경로를 통해 내용 구성이나 가락에있어 세련된 성주굿 고사소리 사설을 보유하게 되고, 지역에 따라서는 상쇠외에 성주굿 고사소리를 전문적으로 구연하는 고사소리꾼이 따로 존재하기도 하였다.

그러면 지신밟기의 생성과 변화가 농악대 고사告祀소리에 어떻게 나타나는지 살펴보고자 한다. 먼저 잡귀잡신을 내쫓거나 지신을 밟을 때에는

---

102 2004년 8월 15일 충북 보은군 회북면 중앙 1리 김형석(1931)과의 인터뷰를 통해 조사하였다.
103 2006년 6월 20일 전남 완도군 완도읍 장좌리 강양대(1945)와의 인터뷰를 통해 조사하였다.

소리가 거의 필요하지 않았다. 이때에는 앞서 살핀 경산 이규한 구연본이나 호남지역 중천맥이 자료에서 보듯 오방지신을 누르거나 밟자는 것 혹은 오방신장이 각 방향에서 들어오는 액을 막는 것이 전부였을 것이다. 문헌 자료에서 보듯이, 동도지東桃枝 등의 벽사 도구를 들고 소란스럽게 거리를 돌아다니거나 집안 구석구석을 두드리고 다니는 것이 중요했기 때문이다.

그러다가 가신家神 개념의 확립으로 가정축원으로 지신밟기의 목적이 넘어가면서 소리의 비약적인 발전이 이루어지게 된다. 농악대는 가신家神에 대한 송축이나 기원에 따른 소리의 필요성을 느껴 도당굿 중 돌돌이나 당주굿 등에서 창우집단에 의해 마련된 '산세풀이+가정축원'의 소리 형태를 기반으로 고사덕담유형을, 그리고 낙성연 등의 의례에서 독경무나 농악대에 의해 마련된 성주풀이 서사형을 기반으로 성주풀이유형을 만들었다.

고사덕담유형에서는 도당굿에는 없던 액막이타령, 즉 달거리나 살풀이가 산세풀이와 가정축원 사이에 삽입되었다. 바라는 바가 온전하게 성취되기 위해서는 현재 노래가 이루어지고 있는 곳을 정화한 다음 기원이 이루어져야 한다. 따라서 농악대 상쇠는 축원을 노래하기에 앞서, 달거리나 살풀이 등의 액막이타령을 불러 지금까지 이 집안 곳곳에 쌓인 좋지 않은 기운이나 액 등을 없애려 하는 것이다. 이러한 목적으로 만들어진 액막이타령은 여러 가창집단을 두루 거치면서 본래의 제의적 목적에서 나아가 연희화되기도 하였다.

고사덕담유형은 농악대 외에 걸립승 및 남사당패에 의해 지신밟기 속에서 불렸다. 이처럼 고사덕담유형이 여러 집단에 의해 지신밟기에서 사용된 것은 이 소리가 가창자의 의도에 따라 다양한 내용을 가감하기에 용이한 병렬적 구성 방식을 취하기 때문이다. 그렇기 때문에 이 유형은 통합적 구성 방식의 성주풀이유형에 비해 보다 다양한 구연 상황 및 담당층에 의해 불릴 수 있었다.

성주풀이유형은 앞서 살폈듯이 벽사辟邪와 관계되는 선후창 가창방식 및 노래 서두의 내용 등으로 인해 액막이타령이 그리 많이 불리지 않았다. 이는 결과적으로 이 유형이 기왕의 지신밟기의 유습을 여러 면에서 잇고 있다는 것을 의미한다. 그런 관계로 고사덕담유형에 비해 분포 지역도 적고 노래의 내용도 단조로울 수밖에 없었다.

정초에 마을굿이 끝난 뒤 마을 농악대는 서낭기를 당산나무에 기대어 놓고 서낭신을 받는다. 그리고는 서낭기를 앞세우고 온 마을을 한 바퀴 돌면서 각 집을 방문하는 집돌이를 한다. 서낭기를 앞세우고 집돌이를 하는 것은 서낭신의 은혜가 각 집에 골고루 퍼지게 하기 위해서이다. 이러한 집돌이는 서낭신의 은혜 퍼짐을 목적으로 시작되었지만 실제 집돌이 상황에서는 서낭신의 면모가 더 이상 나타나지 않는다. 농악대가 각 집을 방문했을 때에는 지신밟기라는 의례가 이루어진다. 이 지신밟기는 집안 곳곳을 돌면서 한 해 동안 쌓인 액을 막거나 풀고 다가오는 한 해 동안 집안이 평안하게 지내길 기원하기 위해 이루어지는데, 이때 농악대 상쇠는 집안 각 장소에 좌정한 여러 가신家神을 대상으로 고사告祀소리를 구연한다.

지금까지 농악에 관한 연구는 현장 보고에서부터 지역 간 비교 연구까지 다양한 시각에서 여러 논자들에 의해 논의가 이루어져 왔다. 그러나 정초 지신밟기 속에서 구연되는 농악대 고사소리에 대해서는 산발적인 지적이나 이 소리의 기원과 관련된 연구만 이루어졌을 뿐 소리 자체에 대한 체계적 논의는 거의 이루어지지 않았다. 지신밟기라는 제의 속에서 가신家神을 대상으로 구연되는 농악대 고사소리는 어느 특정 지역만이 아닌, 전국적으로 분포할 뿐만 아니라 지역에 따라 다양한 형태로 존재하고 있다.

집 앞이나 부엌, 대청마루, 창고, 화장실, 우물 등 집안의 여러 곳을 돌며 불리는 고사소리 중 대청마루 앞에서 성주굿 때 불리는 소리는 세습남무인 화랭이패를 비롯하여 유랑예인집단인 남사당패, 걸립을 전문으로 하는 걸립승 등에 이르기까지 여러 집단에 의해 불렸다. 이렇게 다양한 구연집단에 의해 불린 이 소리는 연행 시기나 가창 방식 등은 자료에 따라 차이가 있으나 소리의 구연 상황이나 목적, 그리고 소리의 구성 등은 크게 다르지 않다. 가창 집단의 성격 및 구연 환경이 다른 상황에서 그들이 구연한 소리들이 일정한 연관성을 갖고 있다는 것은 이 소리들에 어떠한 내적 관계가 있을 것이라는 추측을 가능하게 한다. 뿐만 아니라 농악대 고사소리는 일반 민요들과도 다양한 교섭관계를 보인다.

본고에서는 지금까지 한 번도 그 전국적 규모가 밝혀지지 않은 농악대 고사소리의 문헌 및 음반 자료를 최대한 모으고 지신밟기가 이루어지는 곳은 현지 조사하여 구연 상황을 최대한 확보하였다. 집안 곳곳에서 불리는 농악대 고사소리들 중 내용이 가장 풍부한 성주굿 고사소리의 지역별 양상을 정리하면, 먼저 서울 경기지역 성주굿 고사소리는 소리의 서두에 노래되는 산세山勢풀이에서 그 특징을 찾을 수 있다. 대부분의 산세풀이는 이씨 한양 등극시에 산세의 발원이 시작되는데, 산세가 굳이 이 시점부터 시작되는 소리의 구연 상황에서 그 원인을 찾을 수 있다.

다른 지역 성주굿도 마찬가지이지만, 이 지역 성주굿 고사소리는 소반에다 대주의 수저를 꽂은 쌀, 그 옆에 명주실, 촛불, 북어포 등을 차려놓고 대청마루 앞에서 구연된다. 이 굿이 집의 대청마루 앞에서 진행되는 것은 성주신의 좌정처가 대체로 집 기둥이나 상량이기 때문이다. 소리에서 노래되는 이씨 한양은 나라의 임금으로, 이를 가신家神 체계 및 가족 사회에 환원하면 가옥 최고신인 성주, 그리고 집안의 대주(가장)로 말할 수 있다. 따라서 이씨 한양의 개국과 이후에 노래되는 산세와 관련된 표현들은 산세가 시작되는 시간과 장소라는 의미와 함께 현재 노래가 진행되는 곳의 권위를 확보하는 의미까지 가지고 있다.

강원지역에서 채록된 성주굿 고사소리의 특징은 산세풀이와 액막이타령에서 찾을 수 있다. 이 지역 산세풀이는 두 가지가 있는데, 앞서 살핀 '국태민안 시화연풍이 연년히 돌아든다'로 시작되는 형태와 천지조판天地肇判과 함께 여러 신명神名의 나열, 그리고 그 신들이 하는 일이 차례대로 노래되는 형태이다. 특히 후자의 경우 각각 영동지역에 속하는 양양군과 영동과 영서지역의 중간 지점에 해당하는 평창군에서 채록되었다. 그런 점에서 이 자료들은 서울 경기지역 고사소리의 영향을 비교적 덜 받은 영동지역 고유의 고사소리의 모습을 보여준다고 할 수 있다.

　강원지역 성주굿 고사소리에서는 다른 지역에 비해 액막이타령 중의 하나인 호구역살풀이 중 호구신의 노정기가 다양하게 노래되었다. 호구역살풀이는 원래 마마의 피해를 막기 위한 목적으로 불렸으나 사람들 입장에서는 아무래도 그들에게 엄청난 피해를 주는 신격이 자신의 집으로 오는 것이 그리 달가운 일은 아니다. 근세에 들어 의료 체계가 개선되면서 홍역은 더 이상 옛날과 같이 무서운 병이 아니게 되면서 더욱 마마신의 위상은 약해질 수밖에 없었다.

　이러한 호구신의 위상 변화로 말미암아 일부 가창자들은 호구 노정기의 틀 위에 세 명의 마마신이 아닌, 그 보다 더 상위의 신으로, 전통사회 사람들의 신앙이 대상이 되는 세 명의 부처가 오는 것으로 노래하기도 하고, 가정축원을 노래하는 자리에서 자식의 과거 급제와 연결 지어 호구 노정기가 아닌, 자식의 과거급제 노정기로 바꾸어 구연하기도 하였다. 이러한 호구 노정기의 변용 사례는 유랑예인집단이나 걸립을 전문으로 하는 승려들의 소리에서는 일반적으로 나타나는 현상이나 농악대 고사소리 중에는 강원지역에서 두드러지게 나타났다. 강원지역 호구 노정기의 이러한 양상은 지신밟기의 성격 변화와 맥을 같이하는 것이어서 주목된다.

　충청지역의 성주굿 고사소리는 지리적 위치로 말미암아 중부지역과 남부지역의 자료군들 즉, 고사덕담, 고사반 등으로 불리는 자료들과 성주풀이, 성주지신풀이 등으로 불리는 자료들이 모두 채록되었다. 이 지역에서는 산세풀이가 앞서 살핀 강원지역과 마찬가지로 두 가지 형태가 나타났고, 성주풀이도 다양한 각편이 채록되었다. 여기서 채록된 성주풀이의 형태를 보면 솔씨를 뿌리는 주체인 성주신이 따로 나오지 않고 지신을 울리자고 한 뒤 곧바로 목수가 집을 짓는 내용이 노래되는 자료도 있고, 지신 밟자는 내용이 처음에 나온 다음 곧바로 성주신이 솔씨 뿌리는 내용이 노래되는 자료도 있으며, 지신을 울리거나 밟자는 내용이 없이 곧바로 성주의 본本을 묻는 내용으로 바로 자료도 있다. 이 세 가지 형태를 통해 액을 막거나 푸는 것에서 축원으로 나아가는 성주풀이의 생성과 변화를 유추할 수 있는 데, 이러한 자료의 양상은 70여 편의 성주풀이가 채록된 영남지역에서도 동일하게 나타났다.

호남지역에서 채록된 산세풀이는 서울 경기지역의 이씨 한양에서 시작되는 산세가 시작되는 자료들과는 달리 산세풀이에 앞서 천지조판과 치국잡기 등이 순차적으로 노래되었다. 모든 산세풀이는 기본적으로 현재 노래되는 곳에 좋은 기氣가 이어져 집이 잘되는 기반 역할을 하기 위해 불린다. 그런 점에서 호남지역에서 채록된 산세풀이 자료들은 명기明氣의 흐름 외에 산세의 기원을 처음부터 노래한다는 점에서 소리 자체의 제의성을 확보하는 면모도 가진다.

호남지역 성주굿 고사소리 중에는 다른 지역과 달리, 통속민요 성주풀이를 차용한 사례도 있다. 이 소리들은 성주가 뿌린 솔씨가 자라 집의 재목이 된다는 내용과 함께 여러 가지의 유희적 사설들이 삽화적 구성으로 노래된다. 유희를 목적으로 불리는 통속민요 성주풀이의 경우 가창자의 기호에 따라 정해진 순서 없이 자유롭게 불리지만 농악대 상쇠에 의해 일정한 의례 속에서 구연되는 이 소리들은 모든 자료들의 첫대목은 성주의 근본을 묻고, 그가 솔씨 뿌리는 것으로 시작하고 있다. 그런 점에서 이 소리는 유희적 면모를 극대화하기 위해 통속민요 성주풀이를 차용하면서도 최소한의 제의성은 가지고 있음을 알 수 있다.

그밖에 이 지역에서는 철륭굿이나 샘굿 때 다른 지역의 소리에서는 찾아

볼 수 없는, 쥐의 다산성多産性에 기반한 신화적 상징 등이 사용되고, 샘이 솟아나기를 기원하는 내용보다는 물을 많이 마시자고 하는 유희적 성격이 강한 소리가 구연되었다. 쥐가 집 안에 있는 존재가 아닌, 집밖에서 들어오는 존재라는 것, 그리고 기원보다는 유흥관련 표현이 많이 노래되는 것은 이 지역이 다른 지역과 같이 가신家神 관념이 형성되지 못했다는 것을 의미한다. 호남지역의 이러한 양상은 액막이 목적에서 축원 목적의 지신밟기로 나아가는 과정을 보여준다는 점에서 의의가 있다.

마지막으로 영남지역 농악대 고사소리 중 성주굿 때 불리는 소리에서는 성주신의 내력이 서사로 노래되는 자료들이 있다. 이 자료군의 공통 서사단락은 성주의 혈통 및 기이한 출생, 비범한 능력, 고난, 복귀, 좌정으로, 이 자료들에서 노래되는 성주신의 본本풀이는 성주신의 배경 및 솔씨를 뿌려 집을 짓게 된 이유 등을 제시함으로써 소리 자체의 제의적 성격을 고양시키는 역할을 하였다. 그리고 자료별 특징도 나타났는데, 양산군 기장읍에서 채록된 자료에서는 성주의 고난보다는 그 해결에 초점을 두어 가옥 최고신으로서의 위엄을 드러내는데 주력하였다. 그리고 밀양 무안면 자료에서 성주는 하나의 건물에 불과한 집에 질서를 부여하고 안녕을 지키는 면모가 부각되었다. 그리고 부산 아미동 자료는 성주의 신성성과 가정의 위계질서가 충돌하여 그의 신성성이 약화되었고 그 결과 성주신의 집을 짓는 능력만이 강조되었다.

이 지역 성주굿 고사소리는 성주신의 내력에 대한 관심이 약화되면서 성주가 뿌린 솔씨로 집을 짓거나 이 집 자손이나 가축에 대한 축원이 부각되는 자료들도 다수 발견된다. 이 자료들에서 성주 관련 서사가 생략된 것은 서사 자체가 비교적 장편일 뿐만 아니라 의례에서 불리는 관계로 마음대로 고쳐서 부를 수 없기 때문이다. 그리고 하루에 많은 집을 방문해야 하는 상황에서 서사 부분과 집짓는 대목, 가정축원을 시간 관계상 모든 집에서 구연할 수 없기 때문이기도 하다.

영남지역에서는 성주풀이유형의 초반부에 산세풀이가 결합된 형태가 다

수 채록되었다. 여기서의 산세풀이는 호남지역 등지에서 소리의 초반부에 시작되는 산세풀이와 의미가 달랐다. 호남지역 등지에서 채록된 산세풀이는 소리 전체의 제의성 확보와 함께 현재 소리가 진행되는 곳의 권위 확보와 연결되지만 이 지역에서 노래되는 산세풀이는 제의성이나 신성성보다는 명당 관념에 따른 집터의 번영을 위한 목적으로 삽입되었다.

그리고 이 지역에서는 다른 지역에 비해 액막이타령의 양상이나 수가 현저히 떨어진다. 성주굿 고사소리에서 불리는 액맥이타령은 달거리 한 종류이고, 그 수도 전체 70편 중 6편에 불과하다. 그 이유를 소리 자체에서 찾으면 크게 두 가지로 정리할 수 있는데, 첫 번째는 이 지역 농악대 고사소리 중 많은 수가 농악대 상쇠가 선소리를 메기고 치배들이 뒷소리를 받는 선후창先後唱 가창 방식으로 불리고 있는데 대부분의 후렴 내용이 지신을 밟거나 누르자는 내용으로 되어 있다는 것이다. 그러다 보니 따로 액을 막거나 풀자고 하는 내용을 구연할 필요가 없다. 두 번째는 대부분의 이 지역 소리들이 지신을 누르거나 밟자, 혹은 울리자라는 내용으로 시작된다는 것이다. 그렇기 때문에 각각의 고사소리들은 애초에 액을 막거나 풀기 위해 노래하는 것이 된다.

지역별로 정리된 농악대 고사告祀소리 중 가장 풍부한 내용과 양상을 보이는 성주굿 고사소리는 내용을 기준으로 할 때 산세풀이와 액막이타령, 그리고 가정축원으로 구성되는 고사덕담유형, 성주신의 솔씨 뿌림과 집 짓기, 그리고 가정축원으로 노래되는 성주풀이유형, 그리고 앞의 두 유형이 결합되는 혼합유형으로 나눌 수 있다. 그리고 성주굿 외 다른 장소의 굿에서 불리는 소리는 크게 신神을 누르거나 밟자는 것과 기원하는 바를 비는 것으로 나눌 수 있다.

고사덕담유형에서 명당明堂 관념은 소리 전체를 이끌어 가는 원동력 구실을 한다. 이 유형은 모든 소리가 산세풀이로부터 시작되는데 이는 현재 노래되는 곳에 좋은 기氣를 가지고 오기 위해서이다. 명기明氣가 여러 산천을 타고 현재 노래되는 이 집터 굽이굽이 이어져 결과적으로 이 집터가 명당으로 되는 것은 가정이 만사형통하는 선결조건이 된다. 반면 성주풀이 유형에서 가장 중요하게 생각되는 것은 성주라는 신격과 그가 뿌린 솔씨로 집을 짓는 것 두 가지이다. 고사덕담유형에서는 곤륜산이나 백두산에서 시작된 산세가 집터까지 무사히 도착하여 이 집터가 명당터 임이 입증되는 것이 중요하지만 여기서는 터보다는 가옥 자체에 중점을 둔다. 그런 관계로 성주신에 대한 이야기가 체계적으로 존재하게 되고, 집을 짓는 대목이 고사덕담유형에 비해 훨씬 자세히 노래된다.

고사덕담유형에서의 산세풀이나 성주풀이유형에서의 성주신 관련 서사는 집터의 내력 혹은 집 재목의 내력을 풀이하면서 이 집이 앞으로 잘 되는 기반 역할을 하고 아울러 전체 소리의 제의적 성격을 높이는 역할을 한다. 성주풀이유형은 성주라고 하는 구체적 신격이 나타나고 그가 뿌린 솔씨가 이 집의 재목이 된다는 점에서 고사덕담유형에서 명당의 요소들만 나오는 것에 비해 발복發福의 원인이 보다 직접적이고 가시적이다.

가정축원과 관련하여 성주풀이유형에 비해 고사덕담유형이 훨씬 자세하고 다양한 내용이 노래된다. 성주풀이유형은 고사덕담유형에 비해 내용이 몇 가지로 한정되고, 각 축원 대목간의 내용적 연관성도 약한 것이 사실이다. 이는 성주풀이유형의 경우 이미 집 재목 자체가 성주신이 뿌린 것이기 때문에 앞으로 집이 잘 될 것이라는 것이 소리의 배면에 깔고 있다. 그러나 고사덕담유형의 경우 좋은 기氣가 이 집터와 닿기는 했으나 성주풀이유형과 같이 그 효과가 비해 구체적이고 가시적이지 못하다. 따라서 여러 가지의 가정축원 사설들을 후반부에 노래함으로써 앞으로 잘 될 것이라는 축원을 노래하게 되었다.

위에서 지역별 고사소리의 특징을 논하는 자리에서 고사덕담유형과 성주풀이유형의 특징은 개략적으로 다루어졌으므로 여기서는 성주굿 고사소리 중 혼합유형에 대해 살펴보고자 한다. 이 유형은 앞의 두 유형의 결합 양상에 따라 영남지역 중심의 성주풀이유형 바탕에 고사덕담유형이 결합된 형태와 호남지역 중심의 고사덕담 바탕에 성주풀이유형이 결합된 형태

가 있다. 성주풀이유형에 고사덕담유형이 결합된 자료군의 경우 성주풀이
유형에 고사덕담유형에서 노래되는 산세풀이와 액막이타령이 결합되는 수
가 많았고, 고사덕담 바탕에 성주풀이가 섞이는 자료군의 경우 소리 후반부
에 성주가 솔씨를 뿌려 집짓는 대목이 차용되는 수가 많았다. 이 두 가지
형태 중 전자는 앞서 노래되지 않은 집짓는 내용을 노래하기 위한 목적으로
순수 마을농악대에 의해 주로 불렸고, 후자는 유희를 목적으로 걸립을 전문
으로 하는 이들이 부르는 경우가 많다.

　농악대 고사소리 중 성주굿 때 불리는 고사덕담유형과 성주풀이유형은
다른 집단 구연 고사소리와 교류관계를 가진다. 먼저 선천적 사제자집단인
화랭이패는 마을굿의 한 갈래인 도당굿 속에서 '천지조판＋축원'으로 구성
되는 고사소리 형태를 만들었고, 그 이후에 구연 상황의 변화와 함께 '산세
풀이＋살풀이＋축원'의 소리 형태를 마련하였다. 이들에게서 농악대로 의
례가 옮겨가면서 농악대가 부르는 성주굿 고사소리 중 고사덕담유형이 생
겨났다.

　창우집단倡優集團은 의례에서 벗어나 전문 예술인인 판소리 광대 등으로
활동하기도 했다. 그들이 구연한 소리에서는 산세풀이 뒤에 집을 짓는 내
용이 구체적으로 노래되고 소리 후반부에 통속민요 성주풀이를 차용하기
도 하였다. 이런 점들은 의례에서 불리는 고사소리와 유랑예인집단인 남사
당패 구연 고사소리의 중간 형태라는 점에서 의의가 있다.

　전국적으로 무가巫歌 성주풀이가 불리고 있다. 그 중에서 본고에서는 농
악대 구연 성주풀이유형과의 관련성을 살피기 위해 영남지역 세습무 구연
성주풀이와 일명 동래본으로 불리는 독경무 구연 성주풀이, 그리고 태백지
역에서 채록된 무가 성주풀이를 살펴보았다. 그 결과 기존의 영남지역 세
습무 구연 성주풀이의 농악대 성주풀이유형 영향설은 근거가 없음이 밝혀
졌고, 오히려 새로 건물을 짓고 하는 낙성연 등에서 독경무나 농악대에 의
해 진행되는 성주굿에서 성주풀이가 생겨났을 것으로 판단되었다.

　남사당패 구연 고사소리는 앞서 살핀 농악대 고사소리와 같이 산세풀이,

살풀이, 축원의 내용을 갖는다는 점에서 연장선상에 있으면서도 각각의 살풀이 및 축원의 구성 및 내용을 훨씬 체계적이고 풍부하게 구연되었다. 그리고 독창으로 여러 가지의 살이나 액을 푸는 선염불과는 달리 가정에 대한 축원을 노래하는 뒷염불 부분에서는 가창방식이 선후창先後唱으로 분화한 것도 특징이었다. 남사당패 구연 고사소리가 이러한 형태를 갖는 것은 이들이 기예를 파는 전문 연희집단이고, 구연 상황 역시 어느 한 곳에서 터를 잡고 정기 의례 속에서 불린 것이 아니라, 이곳저곳을 옮겨 다니며 걸립이 허락된 것에서 행해진 것에서 찾을 수 있다. 이러한 구연 집단 및 상황의 변화로 인해 소리의 질적 비약이 내, 외적으로 이루어질 수 있었다.

현재 농악대에 의해 행해지는 매굿, 매구, 지신밟기 등은 고대 벽사제의인 매악儺樂에서 비롯되었다. 세습무집단에서 마을농악대로의 의례 담당층의 변화, 불교 계통인 십이지신무十二支神舞나 오방신무五方神舞의 영향 등으로 현재의 마을농악대 주재 지신밟기가 생성되었다. 고려 말 및 조선 초기에 기록된 섣달그믐에 행해지던 매굿의 여러 양상을 보면 그믐에 잡귀 잡신을 쫓아내는 벽사 의례 안에 집안의 토신土神, 즉 지신地神을 누르는 것도 포함됨을 볼 수 있다. 그리고 집터에 존재하는 지신 관념 역시 건물 수리 등을 잘못하면 화禍를 입는다는 점 등에서 그 시기나 지금이나 큰 차이가 없었다. 이러한 고려 후기 및 조선 초기 문헌에 나타난 '지신'과 '밟기'의 용례를 통해 고대 벽사의례와 현재의 지신밟기를 동일선상에서 논의할 수 있는 토대가 마련되었다.

현재 농악대에 의해 이루어지고 있는 지신밟기는 의례 시기를 중심으로 볼 때 크게 세 가지로 나눌 수 있다. 첫 번째는 전북 임실, 김제, 부안 등에서 나타나는 형태로, 그믐에 당산굿을 지낸 뒤 농악대가 집돌이를 하면서 매굿을 치고, 다시 정초에 당산굿과 집돌이를 반복하는 것이다. 두 번째는 경북 영양에서 조사된 것으로, 그믐날 밤에 농악대가 당나무에 서낭기를 기대어놓고 농악을 쳐서 서낭기에 서낭신을 받은 뒤 정월 초사흘부터 닷새까지 서낭기를 앞세우고 지신밟기를 하는 경우이다. 이 지역의 경우 그믐날 밤에 서낭기에 서낭신을 받는다는 점에서 애초에 전북의 여러 곳과 같은 형태였다가, 그믐의 집돌이가 없어지고 정초의 지신밟기만 남게 되었다. 마지막으로 세 번째는 전국적으로 나타나는 현상으로, 그믐밤의 매굿의 흔적은 완전히 사라지고 정초 지신밟기만 하는 경우이다.

섣달그믐의 매굿의 핵심은 액막이에 있다. 반면 정초 지신밟기의 목적은 액막이보다는 가정축원의 성격이 강하다. 그런데 전남 남해안 지역 및 충청 일부지역에서는 정초 지신밟기 속에서 순수 액막이 목적으로만 의례가 행해지는 곳이 있다. 가정축원에 있어 가장 중요한 제차 중의 하나가 성주굿인데, 공통적으로 이곳에서는 성주굿을 하지 않는다. 이러한 제차의 유무를 통해서도 고대의 벽사제의에서 비롯되어 몇 백년간 지속되어온 매굿의 전통이 시기나 담당층은 바뀌었어도 그 내용은 계속 유지되고 있음을 확인할 수 있다.

의례 담당층의 변화로 인해 그믐밤에 행해지던 매굿이 정초 낮으로 옮겨지게 된 것은 매굿이 이루어지던 상황에서 일차적인 원인을 찾을 수 있다. 매굿은 기본적으로 마을 및 가정의 평안과 안정을 위해 행해진다. 이 의례가 소수의 전문 사제자에 의해 행해질 때에는 기존 방식대로 진행되어도 별 문제가 없겠으나 마을 사람들로 구성된 농악대로 의례 담당층이 변하게 되면서 점차 마을 구성원의 바람이나 요구가 의례에 투영되게 되었다.

액막이는 잡귀 잡신 등 사람에게 해를 끼치는 것을 쫓거나 없애는 행위이다. 따라서 전문적 사제자만 할 수 있는 일이다. 그런데 마을 농악대는 의례 속에서는 사제자로서 기능하지만 세습되는 전문 사제자만큼의 권능을 가지지는 못한다. 그런 점에서 액막이보다는 축원이 이들에 성격에 알맞다.

마을 농악대는 전문 사제자인 화랭이패 등에 비해 많은 인원으로 구성된다. 보통 십여 명 내외에서 많게는 수십 명의 농악대가 참여하는 마을굿에 보다 많은 인원이 참여하기 위해서는 섣달의 추운 밤에 행하는 것보다 정초의 낮에 의례를 행하는 것이 용이하다. 이러한 농악대 자체의 성격, 그리고 많은 인원의 참여 등의 이유로 점차 소극적 의미의 안녕 추구 형태인 액막이보다는 적극적 의미의 안녕 추구 형태인 축원으로 지신밟기의 양상이 변하게 되었다.

　지신밟기의 성격 변화는 농악대 고사소리에 그대로 나타난다. 지신밟기의 목적이 액막이에 있을 때에는 소리 자체가 그리 중요하게 여겨지지 않았다. 이때에는 동도지東桃枝 등의 벽사도구로 집안이나 거리 등에서 소란스럽게 다니는 것이 중요하기 때문이다. 그러다가 가신家神 관념의 확립과 함께 도당굿에서 창우집단에 의해 마련된 '산세풀이＋축원'의 형태에서 고사덕담유형이, 그리고 낙성연 등에서 독경무 및 농악대에 의해 마련된 성주풀이 서사형에서 성주풀이유형이 마련되었다.

　본 연구를 발판 삼아 몇 가지 파생 연구가 이루어질 수 있다. 먼저, 우리나라에는 정월부터 그믐까지의 각 달에 따른 내용을 순서대로 노래하는 시가詩歌가 다양하게 존재한다. 민요 내에서도 이러한 형태의 노래들이 다양한 상황 및 목적, 구연자들에 의해 노래되었는데, 고사告祀소리 안에서는 액막이타령이 이러한 형태의 소리에 해당한다. 본 연구에서의 액막이타령에 대한 논의를 바탕으로 지금까지 그 실체가 제대로 파악되지 못한 달거리 형태 민요에 대한 논의를 진행할 수 있다.

　농악대에 의해 이루어지는 농사풀이는 판굿 혹은 마당굿 등에서 이루어지는 행위 전승 농사풀이와 지신밟기 속에서 행해지는 언어 전승 농사풀이가 있다. 이 두 가지 유형의 농사풀이 중 주로 판굿으로 불리는 현장에서 행해지는 행위 전승 농사풀이는 앞치배의 연주와 뒷치배의 행위에 의해 유희를 목적으로 이루어지고, 지신밟기에서 불리는 언어 전승 농사풀이는 주로 농악대 상쇠에 의해 풍농이나 집안의 평화, 번영 기원을 목적으로 행해진다. 본고에서의 언어 전승 농사풀이에 대한 논의를 바탕으로 행위 전승 농사풀이와의 관계를 논의될 수 있다. 이러한 농사풀이는 전국의 거의 모든 농악에서 나타나므로 지역별 농악의 특징을 가늠하는 기준이 될 수 있다는 점에서도 의의가 있다.

전국적으로 불리는 성주굿 고사소리 중 영남지역을 중심으로 불리는 소리 중에는 성주신의 근본 내력이 노래되는 자료들이 있다. 그런데 이렇게 성주굿에서 성주신의 내력 등이 노래되는 것은 서울, 경기지역을 중심으로 만신에 의해 재수굿에서 불리는 황제풀이에서도 나타난다. 이 지역에서는 가을 성주받이 때나 새로 집을 지었을 때 대주의 나이가 37세, 47세, 57세일 경우 성주의 신체神體를 모시면서 황제풀이를 구연한다.

성주풀이와 황제풀이는 서로 다른 담당층과 구연 목적에서 불리면서도 신의 직능이나 이야기 속에서 다루는 문제 등은 공통점이 있다. 이 두 자료가 한 자리에서 다루어진 예가 없는 것은 아니나, 주로 서사敍事 비교 등의 논의만 이루어져 왔다. 따라서 본 연구에서의 영남지역 성주풀이에 대한 서사 및 구연 상황, 담당층 등에 대한 연구를 발판 삼아 두 자료의 보다 종합적 시각에서의 연구를 시작할 수 있다.

제2부

농학대 고사告祀소리의
현재 양상과 활용 방안

부산·경남지역
지신밟기 공연의
추이와 의의

1. 머리말

전통사회 농악은 마을에 따라 차이가 있으나, 대체로 의례儀禮와 노작勞作, 그리고 연희演戱의 기능이 공존하였다. 생활환경 및 인식의 변화, 산업화로 인한 공동화空洞化 현상 등으로 노작농악은 현장에서 완전히 사라졌고, 의례농악은 풍물 동호회 등을 중심으로 명맥을 유지하고 있다. 반면, 연희농악은 문화재 지정 등을 통해 지금도 그 위세를 떨치고 있다. 예컨대, 현재 문화재로 지정받아 보존되고 있는 농악은 평택, 이리, 진주·삼천포, 임실 필봉, 강릉 등 5개의 중요무형문화재와 대구, 부산, 광주 등 6개의 광역시 지정 문화재, 그리고 20여 곳의 도 지정 문화재 등이 있다. 이렇게 지정된 농악들은 대부분 판굿을 기반으로 한 연희농악 형태이다.

다른 지역과 달리, 부산·경남지역에서는 지금도 정초가 되면 지신밟기 하는 소리가 시내 전역에서 울려 퍼진다. 아울러, 이곳에는 오랜 시간 진행해온 지신밟기 경험을 바탕으로 지신밟기 공연물을 만들어 활동하고 있는 단체들이 있어 주목된다. 부산·경남지역 지신밟기 관련 논의는 개별 대상 사설 및 음악 분석 등은 이루어졌으나,[1] 이 지역 농악의 특징 중 하나인 지신밟기 보존회가 어떻게 결성되었고, 이들 공연의 특징은 무엇인지에 대한 논의는 아직까지 이루어지지 않았다.[2]

부산·경남 및 대구 등을 중심으로 활동하고 있는 여러 지신밟기 보존회들은 순수 마을농악을 바탕으로 만들어진 단체가 있는가 하면, 전문 연희패에서 출발한 것도 있다. 이에, 본고에서는 마을 농악과 전문 연희패에서 출발한 보존회 각 2곳, 모두 4곳을 대상으로 각 보존회의 창립 전 상황 및 설립 동기, 그리고 이후의 활동을 정리한 뒤 이곳 지신밟기 공연의 특징을 분석하고자 한다. 그런 뒤 각각의 공연 형태가 현재와 같은 구성을 갖추게 된 이유, 지신밟기 전체 흐름에서 차지하는 의미에 대해 알아보고자 한다.[3]

2. 부산·경남지역 지신밟기 보존회의 설립과 활동

1) 김해 삼정걸립치기보존회

〈김해 삼정걸립치기보존회〉는 경남 김해군 김해읍 삼정동 2구 마을농악에서 출발했다. 김해 삼정동 2구 사람들의 생업은 농업으로, 전체 호수가 130여호 되는 각성받이 마을이었다.[4] 이 마을은 정미소가 3곳이 있고, 김해장이 마을 안에 섰다. 인근 마을에 비해 인구가 가장 많을 뿐만 아니라,

---

1 부산·경남지역 지신밟기 관련 선행 연구를 제시하면 아래와 같다.
　김병찬, 「지신밟기소리의 전승 원리 연구」, 동아대학교 석사논문, 2003.
　류상일, 「경상도지역 지신밟기 성주풀이에 대한 음악적 연구」, 『한국민요학』 제8집, 한국
　민요학회, 2000.
　최은숙, 「성주풀이민요의 형성과 전개」, 『한국민요학』 제9집, 한국민요학회, 2001.
　졸고, 「성주풀이의 서사민요적 성격」, 『한국민요학』 제14집, 한국민요학회, 2004.
2 황경숙이 부산지역 지신밟기 공연 내용 중 하나인 〈가재도구 되팔기〉 관련 논의를 한
　예는 있다.
　황경숙, 「부산지역 잡색놀이의 유형과 연희적 특성」, 『항도 부산』 제25집, 부산광역시, 2009.
3 마을에서 출발한 보존회와 전문연희패에서 기반한 곳의 균형을 맞추기 위해 본고에서는
　부산 수영지신밟기보존회는 부득이 다루지 못하였다.
4 2003년 11월 15일, 2007년 2월 21일, 2013년 9월 10일 김해 삼정동 양만근 상쇠 현지
　조사.

주민들 중에는 자영농도 제법 될 정도로 부촌富村이었다. 정초 지신밟기 및 인근의 다른 마을 걸립, 2월 영등제, 모내기 마치고 마을 해치가는 날, 7월 백중, 낙성연 등 마을 사람들의 삶에서 농악은 불가분의 관계였다. 이러한 농악 분위기 때문인지, 김해농고 학생들이 이 마을 아이들을 대상으로 야학을 개설, 수업과 함께 농악을 전수하기도 했다.[5]

현재 재구 가능한 가장 오래된 이 마을 상쇠는 유상진이다. 그는 삼정동 2구 인근마을인 어방 1구에 살던 전문 걸립승으로, 1920년대부터 해방 전후까지 마을 상쇠를 맡았다.[6] 유상진 상쇠 밑에서 어려서부터 부쇠를 치던 삼정동 2구 토박이 정치봉(1903)이 해방 즈음부터 1980년대 중반 작고하기 전까지 상쇠를 했고, 역시 정치봉 상쇠 밑에서 부쇠를 치던 양만근(1942)이 정치봉 사후부터 현재까지 대를 잇고 있다. 양만근 상쇠로 넘어오면서 앞치배 뿐만 아니라, 뒷치배도 구색을 갖추게 된다. 가락오광대와 연계된 공연을 염두에 두고 마을 농악대를 정비하여 1988년에 〈활천농악단〉을 만들었기 때문이다.

가락오광대와의 공생을 모색하며 활천농악단을 만들었지만, 오광대의 무형문화재 지정이 지지부진해지면서 농악대 활동 역시 영향을 받게 되었다. 그 결과, 농악 단원들은 유명무실한 현 상태에 어떠한 변화가 필요하다고 생각하였고, 농악단 독립적으로 활동하자는데 의견을 모으게 된다. 몇 년간의 논의를 거쳐, 1998년 활천농악단에서 〈김해 삼정걸립치기보존회〉가 조직되었다. 창립 당시 단장은 최정준, 부단장은 양만근, 그리고 총무는 류명식이 맡았는데, 최정준 단장은 당시 농협조합장으로 명예직이었고, 양만근 부단장이 실질적 리더인 상쇠를 맡았다. 걸립치기라는 용어에서 보듯, 삼정동걸립치기보존회는 본래 삼정동 2구 농악의 정수인 지신밟기에 초점을 맞추었다.

---

5 천기호 편, 『삼정 걸립치기』, 삼정걸립치기 보존회, 2007, 34쪽.
6 당시 어방 1, 2구, 삼정동 1, 2, 3구는 현재 활천동으로 통합되어 있다.

김해 삼정걸립치기보존회는 1998년 창립 당시 가락문화제 농악경연대회에 출전하여 최우수상을 수상한 이래 꾸준히 대외 활동을 하였다. 주요 수상 경력을 보면, 2003년 경남민속예술축제 김해 대표로 출전하여 개인상, 2007년 경남민속예술축제에서 우수상, 그리고 2008년 49회 전국민속예술축제 출전하여 금상(문화체육부장관상)을 수상하였다. 각종 대회에 출전할 때 공연 초기부터 지금과 같은 지신밟기 형태를 갖춘 것은 아니었다. 이곳에서는 마을 전래 지신밟기를 바탕으로 수년간 공연을 거듭하면서 치배 구성 및 순서를 수정 보완하였고, 2005년을 전후로 지금과 같은 형태가 완성되었다.

순수 마을 단위 농악에서 출발한 지신밟기 공연 단체 중 김해 삼정걸립치기보존회는 지신밟기의 전통이 가장 왕성한 곳 중 하나였다. 마을 인구가 많은 부촌富村인데다, 걸립 전문가까지 갖추어져 걸립농악이 꽃 필수 있는 요건이 모두 갖추어졌다.[7] 삼정동 2구에 농악 인프라가 구축되어있음에도, 인근마을인 어방 1구에 살던 유상진을 상쇠로 초빙한 것을 통해 이 마을 사람들의 농악에 대한 열정이 어느 정도였는지 알 수 있다.

2) 부산 구포지신밟기보존회

행정명으로 부산시 북구 구포동에 해당하는 부산 구포 대리大里는 대리천을 중심으로 큰 대리와 작은 대리로 이루어졌는데, 전체 가구는 200호 정도 되었다.[8] 1970년대 초반 새마을운동 전 대리 사람들은 어업에 종사하는 이가 가장 많았고, 다음으로 상업과 농업 순이었다. 구포 일대에서 사람이 가장 먼저 정착한 각성받이 마을이었음에도, 마을 경제 수준은 비교적

---

7 인근 마을로 걸립을 나갈 정돌 이 마을 농악대의 위세가 대단했기 때문에, 1960년대 이곳 지신밟기를 조사한 이두현이 '마을 농악대가 걸립치기를 한다.'고 한 것으로 보인다. 이두현, 「김해 삼정동걸립치기」, 『국어교육』 제18집, 한국국어교육연구회, 1972, 89쪽.
8 2007년 2월 10일 낙동문화원 백이성 전문화원장, 2013년 6월 13일 동일 장소 이도회 문화원장, 이경준 상쇠 현지조사.

낮은 편이었다.

큰 대리에 위치한 당산에는 당산나무와 산신당山神堂, 할매당 등이 있는데, 이곳의 당산제는 역사가 깊을 뿐만 아니라, 대리 사람들의 신앙심도 각별하였다. 마을 농악대 연중행사 중 대리 당산제 및 지신밟기가 가장 중요하였다. 전통적으로 구포 대리에서는 정월 초이틀부터 당산제 경비를 마련하기 위해 20명 정도로 구성된 마을 농악대가 인근 마을을 돌며 지신밟기를 하였다. 그런 뒤 정월 14일 새벽 1시에 당산제를 지냈고, 다음날 마당돌기, 성주굿, 조왕굿, 장독굿, 곳간굿, 우물굿, 칡간굿, 문굿 순서로 지신밟기를 했다. 일제 강점기에는 다른 마을에 걸립을 갈 정도로 대리 농악대의 규모나 위세가 대단했다.

다른 마을과 마찬가지로, 구포 대리 역시 생활환경 및 사고방식이 변화하면서 공동체의례가 약화되었다. 이러한 약화는 농악이라고 예외가 아니었다. 이에 전통적 모둠문화가 하루가 다르게 사라져가는 것에 위기감을 느낀 마을 사람들은 어떤 형태로든 마을사람들의 정체성을 유지하자는 데 공감대를 형성하였다. 그리하여 대동회의를 거쳐 구포 1동 청년회에서 주축이 되어 1989년 12월 마을 당산 아래에 토박이들이 모여 〈민속보존회〉를 창립하게 된다. 이 후 민속보존회를 수정·보완하여 1991년 〈낙동민속보존회〉로 개칭하고 본격적인 활동을 벌여나간다.[9]

민속보존회 창립과 동시에 이루어진 핵심 사업 중 하나가 지신밟기 발굴이었다. 구포 대리는 전통적으로 당산제 및 지신밟기를 크게 지내왔기 때문에 사람들은 이 전통을 우선적으로 복원해야 한다고 생각했다. 그런데, 지신밟기를 염두에 둔 마을 농악대를 꾸릴 즈음 보존회에서는 예기치 못한 문제에 봉착하게 된다. 마을 중장년층 중에 성주풀이를 위시한 고사告祀소리를 제대로 구연할 줄 아는 이가 없었던 것이다. 그리하여 지신밟기 때

---

9 대리 당산제의 제관이 되면 지켜야할 금기가 한두 가지가 아니다. 그로 인해, 1990년대에 들어 토박이 중에 제관을 맡으려는 이가 부족하게 되었다. 이에, 1998년부터 낙동민속보존회에서 당산제를 주관하게 되었다.

고사소리를 담당할 이를 수소문하던 중 경북 월성군 출신의 손운택(1936) 씨를 풀이 담당으로 영입하게 되었다.

보존회원들은 마을 내적으로 당산제 및 지신밟기 이어가는 한편, 외부적으로 지신밟기를 공연화하는 것이 향후 보존회 발전을 위해 필요하다고 판단하였다. 그리하여 2년 정도의 준비 기간을 거쳐 1993년 제1회 낙동민속예술제 때 대리大里 전래 지신밟기를 기반으로 첫 번째 공연을 하게 된다. 1993년 당시 상쇠는 정현포, 고사소리는 손운택 씨가 맡았다. 처음에는 지신밟기를 하는 집안 각 장소에 해당하는 소품을 모두 만들었으나 공연 장소로 이동하고 설치하는 데 번거로운 점이 많아 당시 부산민학회 주경업 회장의 의견에 따라, 당산, 우물, 다리 등의 걸개그림을 걸어놓고, 공연을 하였다.

낙동민속보존회는 전통 지신밟기를 공연 형태로 가다듬어 꾸준히 농악 경연대회에 참가하였다. 그 결과, 1997년 부산민속예술경연대회 우수상, 1998년 부산민속예술경연대회 개인상(손운택 상쇠), 2002년 부산민속예술경연대회 개인상(이경준 상쇠), 2005년 부산민속예술경연대회 개인상(노태홍 상쇠)을 수상하였다. 수상 경력만 보면, 보존회 운영이 활기차게 이루어져 온 것처럼 보인다. 하지만 5년 사이에 3명의 상쇠가 개인상을 수상한 것에서 보듯, 보존회 운영 중에 내부적으로 크고 작은 진통을 겪었다.[10] 이러한 진통만 없었더라도 지금보다 훨씬 보존회 활동에 가속도가 붙었을 것이다.

낙동민속보존회원들은 이러한 내부 문제가 자칫, 보존회의 존폐 위기까지 이어질 수 있겠다는 위기의식을 느껴, 지금까지의 시행착오를 벗어나 재도약하기 위해 2010년 〈구포지신밟기협의회〉를 창립하고 매주 토요일 공연 연습을 하고 있다. 이 협의회는 대리 당산보존회와 낙동민속보존회, 그리고 각 동 풍물동호회가 연계된 조직으로, 대리 당산보존회는 대리 토박이 모임, 각 동 풍물동호회는 농악 애호가들의 모임, 그리고 낙동민속보존

---

10 상쇠 계보를 보면, 1대 상쇠 손운택, 2대 상쇠 이경준, 3대 상쇠 손인택(손운택의 동생), 4대 상쇠 이경준, 5대 상쇠 노태홍, 6대 상쇠 이경준으로 이어지고 있다.

회는 이들의 공집합에 해당한다.[11] 아울러, 이 시기 구포 대리농악의 정체성을 강화하기 위해 손진태 선생이 1925년에 조사한 이 마을 지신밟기 기록을 바탕으로 농악대원들의 복색, 악기 구성 등을 가다듬었다.

부산 구포 지신밟기보존회는 구포 대리라는 지역성과 지신밟기라는 의례가 토박이를 비롯한 현지 주민들과 유기적으로 결합하였다. 이들을 중심으로 정월에 대리 당산에서 당산굿부터 시작하여 구포동 전역을 돌며 가가호호 지신밟기를 진행한다. 그밖에 상황에 따라 부산민속예술제, 용두산 토요상설무대, 조선통신사 행렬 등에도 참가하고 있다. 부산·경남지역에서 지역주민을 중심으로 지신밟기가 이루어지되, 마을 당산 역시 잘 보존된 곳은 이곳이 유일하다. 특히, 소수의 독단적 행동으로 인해 생긴 보존회 내부 문제를 해결하고자, 기존의 낙동민속보존회와 당산보존회, 그리고 각 동 풍물동호회가 뜻을 같이 한 것은 특기할만하다.

3) 부산 고분도리걸립보존회

〈부산 고분도리걸립보존회〉는 2011년 부산 아미농악에서 분파되었다.[12] 고분도리걸립을 알기 위해서는 부산 아미농악에 대해 언급하지 않을 수 없다. 1954년 전후로 부산 아미동으로 피난을 온 이명철을 중심으로 이곳으로 피난을 온 각 지역 걸립 전문가들이 모여 생계형 전문 걸립농악단을 구성한 것이 아미농악의 시초이다.[13] 걸립의 효과를 극대화하기 위해 이들은 대처승 출신의 성주풀이 전문가 유삼룡을 영입하였고, 정월 3일부터 부산시내 시장이나 상가를 중심으로 돌고, 보름 이후에는 음력 6월까지 경남 및 경북지역을 돌며 걸립을 하였다.[14] 부산 아미농악은 그간의 활동을 인정

---

11 이후 구포 지신밟기협의회가 명칭상 앞으로의 방향성이 명확하지 않다는 의견이 있어, 구성원은 그대로 가면서 명칭만 2013년 〈구포지신밟기보존회〉로 바꾸었다.

12 2009년 5월 22일 부산 용두산 공원, 2013년 8월 23일 부산 연산동 찻집 정우수(1948) 상쇠 현지조사.

13 황경숙, 「초기 아미농악단의 형성과정과 연희 기반」, 『항도 부산』 제28집, 부산광역시, 2012, 3~28쪽.

받아 1980년 부산시 지정 무형문화재 6호로 지정되었다.

부산 아미농악에서 고분도리걸립이 갈라져 나오게 된 것은 부산 아미농악 연희자들이 꾸준히 배출되는 상황에서 부산 아미농악이라는 이름만으로 설 수 있는 무대가 한정되었기 때문이다. 농악을 업으로 하는 이들이 설 수 있는 새로운 형태의 농악판 모색이 필요했다. 그런 이유로 2000년대 초반부터 정우수 상쇠를 중심으로 지신밟기 중심의 공연 형태를 기획하게 되었다.

이들은 10여년의 준비 끝에 2011년 3월 30일 〈부산 고분도리걸립〉이라는 명칭으로 부산광역시 무형문화재 제18호에 지정되었다. 현재 고분도리걸립보존회는 예능보유자 2명(풀이 및 상쇠, 장구), 후보자 2명(대포수, 대북), 전수조교 4명(장구, 들벅구, 상쇠, 부쇠), 전수 장학생 10명, 일반회원 30여명으로 구성되어 있다. 잡색은 사대부, 안주인, 하인, 사당, 포수 등이다. 고분도리걸립 공연에서 가장 중요한 위치를 차지하는 성주굿 고사소리는 유삼룡, 김한순, 정우수로 이어진다.

부산 고분도리걸립보존회의 특징은 보존회의 회원 구성에서 찾을 수 있다. 최근 들어 일반인 회원들이 늘고 있긴 하지만, 보존회의 주축은 부산 아미농악에서 기예를 갈고 닦은 젊은 연희자들이다. 그런 이유로 부산·경남지역 지신밟기 보존회 중 회원 연령층이 가장 낮으면서 개인별 연희 역량 또한 뛰어나다.

4) 부산 동래지신밟기보존회

1977년 부산시 무형문화재 제4호로 지정된 〈동래 지신밟기〉는 1967년 중요무형문화재 18호로 지정된 동래 야류에서 활동하던 이들에 의해 만

---

14 부산 고분도리걸립보존회 정우수 상쇠가 어려서 경험한 지신밟기를 보면, 정월 한 달간은 부산 시내 시장 중심으로 지신밟기를 하였다. 2월 되면 부산 해운대구 송정부터 포항 구룡포까지 도보로 이동하면서 지신밟기를 하였다. 마을에 들어가면 마을 반장에게 먼저 보고하고, 판굿을 통해 자신들의 기예를 보여준 뒤 지신밟기 여부를 승낙 받았다.

들어졌다.[15] 1960년대 후반 동래야류 전수자들 중에는 야류뿐만 아니라 농악, 지신밟기 등 민속예술에 기예가 높은 이들이 많았다. 이에, 초창기 동래 야류 회원을 중심으로 지신밟기를 공연 형태로 만들어보자는 의견이 모아졌다. 몇 년간 연습을 거쳐 동래 야류회원들로 구성된 지신밟기 구성원들은 1972년 대전에서 개최된 전국민속예술경연대회 출전하여 문화공보부장관상을 수상한 뒤 1977년 부산시 지정 무형문화재 4호로 지정되었다.

초창기 동래 지신밟기 회원들은 대부분 동래 야류에서 활동하던 이들이었다. 이들 중에서 동래야류 봉사 역할을 했던 김영달(1922)과 할미 역할을 했던 양극수(1915)가 동래지신밟기가 태동하는데 중추적 역할을 했다. 그들이 지신밟기 공연 구성 및 각 굿에 따른 문서를 만들었기 때문이다.

1977년 부산시 문화재 지정 당시 부산 연산동에 거주했던 김영달의 신분은 스님이었다. 그는 망자 천도굿, 지화紙花 만들기를 비롯하여 성주풀이에도 일가견이 있었다. 동래 야류에서 할미 역할을 한 양극수는 부산시 연제구 거제리 토박이로, 한량이었다. 현재 동래 지신밟기보존회에서 사용하고 있는 지신밟기 중 당산풀이는 금정산 자락인 동래 명륜동 당산에서 김영달이 실제로 했던 것을 토대로 만든 것이다.

1977년 동래 지신밟기 출범 당시 고사告祀소리는 김영달이 하였다. 1984년 김영달이 타계하자, 같이 활동하던 양극수가 이어서 풀이를 하였다. 김영달과 양극수에 의해 현재 동래 지신밟기 때 사용하는 고사告祀소리가 완성된 것이다. 이 시기 지신밟기 상쇠는 동래야류에서 악사를 맡고 있던 변동식이 하였다. 그러던 중 양극수가 이미 동래야류 중요무형문화재인데,

---

15 2007년 2월 24일 동래 금강공원 정영배(1947), 2013년 9월 2일 동래 지하철역 부근 찻집 서한선(1931) 현지조사. 서한선은 경남 하동 출생으로, 초등학생 때 부모님을 따라 부산으로 이주하였다. 어려서 농악에 관심이 많았는데, 1972년 이동안 선생 추천으로 동래 야류에 입회하여 활동하였다. 그 이후 1977년 동래 지신밟기가 창립될 때 원년 멤버로 활동하였고, 1987년 동래 지신밟기 하동 무형문화재로 지정되었다.

부산시 무형문화재를 겸하는 것은 문제가 있다는 지적이 있어, 동래 만덕 출신의 양극노(1926)를 교육시켜 그가 1985년 제 3대 풀이 보유자가 되었다. 김영달과 양극수는 실제 마을 지신밟기에서 고사告祀소리를 했으나, 양극로부터는 소리를 배워 풀이를 한 것이 다르다.

현재 보존회 회원은 32명으로, 학교 선생님들이 반 정도 되고, 한국무용 및 풍물을 직업으로 하는 젊은이들이 다음으로 많다. 학교 선생님들이 많은 것은 부산 내 초·중등학교 중 동래 지신밟기 전수학교가 10여 곳 있기 때문이다. 최근 들어 지신밟기에 관심 있는 중년층 일반인 회원이 늘고 있는 추세이다.

3. 부산·경남지역 지신밟기 공연의 의례성과 연희성

매년 정초가 되면 마을 농악대는 당산굿을 친 뒤 가가호호 방문하여 악기를 울리며 한 해 동안의 집안 평안과 안녕을 기원하였다. 세시의례 중 하나인 지신밟기가 한 해 동안의 집안 평안과 직결되므로, 농악대는 임의로 의례 절차와 내용을 변경할 수 없다. 의례가 진행되는 동안 집안사람들과 농악대의 관계는 노작勞作이나 연희농악과 비교할 수 없을 정도로 밀접하다.

무대 위 공연 형태의 지신밟기를 관람하는 이들은 전통사회 마을 사람들과 다르다. 그들에게 전통사회 구성원들의 마음가짐이나 태도를 기대할 수는 없다. 이미 연예농악을 포함한 현란한 공연문화에 익숙한 관객들에게 지신밟기 공연은 그리 흥미로운 연행물이 아니다. 그런 이유로 지신밟기 연희자들은 공연 구성 시 관객의 눈높이에 맞는 다양한 연행적 요소를 자연스럽게 고려하게 되었다. 그 결과, 보존회에 따라 공연 내 판굿 요소를 삽입하거나 지신밟기 틀 자체를 변형시켜 관객의 호응을 최대한 이끌어 내고 있다. 그런 점에서 전통을 온전히 보존하려는 구심력(의례성)과 관객의 호응을 최대한 끌어내려는 원심력(연희성)을 지신밟기 공연의 핵심 요소로 상정할 수 있다. 이 장에서는 앞서 살핀 네 보존회의 각 공연 상황에 따른 두 요소의 발현 양상 및 특징을 중심으로 살펴보고자 한다.

1) 지신밟기의 원형, 축귀의례逐鬼儀禮

먼저, 네 보존회의 공연 구성을 개관하고자 한다. 김해 삼정걸립치기보존회에서는 당산굿, 공동우물굿, 문굿, 성주굿, 조왕굿, 장독굿, 거리굿 1, 마당놀이(4북놀이, 농사풀이), 거리굿 2, 뒷풀이,[16] 구포 지신밟기협의회는 당산굿, 용왕굿, 다리굿, 문굿, 성주굿, 조왕굿, 장독굿, 곳간굿, 마굿간굿, 칡간굿, 주신풀이(버꾸놀이, 마당놀이),[17] 고분도리걸립보존회는 당산굿, 공동우물굿, 문굿, 성주굿, 조왕굿, 장독굿, 곳간굿, 정락(뒷간)굿, 마굿간굿, 용왕굿, 판굿(개인놀이),[18] 부산 동래 지신밟기보존회에서는 당산굿, 문굿, 마당풀이, 소고놀이, 북놀이, 성주굿, 술풀이 순서로 공연한다.[19] 각 보존회는 공통적으로 당산굿부터 의례가 시작되고, 동래 지신밟기보존회를 제외한 세 곳에서는 문굿 후 성주굿, 조왕굿 순서로 지신밟기를 시작한다.[20] 의례 단위로 보면, 마을신 의례와 가신의례, 그리고 여흥놀이 순서로 이루어지는 것이다. 보존회 상쇠 혹은 종쇠는 공통적으로 집안의 각 장소에 해당하는 소품 혹은 걸개그림 앞에서 치배들의 반주에 맞추어 해당 장소의 가신家神 덕택으로 집안이 평안하고 무탈하길 기원한다는 내용의 고사告祀소리를 한다.

전반적으로 축원祝願 위주로 공연이 진행되는 상황에서 부산 고분도리

---

16 2007년 2월 21일 김해문화예술회관 김해 삼정동걸립치기 정기공연 현지조사.

17 2013년 6월 13일 낙동문화원 이경준 상쇠 현지조사.

18 2007년 10월 6일 부산 용두산공원 고분도리걸립 공연 현지조사.

19 2007년 2월 24일 부산 금강공원 동래 지신밟기 공연 현지조사.

20 1977년 문화재 지정 당시에는 동래 지신밟기도 다른 곳과 마찬가지로, 문굿 후 성주굿, 조왕굿 순서로 지신밟기 시작하였다.
   부산민속예술보존협회 · 동래야류보존회,『동래 들놀음』, 동아인업 · 도서출판 지평, 2001, 259~260쪽.

성주굿, 구포 대리 마당놀이, 그리고 김해 삼정동 거리굿에서 축귀적 면모가 확인된다. 먼저, 부산 고분도리걸립의 성주굿 살풀이, 구포 대리의 마당풀이 고사소리를 인용하면 아래와 같다.

> (전략) 정월이라 십오일 망월살을 풀고/ 이월이라 한식날 한식날을 풀고/ 삼월이라 삼진날 연자살을 풀고/ 사월이라 초파일날 관등살을 풀고/ 오월이라 단오날은 추천살을 풀고/ 유월이라 유두날 유두살을 풀고/ 칠월이라 칠석날 오작교살을 풀고/ 오동지 육섣달 온갖 살을 풀어주자(구덕민속예술협회 네이버 블로그(blog.naver.com/bdgms), 2014.9.1. 현재)

> 어이여루 지신아 마당지신을 눌러주소/ 눌루자 눌루자 마당너구리 눌루자/ 앞으로 오는 도둑은 마당너구리 막아내고/ 뒤로 오는 도둑은 굴뚝장군이 막아내소/ 옆으로 오는 도둑은 오방신장이 막아내고/ 일년이라 열두달 윤달이면 열석달에/ 삼백이라 예순날 오늘같이 지내주소/ 어이여루 지신아 마당지신을 눌러주소(구포 대리지신밟기 전수교재)

부산 고분도리걸립에서는 상황에 따라 성주풀이 내용은 가감할 수 있지만 언제나 달거리 형식의 살풀이로 성주풀이를 마무리 짓는다. 구포 대리에서는 지신밟기를 모두 마치고 집을 나가기 전에 마당풀이를 하는데, 이때 상쇠는 마당너구리나 굴뚝장군과 같은 존재를 통해 도둑을 막아내자고 하였다. 마당풀이는 구포 대리에서만 확인되었는데, 이는 성주풀이를 포함한 이전 제차에서 외부로부터 들어오는 나쁜 것을 막거나 푸는 언술이 없었기 때문이다.

김해 삼정걸립치기보존회에서는 두 번에 걸쳐 거리굿을 하는데, 첫 번째는 잡귀잡신을 풀어먹이는 것과 함께 농악대원들의 휴식을 위해, 두 번째는 풀어먹인 잡귀잡신을 본격적으로 쫓아내기 위해서 이루어진다. 먼저, 이곳에서 실제 지신밟기 때 이루어지는 거리굿의 의미에 대해 알아보고자 한다.

> (실제 지신을 밟을 때) 마지막에 하는 거는 거리굿인데, 옛날에는 객구客鬼 카는게 있었어. 객구도 안걸리고, 소화도 잘 시키고, 병에 안걸리라고, 풀이를 하거마는. 어느 구신은 이 술 한잔 묵고 가서 걸귀를 면해가고 이래 사설이

있거든. (중략) 그 집 집안에 있는 구신은 몰아내는 택이재. 몰아내서, 큰상이라. 큰 상을 채리서 밥도 거서 놓고 이래가지고, 밥에 말아서 칼로 휘 저어서 "에! 구신아 이 술 한잔 묵고 가라." 하고 그걸 구신을 몰아낸다고. 그걸 칼을 떤지면 칼이 바깥으로 안나가면 또 해야하는기라.[21]

위 제보에 따르면, 지신밟기 내 거리굿은 두통이나 오한 등의 증세 때 간단한 음식을 준비하고 어머니나 할머니 등 집안의 여성이 주로 하는 객귀客鬼 물림과 목적 및 형태가 비슷하다. 그러나 의례 주체가 전문 사제자인 상쇠이고, 구축 대상이 1년 동안 쌓인 액이라는 점에서 축귀적 성격이 훨씬 강력하다. 여기서의 거리굿은 지신地神이 발동하여 집안에 문제가 발생하지 않기 위해 지신을 누르는 것과 상통한다. 김해 삼정동에서는 성주풀이를 할 때 가정축원까지만 노래한다. 다른 곳과 달리, 이곳에서는 제일 마지막에 거리굿을 통해 집안에 쌓인 액을 소멸하는 관계로, 따로 액막이나 살풀이를 노래하지 않았다.

부산 고분도리와 구포에서는 풀이 형태로, 김해 삼정동에서는 행위를 통해 액막이를 한다. 이 제차들은 전체 지신밟기와 유기적 관계를 맺고 있다. 4장에서 재론하겠지만, 지신밟기가 축원을 넘어 연희화 되면서 의례농악으로서의 면모가 거의 사라진 상황에서 위 세 사례는 지신밟기의 본디 모습을 보여준다는 점에서 의의가 있다.[22]

2) 연행적 요소 강화를 통한 연희성 제고

보존회별 지신밟기 공연의 전체 구성 및 개별 고사告祀소리 내용은 대동소이다. 그러나 보존회에 따라 연행적 요소의 활용 정도는 차이가 크다. 먼저,

---

21 2013년 9월 10일 김해 삼정동 양만근 상쇠 현지조사.
22 지신밟기 말미에 한 해 동안 집안에 쌓인 액을 물리치는 것은 부산 구포 대리에서도 확인된다. 대리 지신밟기 공연 후반부 주신酒神풀이 때 간단한 술상이 차려지면 음식을 나누어 먹고는 버꾸놀이를 하면서 신명나게 악기를 두드리는데, 이는 의례에 모인 사람들이 한바탕 노는 것과 함께 집안에 쌓인 잡귀잡신들을 집 밖으로 몰아내는 의미가 있다고 한다. 2013년 6월 13일 낙동문화원 이경준 상쇠 현지조사.

김해 삼정걸립치기보존회에서는 몇 년간의 대회 출전 경험을 바탕으로 마지막 거리굿 전에 북수들의 북놀이와 소고 중심의 농사풀이를 삽입하였다. 전체 지신밟기 공연에서 이 부분이 차지하는 비중은 그리 크지 않다.

부산 고분도리걸립보존회에서는 지신밟기 후반부에 대동놀이와 들벅구놀이, 북놀이, 설장구놀이, 그리고 술소리를 한다. 김해 삼정동과 비교하면 규모나 숙련도의 면에서 월등하다. 이와 같은 단체 및 개인놀이가 가능한 것은 이 보존회가 전문 걸립패인 아미농악에서 태동했기 때문이다. 아미농악에서 기예를 갈고 닦은 연희자들이 고분도리 걸립보존회로 넘어오면서, 단체놀이 및 개인놀이가 지신밟기 안에 자연스레 들어가게 되었고, 그로 인해 의례적 요소와 연희적 면이 비슷한 위치를 차지할 수 있었다.

북놀이나 개인놀이 등을 첨가하더라도, 김해 삼정동이나 부산 고분도리 걸립에서는 전래 지신밟기의 구성에 영향을 미치지 않았다. 부산 동래 지신밟기에서는 문굿 뒤에 지신밟기의 핵심인 성주굿 대신, 소고놀이와 북놀이를 배치하였다. 치배들의 공연 뒤 성주풀이가 끝나면 잡색 및 치배들이 원형으로 서서 소고춤을 추고, "위기자, 위기자"하면서 모든 치배들이 두 줄을 서서 실제 땅을 밟는 행위를 한다. 그 뒤 뒷풀이에 해당하는 술풀이로 공연이 마무리된다. 이곳에서는 재래의 조왕굿을 위시한 집안 여러 곳에서 이루어지는 가신의례를 과감히 생략하고, 앞치배와 뒤치배가 어우러진 가운데 상쇠의 고사소리와 치배들의 놀음으로 의례성을 구체화하고 있다.

동래 지신밟기에서 잡색들의 역할이 두드러지는 것은 동래 지신밟기보존회의 유래와 관련이 있다. 1977년 창립 멤버 중 한 사람인 서한선의 인터뷰 내용을 제시하면 아래와 같다.

> 72년도 전국민속경연대회에 잡색 10명을 짜서 나갔는데, 그때 동래 이, 동래 야류하던 원로 할아버지들이, 우리는 그러면, 삼한시대부터 내려오는 축원 농악이 있는데, 그 원형을 갖다가 근본을 삼아가지고 좋은 놀이를 만들 수가 없나. 이렇게 의논이 되가지고, 그때 열 사람이 들어갔어. 열사람이 들어가서 각자 특기대로 놀았어요.[23]

동래 지신밟기가 만들어질 당시 10명의 잡색이 지신밟기 내에서 각자 나름대로 역할을 다했다는 증언에서 보듯, 동래 지신밟기는 태동할 때부터 의례성과 함께 연희성을 갖추고 있었다. 이러한 분위기는 시간이 흐르면서 잡색의 역할 강화로 이어졌다. 1977년 당시에는 잡색 중 사대부와 포수만 무형문화재 보유자로 지정되었으나, 포수(1981년 보유자 후보 지정), 하동 (1987년 보유자 지정), 촌녀(1989년 보유자 지정) 등으로 확대된 것이다. 1970년대 후반 문화재 지정 당시 잡색은 지신밟기 안팎을 넘나들며 공연판에 생기를 불어넣는 역할을 하였다. 실제 마을이 아닌, 공연 내 전승을 중심으로 30년 이상 이어진 결과, 지금은 앞치배와 동등한 위치에서 지신밟기 곳곳에서 나름의 역할을 수행하고 있다.

공연에 따라 의례 및 연희의 차이가 발생하는 것은 보존회를 조직한 이들의 농악 기반과 관련이 깊다. 보존회 설립의 목적부터 달랐기에 공연 구성 역시 영향을 받을 수밖에 없었다. 다음으로 이러한 개별 전통이 지속되는 데는 보존회 구성원의 역량이 중요하다. 특히, 연희적 색채가 강한 보존회의 경우 지방문화재로 지정되면서 자신만의 면모를 지키는데 비교적 유리할 수 있었다.

4. 부산·경남지역 지신밟기 공연의 의례농악사적 위치

현재 보존회별 진행 공연 프로그램은 보존회에 따라 차별성이 뚜렷해 보인다. 하지만 이들은 고대로부터 내려오는 지신밟기의 도저한 흐름 안에서 태동, 성장해왔다. 보존회 결성 이전 시기 상쇠들이 경험한 전통 농악 역시 비슷한 점이 많다. 그런 이유로 이 공연들의 의례농악적 의의를 파악하기 위해서는 지신밟기의 전체적 흐름 위에서 각 공연을 조망할 필요가 있다. 이 장에서는 각 보존회가 변화된 상황에 적응하는 과정에서 노정한

---

23 2013년 9월 2일 동래 지하철역 부근 찻집 서한선(1931) 현지조사.

연행적 특징을 중심으로 서술하고자 한다.

부산·경남지역 전통사회에서의 지신밟기는 본디 축귀逐鬼의 목적이 강했다. 축원 의례나 비교적 간단한 축귀 의례라면 보통 사람도 할 수 있다. 하지만 한 해 동안 집안에 쌓인 나쁜 것을 소멸하는 의례는 보통 사람이 진행하기에는 한계가 있다. 그런 이유 때문일까. 각 농악에서 핵심적 역할을 수행했던 김해 삼정동 유상진, 부산 아미농악 유삼룡, 그리고 동래 지신밟기 김영달은 공통적으로 스님 신분이었다.[24] 부산 아미농악대가 부산 송정에서 출발하여 온양, 감포를 지나 포항 구룡포까지 걸립했다는 것을 볼 때 동래지신밟기를 만든 김영달이나 김해 삼정동걸립치기의 유상진 역시 부산 아미농악 만큼은 아니더라도, 어느 정도의 활동 영역 안에서 자신들의 의례적 권능을 확립했을 것이다.

축귀적 성격이 지신밟기에 강하게 남아있는 것은 이 의례가 그믐날 밤에 악기를 요란하게 울리며 한 해 동안 쌓인 나쁜 것은 몰아내는 나례儺禮에서 비롯되었기 때문이다. 이후 이러한 면모는 신년 축원의례와 습합되면서 자연스럽게 그 자리를 잃게 된다. 축귀逐鬼에서 축원祝願으로의 성격 변화는 앞서 살핀 각 보존회의 고사告祀소리에서도 확인된다. 부산 고분도리 걸립의 모든 고사소리의 서두는 '○○지신을 눌러주소/ 여루우 지신아 ○○지신 눌러보자'로 시작된다.[25] 각 장소의 신을 불러 축원하는 자리에서 그 신을 누르자고 것은 무엇 때문일까. 그것은 이전의 축귀 관념이 공식구로나마 가신家神에 대한 축원 사설 속에 남아있는 것이다.

반면, 부산 구포 대리와 동래 지신밟기의 각 고사告祀소리 서두는 '어이여루 지신아 ○○지신을 울리자/ 울리자 울리자 ○○지신을 울리자'고 시작한

---

24 대리와 같은 면인 구포면 구포리에서 맹무盲巫 최순도 구연 성주풀이가 채록된 것을 보면, 대리농악 상쇠 역시 전문사제자일 가능성을 배제할 수는 없다.

25 2013년 8월 23일 부산 연산동 찻집 정우수(1948) 상쇠 현지조사. 그는 〈부산구덕민속예술보존협회〉 블로그에 '눌러주소'가 아닌, '~불러주소'라고 되어 있는 것은 오기誤記라 하였다.

다.[26] 여기서 해당 가신家神을 울리자는 것은 여러 악기를 울려 그곳에 좌정한 신을 기쁘게 하자는 의미이다. 이 두 곳에서는 지신을 눌러서 발동하지 못하게 하자는 흔적이 완전히 사라지고, 가신을 즐겁게 하자는 관념이 완전히 자리잡은 것을 확인할 수 있다.

성주를 포함한 가신신앙家神信仰은 지금과 같은 형태의 지신밟기가 형성되는데 결정적 역할을 하긴 했지만, 이러한 관념이 일률적으로 자리 잡은 것은 아니다. 부산 동래, 김해 삼정동, 그리고 구포 대리에서는 공통적으로 샘굿 때 사해용왕 나열 및 축원 사설을 노래하면서 용왕 덕택으로 일 년 내내 샘물이 잘 나오길 기원한다. 부산 고분도리걸립 역시 이러한 기원을 노래하지만 특정 신격을 호칭하지는 않는다. 이러한 점은 당산풀이에서도 나타난다. 김해 삼정동, 부산 고분도리, 구포 대리에서는 당산신의 은덕으로 마을사람들이 안과태평하기를 기원한다. 하지만 부산 동래에서는 산세풀이 및 명당풀이를 통해 현재 노래되는 곳이 잘 될 것이라는 점을 강조한다. 요컨대, 신격이 축귀적 성격을 희석시키는데 중요한 작용을 했지만 그러한 역할이 공통적 현상은 아니라는 것이다.

산업화 및 도시화로 인해 가신 관념이 사라지면서 기존의 지신밟기는 또 한 번 변화를 맞게 된다. 각 보존회에서는 지금도 정초가 되면 지역주민들에게 신청을 받아 일정을 조율한 뒤 관내를 돌며 지신밟기를 한다. 아파트의 경우 안방에서 성주굿을, 주방에서 조왕굿을, 화장실에서 뒷간굿을 할 때도 있지만 일반적 상황은 아니다. 생활 방식 및 주거 구조의 변화로 인해 전통적 형태의 고사소리를 옛 방식대로 할 기회는 거의 없는 것이다. 상황에 따라 새로운 형태의 사설을 만들고,[27] 악기만 한바탕 신명나게 울리

---

26 부산민속예술보존협회 · 동래야류보존회, 『동래 들놀음』, 동아인업 · 도서출판 지평, 2001, 261~278쪽.
　북구 향토지 편찬위원회 편, 『부산 북구향토지』, 부산직할시 북구, 1991, 799~800쪽.
27 예컨대, 동래 지신밟기보존회의 서한선은 차고나 보일러룸 등의 장소에서 아래와 같은 고사소리를 한다고 하였다.
　어허루 지신아 차고치신도 울리자/ 달린다 달린다 쏜살 같이도 달린다/ 동지 섣달 찬바람

고 다른 곳으로 이동할 때도 많다. 이는 내용인 가신신앙이 소거되고 형식인 의례만 남게 된 결과로 판단된다.

지신밟기 전통이 사라져가는 상황에서 각 보존회는 나름의 위기 타개 혹은 또 활로 모색을 위해 보존회를 결성하고 공연을 기획하게 된다. 부산 구포지신밟기보존회는 첫 번째 공연을 시작한 이래 지금과 같은 공연 형태를 갖추는데 20여년, 나머지 세 곳은 7년에서 10년 정도가 걸렸다. 이 기간 동안 공연 각 보존회에서는 공연시 노정되는 크고 작은 문제를 하나씩 해결해나갔다. 이들이 보존회를 결성하게 된 계기 및 방식, 준비 기간 등은 상이하지만, 이들이 공연을 거듭하면서 겪은 문제점은 크게 두 가지로 요약된다.

첫 번째로 의례성의 약화이다. 이 문제를 가장 강력하게 대응한 곳은 김해 삼정걸립치기보존회이다. 다른 곳에서는 제관이 당산나무를 향해 재배再拜만 하지만, 이곳에서는 당산나무 앞에서 제관이 헌작獻爵, 재배再拜, 독축讀祝, 재배再拜 등의 순서로 당산제를 지낸다. 그럼에도 한계는 있다. 본디, 당산굿을 치는 이유가 동신洞神을 서낭기에 받아, 신神의 은혜가 집집마다 전해지기 위한 것임을 감안한다면, 그러한 기능이 살아있는 곳은 한 곳도 없는 것이다. 마을신 의례와 가신 의례가 이원화되었고, 점차 당산굿은 점차 그 의미를 잃어가고 있다.

두 번째는 제한된 공연 시간이다. 성주굿과 조왕굿, 장독굿 등 보통 지신밟기를 전통적 형태대로 진행하면 평균적으로 1시간 30분 정도가 소요된다. 성주굿이 가장 오래 걸리고, 다른 장소에서 걸리는 시간은 거의 비슷하다. 그런데 보통 보존회에 주어지는 공연 시간은 30분에서 40분 정도이다. 그러다 보니 지신밟기 후반부는 생략하지 않을 수 없다. 시간 부족에 따른 순서 생략은 지신밟기의 핵심인 성주굿 고사소리에서도 나타난다. 예컨대, 부산 구포 대리에서는 실제 지신밟기처럼 단락별로 가감할 수 없기 때문에

에 쏜살 같이도 달린다 / 마구자 마구자 온갖 지신을 마구자(차고풀이)
어허루 지신아 보일라 지신도 울리자 / 열난다 열난다 이 방에 열난다 / 동지섣달 찬바람에 이 방 저 방 열난다 / 이 방 음식을 마련하여 부모 공양을 하여보세(보일러풀이)

성주풀이 첫 부분과 마지막 부분만 노래한다. 부산 고분도리 역시 귀양 간 성주님을 모셔와 좌정시키는 대목과 살풀이만 한다.

이러한 문제점들을 해결함과 동시에, 본인들의 장점을 극대화기 위한 방편으로 각 보존회에서는 공연 핵심 요소인 축귀와 축원으로 대표되는 의례성과 판굿 요소와 잡색의 적극적 개입이라는 연희성을 적절히 조합하게 된다. 마을농악에서 출발한 김해 삼정동과 부산 구포에서는 공통적으로 전통적 형태의 지신밟기 기록이 온전히 남아 있다. 그런 이유로 이곳에서는 마을 전래 지신밟기를 충실히 구현하는 것에 초점을 맞추었다. 그 결과, 김해에서는 유교식 제사 형태인 당산굿을 충실히 재현하고, 공연 지신밟기 중 유일한 축귀의례인 거리굿으로 전체 공연을 매조지었다.

부산 구포지신밟기보존회는 전래 지신밟기를 각색하여 공연용으로 만들 때 유일하게 새로운 요소를 가미하지 않았다. 오히려 2010년 재도약을 위해 보존회 재정비하면서 남창 손진태의 1925년 당시 대리 농악 지신밟기 상황을 최대한 따랐다. 이곳이 전통성 구축에 노력을 경주하는 것은 일제강점기 지신밟기 기록이 남아있다는 희소성을 부각시키려는 의도도 있지만, 본질적으로는 대리 토박이 및 풍물 동호인 등에 의해 지신밟기가 지금도 현장에서 연행되고 있기 때문이다. 지신밟기가 보존회원들에 의해 실제 현장에서 이루어지다 보니, 보여주기 위한 숙련된 기예가 오히려 불편했던 것이다.

마을 농악에서 출발한 보존회들이 전통의 충실한 재현에 주안점을 두고 있다면, 부산 고분도리걸립에서는 기존 틀을 유지하면서도 개인적 역량을 최대한 드러내는 판굿 요소 가미가, 동래 지신밟기에서는 전체 구성의 파격 속에서 잡색들이 적극적으로 공연에 개입하는 것이 특징적이다. 이 두 보존회에서는 공통적으로 이미 의례적 생명력을 다한 공연판에 연희적 요소를 덧입혔는데, 이러한 특징은 각 보존회의 태생과 관련이 있었다.

몇 차례의 질적 변화를 거쳐 온 지신밟기 전통은 이제 막바지에 다다랐다. 이 시점에서 각 보존회는 도시민을 대상으로 한 지신밟기 공연을 통해 자신들의 맡은 바 책무를 다하고 있다. 보존회에 따라서는 현장에서의 요구가 바탕이 되어 전통적 형태를 고수하는 곳이 있는가 하면, 의례와 연희를 적절히 조합한 단체도 있고, 현장을 벗어나 공연으로만 전승되면서 연희적 측면이 부각된 곳도 있다. 의례와 연희 중 어느 하나만 중요하다고 할 수 없다. 다양한 요소들을 흡수하며 향유자의 삶 속에서 나름의 방식대로 살아 숨쉬는 것이 지신밟기의 본질이기 때문이다. 그런 점에서 부산·경남지역 지신밟기 공연은 의례농악의 일원으로 여전히 유효하다고 할 수 있다.

5. 맺음말

부산·경남지역에서는 오랜 기간 진행해온 마을 지신밟기 경험을 바탕으로 보존회를 결성, 지신밟기 공연을 하는 곳이 있다. 김해 삼정걸립치기 보존회나 부산 구포지신밟기보존회는 마을 농악에서 시작했고, 부산 고분도리걸립보존회와 부산 동래지신밟기보존회는 전문 연희패에서 출발했다. 각 보존회의 전체 공연은 마을신 의례와 가신家神 의례, 그리고 뒷풀이로 구성된다. 전반적으로 축원 위주로 지신밟기가 이루어지는 상황에서 지신밟기의 원초적 면모가 가장 잘 표현된 것은 김해 삼정동걸립치기의 거리굿이다. 공연 후반부에 전문 사제자인 상쇠에 의해 1년 동안 집 안에 쌓인 액을 구축한다는 점에서 지신밟기의 축귀逐鬼적 성격이 잘 드러났다.

지신밟기 공연 내 연희성은 전문 연희패에서 출발한 부산 고분도리걸립과 동래 지신밟기에서 선명하게 나타난다. 전자는 공연 후반부에 대동놀이와 들벅구놀이, 북놀이, 설장구놀이, 술소리를 삽입하였다. 후자는 집안 여러 곳에서 이루어지는 가신의례를 생략하고, 앞치배와 뒤치배가 어우러진 가운데 상쇠의 고사소리와 치배들의 놀음으로 의례성을 구체화하였다.

각 보존회는 수년간 공연을 진행하면서 제한된 시간과 의례성 약화라는 문제점에 직면하였다. 이 문제를 해결하기 위해 마을농악에서 출발한 김해 삼정동과 부산 구포지신밟기보존회는 전통의 충실한 재현에 주안점을 두었고, 부산 고분도리걸립과 동래 지신밟기에서는 판굿적 요소 삽입 및 잡색 역할 강화를 선택하였다.

몇 차례의 질적 변화를 거치면서 의례농악은 이제 종착역에 다다랐다. 그 마지막 형태가 도시민 대상 지신밟기 공연이다. 보존회에 따라 전통적 형태 고수, 의례와 연희의 조합, 그리고 연희적 측면의 부각이라는 대응책을 내놓았다. 이 공연들을 의례와 연희라는 두 요소만으로 재단할 수는 없다. 현실적 문맥 속에서 다양한 요소를 흡수하며 사람들의 삶 속에서 숨 쉬는 것이 지신밟기의 본질이기 때문이다.

제 2 장

농악대 고사告祀소리의
전승 양상과 활용 방안

1. 머리말

마을 농악대는 정초에 마을굿을 지내고 나서 마을의 각 가정을 돌며 지신밟기를 하였다. 지신밟기는 대체로 문굿, 성주굿, 조왕굿, 장광굿, 노적굿 등의 순서로 이루어지는데 이때에는 그 장소에 좌정하고 있다고 여겨지는 신神에게 한 해 동안의 평안을 축원하는 내용의 고사告祀소리를 한다. 이러한 고사告祀소리는 전국적으로 존재하고 있으며 지역에 따라 소리의 순서나 내용 구성 등이 각기 다르다.

지신밟기는 전통사회에서 빠질 수 없는 세시의식歲時儀式 중의 하나였다. 그러나 현재는 그 전통이 거의 소멸되었고 지역 농악이 활성화되어 보존이 이루어지고 있는 곳에서나 근근이 명맥을 유지하고 있다. 지신밟기가 소멸하게 된 것은 한옥에서 양옥이나 아파트 등으로의 생활환경의 변화, 가신신앙의 소멸, 농촌의 공동화 현상, 농촌 인구의 고령화 등이 직접적인 원인이다.

아울러 지신밟기가 제대로 보존되지 못한 데에는 농악과 관련된 문화재 정책이 판굿과 같은 기예 중심의 농악에 편향된 탓도 있다. 현재 문화재로 지정받아 보존되고 있는 농악은 평택, 이리, 진주·삼천포, 임실 필봉, 강릉 등 5개의 중요무형문화재와 대구, 부산, 광주 등 6개의 광역시 지정 문화재, 그리고 20여 곳의 도지정 문화재 등이 있다. 이렇게 지정된 농악들은 대부분 판굿을 기반으로 한 연희농악 형태이다. 전통사회에서의 농악은 노작勞作, 의례儀禮, 유희遊戲의 면을 두루 가지고 있으면서 그 지역 농악의 상황에 따라 앞의 세 가지 면모 중 어느 한 부분이 두드러지는 양상을 보였다. 그런데 문화재 지정은 이 세 가지 특징 중 연희적 측면만을 보존 가치의 잣대로 삼은 것이다.

이러한 상황에서 농악의 보존 및 발전 방안과 관련된 선행 연구는 농악 자체에 대한 것에서부터 지역 축제 속에서의 농악의 역할, 농악의 관광 상품화 방안 등 다양하게 이루어져 왔다.[28] 그러나 이 논의들 역시 농악의 연희적 측면에 초점을 맞추고 있다. 농악의 연희성이 의례나 노동의 측면에 비해 도시에 사는 사람들의 기호에 보다 잘 맞을 수 있다는 점에서 소기의 목적을 달성하기에 용이할 수 있다. 그렇다고 해서 전래되어온 두레풍장이나 지신밟기의 전통을 도외시할 수는 없다. 원래 농악이 갖는 각각의 특성을 균형적으로 발전시키기 위해서라도 농악의 의례적 측면에 대한 논의가 이루어져야 한다.

본고에서는 그 지역 지신밟기를 대표하면서 현재 시점에서 무대 공연이나 마을굿 등에서 고사告祀소리를 구연하고 있는 농악을 현지 조사하면서 이 소리들의 현재 전승 양상을 점검하고, 어떻게 하면 이 소리들을 지금보다 발전적인 형태로 만들 수 있을지 살펴보고자 한다. 현지 조사한 지역 지신밟기를 제시하면 아래 표와 같다. 본문의 내용들은 대부분 아래 제보자들과의 인터뷰를 통해 조사한 것이다.

---

28 이와 관련된 논의는 아래와 같다.

신용철, 「김해지역 민속놀이의 전승현황과 발전방안」, 『김해발전연구』 1권 1호, 인제대 김해발전연구소, 1997; 박진태, 「진주 삼천포농악의 전승실태와 보존방안」, 『인문예술논총』 제23집, 대구대 인문과학예술문화연구소, 2002; 서광일, 「풍물을 통한 지역 축제의 발전방안 연구」, 중앙대 석사논문, 2006; 오용원, 「웃다리 평택농악의 전통보존과 관광상품화 전략연구」, 중앙대 석사논문, 2007.

지 역	농악 명칭	제 보 자	조사일시	비 고
강원지역	강릉농악	정희철(부쇠)	2006.12.10	강릉농악공연 현지조사
충청지역	부여 세도풍물	조택구(상쇠)	2007.10.13	
	대전 웃다리농악	송덕수(상쇠)	2007.8.16	
경기지역	평택농악	황영길(고사소리꾼)	2007.7.13	평택농악공연 현지조사
호남지역	남원농악	김정헌(부쇠)	2007.7.4	
	진안농악	이승철(상쇠)	2007.7.5	
	영광농악	최 용(상쇠)	2005.6.9	법성포단오제 현지조사
영남지역	창원 퇴촌농악	황일태(상쇠)	2007.9.16	
	동래 지신밟기	정영배(총무)	2007.2.24	동래 지신밟기공연 현지조사
	달성 다사농악	배관호(상쇠)	2007.9.17	
	고분도리농악	정우수(상쇠)	2007.10.6	고분도리농악 공연 현지조사
	김해 삼정동걸립치기	양만근(상쇠)	2007.2.21	걸립치기 정기발표회 현지조사

2. 농악대 고사告祀소리의 지역별 전승 현황

1) 충청·경기지역

전국적으로 자료를 놓고 볼 때 실제 지신밟기 의례가 비교적 온전하게 전승되고 있는 영남지역에 비해 호남 및 경기, 충청, 강원지역 등에서는 대부분의 지역에서 지신밟기가 하루가 다르게 사라져가고 있다. 예컨대, 충남 부여 세도풍물이나 강원 강릉농악 등은 그 지역을 대표할만한 농악이고, 그곳에서 전승되고 있는 고사告祀소리 역시 사설 구성 등의 면에서 다른 지역에 비해 탁월하다. 그러나 지금은 마을에서의 지신밟기 수요가 점차 없어지면서 자연히 실제 현장에서 소리를 하지 않게 되었고 공연 역시 판굿 위주로만 하다 보니, 고사告祀소리의 전통은 거의 단절된 상태이다.

이러한 상황은 대전문화재 1호로 지정되어 보존되고 있는 대전 웃다리 농악도 마찬가지이다. 대전 웃다리농악의 전신이었던 중앙농악회의 부쇠 이면서, 고사소리꾼이었던 이규헌 구연 고사덕담은 인근의 고사덕담에 비교해 사설 구성이나 세련도에 있어 독보적 위치를 차지하였다.[29] 그러나 요즘은 마을에서 지신밟기를 거의 하지 않고 다른 마을로의 걸립 전통도 단절되어 덕담의 명맥이 끊어진 상태이다. 다만, 공연이 있을 때 고사굿 형태로 공연 초반부에 남사당패의 비나리를 부르고 있다.

어려서부터 대전 웃다리농악에 몸담아온 대전 웃다리농악 송덕수 상쇠 에 따르면, 이규헌이 불렀던 덕담은 이광수의 비나리와는 가락이나 악기 구성에 있어 차이가 있었다고 한다. 악기 구성에 있어 이광수 비나리는 쇠가 주를 이루지만, 이규헌이 소리를 할 때에는 북과 쇠, 징과 쇠로 악기를 구성하고 가락은 2채와 3채를 주로 썼다고 한다.

현재 대전 웃다리농악에서는 이규헌제 고사소리는 전수가 이루어지지 않고 웃다리농악의 일원인 조한명씨가 이광수제 비나리를 독학으로 배워 서 고사굿 등에서 구연하고 있다. 조한명씨가 남사당의 비나리를 배우게 된 것은 이규헌제 덕담의 전승이 이미 끊어지기도 했거니와 청중들이 귀에 익은 비나리를 선호하기 때문이다.

평택농악에서 정기공연 때 고사告祀소리를 전문적으로 부르고 있는 황영 길은 고故 최은창이 생전에 지신밟기를 할 때 뒷소리를 받으며 자연스럽게 소리를 익혔다. 최은창 상쇠 당시만 하더라도 평택농악은 인근 지역은 말 할 것도 없고, 경우에 따라 지방까지 걸립을 다녔다. 그런 이유로 그는 여러 상황에서의 지신밟기 수요를 충당하기 위해 인근의 유명한 고사소리꾼들 의 소리들을 접목시켜 자신만의 레파토리를 완성하게 된다.

---

29 아래 책에 이규헌 구연 고사告祀소리가 조사되어 있다.
   이소라, 『대전민요집』, 대전중구문화원, 1998, 277~314쪽.

1990년대 후반부터 평택농악에서도 정초 지신밟기를 거의 하지 않게 되었다. 그러다 보니 고사소리의 수요도 자연히 줄어들게 되고 고사소리꾼 황영길 이후로 평택농악 내에서 이 소리를 배우는 이도 이제는 없다. 간혹 이곳에서는 건물을 새로 짓고 나서 준공식을 할 때 농악대를 초청하여 성주 굿을 의뢰하는 사람들이 있다. 이때에는 마루에 성주상을 차려놓고 그 앞에서 고사소리꾼이 산세풀이를 구연하고 나서 성주가 나무를 베어 와서 집을 짓는 내용 중심으로 소리를 한다.

평택농악에서는 정기공연 때 판굿을 하기에 앞서 고사굿을 하면서 고사 소리를 구연하는데, 이때에는 고사꾼을 포함하여 무동 3명, 양반, 징, 장구, 북이 등장한다. 이들 일행은 고사상을 향해 3번 반절 한 뒤 2열로 서서 소리를 한다. 이때 하는 소리는 산세풀이, 살풀이, 가정축원, 뒷염불로 구성 된다.

이러한 고사굿을 본 공연 앞에 하는 것은 관객들로 하여금 앞으로 시작 될 판굿에 집중하게 하고, 소리가 진행되는 동안 관객들이 고사상을 향해 내고 기원함으로써 공연장에 모인 사람들을 하나로 묶어주는 기능을 한다. 평택농악 고사굿은 경기지역에서 유일하게 공연화되는 고사소리라는 점에서 의의가 있다. 그러나 본 공연 서두에 정해진 시간 내에서 소리를 하다 보니 원래 갖추어진 사설을 모두 하지 못하고, 무엇보다 원래의 축귀逐鬼, 축원祝願의 기능을 제대로 수행하지 못한다는 점에서 한계가 있다.

2) 호남지역

진안농악에서는 지신밟기의 명맥이 한동안 끊어졌다가, 1990년대 후반 부터 당시 젊은 치배들을 중심으로 지신밟기를 연행하게 되었다. 90년대 이전에 진안지역에서 지신밟기를 할 때는 성주굿은 따로 치지 않고, 조왕굿 을 하면서 성주굿을 같이 할 때가 많았다. 그러나 다른 마을에서 이사를 왔거나, 새로 집을 지었을 때에는 고사소리꾼을 초청하여 대청마루에 고사 상告祀床을 차려놓고 반드시 고사덕담을 하였다.

현재 진안농악에서는 지신밟기를 할 때 예전의 김봉열 상쇠나 고재봉 고사소리꾼이 하던 형태의 소리를 그대로 하지 않고 고사덕담의 앞부분인 터 잡는 부분을 간단하게 부른 뒤 방문하는 곳의 성격에 따른 축원 내용을 노래한다. 관련 자료를 인용하면 아래와 같다.

> 생선가게: 명태 꼴뚜기, 멸치, 고등어 많이 먹세
> 식당: 김치찌개, 된장찌개, 참치찌개, 백반 많이 많이 먹세
> (2007.9.4. 진안농악 사무실, 이승철 상쇠 구연)[30]

위의 인용문에서 보듯, 농악대가 생선 가게를 방문했을 경우 어물전을, 식당에 들어갔을 때는 메뉴판을 보고 그 가게에서 파는 물건이나 음식 등을 많이 먹거나 팔자는 식으로 소리를 한다. 이때에는 간단한 축원을 얹어서 부르기 용이한 장광굿 등에서 쓰는 가락을 연주한다.[31]

요즘에는 새로 이사를 왔거나 집을 지었을 때 찾아와서 성주굿을 요청하는 사람들이 간혹 있다. 그러나 집주인은 고사덕담이 아닌, 악기만 신명나게 울려달라고 요청하는 경우가 많아서 제대로 된 덕담을 구연할 경우는 거의 없는 편이다. 그리고 현재 진안농악에서는 전수생들이 판굿 위주로만 배우다 보니 농악을 고사덕담과 관련된 교육은 거의 이루어지지 않고 있다.

남원은 전국에서 전체 인구 대비 농악 인구가 가장 높은 곳 중의 한 곳이다. 전체 인구 9만여 명 중 23개 읍면동 농악대에 소속된 인구가 천명이

---

30 그는 실제 상황이 아니어서 소리가 잘 나오지 않는다고 하였다. 이러한 점은 부산 정우수 상쇠나 평택 황영길 고사소리꾼에게서도 나타났던 것으로 인위적 교육이 아닌, 어려서 자연스럽게 고사소리를 배운 이들의 공통된 모습이다.

31 변화하는 상황에서의 농악의 자세에 대한 진안농악 이승철 상쇠의 아래의 말은 새겨 들을 만 하다.
"굿은 현실이거든. 현실. 그게 전통이라는 것은, 계속 변화허고 맥을 이어가는 것이지, 옛것을 그대로 하는 법이 그게 전통이 아니거든. 시대에 맞게 가져가는게 그게 전통이라고. 전이 머여. 전할 전(傳)자, 통할 통(通)자 아니여. 쭉 이어서 현 상황에 맞게 이어가는게 전통이재."(2007.9.4. 진안농악 사무실 현지조사)

넘는다. 이렇게 농악이 활성화되어 있음에도 이곳 역시 지신밟기가 부진을 면치 못하고 있다. 마을 농악대가 결성될 때 남원시립농악단이 전파자 역할을 하였는데, 이때 주로 판굿 위주로만 전수가 이루어지다 보니 지신밟기와 관련된 사항은 제대로 전달되지 못한 것이다.

남원농악에서도 앞서 살핀 평택이나 진안과 마찬가지로 건물 낙성연 때 성주굿을 한다. 이때에는 정초 집돌이의 순서와 마찬가지로 집안과 밖을 한 바퀴 돌고, 성주상 앞에서 성주풀이와 액맥이타령을 부른다. 이때 하는 성주굿 고사소리는 유명철 상쇠가 예전에 하던 산세풀이, 업타령, 노적굿, 패물타령, 화초타령, 비단타령 등으로 구성되는 소리의 축약형태이다. 지신밟기를 할 때에도 액맥이타령 위주로만 소리를 할 경우가 많다. 지신밟기를 하면서 가게나 식당 등에 들어갔을 때는 주로 샘굿가락을 치는데, 이는 집안에서 돌 때 조왕굿 외에 다른 곳에서도 대부분 샘굿가락 바탕에 소리를 하기 때문이다. 그리고 상황에 따라 반풍류가락 등을 섞어가며 즉흥적인 재담을 한 두 마디 넣기도 한다.

남원농악 김정헌 부쇠에 따르면, 일반 가정집에 초청받아서 가서 지신밟기를 할 때에도 집 주인이 남원농악 본래의 고사소리가 아닌, 비나리를 원하는 경우가 종종 있다고 한다. 이럴 경우 상황에 따라 남원농악 전래의 고사소리 바탕에 비나리를 적절히 섞어서 구연한다. 남원농악의 경우 고사소리 구연자의 구연능력에 힘입어 원래 고사소리와 외래 소리가 조화한다는 점에서 긍정적으로 평가할 수 있다.[32]

현재 남원농악 내에서는 고사소리의 전수는 따로 이루어지고 있지 않다. 고사덕담 자체가 상쇠만 하는 것이라는 관념이 아직까지 지배적이고, 보통 농악을 배우는 이들은 판굿에서 자기가 맡은 역할을 잘 하는 것을 우선이라

---

32 이와 관련하여, 여러 지역의 아마추어 농악대들 중에는 비나리를 맹목적으로 추수하는 예를 종종 볼 수 있었다. 자신의 지역에서의 고사소리의 명맥이 단절된 상태에서 비나리를 수용하는 것을 무조건적으로 비판할 수는 없다. 하지만 기존에 조사되어 있는 그 지역 전래의 고사소리를 바탕으로 비나리와 결합하는 것이 바람직할 것으로 판단된다.

생각하기 때문이다.

3) 영남지역

영남지역에서 현재 마을 의례나 공연 등에서 지신밟기가 연행되고 있는 곳은 부산농악, 창원 퇴촌농악, 대구 다사농악, 동래 지신밟기, 그리고 김해 삼정동걸립치기 등이다. 먼저, 부산농악에서는 정월 초 3일부터 보름까지 부산시 서구 아미동 일대를 중심으로 지신밟기를 행하고 있다. 이곳에서는 현재 정우수 상쇠가 지신밟기에서 성주풀이를 포함한 고사소리를 구연하고 있는데 그는 예전에 부산 아미농악(현 부산농악)에서 성주풀이를 전문적으로 담당했던 유삼룡에게서 소리를 익혔다. 고사告祀소리의 경우 따로 시간을 내어 배우지 않았고 어려서 지신밟기를 같이 참여하면서 자연스럽게 습득하였다.

지신밟기를 하면서 가게에 들어가서 하는 사설을 인용하면 아래와 같다.

> 어여루 지신아 지신 점포 잡을라꼬 좋은 날을 가리다가 이 점포에 은덕으로
> 만수무강 하옵시며(후략)…   (2007.7.21. 서울놀이마당, 정우수 구연)

실제 지신밟기가 아닌, 인위적 상황에서 사설을 채록한 관계로 비교적 짧게 노래되긴 하였으나, 실제 지신밟기에서도 방문한 가게의 지신을 울리자고 하면서 이 가게가 지신의 은덕으로 앞으로 잘 되기를 바라는 내용을 노래한다. 요즘은 가정집보다는 상점이나 식당, 회사 등에서 고사소리를 할 경우가 많은데, 그럴 경우 그 곳이 잘 되길 축원하고 가게 주인이나 종업원들의 건강, 만사형통 등을 빌어주는 식으로 소리를 구성한다.

창원 퇴촌농악 상쇠 황일태는 함안 화천농악 상쇠였던 고故 박동욱에게 어려서 농악을 배웠다. 함안 화천농악은 다른 영남지역 농악과 달리, 성주풀이를 할 때 상쇠 혼자서 앞소리와 뒷소리를 모두 구연하였다. 황일태에 따르면, 박동욱은 여러 집을 돌며 경우에 따라서는 며칠간 해야 하는 고사

告祀소리를 언제나 혼자서 거의 생략 없이 다 했다고 한다. 이는 박동욱의 개인적인 신념에 기인하는 바가 크지만, 그만큼 상쇠의 사제자로서의 권능이 강하다는 것도 의미한다.

현재 창원 퇴촌농악에서는 지신밟기에서 성주풀이를 할 때 방문하는 집의 상황에 따라 많은 대목을 생략하기도 하고, 상황상 성주풀이를 할 수 없는 경우에는 액살풀이만을 할 때도 많다. 그리고 뒷소리는 상쇠가 앞소리에 이어서 하는 것이 아니라, 상쇠 주변에 선 치배들이 받아주고 있다. 뒷소리를 치배들이 받아줌으로써 듣는 이로 하여금 음악적으로 더 풍성한 느낌이 들고 주변 사람들의 흥을 일으키기에도 용이하다.

화천농악 성주굿 고사소리의 전통이 화천농악 박동욱 상쇠에서 퇴촌농악 황일태 상쇠로 넘어오면서 성주풀이의 가락에 있어서도 변화가 나타난다. 박동욱 상쇠는 자진모리 가락에 사설을 얹어서 소리를 하고, 소리가 끝날 때에 휘모리가락으로 넘어갔다. 그러나 현재는 보다 세련된 느낌을 주기 위하여 사설이 구연되는 자진모리 가락 사이사이에 굿거리가락을 삽입하기도 한다. 굿거리가락의 삽입은 자연히 사설 구연에도 영향을 미치게 된다. 이러한 사설 및 장단의 변화는 전통적 마을 단위의 구연 상황에서 도시 공간으로 바뀌면서 자연스레 일어난 것으로 볼 수 있다.

앞서 살핀 부산과 창원에서는 실제 지신밟기에서 고사告祀소리를 부르고 있지만, 무대나 공연에서는 따로 이 소리를 부르지는 않았다. 그러나 대구 다사농악이나 부산 고분도리농악, 김해 삼정동걸립치기에서는 무대 공연에서 지신밟기 의례를 재현하면서 고사告祀소리를 구연하고 있다. 먼저 대구 다사농악 배관호 상쇠는 앞서 살핀 정우수나 황일태 상쇠와 마찬가지로 어려서 지신밟기에 참여하면서 자연스럽게 소리를 익혔다. 특히, 다사농악에서는 상쇠와 치배간의 선후창이나, 상쇠 독창이 아닌, 모든 소리를 제창으로 하기 때문에 처음에는 소리를 흉내만 내다가 점차 나이가 들면서 하나하나 정확하게 부를 수 있게 되었다.

배관호 상쇠가 어릴 때 마을에서 지신밟기를 할 때에는 당산제堂山祭를 지낸 후 공동우물에서 우물굿을 지내고 집돌이를 시작하였다. 가정을 방문해서는 먼저 집을 한 바퀴 돈 뒤 마당굿을 쳤다. 마당굿을 치는 동안 주인이 나와서 상 위에 명태, 쌀, 돈, 초 두 개, 막걸리, 찬 물 한 그릇 등을 준비하면 상쇠가 대청마루에 올라가서 성주풀이를 구연하였다. 그런 뒤 큰방, 부엌, 마굿간, 화장실 등을 돌고, 마당굿을 한 번 더 친 다음 다른 집으로 향하였다. 당시 다사마을의 농악대는 유명세가 대단하여 인근마을까지 지신밟기를 다녔고 한 마을에서의 집돌이를 마치고 다른 곳으로 이동할 때에는 쌀은 무거워서 가지고 가기 않고, 돈만 가지고 갔다고 한다.

요즘에 들어서는 생활환경의 변화로 인해 지신밟기를 원하지 않는 집이 많아져 정초가 되어도 지신밟기를 거의 하지 못하는 경우가 많고, 간혹 이사를 왔거나 건물을 새로 지었을 경우 집주인이 와서 지신地神을 밟아달라고 부탁을 하면 날을 잡아서 지신밟기를 해준다. 배관호 상쇠는 지신밟기의 소멸을 우려하여 다사농악 정기 발표회 때에 성주풀이를 부르고 있다. 발표회장에 들어가기 전에 밖에서 먼저 악기 울려서, 공연장 입구에서 문굿을 치고, 객석 통로를 통해서 올라와서 무대 중앙에 차려둔 고사상 앞에서 성주풀이를 구연하는 것이다. 성주풀이를 부르면서 분위기가 한껏 무르익으면 농악을 보러 온 관객들이 앞 다투어 고사상 앞으로 나와서 자신이 빌고자 하는 것들을 빈다고 한다.

판굿 공연에 앞서 성주굿 고사소리를 구연하는 것은 앞서 평택농악에서도 나타났다. 그러나 다사농악은 평택농악에 비해 비교적 온전한 형태의 성주풀이를 구연한다. 이때 하는 고사소리의 구성을 보면, 산세풀이(자진모리)부터 시작하여 성주 모시려 하니 귀양 간 것을 알고, 성주의 근본 찾기(자진살풀이), 성주 모셔오기(굿거리), 모셔왔으니 한바탕 놀기, 여기에 온 사람들의 형제, 친척 축원(자진모리), 달거리로 끝을 맺는다. 무대에서 하는 성주굿 고사소리는 실제 지신밟기에서 하는 소리와 비교할 때 집 짓는 대목만 생략하고 거의 모든 내용이 그대로 노래된다.

현재 다사농악에서는 성주풀이를 포함한 고사告祀소리 교육을 여름, 겨울 보존회 교육 캠프에서 저녁시간을 이용해 실시하고 있다. 교수 방법은 사설과 장단을 한 대목씩 들려주고 배우는 이가 그 대목을 따라하는 식이다. 일단 대부분의 농악에서 고사소리 전수가 제대로 되고 있지 못하다는 것을 감안하면 다사농악의 전수는 이 자체로 의미가 있다. 그러나 고사소리의 온전한 전수를 위해서는 실제 상황에서의 전수가 병행되어야 한다.

실제 상황에서의 소리 익히기가 필요한 가장 큰 이유는 고사告祀소리의 특성상 각 집의 상황이 다르고 수많은 변수가 존재하기 때문이다. 상쇠(혹은 고사소리꾼)는 그때그때의 상황에 따라 적절히 소리의 내용이나 길이를 안배해야 한다. 전국의 상쇠를 대상으로 고사소리를 어떻게 배웠냐고 물었을 때 모든 상쇠들이 따로 시간을 내어 배운 것이 아니라, 다년간의 경험을 통해 자연스럽게 하나씩 익혔다고 하였다. 아울러 꼭 상쇠만 고사소리를 한다는 관념을 불식시키고, 흥미가 있는 사람이라면 누구나 고사소리를 배울 수 있는 분위기도 마련되어야 한다.

영남지역에서는 고사告祀소리가 공연의 서두를 여는 용도가 아닌, 그 자체로 공연의 주체로 연행되는 곳이 있다. 동래 지신밟기, 부산 고분도리농악, 김해 삼정동걸립치기 등이 그것인데, 먼저 동래 지신밟기는 비교적 이른 시기인 1977년 부산시 무형문화재 제4호로 지정되었다. 동래 지신밟기의 앞치배는 상쇠, 부쇠, 장고 3~4명, 북 3~4명, 징 1명, 버꾸 8~10명, 호적胡笛이고, 뒷치배는 기수를 포함한 사대부士大夫, 팔대부八大夫, 화동, 포수, 집주인, 큰머슴, 꼴머슴, 시골 노인 2명, 시골여자 2명, 탈을 쓴 각시 1명, 사대부, 하동과 포수이다. 영남지역의 다른 농악대에 비해 잡색의 수가 월등히 많은 것이 동래 지신밟기의 특징이다.

동래 지신밟기는 1970년대 문화재 지정 당시에는 주산主山 지신풀이, 당산堂山 지신풀이, 샘 지신풀이, 각 가정 지신풀이의 네 마당으로 구성되었다. 집에 들어가서는 마당놀이, 대청풀이, 큰방 성주풀이, 각방 치장풀이, 조왕 지신풀이, 샘 지신풀이, 장독 지신풀이, 도장지신풀이, 마굿간 지신풀이, 뒷간 지신풀이, 삽짝지신풀이, 주신풀이를 구연하였다. 그러나 30여년이 지난 요즈음 연행되는 동래 지신밟기는 위의 구성이 아닌, 약식으로 이루어진다. 공연 순서를 보면, 주산主山 앞에서 제관이 재배하고 나서, 고사소리꾼이 산세풀이와 축원으로 구성되는 주산풀이를 구연한다. 이때 치배들이 원형으로 서서 악기를 연주하고, 잡색들은 무대 중앙에서 춤을 춘다. 그런 뒤 김생원댁으로 문굿을 치고 들어가서 잡색들은 마당에서 춤을 추면서 마당풀이, 소고놀이, 북놀이 등을 이어서 연행하고, 고사소리꾼이 성주풀이를 부른다. 이때 무대 중앙에는 잡색을 비롯한 여러 사람들이 나와서 춤을 춘다. 성주풀이가 끝이 나면 잡색 및 치배들이 무대로 나와 원형으로 둘러서서 소고춤을 추고, 두 줄로 길게 늘어서서 지신밟기를 한 다음, 술풀이를 하고 퇴장한다.

동래 지신밟기는 다른 영남지역 농악에 비해 잡색의 수가 많다. 이들 중 사대부와 팔대부는 주로 김생원의 부인을 놀리는 역할, 각시는 김생원을 놀리는 역할을 한다. 이들은 호남지역 농악에서의 도둑잡이굿과 같이 공연 전면에 나서 주체적 연희를 하지는 않지만, 지신밟기 중간 중간에 우스꽝스러운 행동 등을 통해 관객의 흥미를 유발하고, 지신 밟는 행위에 동참함으로써 공연을 더욱 풍성하게 한다는 점에서는 의의가 있다.

이곳 지신밟기에서는 공연 중간 중간에 여러 가지의 춤을 추고, 지신을 밟을 때에는 "위기자, 위기자"하면서 모든 사람들이 두 줄을 서서 실제 땅을 밟는 행위를 한다. 지신을 밟는 것을 상쇠의 소리가 아닌, 여러 사람들의 행위로 표현하는 것은 이 곳 지신밟기만의 특징이다. 시간이 흐르면서 실제 마을에서의 지신밟기만 변하는 것이 아니라, 공연용 지신밟기도 전체 과정 축소 및 내용 변화를 겪음을 위의 사례를 통해 확인할 수 있다.

김해 삼정동걸립치기는 부산 고분도리농악과 더불어 지신밟기가 가장 원형에 가깝게 공연되는 형태 중의 하나이다. 먼저, 공연 순서를 제시하면 아래와 같다.[33]

---

33 2007년 2월 21일 김해문화예술회관에서 열린 〈김해 삼정동걸립치기〉 정기 발표회를 현

1. 당산나무 앞에서 제관 헌작獻爵, 재배再拜, 독축讀祝, 재배再拜.
2. 길굿 치며 치배들 입장.
3. 당산 앞에서 금년 농사와 집집마다 안과태평을 바라는 내용의 당산풀이 구연.
4. 우물 모형 앞에서 사해용왕을 각기 나열하며 물이 잘 샘솟길 바라는 내용의 샘굿 구연.
5. 치배들이 대문 모형 통과하여 입장.
6. 촛불, 쌀, 냉수, 막걸리 잔을 올린 성주상 앞에 대주가 재배하고 나면, 상쇠가 그 앞에서 성주풀이 구연.
7. 부엌 모형 앞에서 조왕신에게 가족들의 먹거리가 잘 되길 바라는 내용의 조왕풀이 구연.
8. 장독대 모형 앞에서 장독굿.
9. (잡색들이 한 쪽에서 투전판 벌리고 있고) 막걸리 통 앞에서 상쇠 주도의 거리굿 1.
10. 4북놀이, 소고들의 농사풀이 - 씨뿌리기, 모심기, 논매기, 벼베기, 타작하기로 구성되는 마당놀이.
11. 스님이 상쇠 옆에서 빌고 있는 상황에서 상쇠가 주문을 외우면서 객귀에게 썩 물러나라고 호통치고, 칼 던져 객귀가 없어졌는지 확인하는 거리굿 2.
12. 모든 치배들이 참여하는 멍석말이.
13. 퇴장.

위에서 보듯 김해 삼정동걸립치기는 대청마루, 장독대, 부엌 모형 등을 만들어놓고 상쇠를 선두로 치배들이 각 장소 다니면서 장소에 따른 고사소리 구연한다. 이 공연은 실제 지신밟기에서 하는 것을 거의 그대로 재현한 것이 특징인데, 정치봉 상쇠로부터 내려오는 양만근 상쇠 구연 성주풀이도 다른 지역 성주풀이에 비해 내용 전개 및 사설 구성 등의 면에서 뛰어나다.[34]

삼정동 걸립치기의 특징 중 하나는 지신밟기 후반부에 이루어지는 거리굿 1, 2이다. 거리굿 1에서는 음식을 마련해놓고 막걸리를 뿌리면서 집안의

지 조사하였다.
34 이두현, 「김해 삼정동걸립치기」, 『기헌 손낙범선생 회갑기념논문』, 한국국어교육연구회, 1972.

잡귀잡신이 물러나길 기원하고, 거리굿 2에서는 이 지역의 속신의례 중의 하나인 객귀 물리기를 상쇠가 직접 연행한다. 축귀逐鬼와 축원祝願 중 축귀 부분에서 사제자로서의 능력이 부각된다고 할 때 이 대목을 통해 상쇠의 사제자로서의 능력이 극대화된다고 할 수 있다. 특히 부산, 경남지역은 다른 지역에 비해 굿 등의 의례에서 불교적 요소가 농후하게 나타나는데, 객귀를 물릴 때 상쇠 옆에 조리중이 서서 의례를 돕는 것은 이 지역의 의례적 특징을 잘 드러낸 것이라 할 수 있다.

생활환경 및 인식의 변화 등으로 인해 마을에서 이루어지는 지신밟기는 축소, 소멸되어가는 추세이다. 대전 웃다리농악에서는 전래되던 고사소리가 소멸하고 그 자리를 비나리가 차지하고 있으며 평택농악에서는 판굿에 앞서 고사굿의 형태로 약식 고사소리를 구연하기는 하나 원래의 기능을 다하지 못하고 있다.

반면, 호남지역에서는 미약하게나마 실제 지신밟기가 이루어지는 곳이 있다. 진안농악에서는 기존의 사설을 줄이면서 터 잡기와 축원 위주의 내용을 노래하고, 남원농악에서는 액막이타령만을 부르고 있다. 영남지역의 부산농악, 창원 퇴촌농악 역시 전통사회에서 하던 형태의 고사소리에서 축약되거나 음악적 세련도를 가미한 소리를 부르고 있다.

대부분의 지역에서 지신밟기는 거의 소멸하였으나 낙성연의 전통은 아직까지 많이 남아 있음을 확인할 수 있었다. 지신밟기는 당산제와 함께 마을 사람들의 공동 참여가 수반되어야 하지만, 낙성연은 집주인 개인의 의식이나 의지가 중요하기 때문에 의례 개최가 비교적 용이하다. 그러나 이 의례도 사람들의 의식의 변화와 함께 소멸의 기로에 서 있는 실정이다.

전국에서 유일하게 영남지역에서는 약식 및 실제 지신밟기에 가까운 지신밟기 공연이 이루어지고 있다. 다사농악에서는 판굿 서두에서 노래하되, 평택농악에 비해 온전한 형태의 성주굿 고사소리를 불렀다. 그리고 부산 고분도리농악과 김해 삼정동걸립치기에서는 실제 집과 비슷한 형태의 소품을 만들어놓고 성주굿 고사소리 등의 고사소리를 구연하였다. 이처럼 영남지역에서 실제 지신밟기와 크게 다르지 않은 공연물이 연행될 수 있는 것은 이 지역 농악이 연희화의 길을 걷지 않으면서도 의례성을 면면히 지켜오고 있기 때문이었다.

3. 농악대 고사告祀소리의 활성화 방안

앞서 살펴보았듯이 생활환경 및 인식 등의 변화로 인해 마을에서의 지신밟기는 대부분 사라진 상황이다. 이러한 시점에서 전통적 지신밟기의 속성을 유지하되 현대적 감수성을 가미한 지신밟기 공연에 대한 다양한 모색이 필요하다. 여기서는 지신밟기 공연의 지역 축제들과의 연계 및 다른 연행 갈래와의 결합 방안, 그리고 고사소리 사설의 현대화 방안을 중심으로 살펴보고자 한다.[35]

1) 지역 축제와의 연계

도시 사람들이 지신밟기를 가장 손쉽게 만날 수 있는 기회들 중 하나가 우리나라 곳곳에서 열리고 있는 지역 축제이다. 여기서는 경기·충청, 호남, 그리고 영남지역에서 열리고 있는 축제들 중 그 지역 축제를 대표할만한 것들 한 가지씩을 선별하여 어떻게 하면 지신밟기 공연이 해당 축제 속에서 제 자리를 찾을 수 있을지 살펴보고자 한다.[36] 먼저, 충남의 금산 인삼축제는 인삼 캐기 체험여행, 국제인삼교역전 등의 건강축제프로그램, 인삼홍보사절 선발대회, 전국 N세대 어울림마당, 금산 전통민속공연 등의 축제이벤트프로그램, 그리고 인삼고을 농악공연대회, 인삼제전, 웃는 얼굴 그리기

---

35 이 장에서는 소리 자체에 대한 활성화 방안을 중심으로 논의하고, 농악대의 운영이나 지자체와의 관계 등 소리 외적인 부분에 대해선 논고를 달리하여 다루고자 한다.
36 문화체육관광부 홈페이지(mcst.go.kr) 내 문화마당문화체육관광부 홈페이지 내 문화마당에 있는 2008 지역축제 총괄표를 보면, 제사祭祀나 굿 등의 의례가 포함된 축제는 모두 50여 개, 이 중에서 농악의 참여가 직간접적으로 이루어지는 것은 5개 정도가 있다(2008.6.1. 현재).

등 새천년 화합이벤트로 구성된다. 금산은 전국 인삼 유통의 80%를 차지하고 금산 군민의 90%가 인삼과 직·간접적인 직종에 종사하고 있다. 그러다 보니 이 축제를 찾는 관광객들은 대부분 축제 기간에 인삼을 싼 값에 사기 위해 오는 수가 많다. 이들은 인삼 캐기, 인삼 썰기, 인삼음식 먹기 등의 체험프로그램에 적극적으로 참여한다.

이 축제에서 민속문화와 관련되는 프로그램은 산신제, 길놀이, 민요공연 및 면단위 농악 및 금산농악 공연 등이다. 현재 길놀이나 농악 공연이 이루어지지 않는 것은 아니나, 거기서 나아가 산신제를 지낼 때 농악대가 당산굿을 치고 서낭기에 동신洞神을 모셔 가가호호 집돌이를 해야 한다. 이때에는 일반 가정집보다는 인삼을 파는 가게들을 중심으로 하는 것이 용이하고, 방문하는 가게의 형편이나 상황에 따라 인삼을 사러 사람들 많이 와서 장사 잘되게 해달라는 내용의 고사소리를 구연할 수 있다. 이때 이루어지는 고사소리는 관광객들의 구매 의욕을 불러일으킬 뿐만 아니라, 그 자체로 금산 인삼축제의 목적과도 부합된다. 요컨대, 관광객들이 바라보기만 하는 판굿 공연에서 나아가, 그들이 자연스럽게 치배들과 어울릴 수 있는 지신밟기 공연이 마련되어야 한다.

부산 자갈치 문화관광축제는 크게 여는마당, 오이소마당, 보이소마당, 사이소마당으로 구성되는데, 여기서 민속문화와 관련된 공연은 길놀이, 만선제, 길거리 각설이 품바마당, 그리고 자갈치 국악 대향연이다. 그런데 이곳에서는 국악 대향연 때 웃다리농악을 초청하여 공연하고 있다. 웃다리농악이 영남의 지역축제에서 공연된다고 하여 문제될 것은 없다. 그러나 기왕이면 실제 마을에서 하던 지신밟기 전통이 고스란히 살아있는 고분도리농악에서 현재 자갈치 축제의 상황을 접목시킨 지신밟기 공연을 만들어낸다면 관광 목적이나 내용 면에서 보다 의미가 있을 것이다.

'전국 지역축제 중 최고의 연륜을 지닌 전통문화축제'라는 타이틀에서 보듯, 남원 춘향제는 춘향의 지고지순한 부덕婦德을 숭상하고 그의 정신을 이어받기 위하여 일제 강점기에 춘향사를 준공하고 춘향 제사를 지낸 것에서 유래한다. 이 축제는 특산품의 판매를 통한 지역경제 활성화가 아닌, 남원의 다양한 문화적 전통을 알리는 것에 초점을 둔다. 그러나 현재 남원 춘향제에서 연행되는 민속문화 관련 공연은 창극 춘향전, 남원농악 판굿, 춘향 국악대전 등 앞서 살핀 축제들과 비교해서 전통문화 프로그램이 그다지 특화되지 못하였다.

2장에서도 살폈듯이 남원농악은 유명철 상쇠와 김정헌 부쇠에 의해 고사소리가 현재도 면면히 전승되고 있다. 특히 유명철 상쇠의 고사소리 문서는 인근의 다른 농악에 비해 내용 구성 및 세밀함에 있어 가장 뛰어나다 해도 과언이 아니다. 따라서 춘향제 첫날에 춘향묘를 참배하고 나서 개막 공연을 할 때 사랑의 광장에서 남원시립농악단이 연행하는 지신밟기 공연이 이루어져야 한다. 이 공연의 전체 구성이나 치배들의 역할, 무대 설치 등의 제반 사항은 춘향제의 기본 성격과 맞되, 남원지역 지신밟기의 전통을 바탕에 둔 것이어야 한다. 아울러 이 안에서 구연되는 고사소리는 춘향제의 유래와 함께 각각 공연장에서 이루어질 프로그램, 그리고 많은 사람들의 참여 속에 춘향제가 무사히 끝나기를 기원하는 내용으로 이루어질 수 있다. 요컨대, 금산 인삼축제와 자갈치 문화관광축제에서의 지신밟기 공연은 현재 노래가 불리는 상황을 적극적으로 받아들여 축제의 목적에 부합하는 내용으로, 그리고 남원 춘향제에서의 공연은 대문, 대청마루, 우물, 곳간 등의 공간 위에서 전통에 충실한 형태로 거듭나야 한다. 남원의 경우 영남이나 경기 등의 지역에 비해 농악에 대한 지역민들의 애정이 지극한 것을 감안하면[37] 고사소리 공연 역시 이곳 사람들의 열광적 지지를 받을 수 있을 것으로 보인다.

---

37 2006년 5월 5일 제76회 남원 춘향제 때의 남원시립농악단 판굿은 공연 내내 흥겨운 분위기 속에서 진행되었고 뒷풀이 때에는 거의 모든 관객들이 치배들과 어울리면서 제2의 농악 공연을 만들어내었다.

2) 다른 연행 갈래와의 결합

전국에서 열리는 농악 축제들 중 부평 풍물대축제에서는 유일하게 대한
민국 창작풍물대전을 개최하고 있다.[38] 이 대회는 그 명칭에서 알 수 있듯
이, 농악과 다른 갈래의 음악과의 결합을 통한 농악의 새로운 생명력 불어
넣기가 목적이다. 지신밟기와 다른 연행 갈래와의 결합 방안을 살펴보기에
앞서, 기왕에 열린 2008년 6월 대회에서 수상한 작품들의 면면을 살펴보자.

먼저 동상을 수상한 창배예술단의 「cross of one」은 장구와 피리 등의
전통학기와 기타, 신디사이져 등의 외국악기가 협연하고, 공연 후반부에는
이들의 연주에 맞추어 열두발상모놀이가 놀아졌다. 은상은 타악그룹 광명
의 「천년의 소리」가 수상하였는데, 악기는 쇠, 대북, 장구, 모듬북, 소고,
태평소 등으로 구성되었으며 대북, 태평소, 모듬북과 북 협연, B-boy의 브레
이크 댄스 등의 순서로 공연되었다. 이 공연에서 특기할만한 것은 다른 팀
과는 다르게, 태평소 연주자들이나 소고 연주자가 무대 전면으로 나서서
관객의 호응을 유도하면서 연주를 이끌어 간 것이다. 이날 공연에는 청소년
에서부터 나이 지극한 노인들까지 관객의 연령층이 다양하였는데, 이 팀의
무대 매너로 인해 많은 관객들이 그들의 연주에 적극적인 호응을 보였다.

금상은 대불대학교 전통연희단 신청神廳의 「남도풍물굿」이 수상하였다.
무대 양쪽에서 연주단이 등장하여 4북수들의 노래굿(농부가), 5북춤, 장구
구정놀이, 6명 무녀의 원무 등으로 공연이 이루어졌다. 이 공연의 특징은
현대적 요소의 결합 없이, 호남지역에서 전래되어오는 무악巫樂과 농악, 민
요 등의 요소만으로 공연이 구성되었다는 것이다. 마지막으로 대상은 전통
문화회 얼쑤의 「인수화풍」으로, 모듬북과 대북 등 타악 중심으로 연주하면
서 태평소 협연이 곁들여졌다. 이 팀 역시 연주 후반부부터 관객의 호응을
유도하며 공연을 이끌어갔는데, 제일 마지막에 북채에 불을 붙여 연주하는
것이 특이하였다. 전체적으로 분위기가 비장하면서 역동적인 느낌이 다른

---

38 2008년 6월 1일 부평에서 열린 제3회 대한민국 창작풍물대전을 현지 조사하였다.

팀과 구별되긴 하였으나 모듬북 중심의 공연에 쇠와 태평소를 곁들여 연주한다는 느낌을 지울 수 없었다.

이날 공연된 8개의 작품들은 풍물에 현대음악 혹은 춤을 접목하려는 시도라는 점에서 의의가 있다. 그러나 공연이 전체적으로 모듬북 중심으로 빠르게 몰아가는 식의 연주가 많았다. 농악 요소의 경우 쇠, 장구, 징, 태평소 등이 주로 사용되고, 열두발 상모놀이나 구정놀이 중심으로 공연되었다. 공연에 앞서 심사위원장이 밝힌 심사기준은 조화성(전통과 현대의 조화), 창작성, 구성력, 기술력(연주의 세련도), 예술성 등 5가지인데, 가장 중요한 조화성 부분이 제대로 지켜지지 못한 것이다. 예를 들어, 조선시대 군사들의 무예훈련과 농악을 결부시켜 공연할 경우 호남지역 등에서 전승되고 있는 군고軍鼓의 내용이 적극 활용될 수 있음에도, 실제 공연에서는 멍석말이 등의 몇 가지 진풀이와 장구 등의 구정놀이만 연행되었다. 그리고 농악대 연주와 군사들의 무예훈련과의 유기적 흐름도 해결해야 할 과제 중의 하나였다.

지신밟기와 같은 의례 농악이 도시인들의 감수성에 부합되기 위해서는 축귀逐鬼와 축원祝願이라는 본래의 목적을 유지하되, 다른 연행갈래와의 적극적인 결합을 통해 공연 레퍼토리를 풍성히 해야 한다. 그 첫 번째 방법으로 지신밟기 공연 속에 다른 갈래의 농악 요소를 적절하게 사용하는 방법이 있다. 무대에서 이루어지는 지신밟기에서 상쇠의 고사소리와 함께 상황에 따라 강릉농악이나 양주농악에서 행해지는 모의농경행위인 농사풀이를 삽입함으로써 소리 위주로 이루어지는 지신밟기에 행위 요소를 가미하는 것이다. 이때 기존의 농사풀이를 있는 그대로 사용하기 보다는 기존의 동작을 단순화시키거나 더욱 세밀하게 안무하여 농사풀이를 재해석해야 한다. 그리고 지신밟기를 모두 끝내고 뒷풀이를 할 때 역시 호남농악의 구정놀이나 웃다리농악의 판굿 등 연희농악의 요소를 차용하여 자칫 단조로울 수 있는 공연 분위기를 쇄신할 필요가 있다.

대한민국 창작풍물대전의 선례에서 보듯, 지신밟기와 현대음악·무용·퍼포먼스와의 결합에 있어 가장 중요한 것은 전통과 현대를 섞되 어떤 비율로 할 것인가 하는 것이다. 지금까지의 공연들이 현대 음악 위주에 농악 요소를 부가적으로 차용하는 수준에 머물렀다면 앞으로는 지신밟기 바탕에 현대적 요소를 수용해야 한다. 전국에서 유일하게 영남지역에서 지신밟기 의례 및 공연이 지속적으로 이루어 질 수 있는 가장 큰 이유가 의례성에 대한 신념에 있음을 간과해선 안 된다.

다음으로, 지신밟기 바탕에 다른 전통 연행갈래와의 결합도 필요하다. 기존에 지신밟기와 다른 전통 연행갈래가 결합된 것으로, 「도깝대감 지신地神놀이」가 있다.[39] 이 놀이는 도당울림, 유가제, 축귀놀이, 도깝대감놀이, 대동굿으로 구성되는데, 도당울림에서는 길놀이를, 유가제에서는 문치성, 성주치성, 조왕치성, 장독치성, 터주치성, 갑자풀이치성을, 축귀놀이에서는 판수가 재담하면서 몽달귀신을 쫓아내고, 도깝대감놀이에서는 터 누르기, 대감이 술 내리기, 복덩이 낳기, 대감사냥 대목, 나무꾼 대목이 놀아지고, 마지막으로 대동굿에서는 명방아 복방아 찧기, 난장이 이루어진다.

도깝대감 지신놀이에서 주목할만한 점은 기존의 지신밟기 의례 위에 극劇적 요소를 가미했다는 것이다. 농악대의 지신밟기 바탕에 판수의 축귀의례, 만신의 대감놀이 등이 들어가면서 판수와 도깝대감이 각각 몽달귀신이나 대감 등과 갖가지 재담을 주고받는다. 이러한 재담과 연기를 통해 관객은 놀이에 더욱 몰입할 수 있고 상쇠의 고사소리 위주로 진행되는 실제 지신밟기에서는 느낄 수 없는 재미를 제공한다. 그러나 각 장에서의 주인공 역할 분담에 있어 성격이 다른 사제자가 동시에 등장하는 관계로 장별 통일성이 흐려진 면이 없지 않았다. 지신밟기의 주체는 농악대인데, 농악대는 악기 연주만 담당하면서 흥을 돋우는 역할만 할뿐, 의례의 전면에 나서지 못하는 것도 보완해야할 점이었다.

지신밟기를 주재하는 농악대와 굿을 주재하는 무당의 결합은 지역 상황에 따라 각기 이루어져야 한다. 서울 경기지역의 경우 기존의 웃다리농악

---

39 박전열, 『도깝대감 지신놀이』, 고양문화원, 2007.

지신밟기 바탕에 남사당이나 절걸립패의 지신밟기 요소를 선별 수용하면서 상황에 따라 만신이 신장거리를 축약해서 논 뒤 관객들에게 오방신장기를 뽑게 할 수도 있고, 대감거리를 하면서 관객 속으로 들어가 호응을 유도할 수 있다. 이때의 만신은 상쇠의 의례 보조자임과 동시에 관객의 호응을 보다 유도하는 존재로 역할해야 한다.

동해안지역의 경우 농악대와 세습남무 집단과의 결합은 서울, 경기지역에 비해 훨씬 용이하다. 이미 실제 지신밟기에서 이 두 집단간의 교류가 빈번하게 이루어지고 있기 때문이다.[40] 따라서 세습남무들의 세련된 악기 연주 바탕에 상쇠 중심으로 지신밟기 의례가 이루어지되, 필요에 따라 동해안 별신굿에서 놀아지는 탈굿이나 범굿 등의 무극巫劇이 놀아질 수도 있다.

3) 고사소리 사설의 현대화

지금까지 채록된 고사소리들 중에는 현대 생활공간에서 구연된 소리들도 다수 존재한다. 예컨대, 회사에 방문했을 때는 영업 잘되고, 천석군, 만석군 되라고 하고, 차고의 경우 자동차 사고 나지 말고, 잔고장 없으라고 하며, 가게에 들어가서는 손님들 많이 들어오고 외상손님은 오지 말라는 등의 내용의 소리를 하였다.[41] 그러한 소리들 중 사설 구성이 뛰어난 자료 한 편을 살펴보고자 한다.

> 이 공장의 사장양반 사장복록 타고날 때 양부모 정성 들여 사장 복록 태울라고 대명당에 집을 짓고 소명당에 우물 파서 오동나무 봉황같이 석가시준 모셔놓고 춘하추동 사시절에 공양천수 올려놓고 대문수리 인간생사 열제왕이 문을 열어 남남간에 만난부부 금실낙이 없을소냐 아버님전 뼈를 빌고 어머님전 살을 빌고 …(중략)… 공장에 사장양반 이 집터를 잡을라고 이 산 저 산

---

40 2005년 4월 22일부터 24일까지 열린 경북 영덕군 병곡면 백석 2리 동해안 별신굿에서 김장길 양중에게 마을에서의 지신밟기 참여와 관련한 사항들을 조사하였다.
41 아래 책에 관련 자료들이 다수 조사되어 있다.
울산대학교 인문과학연구소, 『울산울주지방 민요자료집』, 울산대학교출판부, 1990.

지신 밟아 명산대천을 둘러보니 천하명산 우악지중 이 집터가 대명지요 작양
놓고 안배놀 때 임자기축 간인간묘 을지손사 병호정미 근신정유 신술건해 득
소득과 어떠한고 사대국법에 법을 보니 대각할 수득이요 발복인들 없을소냐
···(중략)··· 팔도강산에 오는 손님 현금 맞돈 가진 손님 이공장으로 왕래하고
외상손님 건달군은 개천물로 흘러가고 운수대수 많이 받아 이 공장에서 모은
재산 앞뜰에는 논을 사고 뒤뜰에는 밭을 사서 가을바람 찬바람에 단풍잎이 낙
엽될 때 정복수 복많이 받아 고방마다 재어서 놓고 거부장사 부귀공명 대장부
에 빛날 이름 길인가 (후략)···

(울주군 삼남면 보은리 외양마을 박경천, 울산울주지방 민요자료집)

위 인용문의 내용은 크게 공장 주인이 태어난 배경, 목재를 구해 공장
짓기, 공장 터 다지기, 공장의 발복을 위해 노래하는 명당 축원, 그리고
공장의 발전으로 인한 가족의 평안 축원으로 구성된다. 이 소리의 전체적
틀은 영남지역에서 전승되는 성주풀이의 구조와 크게 다르지 않다. 아울러
기존에 이미 마련된 다른 소리의 사설을 부분적으로 인용하거나 구비공식
구 혹은 댓구법 등을 사용하면서 비교적 장형의 소리를 만들어 내었다.
즉 위 가창자는 성주풀이의 틀을 차용하면서 소리의 권위를 높이는 한편
공장이라는 상황에 맞게 기존에 만들어진 표현법들을 적절히 사용하여 공
장지신풀이를 창조한 것이다.

이렇게 전통적 문법 위에 현재적 상황을 접목시켜 노래하는 것은 실제
지신밟기와 거의 유사한 형태로 연행되고 있는 부산 고분도리농악이나 김해
삼정동걸립치기 공연에서 적극적으로 활용될 수 있다. 현재 김해 삼정동걸립
치기의 경우 한옥과 같은 전통적인 주거 공간을 배경으로 의례를 진행한다.
물론 이와 같은 전통적인 형태의 고사소리는 그 자체로 유지시켜야 한다.
그러나 그와 함께 보다 적극적인 관객들의 호응을 위해 현대식 주거공간으로
무대 소품을 만들어 그 상황에 맞는 고사소리를 구연하는 것이 필요하다.

도시 주거 형태의 하나인 아파트를 예를 들 경우, 제일 먼저 경비실 모형
앞에서는 도둑이 들지 않고, 화재나 수해 등의 사고가 나지 않기를 기원하
는 소리를 하고, 집으로 들어가서 부부가 생활하는 안방 모형 앞에서는 부

부 금실을, 자녀들의 공부방 모형 앞에서는 학교 공부를 잘해서 일류 대학에 들어가서 출세하거나 좋은 직장에 취직하기를, 거실 모형 앞에서는 온 가족의 화목과 안녕을, 화장실이나 주방 모형 앞에서는 가족의 건강을 축원하는 내용의 소리를 하는 것이다. 이와 함께 그때그때의 사회적 이슈나 사람들의 관심사를 섞어 노래함으로써 관객들의 동참을 적극적으로 끌어들일 수 있다.

현대식 주거공간에서 고사소리를 구연할 경우 관객의 점진적 호응을 유도하기 위해 집안 곳곳에서 행해지는 고사소리들 중 가장 중요한 위치를 차지하는 성주굿 고사소리는 제일 뒤에 하는 것이 유리하다. 영남지역에서는 거의 대부분의 지역에서 지신밟기를 할 때 성주굿을 가장 먼저 하는데, 현대식 주거공간을 배경으로 공연할 때에는 순서의 수정이 불가피하다.

필요에 따라 지신밟기의 성격이나 순서 등을 바꾸어 연행하는 것은 경기, 충청지역의 거북놀이나 남사당패 공연 종목 중의 하나인 덧뵈기에서 이미 이루어진 바 있다. 거북놀이는 길라잡이, 거북, 고사소리꾼 등으로 구성된 거북 일행이 집돌이를 하면서 각 가정에 복을 주고 음식이나 돈 등을 받는 것이 핵심이다.[42] 원래 정초에 지신밟기를 할 때에는 서낭기에 서낭신을 받아서 농악대가 집돌이를 하지만, 거북놀이를 할 때에는 서낭신의 하강이 없으므로 그 역할을 거북이와 길라잡이가 대신한다.

남사당패의 덧뵈기에서는 놀이마당을 정화하기 위한 목적으로 마당씻이를 할 때도 고사告祀소리를 부른다. 이때 부르는 소리는 남사당패가 실제 지신밟기를 할 때의 소리에 비해, 산세풀이와 축원 부분은 대부분 생략된다.[43] 즉 덧뵈기의 경우 극劇의 흐름에 따라 원래의 소리를 가공하여 차용하는 것이다. 지신밟기의 상황 및 사설 등을 패러디하면서 발생한 거북놀이 및 덧뵈기의 전례를 통해 지신밟기의 현대적 변용을 모색하는데 일정부분

---

42 김의숙·이창식 편저, 「음성지역 세시축제와 〈거북놀이〉」, 『문학콘텐츠와 스토리텔링』, 역락, 2005; 김종대, 『이천 거북놀이』, 민속원, 2006.
43 김헌선, 『김헌선의 사물놀이이야기』, 풀빛, 1995, 332~338쪽.

지침을 제공받을 수 있다.

마지막으로 관객의 참여를 위해서는 상쇠의 명확한 사설 전달도 중요하다. 전통적 형태의 지신밟기에서는 치배들과 집안사람들이 어울려서 굿판을 벌이고, 사람들이 고사소리에 대해 대체로 잘 알고 있는 관계로 상쇠의 발성이나 소리의 전달에 크게 중요하지 않았다. 그러나 공연에서 지신밟기가 이루어질 경우 관객과 치배들 간의 거리가 있고, 사람들이 고사소리에 대해 친숙하지 않은 관계로 공연 상황에 따른 적절한 마이크 시설이나 상쇠의 정확한 발성에 의한 의미 전달이 지켜져야 한다.

현재 각 농악의 상쇠들은 어려서 실제 지신밟기에 참여하면서 자연스럽게 고사소리를 익혔다. 그러나 요즘 이루어지는 고사소리 전수 방식은 상쇠가 한 소절 부르면 배우는 이가 한 소절씩 따라하는 식으로 교육이 이루어진다. 실제 지신밟기 상황에서는 다양한 변수가 존재하고, 상황 자체도 너무나 다기한 관계로 틀에 맞추어진 고사소리 전수방식은 한계가 있을 수밖에 없다.

물론 지신밟기 자체가 거의 소멸된 상황에서 전통적인 교수 방법만을 고수할 수는 없다. 따라서 변화된 상황에서 고사소리의 온전한 교습을 위해서는 여러 상황에서의 공연을 통해 실전에서의 고사소리 경험을 쌓되, 틀에 매인 소리 구연이 아니라 그때그때의 공연 상황이나 시기에 따라 사설이나 재담을 이어갈 수 있는 능력을 함양해야 한다. 아울러 관객의 호응을 직간접적으로 유도하는 무대 매너에 대한 교육도 필요하다.

요컨대, 농악 공연의 형태가 판굿이든, 지신밟기 공연이든 관객의 참여는 필수적이다.[44] 이를 위해서는 단계별 전략이 필요한데, 거실이나 공부방 등 집안의 여러 장소에서 하는 현대적 내용의 고사소리를 통해 관객의 호응

---

[44] 판굿 내 청중의 주도적 역할에 대해서는 김익두의 논문을 참조할만하다. 그는 풍물굿이 '청·관중의 공연자화', '판 전도의 원리', '공연자의 자기 축소화와 청관중의 자기 확대화의 원리' 등을 활용하며 공연이 이루어진다고 하였다.
김익두, 「풍물굿의 공연원리와 연행적 특성」, 『한국민속학』 제27집(한국민속학회), 123쪽.

을 유도하고, 나아가서는 지신밟기의 하이라이트라 할 수 있는 성주굿에서
는 관객들이 고사상 앞에 나와 절을 하며 관객이 기원하는 것을 빌 수 있게
끔 한다. 아울러 보다 많은 이들의 참여를 위해 무대 옆에 달집을 만들어
소지를 적어 달집을 동여맨 여러 가닥의 새끼줄에 꽂게 하는 것도 필요하
다. 그리하여 지신밟기를 모두 끝내고 달집을 태우면서 지신밟기 공연을
마무리 지을 수 있다.

4. 맺음말

본 논문에서는 각 지역 지신밟기를 대표하면서 현재 시점에서 무대 공연
이나 마을굿 등에서 고사告祀소리를 구연하고 있는 농악을 현지 조사하면
서 이 소리들의 현재 전승 양상을 점검하고, 어떻게 하면 이 소리들을 지금
보다 발전적인 형태로 만들 수 있을지 살펴보았다.

먼저 실제 지신밟기의 경우 진안농악에서는 지신밟기를 할 때 예전의
형태 소리를 그대로 하지 않고 고사덕담의 앞부분인 터 잡는 부분을 부른
뒤 방문하는 곳의 성격에 따른 축원 내용을 노래하였다. 남원농악에서도
정초 지신밟기를 할 때 남원농악에서 전래되는 고사덕담을 전체적으로 다
하지 않고 액맥이타령 위주로만 소리를 할 경우가 많았다. 마지막으로 창
원 퇴촌농악에서는 성주풀이는 생략하고, 액살풀이 중심으로 노래하였다.
그리고 뒷소리는 상쇠가 앞소리에 이어서 모두 하는 것이 아니라, 상쇠 주
변에 선 치배들이 받아주었다.

고사告祀소리는 실제 지신밟기뿐만 아니라 공연물로 제작되어 구연되기
도 한다. 평택농악에서는 정기공연 때 판굿을 하기에 앞서 고사굿 내에서
고사소리를 구연하는데, 이는 본 공연 앞에 하는 것은 관객들로 하여금 앞
으로 시작될 판굿에 집중하게 하고, 소리가 진행되는 동안 관객들이 고사상
을 향해 내고 기원함으로써 공연장에 모인 사람들을 하나로 묶어주는 기능
을 하였다. 그러나 본 공연 서두에 정해진 시간 내에서 소리를 하다 보니

원래 갖추어진 사설을 모두 하지 못하고, 무엇보다 원래의 축귀, 축원의 기능을 제대로 수행하지 못한다는 점에서 한계가 있었다.

김해 삼정동걸립치기는 부산 고분도리농악과 더불어 지신밟기가 가장 원형에 가깝게 공연되는 형태 중의 하나이다. 삼정동 걸립치기의 특징은 거리굿에서 잘 나타나는데, 첫 번째 거리굿에서는 음식을 마련해놓고 집안의 잡귀잡신이 물러나길 기원하고, 두 번째 거리굿에서는 이 지역의 속신의례 중의 하나인 객귀 물리기를 상쇠가 직접 연행하였다. 축귀逐鬼와 축원祝願 중 축귀 부분에서 사제자로서의 능력이 부각된다고 할 때 이 대목을 통해 상쇠의 사제자로서의 능력이 극대화되었다.

지신밟기와 같은 의례 농악이 도시 사회에서 살아남기 위해서는 축귀逐鬼와 축원祝願이라는 본래의 목적을 유지하되, 다른 연행갈래와의 적극적인 결합을 통해 공연 레퍼토리를 풍성히 해야 한다. 지신밟기를 주재하는 농악대와 굿을 주재하는 무당의 결합은 지역 상황에 맞게 구성되어야 한다. 서울 경기지역의 경우 전래되는 지신밟기 바탕에 상황에 따라 만신이 신장거리를 간단히 하고 관객들에게 오방신장기를 뽑게 하거나 대감거리를 하면서 관객의 호응을 유도할 수 있다. 동해안지역의 경우 세습남무들의 세련된 악기 연주 바탕에 상쇠 중심으로 지신밟기 의례가 이루어지되, 필요에 따라 동해안 별신굿에서 놀아지는 세습남무들의 탈굿이나 범굿 등의 무극巫劇이 곁들여질 수도 있다.

현재 지역별로 이루어지고 있는 크고 작은 지역축제들에서 고사소리는 거의 연행되지 못하고 있다. 가장 큰 이유는 고사소리에 대한 인식의 부족이다. 따라서 해당 지역축제의 성격에 부합하되 현대화된 사설로 재구성된 지신밟기 공연이 연행되어야 한다. 그리고 무대 공연에서 청중의 적극적 참여를 이끌어내기 위해서는 단계별 전략이 필요한데, 거실이나 공부방 등 현대 주거공간을 배경으로 그 장소에 맞는 고사告祀소리를 부르고, 지신밟기의 하이라이트라 할 수 있는 성주굿에서는 관객들이 고사상 앞에 나와 절을 하며 관객이 기원하는 것을 빌 수 있게끔 해야 한다.

1. 자료

갈매동 도당굿 학술종합조사단·경기도 구리시, 『갈매동 도당굿』, 구리시, 1996.

강등학, 「한국민요의 이해」, 『한국민요대관』(www.yoksa.aks.ac.kr), 2006.7.8. 현재.

경기도박물관, 『경기민속지 Ⅷ 개인생활사』, (주)경인M&B, 2005.

국립문화재연구소, 『문헌으로 보는 고려시대 민속』, 국립문화재연구소, 2005.

_____, 『전라남도 세시풍속』, 계문사, 2003.

_____, 『제주도 세시풍속』, 일진사, 2001.

_____, 『충청북도 세시풍속』, 화산문화기획, 2001.

국립민속박물관, 『한국세시풍속사전 정월편』, 태학사, 2004.

김두익 외, 『호남 좌도풍물굿』, 전북대학교 박물관, 1994.

김문태 편, 『강화구비문학대관』, 인천카톨릭대학교출판부, 2001.

김영운·김혜정·이윤정, 『경기도의 향토민요』 상·하, 경기문화재단, 2006.

김지욱, 『경기도의 마을신앙과 제당』, 전국문화원연합회 경기도지회, 2002.

김태갑·조성일, 『민요집성』, 한국문화사, 1996.

김태곤, 『한국무가집』 Ⅲ, 집문당, 1992.

김헌선 역주, 『일반무가』, 고려대 민족문화연구소, 1995.

리상각, 『조선족 구전민요집』, 한국문화사, 1996.

문화관광부·한국향토사연구전국협의회, 『우반동, 우반동 사람들』, 한국향토사연구
    전국협의회, 1998.

문화방송, 「기능별 분류색인」, 『한국민요대전』 경기도민요해설집, 삼보문화사, 1996.

문화재관리국, 『농악·풍어제·민요』, 문화재관리국, 1999.

_____, 『한국민속종합조사보고서』 영남편, 문화재관리국, 1999.

박경신, 『울산지방 무가자료집』, 울산대학교 인문과학연구소, 1993.

백이성, 『낙동강 1300리 물길따라 민요따라』, 낙동문화원, 2001.

부산민속예술보존협회 · 동래야류보존회, 『동래 들놀음』, 동아인업 · 도서출판 지평, 2001.

서대석 · 박경신, 『안성무가』, 집문당, 1990.

신용철, 「김해지역 민속놀이의 전승현황과 발전방안」, 『김해발전연구』 1권 1호, 인제대 김해발전연구소, 1997.

여주군지 편찬위원회, 『여주군지』, 여주군청, 1989.

울산대학교 인문과학연구소, 『울산울주지방 민요자료집』, 울산대학교출판부, 1990.

유기룡, 「경기도 도당굿」 민속악 체계정립자료집 제3집 『무악』, 한국문화예술진흥원, 1973.

이선주, 『곳창굿 연신굿』, 동아사, 1987.

이소라, 『양산의 민요』, 양산문화원, 1992.

임동권, 『한국민요집』 Ⅲ, 집문당, 1974.

임동권 편, 『한국민요집』 Ⅱ, 집문당, 1993.

임석재, 『임석재 채록 한국구연민요』-자료편, 집문당, 1997.

장주근, 「경기도 도당굿」, 『무형문화재 보고서』 제186호, 문화재관리국, 1990.

적송 지성 · 추엽 융, 『조선 무속의 연구』 (下), 동문선, 1991.

전라북도립국악원, 『전북의 무가』, 문정사, 2000.

전북대학교 전라문화연구소, 『호남 우도풍물굿』, 선명출판사, 1994.

정동화 편, 『경기도민요』, 집문당, 2002.

정재호, 「민요」, 『한국민속대관』 6, 고려대학교 민족문화연구소, 1982.

조흥윤, 『무속신앙』, 巫 · 花 · 敎, 1994.

천기호 편, 『삼정 걸립치기』, 삼정걸립치기 보존회, 2007.

촌산 지순, 『조선의 귀신』, 동문선, 1993.

추엽 융, 『조선 무속의 현지 연구』, 계명대 출판부, 1987.

_____, 『조선 민속지』, 동문선, 1993.

충청향토무가보존회 편, 『충청도무가』, 형설출판사, 1982.

하룡남, 『빅터 유성기원반 시리즈』 12, 서울음반, 1993.

한국고음반연구회 음향선집 (3), 「이보형 채록 고사소리」, 『한국음반학』 7권, 한국고음반연구회, 1997.

한국정신문화연구원 어문연구실, 『한국구비문학대계』, 한국정신문화연구원, 1980.

한국향토사연구전국협의회 편, 『한국의 농악-호남편』, 한국향토사연구전국협의회, 1994.

홍순석 편, 『이천의 옛노래』, 민속원, 2002.

2. 단행본

경기도 박물관, 『경기민속지』 Ⅲ 세시풍속 · 놀이 · 예술편, (주)경기출판사, 2000.

국제문화재단 편, 『한국의 풍수문화』, 박이정, 2002.

김광일, 『한국전통문화의 정신분석』, 시인사, 1984.

김명자 외, 『한국의 가정신앙』 상 · 하, 민속원, 2005.

김수남 · 임석재 · 이보형, 『풍물굿』, 평민사, 1986.

김원호 외, 『경기도의 풍물굿』, 경기문화재단, 2001.

김의숙 · 이창식 편저, 「음성지역 세시축제와 〈거북놀이〉」, 『문학콘텐츠와 스토리텔링』, 역락, 2005.

김인회, 『한국무속사상연구』, 집문당, 1987.

김일출, 『조선민속탈놀이연구』, 한국문화사, 1998.

김종대, 『우리문화의 상징체계』, 다른세상, 2001.

_____, 『이천 거북놀이』, 민속원, 2006.

김헌선, 『김헌선의 사물놀이이야기』, 풀빛, 1995.

_____, 『한국 화랭이 무속의 역사와 원리 1』, 지식산업사, 1997.

박전열, 『도깝대감 지신놀이』, 고양문화원, 2007.

서대석, 『한국신화의 연구』, 집문당, 2001.

서연호, 『한국전승연희의 현장연구』, 집문당, 1997.

손진태, 『손진태선생전집』 5, 태학사, 1981.

손태도, 『광대의 가창문화』, 집문당, 2004.

심우성, 『남사당패연구』, 동화출판공사, 1974.

월터 J. 옹, 이기우 · 임명진 역, 『구술문화와 문자문화』, 문예출판사, 1982.

유종목, 『한국민간의식요연구』, 집문당, 1990.

윤종근 · 최영주 공저, 『한국 풍수의 원리 1 · 2』, 동학사, 1997.

이경엽, 『담양농악』, 담양문화원, 2004.

이두현 외, 『한국민속학개설』, 학연사, 1983.

이병도, 『한국의 고대사회와 그 문화』, 서문당, 1972.

이창배 편, 『한국가창대계』, 홍인문화사, 1976.

임재해, 『안동문화와 성주신앙』, 안동시, 2002.

정병호, 『농악』, 열화당, 1986.

조동일, 『서사민요연구』, 계명대학교출판부, 1983.

조흥윤, 『한국의 무巫』, 정음사, 1983.

_____, 『한국의 샤마니즘』, 서울대출판부, 1999.

최광식, 『우리나라 역사와 민속』, 지식산업사, 2012.

최인학 외,『한국민속연구사』, 지식산업사, 1994.
_____,『한국민속학 새로 읽기』, 민속원, 2002.
최창조,『한국의 자생풍수』Ⅰ, 민음사, 1997.
하효길 외,『한국의 굿』, 민속원, 2002.
한만영,『불교음악연구』, 서울대학교출판부, 1981.
허용호,『발탈』, 국립문화재연구소, 2004.
황경숙,『한국의 벽사의례와 연희문화』, 월인, 2000.
황루시,『서울 당굿』, 열화당, 1989.

3. 논문
강등학,「충남민요의 축제활용을 위한 방향 모색」,『한국민요학』제6집, 민속원,
    1998.
권봉관,「원주 매지풍물의 재맥락화 과정을 통해 본 풍물의 의미 변화」, 안동대학교
    석사논문, 2011.
김병찬,「지신밟기소리의 전승원리 연구」, 동아대 석사논문, 2003.
김옥희,「호남 농악 판굿의 진풀이에 관한 연구」, 이화여대 석사논문, 1985.
김익두,「풍물굿의 공연원리와 연행적 특성」,『한국민속학』제27집, 한국민속학회.
김정원,「성주무가의 유형과 표현구조 연구」, 중앙대 석사학위논문, 1995.
김주혜,「현존하는 경기도토속민요의 음악구조」전통예술원 편,『한국민요의 음악
    학적 연구』, 민속원, 2002.
김태곤,「巫歌의 傳承變化體系」,『한국민속학』7, 한국민속학회, 1974.
_____,「무속신앙」,『한국민속대관』3, 고려대 민족문화연구소, 1982.
김현숙,「호남 좌도농악에 관한 연구」, 서울대 석사논문, 1987.
김혜정,「광산농악의 지역적 기반과 가락 구성」,『남도민속연구』제23집, 남도민속
    학회, 2011.
나승만,「압해도 민요자료 활용방안」,『민요논집』제8집, 민속원, 2004.
류상일,「경남지역 지신밟기 성주풀이에 대한 연구」, 부산대학교 석사논문, 2000.
_____,「경상도지역 지신밟기 성주풀이에 대한 음악적 연구」,『한국민요학』, 제8
    집, 한국민요학회, 2000.
박전열,「동제洞祭에 있어서 걸립乞粒의 문제」, 민속학회 하계대회 발표요지, 2000.
박진태,「진주 삼천포농악의 전승실태와 보존방안」,『인문예술논총』제23집, 대구대
    인문과학예술문화연구소, 2002.
서광일,「풍물을 통한 지역 축제의 발전방안 연구」, 중앙대 석사논문, 2006.
성길제,「성주무가의 연구」, 한림대 석사논문, 1996.

성재형, 「좌도농악과 우도농악의 비교」, 한양대 석사논문, 1984.

손태도, 「광대고사소리에 대하여」, 『한국음반학』 11호, 한국고음반학회, 2001.

송기태, 「마을굿에서 풍물굿의 제의수행과 구조」, 『남도민속연구』 제17집, 남도민속
　　　학회, 2008.

안상경, 「벽사치병의 전통과 문화콘텐츠 가능성」, 『충북학』 제8집, 충북개발연구원,
　　　2006.

안혜경, 「가정신앙에서 남·여성의 의례적 위치」, 『실천민속학연구』 7호, 실천민속
　　　학회, 2005.

양진성, 「호남 좌우도 풍물굿에 관한 연구」, 단국대 석사논문, 2000.

양향진, 「광양 용강풍물굿 연구」, 『남도민속연구』, 제14집, 남도민속학회, 2007.

_____, 「광양 풍물굿연구」, 우석대 석사논문, 2003.

오용원, 「웃다리 평택농악의 전통보존과 관광상품화 전략연구」, 중앙대 석사논문,
　　　2007.

宇佐美陽子, 「호남 좌도 풍물굿에 관한 연구」, 전북대 석사논문, 1999.

이두현, 「김해 삼정동걸립치기」, 『국어교육』 제18집, 한국국어교육연구회, 1972.

_____, 「김해 삼정동걸립치기」, 『기헌 손낙범선생 회갑기념논문』, 한국국어교육연
　　　구회, 1972.

이보형, 「창우집단의 광대고사소리연구」 전통예술원 편, 『근대로의 전환기적 음악
　　　양상』, 민속원, 2004.

이영배, 「풍물굿의 새로운 연구를 위한 제언」, 『한국민속학』 제39집, 한국민속학회,
　　　2004.

이용식, 「호남 좌도농악의 갈래」, 『한국음악연구』 제35집, 한국국악학회, 2004.

이창식, 「전통민요의 활용과 문화콘텐츠」, 『한국민요학』 제11집, 민속원, 2002.

정의영, 「호남 좌도농악의 연희연구」, 동국대 석사논문, 2003.

최덕원, 「남도의 농악놀이 소고」, 순천대학교, 『논문집』 제5집, 순천대학교, 1986.

최은숙, 「성주풀이 민요의 형성과 전개」, 『한국민요학』 제9집, 한국민요학회, 2001.

최자운, 「〈성주풀이〉의 서사민요敍事民謠적 성격」, 『한국민요학』 제14집, 한국민요
　　　학회, 2004.

황경숙, 「부산지역 잡색놀이의 유형과 연희적 특성」, 『항도 부산』 제25집, 부산광역
　　　시, 2009.

_____, 「초기 아미농악단의 형성과정과 연희 기반」, 『항도 부산』 제28집, 부산광역
　　　시, 2012.

황루시, 「일체감의 확인, 자존의 축제」, 『경기도 도당굿』, 열화당, 1992.

● 저자소개

최자운崔滋云 1975~

경남 남해에서 태어나 경기대 국문과 및 동 대학원을 졸업했다. 2007년 〈농악대 고사소리의 지역별 특성과 변천양상〉으로 박사학위를 받은 뒤 여성 구연민요, 농업노동요, 치병 관련 의식요 등을 연구했으며, 현재 전국 논매는 소리의 수용 요인, 우리나라와 중국 소수민족 민요 비교 작업을 진행하고 있다. 〈성주풀이의 서사민요적 성격〉, 〈영남지역 정자소리 가창 방식과 사설 구성〉, 〈영남지역 무형문화재 지정 논매기 상사소리의 수용에 관한 현장론적 연구〉 등의 논문이 있다.

덕담과 성주풀이

초판 인쇄 2016년 7월   1일
초판 발행 2016년 7월 15일

저   자| 최자운
펴 낸 이| 하운근
펴 낸 곳| 學古房

주   소| 경기도 고양시 덕양구 통일로 140 삼송테크노밸리 A동 B224
전   화| (02)353-9908 편집부(02)356-9903
팩   스| (02)6959-8234
홈페이지| http://hakgobang.co.kr
전자우편| hakgobang@naver.com, hakgobang@chol.com
등록번호| 제311-1994-000001호

ISBN   978-89-6071-594-3   93810

값 : 16,000원

이 도서의 국립중앙도서관 출판예정도서목록(CIP)은 서지정보유통지원시스템 홈페이지 (http://seoji.nl.go.kr)와 국가자료공동목록시스템(http://www.nl.go.kr/kolisnet)에서 이용하실 수 있습니다. (CIP제어번호 : CIP2016015533)

■ 파본은 교환해 드립니다.